춘원 이광수 전집 20

나

정홍섭 | 서울대학교 및 동 대학원을 졸업했고, 현재 아주대학교 다산학부대학 교수로 재직
중이다. 국문학 연구서로 『채만식 문학과 풍자의 정신』, 『소설의 현실·비평의 논
리』, 편저로 『채만식 선집』, 『탁류』, 교양서로 『삶의 지혜를 찾는 글쓰기』, 역서로
『파르치팔과 성배 찾기』, 『감의 빛깔들』, 『벤담과 밀의 공리주의』, 『에드먼드 버
크: 보수의 품격』 등이 있다.

춘원 이광수 전집 20

나

초판 1쇄 발행 2022년 1월 10일

지은이 | 이광수
감수 | 정홍섭

펴낸곳 | (주)태학사
등록 | 제406-2020-000008호
주소 | 경기도 파주시 광인사길 217
전화 | 031-955-7580
전송 | 031-955-0910
전자우편 | thspub@daum.net
홈페이지 | www.thaehaksa.com

편집 | 조윤형 여미숙 김선정
디자인 | 한지아 이보아
마케팅 | 김일신
경영지원 | 정충만
인쇄·제책 | 영신사

책임편집 | 조윤형
북디자인 | 한지아

ⓒ 이정화, 2022. Printed in Korea.

값 20,000원

ISBN 979-11-6810-019-0 03810

이 전집은 춘원 이광수 선생 유족들의 협의를 거쳐 막내딸인 이정화 여사의 주관으로 발간되었습니다.

춘 원 **이 광 수** 전 집 **20**

나

—

장편
소설

정홍섭 감수

태학사

이광수(李光洙, 1892~1950)

일러두기

1. 이 책은 생활사 간행 재판 『나―소년편』(1948. 7, 초판 1947. 12)과 생활사 간행 초판 『나―스무 살 고개』(1948. 10) 등 작가 생전에 간행된 단행본을 저본으로 삼고, 삼중당 간행 중판 『이광수 전집 6』(1972)과 푸른사상사 간행 『나의 일생: 춘원 자서전』(최종고 편, 2014)을 참조했다.
2. 이 책은 2017년 3월 28일 문화체육관광부 고시 '한글 맞춤법'에 따라 현대어로 옮긴 것이다. 각각의 작품은 저본에 충실하되, 현대적인 작품으로 일신하고자 하였다. 단, 작가의 의도를 드러낼 필요가 있거나 사투리, 옛말, 구어체 중에서도 오늘날 의미나 어감이 통하는 표현은 가급적 살리고자 하였다.
3. 한글만 쓰기를 원칙으로 하되, 낱말의 뜻을 파악하기 어려운 한자어나 외국어의 경우 한글을 먼저 쓰고 한자 또는 해당 원어를 병기하였고, 경전, 시가, 한시, 노래 등의 원문을 그대로 인용한 경우에는 필요에 따라 번역문이나 독음을 덧붙였다.
4. 대화는 " "로, 등장인물의 생각이나 강조의 뜻은 ' '로, 말줄임표는 '……'로 표기하였다. 읽는 이들의 편의와 문맥을 감안하여 원문의 의미를 훼손하지 않는 선에서 적절하게 문장부호를 추가, 삭제하거나 단락 구분을 하였다.
5. 저술, 영화, 희곡, 소설, 신문 등의 제목은 각각의 분량을 기준으로 「 」와 『 』로 표기하였다.
6. 숫자는 가급적 한글로 표기하되, 연도 등 문맥을 고려하여 필요하다고 판단되는 경우에는 아라비아 숫자로 표기하였다.
7. 현행 외래어 표기법을 따르되, 그 쓰임이 굳어진 것은 관례적인 표현을 따랐다.
8. 명백한 오탈자라든가 낱말의 순서 바뀜 등의 오류는 바로잡았다. 선정한 저본만으로 해결할 수 없는 경우, 다른 판본을 참조하여 수정하였다.
9. 이상의 편집 원칙에 따르되, 감수자가 개별 작품의 특성을 고려하여 유연하게, 탄력적으로 이 원칙들을 적용하였다.

 춘원연구학회가 춘원(春園) 이광수(李光洙) 연구를 중심축으로 하
여 순수 학술단체를 지향하면서 발족을 본 것은 2006년 6월의 일이다.
이제 춘원연구학회가 창립된 지도 16년이 되었다. 그동안 우리 학회는
2007년 창립기념 학술발표대회 이후 학술발표대회를 21회까지, 연구논
문집『춘원연구학보(春園研究學報)』를 21집까지, 소식지『춘원연구학
회 뉴스레터』를 13호까지 발간하였다.

 한국 현대문학사에 끼친 춘원의 크고 뚜렷한 발자취에 비추어보면 그
동안 우리 학회의 활동은 미약하였다. 그러나 여러 가지 어려운 여건 속
에서도 학회를 창립하고 3기까지 회장을 맡아준 김용직 선생님과 4~5
기 회장을 맡아준 윤홍로 선생님, 그리고 학계의 원로들과 동호인들의
각고의 노력으로 우리 학회의 내일이 한 시대의 문학과 문화사에 깊고 크
게 양각될 것으로 기대된다.

 일제강점기에 춘원은 조선인들에게 민족의식을 일깨워주고 문학적 쾌
락을 제공하였다. 춘원이 발표한 글 중에는 일제의 검열로 연재가 중단되
거나 발간이 금지된 것도 있다. 춘원이 일제의 탄압에도 끊임없이 소설을

쓴 이유는 「여(余)의 작가적 태도」에 잘 나타나 있다. 이 글은 검열을 의식하면서 쓴 글임에도 비교적 자세히 춘원의 입장을 밝히고 있다. 춘원은 "읽을 것을 가지지 못한" 조선인, 그중에도 "나와 같이 젊은 조선의 아들 딸을 염두에" 두고 "조선인에게 읽혀지어 이익을 주려" 하는 것이라 하면서, 자신이 소설을 쓰는 근본 동기가 "민족의식, 민족애의 고조, 민족운동의 기록, 검열관이 허(許)하는 한도의 민족운동의 찬미"라고 밝히고 있다. 춘원의 소설은 많은 젊은이에게 청운의 꿈을 키워주기도 하고 민족적 울분을 삭여주기도 했다.

뿐만 아니라 춘원은 『신한자유종(新韓自由鐘)』의 발간, 2·8독립선언서 작성, 대한민국 임시정부 수립, 임시정부의 『독립신문』 사장, 수양동맹회(修養同盟會)와 수양동우회(修養同友會), 그리고 동우회(同友會) 활동 등 독립운동과 민족운동에 참여한 바 있다.

일제는 1937년 7월, 중일전쟁 직전인 1937년 6월부터 1938년 3월까지 수양동우회와 관련이 있는 지식인 180명을 구속하고 전향을 강요하였으며, 1938년 도산(島山) 안창호(安昌浩)의 사후 춘원은 전향하고 '가야마 미쓰로(香山光郎)'로 창씨개명을 하게 된다.

당시의 정황은 우리가 생각하는 것처럼 단순하지 않다. 조선의 히틀러라 불리는 미나미 지로(南次郎) 총독이 전시체제를 가동하여 지식인들의 살생부를 만들고 그들의 생명을 위협하던 시기였다. 나라를 잃고 민족만 남아 있는 일제강점기에 우리 선조들은 온갖 고난을 감수해야만 했다. 일제에 저항하여 독립운동을 하고 옥사한 사람들도 있지만, 생존을 위해 일제에 협력하고 창씨개명을 한 이들도 적지 않았다.

해방 후 춘원은 자신의 과오를 반성하지 않고, 자신은 민족을 위해 친

일을 했고, 민족을 위해 자기희생을 했노라고 했다. 이러한 주장은 많은 사람들로부터 질타를 받았다. 그럼에도 춘원을 배제하고 한국 현대문학과 현대문화를 논할 수 없으며, 그가 남긴 문학적 유산들을 친일이라는 이름으로 폄하하는 것은 온당해 보이지 않는다. 문학 연구에 정치적인 논리나 진영 논리가 개입하면 객관적인 연구가 진척될 수 없다. 공과 과를 분명히 가리고 논의 자체를 논리적이고 이지적으로 전개해야 재론의 여지가 생기지 않는다.

삼중당본 『이광수전집』(1962)과 우신사본 『이광수전집』(1979)은 편집자의 의도에 따라 많은 작품이 누락되어 춘원의 공과 과를 가리기에 어려움이 있다. 또한 현대어와 거리가 먼 언어를 세로쓰기로 조판한 기존의 전집은 현대인들이 읽기에 어려움이 있다.

따라서 춘원이 남긴 모든 저작물들을 포함시킨 새로운 전집을 발간할 필요성이 제기되었다. 춘원연구학회에서는 춘원의 공과 과를 객관적으로 평가하는 장을 마련하기 위해 춘원학회가 아닌 춘원연구학회라 칭하고 창립대회부터 지금까지 공론의 장을 마련해왔으며, 새로운 '춘원 이광수 전집' 발간을 준비해왔다.

전집 발간 준비가 막바지에 달한 2015년 9월 서울 YMCA 다방에 김용직, 윤홍로, 김원모, 신용철, 최종고, 이정화, 배화승, 신문순, 송현호 등이 모여, 모 출판사 사장과 전집을 원문으로 낼 것인가 현대어로 낼 것인가, 그리고 출판 경비는 어느 정도로 할 것인가를 가지고 논의했으나 합의점을 찾지 못했다. 2016년 9월 춘원연구학회 6기 회장단이 출범하면서 전집발간위원회와 전집발간실무위원회를 구성하였다. 전집발간위원회는 송현호(위원장), 김원모, 신용철, 김영민, 이동하, 방민호, 배화승, 김병선, 하타노 등으로, 전집발간실무위원회는 방민호(위원장), 이경재, 김형규, 최주한, 박진숙, 정주아, 김주현, 김종욱, 공임순 등으로 구성하였다.

전집발간위원들과 전집발간실무위원들은 연석회의를 열어 구체적인 방안들을 논의하고, 또 전집발간실무위원들은 각 작품의 감수자들과 연석회의를 하여 세부적인 사항들을 논의한 끝에, 2017년 6월 인사동 '선천'에서 춘원연구학회장 겸 전집발간위원장 송현호, 태학사 사장 지현구, 유족 대표 배화승, 신문순 등이 만나 '춘원 이광수 전집' 발간 계약을 체결하였다. 춘원이 남긴 작품이 방대한 관계로 장편소설과 중·단편소설을 먼저 발간하고 그 밖의 장르를 순차적으로 발간하기로 하였다. 또한 일본어로 발표된 소설도 포함시키되 이 경우에는 번역문을 함께 수록하기로 하였다.

전집발간위원회에서 젊은 학자들로 감수자를 선정하여 실명으로 해당 작품을 감수하게 하며, 감수자가 원전(신문 연재본, 초간본, 삼중당본, 우신사본 등)을 확정하여 통보해주면 출판사에서 입력하여 감수자에게 전송해주고, 감수자는 판본 대조, 현대어 전환을 하고 작품 해설까지 책임지기로 하였다.

'춘원 이광수 전집' 발간은 현대어 입력 작업이나 경비 조달 측면에서 간단한 일이 아니어서 오랜 시일이 소요되었다. 전집 발간에 힘을 보태주신 김용직 명예회장은 영면하셨고, 윤홍로 명예회장은 요양 중이시다. 두 분 명예회장님을 비롯하여 전집발간위원회 위원, 전집발간실무위원회 위원, 감수자, 유족 대표, 그리고 태학사 지현구 사장님께 감사드린다. 아울러 실무를 맡아 협조해준 전집발간실무위원회 김민수 간사와 춘

원연구학회의 신문순 간사, 그리고 태학사 관계자에게도 고마운 마음을
전한다.

2022년 1월

춘원이광수전집발간위원회 위원장 송현호

차례

소년편

첫째 이야기

내가 나기는 이조 개국 오백일년, 예로부터 일러오는 이씨 오백 년의 운이 다한 무렵이요, 끝으로 둘째여니와 사실로는 끝 임금인 고종의 이십구년 봄이었다. 내가 나서 세 살 먹을 때에 갑오년 난리가 나서 평양 싸움에 패하여 쫓겨 오는 청병이 내 고향으로 노략질을 하고 지난 것은 어른들에게 들어서 알 뿐이거니와, 내가 살던 동네가 읍에서 사십 리나 떨어졌을뿐더러 큰길에서 멀기 때문에 직접 난리를 겪지는 아니하였다.

나는 나라의 쇠운에 태어났을뿐더러 우리 집의 쇠운에도 태어났다. 내 아버지가 큰 집에서 작은 집으로, 거기서 또 작은 집으로 십사오 년 내에 다섯 번이나 이사를 하다가 여섯째 번에 저승으로 가버렸거니와 내가 난 것은 첫 번 옮아간 집에서였다. 그러니까 큰 집을 팔아서 작은 집을 사고 거기서 남는 것으로 유일한 생계를 삼는 정통적 쇠운의 첫머리에 내가 마흔두 살 먹은 아버지의 만득자로, 사대봉사의 장손으로 이 집에 온 것이었다.

내가 난 집은 돌고지 산 밑 늙은 홰나무 박인 우중충한 집이었다. 내가 외가에 가면 돌고지 도련님이라고 불린 것은 이 때문이었다. 외가에서는 우리 집을 돌고지집 또는 돌고지댁이라고 부르지마는 우리 동네에서는 일가들은 큰집이라고 부르고, 타성 사람들은 혹은 서울집, 혹은 이 장령 댁이라고 불렀다. 이 장령이라 함은 내 고조가 장령이라는 벼슬을 한 때 문이거니와 서울집이라는 것은 가장이 서울살이를 많이 한다는 데서 온 것이라고 한다. 또 혹은 우리 집을 정문(旌門)집이라고도 불렀는데, 이 것은 내 팔대조와 증조가 다 효자로 표정(表旌)을 받아서 우리 집 대문 에 단청을 하고 붉은 널에 흰 글자로 효자 아무의 문이라고 새긴 정문 현 판이 달렸던 까닭이거니와, 아버지가 정문 있던 집을 팔고 대문 낮은 초 가집으로 떠나온 뒤로는 그 붉은 정문 현판은 종이로 싸고 섬거적에 묶어 서 으슥한 구석에 매달아만 두었기 때문에 정문집이라는 명예로운 칭호 는 내가 난 뒤에는 들어보지를 못하였다. 또 이 장령댁이라는 택호도 내 조부 때까지는 어울렸겠지마는 근년에 와서는 나 많은 이거나 그렇지 아 니하면 특히 우리 집에 경의를 표하여 부를 경우에 한하여지는 모양이었 다. 오직 하나 변할 수 없는 것은 당내 일가들이 부르는 큰집이라는 택호 였다.

만일 내 조부가 우리 집에 그냥 살았다면 우리 집은 좀 더 세상에서 대 접을 받았을는지 모르지마는, 풍류객인 조부는 기생 작첩을 하여가지고 읍내에서 일찍부터 딴살림을 하여서 제사 때에나 잠깐 집에 다녀갈 뿐이 었고, 그나마 환갑이 지난 뒤로는 '효손 아모 노불장사'라고 축문에 쓰게 되어 영영 우리 집에는 오지 아니하므로 나는 난 지 십여 년에 우리 집이 아주 없어질 때가 되도록 우리 집에 온 조부를 본 일이 없었다.

조모는 내가 나기 전에 세상을 떠났기 때문에 나는 그를 모른다. 사진도 없던 때요, 또 영을 그릴 만한 지위도 없었기 때문에 조모의 모습을 알 길은 없었다. 다만 어른들이 하는 말에서 그가 키가 후리후리하고 몸피가 부대하고 얼굴이 둥글었다는 것과, 조부가 명옥이라는 기생과 딴살림을 한 후로는 제삿날밖에는 남편의 얼굴을 대한 일이 없었다는 것을 알 뿐이요, 그가 첩에게 대하여 강짜를 하였다는 말은 듣지 못하였는데, 내가 여러 번 본 일이 있는 그의 조카 되는 아저씨에 비추어 보면 마음이 너그러워 질투의 불을 태울 사람은 아니었으리라고 생각된다. 아무려나 남편을 제삿날에만 만나다가 돌아간 조모는 결코 팔자 좋은 여인이라고 할 수는 없다. 그렇지마는 나이가 스무 살이나 틀리는 쇠운머리 선비한테 시집을 와서 밥을 굶고 헐을 벗는 고생까지 하다가 돌아간 어머니에 비기면 그래도 조모의 팔자는 상팔자라고 할 것이요, 또 남편으로서의 인물로 보더라도 내 조부는 향당에 이름 높은 잘난 사람이요, 내 아버지는 어떤고 하면 무능하고 못난 편이었으니, 이 점으로 보더라도 조모의 팔자는 어머니의 것보다는 상이라고 할 것이다.

할머니 정은 손자가 안다는데, 할머니 없는 집, 스무 살 갓 넘은 젊은 어머니의 첫아들로 태어난 내 팔자도 팔자였다. 할머니 없는 손자도 손자여니와 시어머니 없는 철없는 며느리가, 밤낮 출입만 하는 남편의 치다꺼리를 하면서 기를 줄 모르는 아이를 기르는 것도 어려운 일이었을 것이다. 어머니는 열다섯 살에 서른다섯 살 된 남편에게로 시집을 와서는 그날부터 주부 노릇을 하였다고 한다. 열다섯 살 먹은 어린 주부가 우중충한 커다란 집을 혼자 지키고 있었을 것을 생각하면 지금 생각하여도 동정이 된다. 우리 집에는 내가 나기까지는 다른 식구는 없고, 게다가 아버지는 집에 붙어 있는 날은 없었다. 혹시 다 저물어서 집에 돌아오면 술이 대취하여서 돌아왔고, 날이 궂은 때면 의관은 젖고 허방에 빠져가지고 돌아왔다. 열다섯 살 된 아내가 술 취한 남편을 섬길 힘이 있었을 리가 없고, 그리하면 남편은 남편대로 아내를 업수이여겼을 것이다. 이러고 좋은 가정이 될 리가 없었다.

그나 그뿐인가, 우리 집에는 일 년에 열 번이나 제사가 있었고, 어떤 달에는 한 달에 두 번 있는 때도 있었다. 게다가 사오 명절을 가하면 해마다 열다섯 번이나 제사가 있었다. 내게 고조 되는 이 네 위 제사에는 내 칠촌, 팔촌들까지 모여 와서 제사를 차렸지마는 그래도 종손부는 종손부다. 철없어 잘할 줄 모를수록에 어린 마음에 더욱 걱정이 많았을 것이다. 증조 세 위 제사에는 내 오촌 두 집이, 조모의 제사에는 내 삼촌 양주가 왔지마는, 어린 어머니 혼잣손으로 차리는 두 제사가 있었으니, 그것은 아버지의 전실 두 위다. 아버지는 열다섯에 첫 장가를 들어서 삼 년 만에 상처를 하고 둘째 번 맞은 이는 딸 하나를 낳고 돌아가고 나를 낳은 어머니는 셋째 번 장가든 이였다. 이 전실 두 위의 제사에는 아버지도 참예하는 일이 없었으나(내가 아는 한에서는), 어머니는 이 제사도 다른 제사와 다름없이 목욕하고 새 옷을 갈아입고 제수를 차리는 것을 나는 보았다.

어머니가 이렇게 어리고 외로운 것도 한 이유러니와 외조모는 가끔 집에 왔다. 아마 내가 나기 전에도 그랬을 것이지마는 내 기억에도 외조모가 집에 오던 것이 남아 있다. 그는 우리 집에 올 때에는 꼭 무엇을 들고 아버지가 집에 있나 없나 눈치를 보면서 들어왔다. 그것은 아버지를 다만 점잖은 사위라 하여서 어려워하는 마음에서만이 아니었다. 어려워도 할 만한 일인 것이, 외조모와 아버지와는 나이가 십 년밖에 틀리지 아니하였다. 그러나 외조모가 아버지를 꺼리는 것은 아버지가 그의 장모인 내 외조모를 좋아하지 아니하기 때문이었다. 나는 아버지가 외조모를 싫어한 까닭을 다 알지는 못하나 한 가지는 안다. 그것은 외조모가 우리 집에 오면 고사를 지내거나 무르츠개질을 하는 때문이었다. 우리 집도 구가라 위하는 귀신이 많았다. 내 기억에 남는 대로 꼽더라도, 안방 윗목 시렁 위에 문 밑께로부터 차례로 좌정한 귀신이 첫째로 마을, 둘째로 서천인데, 해마다 한 번 세간을 들어내고 방에 새로 흙물을 바를 때에 마을, 서천의 설작을 열어 보면, 마을에는 무명과 명주로 만든 여자의 옷과 피륙이 있고, 그 밖에 커다란 장지에다가 채색으로 말을 그린 마지라는 것이 들어 있고, 서천이라는 검은 칠한 설작에는 백목과 굵은 베가 피륙대로 들어 있었다. 마을, 서천이라는 큰 그릇 외에는 이름은 잊었으나 작은 것이 둘인가 셋인가 차례로 놓여 있었다. 보 위에 베와 백지를 접어서 매어 단 성주는 말할 것도 없거니와, 곳간에는 제석님이라는 신이 모셔 있었고 뒤울안에는 '철륭'이란 큰 오쟁이가 놓여 있어서 이 속에는 집을 지키는 구렁이가 들어서 산다고 하며, 대문간에는 광대삼성이라는 찬란한 오색 비단 헝겊을 늘인 귀신이 있으니 이것은 대과에 급제한 집에만 있다는 명예로운 귀신이었다. 뉘게서 들었는지 기억은 없으나, 우리 집에서는 대대로 해마다 불공을 드리고 일 년 일 차 무당을 들여 굿을 하였다는데, 조모가 돌아간 후로 불공도 굿도 다 아니 하게 되어서 그 때문에 신벌이 내려서 우리 집 세사가 갈수록 어려워진다는 것이었다. 조모도 안 계시니 실상 고사를 지내거나 굿을 할 사람도 없었던 것이라 귀신들도 그만한 짐작을 할 것이건마는 사실상 굿 아니 한 이래로 집은 점점 더 어려워져서 내가 무엇을 알 때쯤 하여서는 굿을 할 마음이 있어도 할 힘이

없게 되었다. 나는 어머니가 (아마 외조모의 말을 들은 때문이겠지마는) 아버지를 보고,

"굿하던 집에서 굿을 안 하면 굿을 하고 싶어도 굿을 할 힘도 없어진다던데."

하고 우리 집에서도 다시 굿을 시작할 것을 여러 번 조르는 것을 보았다.

"그 쓸데없는 소리 말아. 또 양 씨가 그런 소리를 하는 게지."

하고 아버지는 버럭 화를 내었다. 양 씨란 외조모다.

그러나 만득자 외아들인 내가 몸이 따끈따끈할 때에는 굿은 못 하여도 외조모가 하는 정도의 일을 잠자코 있었다. 아버지는 술 먹는 것밖에는 아무 데도 욕심이 없는 사람이면서 나 하나만은 무척 소중하게 여겼다. 그런데 나라는 것이 어려서 잔병이 많아서 퍽이나 아버지의 속을 썩였다. 내가 앓을 때면 아버지는 출입도 아니 하고 사랑에도 안 나가고 내 곁에서 잤다. 등잔에는 참기름 불을 켜고 아버지는 대님도 끄르지 아니하고 둥근 목침을 누여서 베고 내 곁에서 잤다. 참기름 불을 켜는 것은 정성을 드리는 표요, 둥근 목침을 누여서 베는 것은 잠이 깊이 들지 말자는 뜻이었다. 이러한 때에는 아버지가 외가에 사람을 보내어 외조모를 청하는 일도 있어서, 외조모는 당당하게 우리 집에 들어와서 무당에게 무꾸리한 대로 무슨 무르츠개나 할 수가 있었다.

아마 아버지가 나를 데리고 다시 불공을 다니기 시작한 것도 나 때문이었다고 생각한다. 약하고 잔병 많은 내 목숨을 아무리 하여서라도 늘려 보려고 그의 유교적인 고집도 휘여버린 것일 것이다.

아버지는 내 몸에 좋다는 것이면 무엇이나 다 하여본 모양이었다. 무론 우두도 놓았다. 지금은 우두라면 누구나 다 맞는 것이지마는 오십 년

전에는 그렇지 못하였다. 나는 우리 이웃에 마마하는 아이들을 많이 보았고, 길가 뽕나무에 오색 헝겊 단 집 오쟁이를 본 기억이 많다. 이것이 마마가 끝난 뒤에 손님(별성마마)을 냄내는 것이었다(배웅한다는 뜻이다). 작은손님(홍역)과 큰손님(천연두)은 사람으로 태어나서는 면할 수 없는 것으로 알고 있었다. 이 두 손님을 치르고 나야만 아들, 딸이 아들, 딸이라고 생각하였다.

마마하는 사람이 있는 집에서는 대문에 금줄을 늘여 외인의 출입을 막고 온 가족은 말도 크게 못 하고 조심하였다. 별성마마는 목숨을 맡은 신의 사신이어서 세상 경계로 말하면 정승이나 판서와 같은 높은 어른이었고, 이 손님께 조금도 불공한 일이 있으면 그 벌역이 앓는 사람에게로 내려서, 작으면 곰보가 되고, 크면 소경이 되고, 더 크면 죽는다는 것이었다. 그래서 손님을 모신 집에서는 내외가 한자리에 들지도 못하고, 살생은 물론이거니와 모든 비린 것, 부정한 것을 끼여서 오직 정한 소찬만을 먹고, 등도 반드시 참기름 불 장등을 하였다. 그러다가 마마가 다 내어 뿜고 더데가 떨어질 때가 되면 깨끗한 짚으로 오쟁이를 틀고 거기 색 헝겊을 달고 기타 예물을 담아서 동네 동구 밖 뽕나무에 달고 흰떡, 무나물 같은 정한 제물을 차려서 무당이 배웅을 하는 것이었다. 이렇게 아들이나 딸이 죽지도 않고 소경도 안 되고 귀도 안 먹고 벼슬자국(곰보)도 없이 곱게 구실을 치르고 나면 집안에는 이에서 더한 경사가 없었다. 마마라는 구실을 치르는 것이 이 세상 한세상 인간 생활을 할 자격을 얻는 것이었다.

아직 우두도 안 놓고 구실도 아니 한 나를 둔 아버지의 마음 조임은 용이히 상상할 수가 있다. 더구나 이 동네 저 동네에서 누가 앓는다, 뉘 아들이 죽었다 하여 아들딸 가진 사람들이 모두 전전긍긍하는 그런 편안치 못한 시절에는 아버지는 나 때문에 잠시도 마음을 놓지 못하는 모양이었다. 이런 때에는 외조모가 와서 여러 가지 귀신에게 비는 것도 못 본 체하고, 또 몸소 나를 데리고 절에 불공도 갔다. 흰 종잇조각에 주묵으로 그린 이상야릇한 부적도 얻어다가 대문이며 방문 지도리 위에 붙였다. 한번은 먹으로 그린, 머리 셋 있는 매의 그림을 갖다가 벽장문에 바른 일도 있다.

"아버지, 그건 뭐요?"

하고 내가 물으면, 아버지는,

"이것은 삼두응이라고 하는 것인데 삼재팔난을 쪼아 먹어버리는 매다."

하고 가르쳐주었다. 삼재팔난이 무엇인지는 설명을 듣지 못하였다.

아버지는 또 풍수설을 아는 사람을 데리고 조상의 산소들도 돌아본 모양이어서 내 조모의 산소가 좋지 아니한 혈에 있다는 것을 걱정하였으나, 아마 면례를 지낼 힘이 없음인지 돌아갈 때까지도 산소를 고치지 못하였다.

아버지는 잔병치레하는 내가 미덥지가 못하여서 이 모양으로 백방으로 내 목숨을 늘리려고 애를 썼다. 그뿐 아니라 아버지는 무슨 큰 불행이 우리 집에 닥쳐오는 것을 예감한 모양이었다. 그가 세상을 떠나기 전 삼사 년간은 항상 무슨 신비한 위협을 받는 것 같아서 가끔 꿈자리가 사납다고 낯을 찡그리고, 집터가 나쁘다고 집 옮길 말을 하고, 언제나 마음이 불편한 모양이었고, 남자 오십이 그렇게 쇠할 나이도 아니건마는 눈에 뜨이게 몸이 수척하고 얼굴이 치사하였다. 내 철없는 어린 마음에도 불길한 예감이 가끔 생겨서, 시무룩하고 담배만 피우고 앉았는 아버지의 얼굴을 물끄러미 들여다보았다.

그러는 동안에도 나는 차차 나이를 먹고 키가 자랐다. 언제부터 어떻게 공부를 시작하였는지 모르거니와 언문도 깨치고 한문도『대학』,『논어』,『맹자』,『중용』,『고문진보』전집,『사략』초권 하편 같은 것도 읽었다. 나는『맹자』와『중용』을 글방에서 배운 것은 기억하나,『천자문』과 그 밖의 것은 어디서 배웠는지 모르니 아마 아버지께 배웠을 것이다. 갑자, 을축 하는 육갑도 배우고, 갑기지년에 병인두, 을경지년에 무인두 하는 것이며, 갑기야반에 생갑자, 을경야반에 생병자 하는 것 등도 배우고 사례(四禮)도 배워서 축문도 내 손으로 썼다. 이것은 아버지가 재미와 자랑거리로 내게 씌운 것이다. 이런 것이 원인이 되어서 나는 재주 있는 아이라는 소문을 내게 되었다. 나는 순임금 모양으로 눈동자가 둘이라는 둥, 무엇이나 한번 들으면 잊지 아니한다는 둥 무척 과장된 칭찬을 받게 되었다. 아버지 친구들이 찾아오면 내게 글자를 물어보고, 내가 그것을 알면 과연 용하다고 굉장하게 칭찬을 하였다. 그럴 때면 아버지는 만족한 듯이 웃었다.

무론 이런 칭찬은 다 엄청나게 과장된 것이요, 사실은 아니었다. 그렇지마는 나 자신도 우쭐하지 아니할 수는 없었다. 공부에 들어서는 아무도 나를 못 따르리라는 생각을 가지게 되었다.

나를 과장하여 칭찬하는 사람들은 내 눈정기가 좋은 것을 말하고 내 얼굴이 잘난 것을 말하였다. 그들의 말에 의하면 나는 천에 하나 만에 하나도 드문 큰사람이 될 것이었다.

"야, 재주가 아깝구나. 세상이 말세니 재주를 쓸 데가 있나."

하고 나를 위하여서 한탄하는 사람도 있었다. 내가 세 살 나던 해부터 소위 갑오경장이라고 해서 과거의 제도가 없어지고 말았으니 과거 없는 글을 무엇에 쓰느냐 하는 것이었다.

과거란 좋은 것이었다. 아무리 궁하던 선비라도 한번 과거에 급제만 하면 복록이 거기 있었다. 『고문진보』에 진종 황제의 「권학문」이라는 글이 있다.

잘살려고 좋은 밭을 사려 말라,
글 속에 저절로 천석 타조가 있다.
편안히 살려고 큰 집을 짓지 말라,
글 속에 저절로 황금 집이 있다.
장가들기에 좋은 중매 없어 걱정 말라,
글만 하면 얼굴이 옥 같은 계집이 있다.

하는 것이니, 글만 잘하면 재물도 집도 미인도 저절로 생긴다는 것이다. 서당에서 이 글을 읽는 아이들은 누구나 어깨가 으쓱하였다.

'진종 황제가 날 속였네.'

하는 한탄을 하는 사람이 더 많을는지 모르지마는 진종 황제의 말대로 된 사람도 많았다. 개국 오백 년에 잘된 사람은 대개 글을 읽고 과거를 한 사람들이었다. 그런데 이제 말세가 되어서 그 좋은 과거가 없어졌으니 내가 아무리 글을 잘하기로 무엇에 쓰느냐 말이다.

어린 마음에도 과거가 없다는 것은 퍽이나 섭섭하였다. 정 도령이 들어앉고 새 나라가 되어서 다시 과거가 생길 것이라고 하는 사람도 있었다. 홍패 한 장이면 벼 백 섬, 기와집 한 채는 걱정 없는 세상이 오기를 바라는 것이 이때에 글방 도련님네의 소원이요, 동시에 내 소원이었다.

무슨 참의, 무슨 지평 하는 아버지의 친구들도 있었다. 그들은 다 점잖았다. 망건 위에 보이는 탕건이며, 갓끈에 보이는 은고리며, 더구나 뒤통수에 허연 옥관자며, 다 나의 부러움을 자아내었다. 그들은 걸음을 걸어도 뚜벅뚜벅, 말을 하여도 느릿느릿, 웃음을 웃어도 허허하고 길게 힘 있게, 앉음을 앉아도 떡 뒤로 젖히고 연해 좌우 손의 식지와 장지로 수염을 쓸었다. 이런 것들이 다 내가 보기에 좋고 부러웠다. 나는 그런 소위 조관들의 흉내를 내어보기도 하였다.

"흐어, 흐어, 흐어."

하고 웃는 너털웃음이 그중에도 멋이 있었다.

나는 '과거만 있다면야' 하고 작은 주먹을 불끈 쥐었다. 아버지한테 과거 보는 방법도 들었다. 아버지는 승부에 초시를 하였을 뿐이요, 대과에는 낙방 거사였다. 시, 부, 표, 책이니 강경이니, 일불(一不)이 살육통(殺六通)이니, 장원이니, 어사화니, 홍패니, 어주 삼배니, 한림이니, 옥당이니, 이러한 말도 배웠다. 사헌부, 사간원, 예문관, 춘추관, 승정원, 이런 것도 배우고, 이, 호, 예, 병, 형, 공 육조며, 좌랑, 정랑 하는 낭관과 참의, 참판 하는 당상관이며, 이러한 것도 배우고, 감사, 병사, 목사, 군수, 부사, 현감, 현령, 이러한 외직도 무엇인지를 배웠다. 나는 이런 것을 아는 것만 해도 거기 가까워지는 듯 생각하였다.

'그렇지만 과거가 없으니 무얼 해?'

이 생각은 내게 절망에 가까운 그늘이 되었다. 그래도 글은 읽었다. 『사요취선(史要聚選)』, 『사문유취(事文類聚)』가 과거 준비에 필요하다는 말을 듣고 잘 알지도 못하면서 그것을 떠들어보기도 하고, 열여덟 구시, 부를 짓는 연습도 하여보았다.

지금 내 안목으로 생각하면 그때에 우리 집을 건질 길은 글공부보다도 농사를 시작하는 것이었다. 그러나 낙방 거사인 책상물림으로 아버지는 농사를 지을 생각은 아니 하였다. 어머니는 농가 생장이어서 퍽 농사를 하고 싶어 하였으나 아버지는 대대로 농사를 모르던 버릇이 고질이 되어 있었다. 과거가 없어진 그날이건마는 어떡하자고 아버지는 밥벌이할 주변을 할 줄 모르고, 마치 나라에서 부르시기를 기다리는 사람 모양으로 고식적인 생활을 하고 있었다.

이때에 눈 밝은 사람들은 많이 글을 집어 내던지고 농사를 시작하였다. 그렇게 일찍부터 서두른 사람들은 얼마 아니 하여서 생활이 안정되었건마는 아버지는 그럴 생각을 아니 하였다. 그리고 날로 날로 가난에서 가난으로 굴러떨어져서 그가 만 오십이 되던 해에 집을 팔아서 약간한 빚을 갚고 선산 나무를 찍어서 새로 집 한 채를 일으켜 세웠으니, 이것이 삼 년 후에 그가 세상을 떠나고 우리 살림이 파하여진 마지막 집이었다.

둘째 이야기

나는 아버지의 귀하고 귀한 만득자로, 또 오대 장손으로, 재주 있는 아이로 육칠 세까지는 남의 대접을 받고 자라났다. 그러나 집이 더욱 가난하여져서 아버지가 폐포파립으로 구걸을 하다시피 하게 되매 우리 집에는 오는 손님도 끊어지고 제삿날이 되어도 일가친척도 모이지 아니하였다. 나는 가난의 설움을 뼛속 깊이 느꼈다.

우리 집의 가난은 아버지가 넷째 집을 팔고 다섯째요, 또 아버지에게는 마지막 집인 새 집을 지을 때에 벌써 그 극도에 달하였었다. 왜 그런고 하면, 이 집은 방 두 칸, 사당간 한 칸, 부엌 한 칸, 그러고는 헛간 한 칸으로 된 집이어서 이보다 더 간략할 수는 없는 오막살이였고, 그것도 힘이 부족하여서 담도 반밖에는 못 두르고 대문도 없이 칠 홉쯤 짓다가 내버리다시피 한 집인 것으로 보아서 알 것이다. 터도 무론 남의 밭 한 귀퉁이를 얻은 것이어서, 김 산장이라는 사람이 싫다는 것을 아버지가 떼를 쓰다시피 하여 빌려 얻은 모양이었다. 집 한 채 들어앉고 채마라고 손바닥만 한 땅이 붙어 있어서 어머니가 거기다가 오이, 가지, 강냉이, 온갖 채소를 조금씩 조금씩 다 심고, 옷감을 얻는다고 삼까지도 심었다. 농가에서 생장한 어머니는 요만한 농사라도 짓는 것을 기뻐하였고, 또 그 농사 덕에 여름내 가으내 푸성귀를 얻어먹고 내가 오이와 강냉이를 따 먹을 수도 있었다. 어머니는 요 조그만 땅이 터지도록 여러 가지를 심었다. 호박과 바가지는 집 가로 돌라 심고 외가에서 얻어 온 봉숭아, 금전화, 뚝두화, 분꽃 같은 화초도 심었다. 호박꽃에는 벌들이 오고, 박꽃에는 박나비가 머물렀다.

"밭이라도 두어 뙈기 있었으면."

어머니는 철모르는 나를 보고 이런 소리를 가끔 하였다. 실상 밭만 하루갈이 있었더라도 어머니는 온갖 농사를 다 지었을 것이다.

외가에는 논도 있고 밭도 많았다. 그러한 집에서 자라난 어머니는 논밭이 퍽 그리웠던 모양이었다. 나도 밭과 농사에 대하여서 약간 취미를 가졌다면, 그것은 이때에 얻은 것이었다. 나는 어찌하면 밭을 좋은 것을 하루갈이 사서 어머니의 소원을 풀어드리나 하고 궁리하였다. 그러나 칠팔 세 된 아이가 아무리 궁리를 하기로 별도리가 나올 까닭이 없었다.

우리 집 바로 앞이 김 산장네 큰 밭이었다. 좀 기울어져서 반듯한 밭은 못 되나 보리도 잘되고 콩도 잘되었다. 개울에 가까운 편은 질어서 수수를 심었다. 그 밭은 내 눈에는 한량없이 큰 것 같았다. 사실은 하루갈이나 되었을 것이다. 이 밭은 살 수가 없나, 나는 이런 생각을 하였다.

'돈이 어디서 나서.'

나는 벌써 돈의 힘을 느꼈다. 이 세상의 모든 밭에는 주인이 있다는 것과, 그것을 내 것을 만들려면 돈을 주고 사야 된다는 것도 알았다. 그런데 그 돈이 어디서 나는 것인지 그것을 나는 몰랐다. 우리 집에는 돈이 있는 것을 보지 못하였다.

그때에 돈이라면 말끔 전, 쇠천, 당오, 이런 것이 있었고 예전 우리 집 곳간 문 쇳대에 달린 당백이라는 큰돈도 있었으나(인제는 그 열쇠도 쓸데가 없지마는 그래도 어머니는 그것을 가죽끈에 단 채로 방구석에 걸어두었다. 언제나 광 있는 집을 쓰고 살게 되면 써보자는 것이었다), 당백전은 쓰지는 아니하였고 당오전은 한 닢으로 썼다. 그래도 나는 돈 셈을 알았다. 엽전 열 닢이면 한 돈이요, 백 닢이면 한 냥이요, 천 닢이면 열 냥이요, 쉰 냥이면 한 짝이라 하고, 백 냥이면 한 바리라고 하였다. 이것은 소 한 바리에 쉰 냥 짝 두 짝을 실을 수 있다는 뜻이어서 나 같은 아이는 열 냥을 지고 가기가 힘들었다. 열 냥 꾸러미면 큰 구렁이 하나만큼 길었다. 그것을 방바닥에 꿈틀꿈틀하게 펴놓으면 보기가 좋았다. 그런 열 냥 꾸러미 열만 있으면 어머니의 평생소원인 밭 하루갈이는 살 수 있었을 것이었다. 그런데 그것이 우리 집에 들어오기는 대단히 어려웠다. 쌀 한 말에 한 냥, 국수 한 그릇에 다섯 닢, 엿 한 가락에 한 닢이니, 백 냥이란 돈이 얼마나 엄청나게 큰 돈인 것을 알 수 있을 것이다.

나는 하루갈이 밭이라는 어머니의 소원이 빌미가 되어서 돈벌이하는 길을 연구하여보았다. 쌀이니 기타 곡식이 먹고 남아서 장에 내다가 팔면 돈이 생기는 줄을 알았으나, 쌀을 사다가 먹는 우리로서는 팔 것이 있을 리가 없었다. 우리 집에 조상 적부터 내려오던 물건, 병풍, 책, 놋기명 같은 것들이 없어진 뜻도 인제는 알게 되었다. 아버지가 팔아버린 것이었다. 내가 울고 아니 내어놓는 것을 잠깐 빌려 간다고 나를 속여서 내 이모부에게 내어준 칠서(七書)도 다시 돌아올 것이 아닌 것인 줄을 깨닫게 되었다.

　이 칠서에 대하여서는 한마디 아니 할 수 없다. 그것은 여러 가지로 연상되는 일이 있기 때문이다. 이 칠서는 적어도 나로부터 팔 대 이상을 전하여오던 것일 것이다. 내 팔대조가 형제 진사로 유경(留京)하기 전부터 있던 것이라면 더 오랠 것이요, 내 팔 대조가 서울서 사 온 것이라면 팔 대나 된 것이다. 이 책으로 내 칠 대, 육 대, 오 대조가 다 공부를 하였고, 내 고조 장령공이며 내 증조 사간, 종증조 승지공이 다 이 책으로 공부를 하였고, 내 조부, 종조부, 아버지, 삼촌이 다 이 책으로 공부를 하였던 것이다. 그런데 외조모가 돌아가서 그 초종에 왔던 이모부가 우리 집에 와서 하루를 묵고 갈 때에 이것을 자기가 타고 왔던 말에 실리고 간다는 것이다. 이 책을 꺼낼 때에 나는 알았거니와, 사랑간 책을 담았던 큰 뒤주 속에는 책이라고는 『고문진보』 전후집 두 질, 『한훤차록(寒喧箚錄)』 한 벌, 『주자봉사(朱子封事)』 한 벌, 고조부의 일기 한 벌, 『마경(馬經)』 한 벌, 『무원록(無冤錄)』, 『척사윤음(斥邪綸音)』, 『이서필지(吏胥必知)』, 이런 허접쓰레기 책이 남아 있을 뿐이요, 내가 과거 볼 때에 쓴다던 『사요취선』, 『사문유취』 같은 것조차 없어지고 말았었다. 이것은 아버지가 나 모르게 꺼내어 팔아버린 모양이었다. 내게 알리지 아니한 아버지의 심정을 모름이 아니지마는 나는 무척 슬펐다. 그래서 울면서 이숙에게 팔아넘기려는 칠서만은 아니 된다고 나는 발버둥을 치고 울었다. 나는 어머니가 원하는 밭 하루갈이가 생긴다 하더라도 이것만은 내어놓기가 싫었다.

　그러나 내 밭여울 형(이모의 아들)이 잠깐 빌려다가 읽은 뒤에 가져온다는 말에 눈물을 씻고 양보하였던 것이다.

그 후 얼마 지나서 나는 밭여울 이모의 집에를 갔다. 이모는 나를 무척 귀애하였고, 내 이종형은 말할 것도 없거니와 형수도 나를 귀애하였다. 이모 집은 잘사는 집이기 때문에 닭도 잡아주고 떡도 하여주고 여러 가지로 대접을 받았다. 이 집에는 밭도 많고 돈도 많다고 생각하고 부러웠고, 또 형수도 있고 누이들도 둘씩이나 있는 것이 놀기가 좋았다. 우리 집은 왜 이렇지를 못한가 하고, 어머니가 불쌍한 생각이 나서 이모에게 밭 하루갈이 달랄까 하다가 부끄러워서 말을 내지 못하였다.

형을 따라서 서당에를 갔다. 거기는 아이들이 많았다. 그중에 형은 접장으로 맨 아랫목에 정자관을 쓰고 앉아 있었으나 선생만 나가면 형은 머리카락으로 활을 메워서 바늘 화살로 벽에 붙은 파리를 쏘았다. 형은 장난꾼이었다. 장가를 들고 정자관은 썼지마는 나이는 열대여섯 살밖에 되지 아니하였었다. 그는 얼굴 잘생기고 재주가 있고 나를 대단히 귀애해주었다. 형수는 형보다 네 살이나 나이 위여서 다 어른이었다. 살이 희고 눈이 가늘고, 아무도 없는 데서는 내 머리도 만져주고 손도 만져주었다. "도련님"이라고는 하면서도 제 동생같이 나를 가지고 놀았다. 나는 그것이 싫지 아니하여서 "아주머니, 아주머니" 하고 따랐다.

그 집에는 나와 동갑 되는 누이와 나보다 두 살 아래 되는 누이가 있었다. 집에서 외톨이로 자라난 나는 이 누이들과 노는 것이 제일 좋았다. 윷도 놀고, 공기도 놀고, 풀 뜨르러도 다녔다.

이 모양으로 나는 며칠 동안 가난과 외로움을 잊어버리고 잘 놀고 집으로 왔다. 내 책을 읽고 있는 형을 원망도 아니 하였다.

그러나 집에 돌아와 보니 마치 밝은 데 있다가 갑자기 어두운 데로 들어온 것 같았다. 첫째로 동네가 그렇다. 이모네 집이 있는 밭여울은 같은 김가만 수삼십 호 자성일촌하여 사는 부촌이었다. 기와집만이 십여 호나 있고 초가집도 모두 크고 깨끗하였다. 그런데 우리가 새로 집을 지은 곳은 우중충한 산 밑인 데다가 집이라고는 단 세 채였다. 아버지는 마치 우리 집의 초라한 꼴을 아무쪼록 세상에 숨기려고 이런 외딴곳에다가 집을 지은 것 같았다. 단 세 집이라 하여도 모조리 불이 붙게 가난한 집이었다. 뒷집은 안채에는 노름판 붙이기로 소문난 대장장이, 바깥채에는 쪼그라진 절레 마누라와 그의 남편인지 머슴인지 알 수 없는 대감이라고 칭하는 오므라진 영감쟁이가 들어 살고, 앞집은 아들 형제 데리고 사는 과부의 집으로서 나이 이십이 넘은 떠꺼머리 등툭이라는 총각이 낯에 여드름이 툭툭 불거진 것이 장가도 들지 못하고 있다. 이 두 집 틈에 우리 집이 있다. 짓다가 중도에 역사를 중지한 채로 비바람에 썩고 찌그러진 집이라면 누구나 상상할 수가 있을 것이다. 천지간에 가장 빈궁한 이웃, 그중에도 가장 빈궁한 집이 우리 집이었다.

우리 집에는 삐걱하는 대문도 없고, 번화한 닭, 개의 소리도 없었다. 사람도 조석을 굶는 처지에 닭, 개는 무엇을 먹이나. 쥐도 우리 집에는 붙을 리 없으니 동네 고양이도 올 리가 만무하다. 하물며 말, 당나귀의 기운찬 소리며, 소, 송아지의 소박한 소리가 우리 이웃에서 날 까닭이 없었다.

내가 이렇게 구슬픈 생각을 안고 집에 다다랐을 때에는 어머니는 마당에서 혼자 삼을 벗기고 있었다. 텃밭에 심었던 삼을 여남은 단 베어서 다른 사람들 하는 삼굿에 넣어서 찐 것을 앞개울에 담가두었다가 집으로 옮겨서 벗기는 것이었다. 얼른 안 벗기면 말라서 아니 벗는다. 나는 이모댁 이야기와 이런 대접 저런 대접 받던 이야기를 하면서 이모가 싸준 떡과 찐 옥수수와 닭의 다리와 이런 것을 어머니와 함께 점심 삼아서 먹고 어머니를 도와서 삼을 벗겼다. 잘은 못해도 어머니가 석 대를 벗기는 동안에 한 대는 벗겼다. 겨릅대는 말려두었다가 마가을에 게잡이할 때에 홰로 쓰면 좋다는 말이 내게는 더욱 즐거웠다. 나는 금년에는 다른 어른들과 큰 애들 모양으로 떡 내 횃불을 들고 앞개울에서 게를 잡는다 하면 그만해도 조금은 내가 큰 아이가 된 것 같아서 대견하였다.

이렇게 벗긴 삼을 어머니가 혼자 바래어서 삼실을 만들었다. 이것은 한 필 베가 되어서 이듬해 여름 옷감이 되었다.

아마 어머니는 이 삼베에 재미를 붙임인지 이듬해에는 누에를 한 방 놓았다. 한 방이라는 것은 기다란 발로 둘이었다. 무론 우리 집에는 뽕나무가 없었다. 재작년까지 살던 집에는 밭도 있고 뽕나무도 있었건마는 지금은 없었다.

나는 어머니가 뽕 따러 가는 데도 한두 번 따라가보았다. 어머니는 바구니와 보자기를 가지고 아침 일찍 나섰다. 외갓집 밭둑으로 가는 것이다. 거기는 커다란 뽕나무가 열 나무도 넘는데, 그중에는 갈삐라 하여 잎사귀 큰 뽕도 있고, 또 잎이 조그만 늙은 나무도 있었다. 오디는 아직 까맣게 익지는 아니하였으나 불그스레하였고 더러 잘 익은 놈도 있었다. 나는 뽕보다도 오디 따 먹기에 정신이 없었다.

어머니는 계집애 적에 해마다 뽕을 따던 곳이건마는 출가외인이라 이제는 남의 것이요, 게다가 외조모까지 돌아가고 이제는 올케와 조카며느리들의 것이 되었으니, 마음에 꺼리는 모양이어서 처음에는 사람이 있나 없나 하고 사방을 돌아보다가 이파리 잔 뽕을 훑기 시작하였다. 그러나 점점 이 뽕나무는 우리 뽕나문데 하는 생각이 나는 모양이어서 차차 담대하게 갈삐도 따기 시작하였다. 한 바구니가 차면 보에 쏟고 이 모양으로 커다란 이불보 위에 거의 뽕잎이 그득 찼을 때에,

"뽕 따지 마우. 거 누구야, 남의 뽕을 따게."

하는 날카로운 소리가 들렸다. 어머니는 휘어잡았던 뽕나무 가지를 놓고 뒤를 돌아보았다. 나도 돌아보았다. 소리 임자는 분명 내 외사촌 형수였다. 어머니에게는 조카며느리지마는 나이로는 얼마 틀리지 아니하였다. 형수는 종종걸음으로 이쪽을 향하고 오고, 그 뒤에는 그 딸, 나만 한 계집애와 개가 따랐다.

나는 고개를 쳐들어 어머니를 쳐다보았다. 아직 이십칠팔 세밖에 안 되는 어머니건마는 가난 고생에 나이보다는 늙었고 머리까지 적어진 것 같았다. 어머니는 잠깐 어쩔 줄 모르는 듯이 멀거니 형수가 달려오는 데를 바라보고 섰더니, 무슨 결심을 했는지 천연스럽게 뽕나무 가지를 휘어잡아서 득득 잎사귀를 훑었다.

"아, 그래도 뽕을 따네. 따지 말라는데 남의 뽕을 따. 거, 원, 누구란 말야."

형수의 목소리에는 노기가 있었다. 개가 사람 앞질러 멍멍 하고 주인의 노염을 알아듣고 일변 짖으며 일변 달리며 우리 모자 있는 데로 왔다. 그러나 낯익은 나를 보고는 어이없는 듯이 우뚝 서서 꼬리를 흔들고는 제 주인 쪽을 돌아보았다.

"잘 아는 사람이오."

하고 주인에게 알리는 것 같았다.

형수도 우리가 누군지 알아본 모양이었다. 우뚝 섰다. 그 딸만 나한테로 뛰어왔다. 나는 이를테면 그의 아저씨다. 그럴뿐더러 나와는 장난 동

무였다. 그래도 어머니는 모른 체하고 뽕만 따고 있었다.

'내 뽕 나 따는데 네년이 무슨 상관야.'

하고 뻗대는 태도였다.

뽕 도적놈이 우리 모자인 줄을 안 형수는 머쓱하고 섰다.

다른 때 같으면 내가 "아주머니, 내요." 하고 나설 것이지마는, 나는 내 어머니와 형수와의 사이에 지금 이상한 적의가 있는 것을 알고 나도 어머니 모양으로 모른 체하고 오디를 따고 있었다. 나는 어머니 편이 될 수밖에 없었던 것이다.

한참 동안 피차간에 아무 말이 없었다. 퍽이나 야릇한 장면이었다.

마침내 형수가 먼저 항복을 하였다.

"아이, 돌고지 도련님이오? 난 누구라고."

형수는 이렇게 말하고 내 곁으로 왔다. 나는 형수를 보고 싱겁게 웃었다. 부끄러운 것 같았다. 형수는 내가 싫어하는 사람은 아니었다. 그러나 외조모가 내게 밤이나 떡이나 이런 것을 싸줄 때에는 늘 이 형수의 눈을 꺼리는 눈치를 보였기 때문에, 내 마음에도 이 형수는 만만치 아니한 사람이라고 생각하고 있었다. 그는 키가 작달막하고 눈이 옴팡눈이요, 입을 꼭 다물어 그 동그스름한 얼굴에 매서운 빛이 있었다. 뒤에 두고 보아도 그 형수는 무척 똑똑하고 능한 사람이었다.

형수는 어머니 등 뒤로 가까이 가서,

"아주머니."

하고 반갑게 불렀으나 어머니는 고개도 돌리지 아니하고 여전히 뽕을 따면서,

"도경아, 인제 고만 집으로 가자."

하고는 뽕나무 가지를 놓고 형수와 마주치지 아니할 방향으로 몸을 돌려서 뽕 보자기께로 간다.

나는 어머니 음성이 심상치 아니함을 느껴서 곧 어머니를 따라가서 그 얼굴을 들여다보았다. 어머니 눈에는 눈물이 그득 차 있었다. 부끄럽기도 하고 분하기도 하고 집이 가난한 것이 원망스럽기도 한 것이었다.

집에 돌아오니 누에들은 배가 고파서 모가지를 높이 쳐들어 내어두르고 있었다. 어머니는 손에 뽕잎을 듬뿍 집어서 누에 위에 활 주었다. 누에들은 좋아라고 이 눈물 젖은 뽕잎을 소나기 소리를 내면서 먹었다. 누에도 나와 같이 가난한 집에 태어나서 내가 밥을 굶는 모양으로 가끔 뽕을 굶었다. 그러나 어머니는 비가 오거나 무슨 일이 있거나 뽕을 얻어다가 누에를 아주 굶겨 죽이지는 아니하였다. 나도 가끔 동무네 집 뽕을 얻어도 오고 훔쳐도 왔다. 이렇게 도적질한 뽕, 비럭질한 뽕을 얻어먹고도 누에는 제대로 자라서 오를 때에 올라서 고치를 지었다. 나중에 알고 보니 어머니가 이렇게 구구스럽게 누에를 친 것은 내가 장가들 때에 쓸 것을 준비함이었다. 또 이삭 면화를 주워서 백목 두 필을 짠 것도 같은 목적으로 한 것이었다. 그러나 어머니는 마침내 내가 장가드는 것을 보지 못하고 돌아가고, 그 명주와 무명은 어머니의 은 패물과 함께 내가 서울로 공부를 떠나는 노자가 되고 말았다.

어머니는 내가 열 살 되던 해부터 벌써 나를 장가들일 생각을 한 모양이어서 아버지보고 조르는 것을 여러 번 들었다.

"남들은 열한 살에 다 장가를 들이는데."

하고 삼십이 갓 넘은 어머니는 아버지더러 며느리를 얻어내라고 보챈 것이었다. 그때에는 조혼하는 풍습이 있어서 밥술이나 먹는 집에서는 아들을 열세 살을 넘겨서 장가들이는 일이 거의 없었다. 신랑보다 사오 년, 심하면 육칠 년 더 먹은 며느리를 맞다가 일변 부모가 낙을 보고 일변 하루바삐 씨를 받으려는 것이었다. 세월이 흉흉하여서 세상이 뒤집힌다는 생각을 누구나 가지고 있던 그때에는, 아들이 있으면 얼른얼른 장가를 들이고 딸이 있으면 어서어서 시집을 보내는 것이 부모로서 시름을 놓는 일이라고들 생각하였던 것이다.

노랑두 대가리
물레줄 상투야,
언제나 길러서
내 낭군 삼나.

하는 민요는 이것을 말하는 것이다. 어머니도 내게 대하여 이런 생각을 가진 것이었다.

어머니 생각에 나를 장가들이기에 가장 필요한 것이 명주 몇 필, 무명 몇 필, 은 패물 몇 개, 이런 것이었다. 어머니는 자기가 시집올 때에 가지고 온 옷을 모두 입지 않고 장에 넣어두었고, 이불 두 채도 야청 이불보에 싼 대로 시렁에 얹어두어서 내어 덮는 일이 없었다. 아무리 밥을 굶어도 은 패물을 내어 팔 생각은 아니 하였다. 어머니는 궁한 늙은 남편을 둔 아내로서 아무 다른 낙도 희망도 없고 오직 며느리를 보는 것으로만 살아가는 목표를 삼은 것이었다.

어머니는 세상에서 이른바 날렵하다거나 칠칠한 부인은 아니었다. 이모의 말과 같이 '못난이'는 아니라 하더라도 꾀가 있는 것도 아니요, 말

재주가 있는 것도 아니었다. 아버지에게는 미련퉁이 소리를 들었으나 아버지도 진정으로 어머니를 미련하다고 생각하지는 아니하였다. 외조모의 대상에 다녀온 후로 일절 외가에를 가지 아니하는 어머니의 행동은 마음에 잡은 바가 굳은 표였다.

"없는 사람이 있는 일갓집에 찾아가면 무엇을 얻으러 온 것같이 생각한다."

어머니는 이렇게 말하였다. 이모 집에서 청하는 일이 있더라도 어머니는 일절 안 갔고, 어느 일갓집에도 가지 아니하였다. 어머니는 '내가 못 살게 되었다.' 하는 것을 아프게 느끼는 동시에 그 못사는 부끄러운 꼴을 남에게 보이고 싶지 아니하였다. 아버지가 폐포파립으로 돌아다니는 것도 어머니는 늘 못마땅하게 생각하였다.

그러는 동안에 내가 여섯 살 적에 누이동생이 나고 누이동생이 세 살 먹던 해에 또 누이동생이 하나 났다. 새집에 와서 세간은 더욱 줄었으나 식구는 둘이나 더 늘었다. 식구가 느니 살림은 더욱 어려워졌다. 이에 아버지도 최후의 결심을 한 모양이었다. 아무리 하여서라도 돈을 벌어야겠다고 생각하는 모양이었다.

셋째 이야기

아버지의 갓은 더욱 낡아지고 의복은 더욱 남루하여졌다. 더구나 여름에 노닥노닥 기운 베옷이 땀에 후줄근한 모양은 비참할 지경이었다.

아버지는 나가서 열흘 스무 날 집에 아니 들어오는 일이 많게 되었다. 무엇을 하고 돌아다니는지는 어머니도 모르고 나도 모른다. 우리 사 모 자는 밥을 굶어가면서 아버지가 돌아오기를 기다린다. 나는 이 동안에 짚세기도 삼아보고 땔나무도 하러 다녔다.

우리 집에는 지게나 낫이나 갈퀴나, 이런 연장은 아무것도 없었다. 나는 새끼 한 바람을 들고 뒷산에 올라가서 삭정이나 마른 풀을 손으로 긁어서 묶어 들고 돌아왔다. 가을이면 어머니도 밭에 나가서 콩가리를 손으로 긁어서 치맛자락에 싸가지고 돌아왔다. 쌀이 떨어지면 우리는 밥을 굶었고, 시래기에 수수를 한 옴큼 두어서 끓여 먹는 일도 있었다. 어머니가 심어서 기름을 낸 아주까리기름으로 밤에 등잔불만은 컸다. 이렇게 굶어 죽게 된 때에는 아버지가 양식을 지고 들어오거나, 또는 사람을 시켜서 지워 왔다. 이것을 보면 아버지가 우리를 잊지 아니하고 무엇을 구하러 돌아다니는 것을 알 수가 있었다. 이러한 쌀 짐은 판에 박은 듯이 밤에 왔다. 길이 멀어서 날이 저문 것인지, 남의 이목을 꺼려서 부러 해 지기를 기다린 것인지 나는 모른다. 아무도 찾아올 사람 없는 우리 집 마당에 밤에 기침 소리와 발자국 소리가 나면, 그것은 먹을 것을 가지고 오는 아버지거나 아버지의 심부름을 받은 사람이었다. 그러므로 우리 모자는 밤이면 가끔 귀를 기울였다.

"쌀 받으슈."

하고 짐꾼이 턱 하고 퇴에 짐을 내려놓는 소리에 우리들의 입은 벌어지고 가슴은 울렁거렸다. 아버지가 아니 온 것이 섭섭하나 먹을 것만 온 것도 기뻤다. 어머니는 새 기운을 얻어서 부엌으로 내려갔다. 밤이 이르거나 늦었거나 쌀이 생긴 때가 끼니때였다. 우리 세 어린것들은 부엌에서 어머니가 밥 짓는 소리를 들으면서 맛있는 것을 먹을 것을 생각하고 기운이 나서 재깔댔다. 실로 밥을 굶은 날은 우리들은 말없이 가만히 앉아 있었다.

어느 섣달 대목이었었다. 밖에는 함박눈이 퍽퍽 내리고 있었고, 우리들은 과세는커녕 저녁밥도 굶어서 찬방에 사 모자가 올올 떨고 있었다.

"초시님 계시우?"

하고 두루막에 북두를 질끈 졸라맨 주막집 차인들이 하루 종일 외상값을 받으러 왔다. 대문도 없는 우리 집이라 그들은 안방 앞에까지 터벅터벅 들어와서 돈을 내라고 하였다.

"아버지 안 계셔요."

나는 일일이 이들을 응대하였다.

"초시님 언제 돌아오슈. 섣달그믐이 되어두 외상을 안 내시면 어떡헌단 말씀요. 작년 것도 밀린 것이 있는데."

빚받이는 이런 소리를 하였다.

애초 우리 집에 돈을 받으러 오는 것이 망계다. 우리 집에 무슨 돈이 있나. 그보다도 우리 아버지에게 외상을 주는 것이 잘못이다. 술이나 국수나 주면 그저 줄 것이지, 우리 아버지가 무슨 재주로 그 값을 갚나, 나는 이런 생각을 하면서 돌아서 나가는 빚쟁이의 뒷모양을 바라보았다.

밤도 깊고 눈도 깊은 때에 마당에서 발자국 소리가 났다. '이크, 또 빚받이!' 하고 귀를 기울일 때에,

"아버지다."

하고 어머니가 벌떡 일어났다. 십칠팔 년 내외로 살아온 어머니는 눈을 밟는 발자국 소리에서도 아버지를 알아내었다. 우리들은 벼락같이 문을 열어젖히고 퇴로 나섰다. 과연 아버지였다. 그리고 웬 짐꾼 하나였다.

"었네, 눈 오는데 수구했네."

하고 아버지는 우리들과 말하기 전에 한 뼘이나 되는 돈꾸러미 하나를 짐꾼에게 주어 보내었다. 아마 한 냥은 되는 모양이니 꽤 먼 데서 짐을 지워 가지고 온 모양이었다.

아버지는 옷과 갈모의 눈을 털고는 끙끙하면서 짐을 방으로 들고 들어왔다. 우리들은 짐 가로 돌라붙었다. 맨 밑에 흰 자루에 든 것이 쌀인 것은 말할 것도 없으나, 쌀자루 위에 보자기로 싼 것, 수지로 싼 것, 유지로 싼 것들은 아이들 옷감, 댕기, 미역, 고기, 소금에 절인 숭어, 김, 곶감, 이런 것들이요, 아버지가 손수 들고 온 것은 술병이었다. 찹쌀도 두어 되 있었다. 얼만지 모를 작은 뭉텅이가 수두룩이 쏟아졌다. 얼른 보아도 제

물인 것이 분명하였다. 섣달그믐날은 고조모님 제사도 있고 설날 새벽에
는 다례도 있을 것이다. 떡이 없는 것이 섭섭하였으나 그런 불만을 말할
처지가 아니었다.

"이거 백 냥어치도 더 되겠어요."

어머니는 한 가지 한 가지 집어 옮겨놓으면서 이런 말을 하였다. 지나
간 가난 고생도 앞날의 걱정도 일시 다 잊어버린 것 같아서 어머니의 얼
굴에는 희색이 만면하였다.

나와 동생들도 다 마음을 턱 놓고 잠이 들었다. 아버지도 있고 먹을 것
도 있으니 도무지 걱정이 없었다.

나는 언젠지 모르나 잠을 깨었다. 아버지는 어느새 새 옷을 갈아입고
행전을 치고 갓을 쓰고 초를 잡고 있고, 어머니는 부엌에서 무엇을 하는
소리가 들렸다. 나는 벌떡 일어났다.

옆에는 벼룻집이 뚜껑이 열린 채로 있었다. 축문 두 장이 서판 위에 놓
여 있었다.

나는 내 머리맡에도 새 옷이 놓여 있는 것을 보았다. 누이의 머리맡에
도 다홍치마가 하나 놓여 있었다. 어머니가 밤 동안에 이것을 만든 모양
이었다.

나는 부엌에 내려가서 더운물을 얻어서 세수를 하였다.

"가만있어, 내 머리 빗겨주께."

어머니는 일변 아궁이에 불을 넣으며 일변 솥뚜껑을 열어보았다. 어머
니와 아버지는 제물을 차리기에 밤을 새운 모양이었다.

나는 머리를 빗고 새 댕기를 드리고, 내 누이동생도 다홍치마를 입었
다. 아버지는 초를 다 잡고는 병풍을 치고 제상을 내어놓았다. 병풍은 다

44

팔다가 하나만은 남겨놓았던 것이다. 촛대도 향상도 향로도 다 내어놓았다.

부엌으로부터 제물이 들어왔다. 제물이라야 산 사람의 간략한 밥상밖에 못 되었다. 메, 갱, 과, 포, 채, 모두 몇 가지가 아니 되어서 커다란 제상에 벌여놓은 것이 실로 적막하였다. 나도 바로 몇 해 전까지 이 상이 그득 차는 것을 보았었다. 비록 두부적, 무나물이라도 이처럼 적지 아니하였고, 배, 밤, 감, 대추도 구색은 하였었다. 나는 이 제상에서처럼 우리의 집이 쇠하여가는 것을 절실히 느낀 일은 없었다.

"아버지, 제상은 크게 만들 게 아니오."

내가 이런 소리를 하여서 아버지의 쓴웃음을 자아내었다. 내가 이렇게 우리 집의 쇠운을 느낄 때에는 여비 남복 두고 들날리는 집에서 자라난 아버지의 감개는 열 층이나 더하였을 것이다. 칠월 내 고조의 기일에는 갓 쓴 제관이 사십 명이나 되었더니라고 내 종조모가 하는 말을 나는 들었다. 그중에는 내 종중조 사간, 재종중조 승지, 내 조고모부 조 교리, 중조고모의 아들 김 장령도 끼었더라고 한다. 나는 그렇게 우리 집이 빛나던 날을 몸소 보지는 못하였으나 어린 마음에 그날이 무척 그립고 현재의 영락한 가세가 한없이 슬펐다.

아버지는 열한 살 먹은 나를 데리고 말없이 고조모의 제사와, 내게는 오대조 이하의 십오 위의 다례를 지내고 나니 훤하게 밝았다. 이것이 불행히도 아버지와 어머니로서는 이 세상에서 지낸 마지막 다례요, 이생에서 맞은 마지막 설이었다.

아버지가 그동안에 어떤 모양으로 생활비를 벌었는지는 내가 물어본 일도 없고 들은 일도 없었으나 그가 만인계를 따라다닌 것만은 안다.

만인계라는 것은 그때에 평안 감사로 왔던, 돈 많이 먹기로 유명한 민 모가 허가한 것으로서 『천자문』 순서대로 하늘 천 자 일 호에서부터 십 호, 잇기 야 자 일 호에서부터 십 호까지 만 장의 표를 만들어 한 장에 석 냥씩에 팔고는, 은행나무로 알을 만 개를 만들어서 거기 각 번호를 쓴 것 을 통에다가 넣고 벌거벗은 사람이 뒤흔들어서 그중에 하나씩을 통 꼭대 기에 있는, 알 한 개 나올 만한 구멍으로 나오게 하여서, 일등, 이등, 삼 등을 뽑는 일종의 도박이다. 이렇게 알을 뽑는 것을 출통이라고 한다. 만 명이 하나에 석 냥씩이면 삼만 냥(엽전풀이로 그러하니 당으로는 십오만 냥 이요, 오늘 돈 셈으로 삼천 원이다)이니 이 중에서 일등에 만 냥, 이등에 삼 천 냥, 삼등에 천 냥, 도합 일만 사천 냥을 상금으로 주고 나머지 일만 육 천 냥 중에서 오천 냥을 감사와 원에게 뇌물로 바치고, 그러고 남는 만여 냥으로 비용을 쓰고, 마지막에 남는 것을 허가 얻은 사람이 먹는 것이었 다. 만 냥이라면 지금 안목으로 보면 대단치 아니한 돈이지마는 "천 냥 부자는 하늘이 안다."던 그때에는 만 냥이라면 수백 석 거리 전답을 장만 할 만한 큰 재산이었다. 민 모가 평안 감사로 있는 동안에 평안도에는 아 마 수백이라고 세일 만한 만인계와 천인계가 허가되고 실행되어서, 그 때문에 갑작부자도 생기고 탕진가산한 사람도 생겼다.

이 만인계는 아버지와 같은 사람에게는 안성맞춤이었다. 아버지로서 한번 일어날 길은 만인계에 일등을 타는 일이었다. 고놈의 은행 알이 뱅 뱅 돌다가 아버지가 가지고 있는 번호를 가지고 나오기만 하는 날이면 우 리 집은 걱정 없이 되는 것이다. 그런데 그것은 누구에게나 꼭 나올 수 있 을 것만 같았다. 적더라도 아니 나올 까닭은 없는 것 같았다. 내가 알기 에도 우리 동네는 아니나 한 십 리 밖에 사는 절뚝발이 백 과부의 아들이 만인계 일등을 타서 제가 머슴 살고 있던 기와집과 전장을 사고, 단박에 장가를 들지 아니하였나. 아버지는 이 절뚝발이 과부만 못할 리가 없다고, 만인계를 보인다면 타관까지도 따라다닌 모양이었다.

한번은 여전히 우리 네 식구가 배를 곯고 있노라니까 아버지가 또 짐꾼 하나를 앞세우고 개선장군 모양으로 의기양양하게 돌아왔다. 역시 짐은 쌀, 암치, 옷감, 이런 것들이었다. 그때에는 아버지의 말이, 내 이름으로 표 한 장을 산 것이 이등이 빠졌는데, 계란에 유골로 쌍알이 빠져서 일천오백 냥밖에 못 탔다는 것이었다. 만일 쌍알만 아니 빠지고 내 번호만 빠졌더면 삼천 냥을 탈 것인데 분하다고 하였다. 저편의 알만 빠지고 내 알이 안 빠졌더면 아버지는 한 푼도 못 탔으리라고는 생각지 아니하는 모양이었다.

"그런데 이상한 일이야."

하고 아버지는 대단히 의기양양하여서 어머니와 우리들을 보고 말하였다.

"도경이허구 쌍알 빠진 사람이 김 소저라는 계집애란 말이야. 거 이상하지 않아?"

"거, 참."

어머니도 그것을 신통하게 생각하는 모양이었다. 나도 이상하게 생각하고 김 소저라는 어여쁜 계집애의 모습을 눈앞에 그려보았다.

"그래, 그 김 소저라는 계집애는 어디 앤가요?"

어머니는 매우 흥미에 끌리는 모양이었다.

"앤지 어른인지 알 수가 있어?"

아버지는 싱겁게 웃었다.

"아니, 그것을 왜 안 알아보우. 우리 도경이와 나이가 상적하다면 통혼이라도 해볼 것 아니오?"

어머니는 힐문하였다.

"그러니 그걸 무에라고 묻누."

아버지도 아까운 듯이 고개를 숙였다.

"어쩌면 그렇게 무심하시우? 웬만하면 궁금해서라도 알아볼 것 아니오? 만사가 다 그러시니 당신을 어떻게 믿고 살아요?"

어머니는 큰 보물이나 큰 기회를 놓친 것처럼 뾰로통하였다. 모처럼 들어오는 며느리를 내어쫓은 것같이 생각하는 모양이었다.

아버지는 입맛이 쓴 듯이 입을 쩍 하고 돌아앉는다. 나도 아버지가 김 소저의 일을 물어보지 아니한 것을 아깝게 생각하였다.

"인제는 도경이도 열한 살이 아냐요? 남 같으면 장가들일 때가 아냐요? 당신도 벌써 나이가 육십을 바라보시면서 어쩌면 글쎄 며느리 구할 생각을 아니 하시오?"

어머니는 모처럼 아버지가 가지고 온 쌀이며 옷감이며 반찬거리도 다 귀찮다는 듯이 두 손으로 그 짐을 발치로 와락 밀어버린다. 어머니 신이라고 사 온 신발이 떼구루 시렁 밑으로 구른다.

"다 때가 있겠지, 인연이 있고."

아버지는 이렇게 혼잣말 모양으로 중얼거리고는 한숨을 쉬었다.

"그 김 소저라는 애도, 앤지 어른인지도 모르지마는, 천정배필이면 서로 알아지고 만나지겠지. 딴은 이상은 해, 그 왜 쌍알이 나온담."

김 소저가 나와 천정배필이 아닌 것은, 이야기를 쓰는 오늘날까지도 그가 누구인지도 모르는 것을 보아서 분명한 일이다. 그때에 아이였었는지 어른이었는지 모르거니와 설사 나와 같은 연배라 하더라도 벌써 육십을 바라보는 노파일 것이다. 그렇지마는 김 소저라는 이름이 내게 평생에 잊히지 아니하는 것만 해도 옅지 아니한 인연이라고 할 것이다.

아버지는 이 모양으로 부지런히 만인계를 따라다닌 모양이나 다시는 이등 쌍알은커녕 삼등 쌍알도 나왔다는 말은 못 들었다.

아버지가 돌아가기 한 반년쯤 전일까, 아버지는 또 의기양양하게 짐꾼을 앞세우고 집에 돌아왔다. 무슨 좋은 일이 있는가 하고 나는 아버지의 눈치를 엿보았다. 어머니는 인제는 아버지에 대하여서는 아무 소망도 없는 모양이었다. 밭 하루갈이도 며느리도 아버지 힘으로는 안 될 것을 아는 모양이었다. 그러나 나는 아버지 편이 되어서 아버지가 무슨 큰 수가 나서 어머니를 한번 깜짝 놀라게 했으면 좋겠다고 기다리고 있었다.

아버지는 봇짐을 풀어서 그 속에서 종이 한 뭉텅이를 내어서 내 앞에 놓았다. 그것은 만인계 표한 책이었다. 지게 호, 봉할 봉에서 차례로 오십 장이었다. 이것을 열 장을 팔면 한 장이나 또는 한 장 값 석 냥이 파는 사람의 구문이 되고, 또 그중에서 알이 나오면 상금의 십분지 일을 파는 사람이 먹게 되는 것이었다. 그러나 아버지가 이것을 내어놓은 것은 그 표를 보란 것이 아님을 깨달았다. 왜 그런고 하면, 나는 그 표를 보다가 사장에 박 아모라는 아버지의 이름을 발견한 것이었다.

"아버지가 만인계 사장이오?"

나는 한끝 놀라고 한끝 기뻐하면서 물었다.

아버지는 빙그레 웃으며 끄덕끄덕하였다.

"어머니."

하고 나는 부엌으로 가서 아버지가 만인계 사장이 되었다는 위대한 사실

을 알렸다. 그러나 어머니는 아궁이로 내는 연기에 눈물을 흘리면서,

"으응."

하고 대단치 아니하게 대답하는 것이 불만하였다. 어머니로서는 만인계 사장이 무엇인지 알지도 못하려니와 아버지가 된 것이라면 대수롭지 못할 것이 의심 없는 일이라고 생각하는 모양이었다.

이날 밤에는 우리 식구들은 여러 가지로 독장사구구를 하였다. 계표만 장이 다 팔리기만 하면(그것이 부리나케 다 팔릴 것이라고 우리들은 생각도 하고 말도 하였다) 모두 삼만 냥이라, 일만 삼천 냥이 상금으로 나가니 일만 칠천 냥이 남아라, 거기서 세금이라 칭하는 뇌물 제하고 비용 제하고 일만 냥이 남아라, 그것을 사장인 아버지와 재무 이 모와 둘이 노나 먹어라, 아버지는 사장이니까 적어도 육천 냥은 돌아올 것이요, 게다가 내나 내 동생들 이름으로 한 장씩 사서 일등, 이등, 삼등 다는 못 나와도 일등 하나만 나와도 만 냥이니 아버지 몫 합하면 일만 육천 냥이라, 내 동생이 이등 아니 나오라는 법 있으며, 내 작은 동생이 쌍알이라도 아니 나오라는 법 있으랴, 이것저것 다 합하면 일만 칠팔천 냥 돈이 들어와라, 그러면 어머니의 평생소원인 밭을 하루갈이뿐이랴, 열흘갈이도 더 사고, 논도 사고, 산도 사고, 집도 정말 좋은 집을 새로 짓고, 그리되면 딸 가진 사람들이 다투어서 나를 사위로 삼을 것이요……. 우리는 밤이 이슥하도록 이러한 토론을 하고 계획을 하고 그 계획을 또 수정을 하고 아주 이만 냥 부자가 다 된 셈하고 자리에 들었다.

"도경이, 너 무슨 꿈꾼 것 없니?"

아버지는 이런 말을 물었다. 만인계에는 꿈이 필요하다. 꿈을 보아서 그것을 풀어서 어느 자 어느 호를 사는 것이었다.

"나는 지붕에 올라갔다가 훌훌 나는 꿈을 꾸었어."

나는 이렇게 대답하였다. 어려서는 날아다니는 꿈을 흔히 꾸었는데 그 전날 저녁을 잘 먹고 배가 불러 잔 탓인지 아주 썩 잘 날아다니는 꿈을 꾼 것이었다.

"됐다. 그러면 새 조 자나 새 봉 자를 사자."

아버지는 매우 만족한 모양이었다.

"새 봉 자 일 호 박도경이."

하고 사장인 아버지가 꼬챙이에 뽑힌 알을 꿰어 들고 겹겹이 돌아선 사람에게 돌려 보이는 모양이 내 눈에 선하였다.

아버지가 하는 일이라면 무엇이나 시들하게 아는 어머니도 이러한 말은 싫지 아니한 모양이어서,

"정말 돈이 그렇게 생기면야 작히나 좋을까. 뽕나무 있는 밭도 사고 밤나무 있는 산도 사고."

이러한 말을 하면서 빙그레 웃으며 작은 동생에게 젖을 빨리고 있었다.

이로부터 며칠 동안은 우리 집에 꽃이 핀 것 같았다. 어머니도 웃는 때가 많았다. 아버지는 무론 만인계 사장 일로 바빠서 읍내에 가 있었다. 우리는 어서어서 오월 초하룻날이 돌아오기를 기다렸다. 이날은 아버지가 사장이 된 만인계가 출통하는 날이었다.

그러나 박복한 사람의 일은 언제나 박복하였다. 출통 일을 며칠 앞두고 만인계 금지령이 내려서 아버지의 경영은 수포에 돌아갔을 뿐 아니라, 그것을 허가를 내느라고 원에게, 감사에게, 또 그 밑에 있는 자들에게 뇌물로 준 오륙천 냥의 돈과, 표를 박은 종이 값, 사무비는 물론이요, 사장인 아버지를 비롯하여 여러 천 냥 공돈이 들어올 것을 믿고 허비한

돈도 적지 아니하였다. 게다가 망신이 여간 망신이 아니었다.

후줄근하게 풀이 죽어서 집에 돌아온 아버지는 얼굴이 사상이었다. 본디 뱃심 없는 아버지에게는 그 타격은 거의 치명적이었다.

집에 돌아오는 길로 아버지는 한 십여 일간 몸살을 앓았다. 변두통이 난다고 해서 동이에다가 솔잎을 쪄서 그 솔잎을 엎질러버리고 뜨끈뜨끈한 채로 그 동이를 머리에 썼다. 이렇게 동이를 쓰고 우두커니 앉은 양을 남이 보았더면 우스웠을 것이다. 그러나 가족들은 숨이 막히지나 않나 하여서 겁이 났다. 이것을 몇 동이 계속 반복하여서 쫙 땀을 흘리고는 거뜬하다고 하고, 누워서 처음으로 잠이 들었다. 이것이 어디서 나온 방문인지 나는 모른다.

십여 일을 되우 앓고 일어난 아버지는 더욱 말이 아니었다. 눈은 쑥 들어가고 볼은 더욱 쪼그라지고 어성도 옆에서도 들릴락 말락 하게 약하였다. 한마디를 하고는, 한 번 힘을 주었다. 속으로 끌어들이는 어성이었다.

그러나 아버지는 차차 밥도 자시고 일어나서 다니게도 되었다. 몸은 이럭저럭 회복되었으나 마음은 회복이 안 되는 모양이었다. 아버지는 이번 만인계 실패로 하여서 영영 자기의 운명을 단념하는 모양이었다. 그 운명이란, 아버지가 하는 일은 한 가지도 뜻대로 안 된다는 것이었다. 오십이 넘어서 육십을 바라보도록 인생의 길을 걸어오는 동안에 모든 것이 실패였다.

"원, 그러기로 그럴 수도 있나?"

하리만큼 한 가지도 아버지의 뜻대로 되는 일은 없었다. 밥숟가락이 입에 닿을 만하면 무엇이 옆에 지키고 섰다가 톡 쳐서 흙바닥에 엎질러버리는 것 같았다. 아버지의 복은 마치 배 안에서 타고 나온 것을 한 껍데기 한 껍데기 벗기어서 차츰차츰 더욱 박복하게 되어서 나중에는 복이라고는 한 땀도 없는 빨가숭이가 된 것 같았다.

아버지의 이번 병은 나았다. 무시무시하게 수척하고 말소리도 허공에서 나오는 것같이 기운이 없었으나 신열도 내리고 변두통도 그치고 바깥 출입도 할 수 있으리만큼은 되었다. 그러나 아버지가 이번 병에 살아난 것은 마치 고생의 미진한 분량을 철저하게 채우기 위한 벌인 것 같았다. 땔나무는 내 손으로 날마다 닭의똥만큼씩 해 온다 하여도 양식은 구할 도리가 없었고, 인제는 팔아먹으려야 팔아먹을 것도 없었다. 있다면 지금 들어 있는 집, 집이라 하기보다는 짓다가 중도에 내버린 것밖에 없었으나 그것도 김 산장네 터에 지은 것이라 아무도 탐낼 것이 못 되었다. 어머니가 나 장가들일 때에 준다고 감추어둔 백목, 명주, 은 패물은, 아마 아버지는 그런 것이 있는 줄도 몰랐을 것이요, 설사 안다 하더라도 어머니 생전에는 내어놓지 아니할 것이었다.

"쌀이 떨어졌는데."

하고 어머니는 빈 바가지를 들고 들어왔다.

아버지는 말이 없었다.

꼭 이날인지는 몰라도 내가 밖에서 들어오니까 아버지는 꿇어앉아서 칼로 목을 겨누고 있었다. 그 칼은 어린 누이동생이 나물 캐러 가지고 갔다 온 식칼이었다. 나는 으아 하고 울음이 터지면서 아버지 팔에 매달려서 그 칼을 빼앗았다.

아버지는 순순히 내게 칼을 빼앗겼으나, 그 얼굴은 마치 정신없는 사람의 것과 같았다. 나는 아버지의 목에 닿았던 식칼을 마당으로 홱 내던졌다가 그것도 안심이 안 되어서 뛰어나가 그것을 집어가지고 방향 없이 달아나서 산에다가 묻어버리고 말았다. 그 칼을 그냥 집에 두었다가는 반드시 아버지의 생명이 끊어지고야 말 것 같았다. 그러고 집에 돌아와 보니 어머니는 젖먹이를 안고 울고 앉아 있고, 아버지는 갓을 쓰고 나갈 준비를 하고 있었다. 어머니와 아버지와의 사이에 무슨 말이 오고 갔는지 나는 모르거니와 아버지는 다시는 집에 아니 돌아올 결심으로 나가려는 것과 같이 내게는 생각했다. 그래서 나는 매어달리고 울고 하여 아버지의 갓을 벗기고 두루마기를 벗겼다. 그러나 내가 생각해보아도 우리 다섯 식구의 살길은 망연하였다. 꼭 굶어 죽을 수밖에는 없는 것 같았다.

이때에 마침 쌀 짐이 들어왔다. 애꾸눈이 노 서방이 지고 온 것이었다. 쌀이 두 말 턱은 되고, 닭이 암탉 하나 수탉 하나 두 마리, 그리고 찹쌀과 팥과 참깨가 한 주머니씩이었다.

애꾸눈이 노 서방은 내 사촌 누이의 시집 먼 일가요 작인이었다. 누이는 명절 때면 애꾸눈이 노 서방을 시켜서 이런 것을 우리 집에 보내는 일이 전에도 있었다. 그 누이는 나보다 이십 년이나 나이가 위이었고 욕심꾸러기 부잣집의 며느리였다. 그는 친동기는 없고 오라비라고 나 하나밖에 없기 때문에 나를 끔찍스럽게 소중하게 여겼다. 그 어머니는 벌써 돌아가고 그 아버지, 곧 내 숙부는 홀아비로 떠돌아다니고 있었기 때문에 친정이라면 우리 집밖에 없었으나, 우리 집이 또 근년에는 거지가 다 되도록 궁하게 되어서, 그는 시집 일가에 대하여서도 면목이 없었다. 그가 보내는 쌀이나 무엇이나 이것은 다 시부모의 눈을 속여서 훔쳐내는 것이요, 애꾸눈이 노 서방은 우리 집에 이런 심부름을 보내는 누이의 유일한 심복이었다.

아버지는 노 서방에게 인사말을 하고 나서,

"이번 보낸 거는 받지마는 다시 보내지 말라고 그러게."

하고 노여운 듯이 일렀다. 내 생각에도 이런 것을 받아먹는 것은 면목 없는 일이었다. 그렇지마는 오늘 만일 이것이 아니 왔더면 어떻게 할 뻔했나 하면 누나가 불현듯 보고 싶었다. 애꾸눈이 노 서방을 따라서 금시에 나서고 싶었다.

넷째 이야기

나는 아버지와 어머니의 비극적인 임종을 말하기 전에 내 어린 시절의
애욕 생활을 돌아보려 한다.

내가 맨 처음 음양의 이치를 알게 된 것이 언제부터인지를 확적히 기
억하지는 못하나 내가 자란 곳이 농촌이기 때문에 닭, 개, 짐승의 배우하
는 것을 볼 기회는 많았고, 소, 말, 당나귀가 흘레하는 것을 젊은 사람들
이랑 아이들이랑 돌라서서 구경하던 것도 분명히 기억된다. 그런 경우에
는 멋들어지고 말솜씨 있는 패들이 마치 우리 애송이들에게 강의하듯이
음탕한 소리를 음탕한 음성으로 음탕한 몸짓으로 지껄이는 것이었다. 또
여름 장마 때나 겨울 추운 날에 젊은것들이 한방에 모여서 신을 삼거나
새끼를 꼴 때에는 그들의 화제는 모두 음양에 관한 것이었다. 나 같은 애
송이들도 그 틈에 끼어서 그들의 음탕한 이야기를 재미있게 들었고 남녀
생활에 호기심을 가지게 되었다.

내 동무에 몽급이라는 아이가 있었다. 그는 나와 동갑이지마는 나보다

영리하여서 아는 것이 많았다. 나는 투전하는 것도 그에게서 배우고 더러운 소리도 그러하였다. 그는 얼굴이 이쁘장하고 눈이 실눈인 데다가 웃을 때에는 눈이 온통 웃음에 묻혀버리고 말았다. 나불나불 말을 잘하고 무엇을 훔쳐내는 데도 재주가 있었다. 나는 그를 일변 꺼리면서도 웬일인지 그와 같이 노는 때가 많았다. 몽급도 제 이웃에 운걸이니 덕경이니 하는 동무가 있으면서도,

"도경아, 도경아."

하고 까치걸음으로 나를 부르러 왔다. 그러면 나도 저항할 수 없이 뛰어나갔다. 그가 내게 올 때에는 반드시 무슨 재미있는 계획을 가지고 왔다. 이를테면,

"야, 우리 오늘은 운걸네 밤 도적질 가자."

하는 이러한 계획이었다. 그러면 나는 그것이 나쁜 일인 줄 알면서도 아니 끌려가지 못하였다. 나는 마음이 약하여 남의 말을 거절 못 하는 성미가 어려서부터 있었다. 이것이 많은 불행의 원인이 되었다. 업보다.

몽급은 나무에도 잘 오르고 담도 잘 넘었다. 나는 둔해서 그런 재주가 없었다.

아마 열 살 적인가. 하루는 나는 몽급의 집에 끌려가서 막걸리에 밥을 말아서 몽급과 둘이서 나누어 먹었다. 이 술은 아마 몽급네 제삿술인 모양이었다. 나는 처음으로 술을 먹어서 얼마 아니 하여 어릿어릿 취하여 옴을 느꼈으나 몽급은 말짱하였다.

"우리 한 잔씩 더 퍼먹을까?"

하고 몽급은 생글생글 웃으며 아주 구미가 당기는 듯이 입을 냠냠해 보였다.

우리는 한 잔씩을 더 훔쳐 먹고 몽급의 집에서 나왔다. 나는 얼굴이 우럭우럭하였다.

우리는 쏜살같이 운걸네 밤나무 판으로 가서 아직 아귀도 안 튼 밤을 막 따서 바짓가랑이가 땅에 닿도록 넣어가지고 막 거기를 떠나려 할 적에,

"이놈들, 밤 따지 말아라!"

하는 소리가 벼락같이 들렸다. 우리는 쥐 모양으로 풀 속으로 언덕 밑으로 헐레벌떡거리고 달아났다.

"망할 놈의 새끼들. 이담에 또 왔단 보아라, 다리 마댕이를 분질러줄 테니."

하고 엄포하는 것은 운걸 아버지였다. 그는 뚱뚱보요 다리가 짧고 자분치가 언제나 목덜미를 덮도록 흘러내려오는 거무스름한 늙은이였다.

"히히."

하고 몽급은 나를 돌아보고 웃었다. 조금만 걸음을 걸어도 씨근거리는 운걸 아버지로는 우리를 쫓아올 수 없는 것이었다.

우리는 이제는 뛸 것도 없었다. 휘파람을 불어가면서 천주산 기슭 으슥한 골짜기 사래밭을 찾아서 천천히 걸어갔다. 여기는 우리가 가끔 놀러 오는 곳이었다. 여기는 아무 데서도 보이지 아니하고 바람도 없고 길에서는 멀고, 훔쳐 온 것을 처리하면서 막 뒹굴고 놀기에는 십상이었다.

우리는 마른 나뭇가지를 주워다가 불을 피웠다. 몽급은 부시쌈지를 가지고 다녔다. 밤을 구워서 먹어가면서 우리는 다리를 뻗고 이야기를 시작하였다. 술 먹은 것이 점점 취해 올라와서 낯은 후끈거리고 정신이 이상하였다. 우리는 서로 마주보고는 마치 술 취한 어른 모양으로 "하하하

하"하고 몇 차례나 웃었다. 대단히 유쾌하였다.

이때였다. 내가 몽급에게서 음양에 관한 자세한 강의를 들은 것이. 나는 그때까지는 사람은 닭, 개, 짐승과는 달라서 그런 절차로 아이를 낳는 것이 아니라고 믿고 있었다.

"사람도 그러나?"

하고 내가 의아하여 하는 말에, 몽급은 참 기가 막힌다는 듯이 허리가 끊어지도록 한바탕 웃고 나서,

"이 바보야."

하고 나를 놀려먹었다.

"내 말이 거짓말인 줄 알아?"

하고 몽급은 분개한 듯이,

"내 말을 안 믿거든 오늘 저녁 우리 집에 가서 나허구 자. 그러면 우리 아버지허구 어머니허구 자는 것을 보여주께."

하고 단언하였다.

나는 몽급의 말대로 그날 밤 몽급네 집에 가 잤다. 그리고 몽급이 약속한 것을 보았다.

나는 안 볼 것을 보았다고 생각하였다. 거기 대하여서 일종의 흥미를 느끼면서도 진저리 치도록 불쾌하였다. 사람이 닭, 개, 짐승과 같다는 것이 아무리 하여도 더럽고 끔찍끔찍하였다. 나는 이때에 예수교를 안 것도 아니요 불교를 안 것도 아니건마는 어디서 이런 생각이 났을까. 전생부터의 무슨 인과라고밖에는 생각할 수가 없었다.

뒷집에는 창린이라는, 타관서 떠들어온 한 가족이 살고 그 바깥채에는 아버지더러 오라버니라고 부르는 전내(殿內) 모신 여편네가 살았다. 우

리는 이 여편네를 서인마누라라고 불렀다. 그는 아버지보다도 나이 십
년이 더 요 얼굴이 쪼글쪼글한 노파였으나 키가 후리후리하고 턱에는
사자 볼이 축 늘어지고 매우 풍신이 좋았다. 같은 밀양 박씨라 하여서 그
럼인지 그는 세상이 다 버리는 아버지를 오라버니라고 불렀다. 그러나
이 일이 이상한 것이 아니라, 내가 말하려 하는 것은 대감님이라는 별명
을 가진 영감쟁이였다. 나이는 아마 칠십은 되었을 것이다. 이는 위에 두
엇 아래 두엇 내놓고는 오무래미요, 머리도 다 빠져서 상투라야 서너 오
라기 센 터럭을 어찌어찌 비끄러맨 명색만이 상투건마는 낯빛은 불콰하
고 손은 억세어서 겨울에는 땔나무를 젊은 사람 볼쥐어지르게 하고, 게
다가 본래 바닷가에 살던 사람이라 고기잡이에 익숙해서 얼음이 얼어붙
은 삼동설한에라도 조개, 숭어, 낙지 등속을 잡아 오기가 일쑤여서 서인
마누라네 밥상에 많은 맛있는 생선이 떨어지는 때가 없었다. 서인마누라
는 보살님을 모셔서 겉으로는 비린 것을 아니 먹노라고 하면서 남이 아니
보는 데서는 곧잘 먹는 모양이었다.

서인마누라는 이 영감 덕에 땔나무와 반찬 걱정이 없었건마는, 내가
보기에는 언제나 그는 이 영감을 구박하여서 어서 집으로 가라고 호령하
였다. 그래도 이 늙은이는 오무래미 입으로 싱글벙글하면서 그 집을 떠
나지 아니하였다. 나는 몽금에게서 남녀의 관계를 설명 들은 때부터는
이 두 늙은이도 그러한 까닭으로 붙어 있는 것이라고 생각하고 혼자 웃
었다.

그 안채 창린네 집도 이상하였다. 창린은 직업은 대장장이면서도 대장
간은 비워놓고 노름판으로 돌아다녔다. 창린 처는 그 친정어머니와 같
이 한 달이면 스무 날은 남편 없는 집에 있었다. 초저녁이면 그 집에 내순

이니 둥툭이니 하는 동네 젊은 사람, 늙은 총각들이 모여서 투전을 하였다. 이렇게 투전을 붙이면 꼰이라고 하여 하룻밤에 몇 냥씩 방세가 떨어졌다. 그러나 창린 처가 늘 분을 바르고 분홍 치마 노랑 저고리를 때 아니 묻게 입고 은가락지를 언제나 치마고리에 달고 다니는 것은 그 꼰으로만이 아닌 줄을 나도 눈치채게 되었다.

그것은 언젠가 밤중에 내순과 둥툭이 창린네 집에서 대판 싸움을 하고, 그때에 창린 처가 꺼이꺼이 울면서 우리 집으로 피난 온 것을 보아도 알 수 있었다. 나는 어린 생각에 이 집은 발 들여놓지 못할 집이라고 생각하고 그 집 앞으로 지날 때에는 퉤하고 침을 뱉는 버릇이 생겼다. 이에 대하여서는 어머니가 내게 무슨 말을 일러준 까닭인지는 기억이 없으나 어머니는 내나 내 동생이 창린네 집 옆에를 가는 것을 보면 무서운 눈으로 불러들이던 것을 보아서, 내가 그 집을 더럽게 본 것은 어머니의 영향인 성싶게 생각된다.

나는 이렇게 열 살 미만에 음양에 관한 지식을 얻어서 혼자 속으로 이상하게도 생각하고 우습게도 생각하면서도, 나 자신 여자에게 마음이 끌린 경험을 얻기는 열다섯 살 적이 처음이었다.

그것은 아버지 어머니도 다 돌아가고 우리 집은 다 없어지고 내 한 몸이 이리저리 구르다가 일본 동경으로 공부를 가게 되었으나 학비가 없어서 이태 만에 고향으로 떠들어온 이듬해 정월 대보름 명절에 생긴 일이었다.

아다시피 집이 없는 나는 이 집 저 집 일갓집을 찾아 돌아다녔다. 처음은 오래간만이라고 나를 반갑게 맞아주지마는 거지와 다름없는 나를 여러 날 묵히기를 좋아하는 집이 있을 리가 없었다. 더구나 머리를 깎고 양복을 입은 나는 그때에는 큰 이단자여서 안방에 들이기도 사위스럽게 또는 징그럽게 생각하는 모양이었다. 조상부모하고 집 없이 떠돌아다닌다는 것은 청승꾸러기가 아닐 수가 없었다. 내 깐에는 잘난가 싶고, 장차 대신의 지위에도 오를 것이라고 뽐내지마는 사람들은 그렇게 보아주지를 아니하였을 것이다. 기껏 호의를 가진 사람이라야 나를 박복한 고아로 불쌍히 여겼을 것이요, 그만한 호의도 없는 사람이면 나를 집에 들이기에는 상서롭지 못한 물건으로 알았을 것이다. 내가 어느 집 문전에 들어설 때보다도 그 문을 나올 때에 그 집 사람들이 기뻐하였을 것이다.

이렇게 남의 사랑을 받을 자격이 없는 청승꾸러기면 고독 속에 가만히 있었으면 좋으련마는, 사실은 그와는 반대여서, 세상에 나를 반가워하는 사람이 없을수록에 나는 더욱 사랑을 갈망하였다. 마치 아귀의 앞에는 언제나 먹을 것이 보이되 입을 대어서 먹으려면 그것이 못 먹을 것으로 변한다는 것과 같이. 게다가 나는 돈보다도, 지위나 명성보다도, 누구의 사랑을 구하는 성품이다. 나를 만져주는 따뜻하고 부드러운 손이 없이는 살 수 없을 것같이, 어려서만이 아니라, 낫살 먹은 뒤에도 생각하는 가여운 업보를 타고난 중생이다. 사랑을 구하면서 사랑을 못 받는 것은 배고픈 일이었다, 헐벗은 일이었다.

일본서 초겨울에 고향으로 돌아온 나는 따뜻한 집을 찾고 따뜻한 손을 찾아서 겨우내 헤매었으나, 그러한 것은 아무 데도 없었다. 그러는 동안에 해가 바뀌고 정월 대보름이 된 것이었다.

나는 무슨 계획이 있어서 그런 것은 아니나 이번 대보름을 외가에서 지내게 되었다. 외가래야 외조모도 없고 내 형들도 다 죽어버리고 홀형수가 아이들을 데리고 살아가는 쓸쓸한 외가였다. 그 형수라는 것은 어머니와 나와 뽕 따러 갔을 때에 소리치고 따라 나오던 이다. 그도 과부가 된 것이었다.

"보름이나 쉐서 가시우."

오래 있기가 미안해서 떠나려는 나를 형수는 이렇게 붙들어주었다. 그 것이 퍽이나 고마웠다.

이 집에는 내 외사촌의 딸이 셋이 있었다. 둘은 내 나이요 하나는 나보 다 어렸다. 그러고는 하늘 천 따 지를 배우는 아들 하나가 있었는데, 이 네 아이들이 나를 환영하였다. 아마 내 이야기에 반한 모양이어서, 아저 씨, 아저씨 하고 나를 따랐다.

열사흗날인가 열나흗날인가 어느 밤에 이 집에는 동네 처녀들이 오륙 인이나 모여 와서 놀았다. 사내 청, 계집애 청이 다르니 나는 거기 섞여 서 놀 자격이 없지마는 내 조카딸들이 나를 기어코 끌어내어서 저의 청 에 넣어주었다. 계집애들이라야 지금은 열대여섯 살이 되어서 어성버성 하게 되었지마는 내가 어려서 외가에 다닐 때에는 코를 흘리고 같이 놀던 애들이다. 그러나 인제 시집갈 나이들이 된 그들은 그때에 장난 동무라 고 나와 가댁질을 할 계제는 못 되는 것이었다.

처음으로 우리가 놀기를 시작한 것은 술래잡기였다. 우리들은 서로 손 을 잡고 둥그렇게 둘러서서 원을 만들고, 한 아이는 도적놈이 되고 한 아 이는 눈을 싸매고 술래가 된다. 도적놈은 아니 잡히려고 우리들의 등 뒤 로 돌기도 하고, 우리들의 팔 밑으로 들어오기도 하고, 우리들의 몸 그늘 에 숨기도 하면, 눈 싸맨 술래는 두 팔을 벌리고 이것을 잡으려고 따라다 닌다. 그러는 동안에 우리들은,

"어디 장차?"

하고 한 사람이 부르면 다음 사람이,

"전라도 장차."

하고, 그다음 사람이,

"어느 문으로?"

하면, 또 다음 사람이,

"동대문으로."

하면서 다음 사람의 손을 잡은 채로 팔을 번쩍 들어주면 이것이 동대문을 여는 것이어서 쫓기던 도적놈은 이 문으로 들어갈 수가 있고, 한번 이 둘레 속에 들어오면 다시 나오기까지는 술래가 그를 잡지를 못한다.

문을 열어준 사람이 다시,

"어디 장차?"

를 시작하여서 다시 아까 모양으로 계속이 되는데, 이번에 "동대문으로." 할 때에는 안에 피난하였던 도적놈이 그 문으로 술래꾼에게 잡힐 위험을 무릅쓰고 둘레 밖으로 나가서 다음 번 문이 열릴 때까지는 둘레 밖에서 재주껏, 아니 잡히도록 피해야 된다. 이러다가 도적놈이 둘러선 어떤 사람의 허리를 안고 피해 있는 동안에 공교히 술래에게 잡히면 술래는 제 눈을 가리었던 수건으로 도적의 눈을 싸매어 술래를 만들고, 도적에게 허리를 안겼던 사람이 제자리를 고만둔 술래에게 사양하고 도적놈이 되어야 한다. 이 모양으로 이 놀음은 끝이 없이 계속이 된다. 달이 높이 올라와서 우리들의 그림자가 짧아질수록 우리들의 흥이 높아간다. "어디 장차?" "전라도 장차." "어느 문으로?" "동대문으로." 하는 리듬도 더욱 세련이 된다. 다들 제 목소리껏 연습이 되는 까닭이었다.

나는 처음에는 계집애들 틈에 혼자 끼인 것이 열없었으나 차차 유쾌하였다. 둘러선 계집애들 중에는 특별히 얼굴이 어여쁜 애도 있고 몸매가 나는 애도 있고 목소리가 고운 애도 있고 꺄득꺄득 웃기 잘하는 애도 있었으나, 달빛에 보는 명절 차림을 차린 계집애들은 다 어여뻤다. 어느 한 아이에게나 한 가지 어여쁜 데는 다 있었다.

술래는 눈을 싸매었기 때문에 앞을 못 보아서 내 어깨를 도적놈의 어깨로 알고 치는 일도 있고 팔로 더듬어서 도적으로 알고 내 허리를 안으려다가 난 줄 알고 깜짝 놀라 달아나는 일도 있었으나, 눈 밝은 도적놈이 된 처녀들은 커다란 까까중이 총각 녀석인 내 몸에 손가락이 스치는 일도 없었다. 그러므로 나는 언제까지나 도적놈도 술래도 될 수가 없었다. 나는 그것이 섭섭하였다.

그러나 내 조카들이 도적놈이나 술래가 되었을 때에는 예사롭게 내게 매달렸다. 이 때문에 나는 처음으로 도적놈이 될 기회를 얻었고, 도적놈이 되면 자연 술래가 될 기회도 얻었다. 도적놈이 되었을 때에는 자연히 다른 처녀들을 건드리기가 미안한 관계로 조카들 옆에만 숨었으나, 눈을 싸맨 술래로는 설사 목소리로 이것은 누구라고 구별한다 하더라도 꼭 조카들만 고를 수는 없었다. 그래서 남의 집 처녀와 몸이 부딪치기도 하고 내 손으로 그의 등이나 어깨를 치기도 하고 그 허리에 내 팔을 감기도 하였다. 그런 경우에는 부끄러우면서도 유쾌하였다.

내가 도적이 될 때마다 조카들 곁에만 숨으면 조카들은 안 된다고 항의하였다. 저를 내 대신 잡아넣는 까닭이었다.

이 모양으로 해서 나는 차차 파겁을 하였다. 그래서 미안하던 마음도 내버렸다. 나는 이러한 자유를 실컷 향락하려는 마음이 났다. 부러 한다고 눈치 안 채울 만큼 나는 자유롭게 아무나 붙들었다. 내게 붙들린 것이 내 조카인 때에는 붙들린 본인만이 꺄득꺄득 웃었으나 그것이 낯선 다른 처녀일 때에는 일동이 모두 와하고 웃었다. 그러나 나는 그 웃음이 특별히 나를 책망하는 웃음이라고는 생각지 아니하였다. 재미있고 유쾌한 웃음이라고 생각하였다.

나만 그렇게 자유롭게 된 것이 아니라 계집애들도 내게 대하여서 차차 허물없이 자유로운 태도를 취하였다. 눈을 뜬 도적놈도 내 등에 와서 내 허리를 살짝 안고 서기도 하고 내 겨드랑 밑으로 와 붙기도 하였다.

그중에도 실단이라는 계집애는 처음에는 그 갸름한 맑은 눈으로 나를 슬쩍 보고는 나를 피하더니, 얼마 아니 하여서 내 조카들과 다름없이 내게 대하여 자유로운 태도를 취하였다. 그는 얼굴빛이 볕에 그은 것처럼 거무스름하였으나, 그 거무스름한 것이 더욱 아름답게 보일 만큼 얼굴의 윤곽이며 몸매가 고왔다. 둥그스름한 판에다가, 코하며 입하며 눈하며, 그 모양이나 위치나 비례나 다 어여뻤고, 더구나 그의 까만 머리채는 거진 발뒤꿈치에 닿을 만하여서 그가 뛸 때면 은국화 판에 석웅황 단 댕기를 드린 머리채가 달그락달그락 소리를 내며 꿈틀거렸다. 열다섯 살로는 결코 숙성한 편도 아니지마는, 처녀의 아름다움은 내 눈에는 남김없이 다 핀 것 같았다. 그는 꺄득거리는 패는 아니요 도리어 종용한 편이었다. 나는 그가,

"어디 장차?"

하는 소리를 무론 알아들었으나, 그것은 힘껏 마음껏 뽑는 소리가 아니요, 부득이하여 조심조심히 꾹꾹 눌러가며 내는 소리였다. 그것이 내 귀에는 더욱 은근스럽고 단아하게 들렸다. 음성은 좀 약하였으나 소리청은 고왔다.

나는 여기 있는 모든 여자들 중에 실단에게 강하게 마음이 끌리는 것을 억제할 수가 없었다. 나는 그가 내 몸 가까이 뛰어올 때면 내 몸이 그에게로 쏠림을 느꼈다. 그가 내 허리를 반쯤 안고 뒤에 와서 붙을 때에는 일부러 무관한 체 힘을 써야만 내 마음의 평정을 보전할 지경이었다.

그러나 얼마 아니 하여서 나는 이런 일을 발견하였다. 실단이 달빛을 반사하는 그 갸름한 눈으로 나를 보는 것이나, 그 노랑 저고리 끝동 단 소매로 내 허리에 감길 때에나, 그는 젖먹이 어린애와 같은 무관심한 마음으로 한다는 것이었다. 나는 적지 아니한 실망을 가지고, 동시에 더할 수 없는 귀여움을 가지고, 그가 나와 같이 남녀 관계에 눈뜬 아이가 아님을 발견한 것이다. 그는 내가 사내라는 데 대하여서는 전혀 무관심한 것 같았다. 그것은 무슨 사건이나 증거가 있어서 그런 것이 아니라, 하도 천연스럽게, 하도 허물없이 내게 매달리는 것이 나로 하여금 이렇게 판단케 한 것이었다.

그러나 내가 이렇게 깨달았다고 해서 그에게 대하여 일어나는 어떤 불길이 꺼지는 것은 아니었다. 그도 나와 같이, 내가 제게 대하여서 느끼는 것과 같은 간절한 사모의 정을 느껴주었으면 하면서도, 그의 어린애 마음속에 더욱 높고 깊고 더욱 나를 끌어 결박하는 힘이 있음을 느꼈다.

진실로 자백하거니와, 나는 지금까지 몽급에게서 배운 남녀의 정밖에 몰랐다. 창린 처, 서인마누라, 남녀의 정이란 그저 그런 동물적인 것으로만 알고 있었다. 내가 이러한 몽상도 못 하던 사랑을 느낀 것은 이날 밤, 실단에게 대하여서가 맨 처음이었다.

술래잡기도 끝이 났다. 나만 그런 것이 아니라 다른 아이들도 좀 더 이 놀이를 하고 싶은 모양이었으나 형수가,

"다들 들어와서 엿도 먹고 윷도 놀지."

하고 부른 소리에 우리는 방으로 들어갔다.

방은 우럭우럭하였다. 더운 방에 들어와서야 비로소 우리들의 몸이 어떻게 꽁꽁 얼었는지를 알 수 있었다. 다들 빙 둘러앉았다. 형수는 나를 아랫목에 앉히고 어른 손님 대접을 하였다. 계집애들은 마치 처음 만나는 스스러운 남자 앞에 있는 모양으로 고개들을 고부슴하고 치마폭으로 무릎과 발을 감추고 점잖게 앉아 있었다. 오직 조카들만이 제집이라고 펄렁거리고 왔다 갔다 하며, 윷, 윷판, 윷말, 떡, 엿, 밤, 대추, 곶감, 이런 것을 단번에 가져올 것도 두 번 세 번에 날랐다.

먹을 만큼 먹고 나서 우리는 윷판을 차렸다. 먼저 편을 가를 때에 나를 어느 편에 넣을까가 문제가 되었다.

내 실력을 모르는 그들은 나를 제 편으로 끌 것인가 아닌가를 의심하는 모양이어서 모두 웃는 얼굴로 나를 바라보고 있었다. 실단도 그 갸름한 눈으로 나를 보고 방글방글 웃고 있었다. 나는 그와 한편이 되고 싶었으나 혐의쩍어서 그런 의사 표시는 못 하였다. 이렇게 유예미 결할 때에 나보다 한 살 위인 조카딸이,

"아저씨는 우리 편에 와."

하여서 내 거취를 결정해버렸다. 실단과는 적이 된 것이 섭섭하였으나 어찌할 수 없었다. 큰조카는 내가 윷을 잘 못 노는 줄 알고 주인의 겸양으로 나를 제 편으로 끄는 것이라고 나는 보았다. 그러나 그들의 의외에도, 나는 그중에서 가장 윷을 잘 노는 편이어서 얼마 아니 하여서 내 인기가 높이 올랐다. 편윷으로 놀 때에는 그다지도 아니 하였으나 나중에 하나씩 하나씩 놀 때에는 내 솜씨는 더욱 놀라웠다. 옆에서 실단이 칭찬하는

눈으로, 또는 마음 졸이는 눈으로 보고 있다는 생각이 내 실력을 갑절이나 높여주는 것 같았다. 윷가락이 손에서 마음대로 놀고 힘껏 들어 던져도 소복소복 한데 모여 떨어졌다.

실단하고 나하고 마주 겨룰 때가 내게 가장 행복된 순간인 것은 말할 것도 없었다. 그는 잘 노는 윷은 아니나 그의 생김생김과 같이 어여쁘게 얌전하게 놀았다. 그의 소복이 부은 듯한 조그마한 손은 대단히 민첩하게 움직였다. 침착한 그는 한 번도 낙판을 하는 일이 없었고, 또 말을 쓰는 데 지혜로워서 허욕이 없었다. 가령 도나 개에서도 여간해서는 굽는 일이 없고 한 구멍이라도 더 갔고, 내 큰조카 모양으로 여러 말을 너분히 붙이는 일이 없이 한 동씩 착착 내는 주의였다. 그것이 모두 다 내 마음을 끌었다.

나는 실단을 지우고 싶지 아니하고 내가 그에게 지고만 싶었다. 그러기 위하여서 나는 여러 가지로 꾀를 부렸다. 가령 그의 말이 모 도 긴이나 도 개 긴에 있을 때에 나는 겉으로는 기어이 잡는다고 벼르는 양으로 꾸미면서 윷을 낙판을 시킨다든지, 또는 그의 추격을 피하려면 피할 수 있는 경우에도 겉으로는 욕심을 부리노라고 빙자하여서 그에게 잡히기 쉬운 악말을 쓴다든지, 이러한 부정한 수단을 썼다. 그럴 때에는 실단은 눈을 치떠서 나를 힐끗 보았다. 명민하게도 내 얕은꾀를 알아보았다는 것이다. 어떤 때에는 다른 계집애들도 입을 삐쭉하였다. 내 속에 먹은 마음이 그들에게 통한 것이다. 나는 낯을 붉혔다. 그리고는 얕은꾀를 감추고 얼마쯤 내 힘대로 논다. 그렇지마는 한번 기울어진 운수는 쉽사리 회복되는 것이 아니어서 나는 마침내 예정한 대로 실단에게 진다.

"흥."

하고 말괄량이 기운이 많은 내 큰조카가 빈정대는 코웃음을 한다.

"다 알아. 아저씨가 부러 졌어."

하고 나와 실단을 흘겨본다. 실단은 고개를 숙여버린다. 그들은 가가 거거밖에 배운 것이 없건마는 모든 눈치는 다 발달되었다고 나는 놀랐다.

나와 큰조카와의 차례가 되었다.

"이번에도 부러 질 테유?"

큰조카는 쟁두를 할 때에 벌써 빈정거렸다.

"이번에는 부러 이길걸."

나는 이렇게 놓쳤다. 그러고는 실단에게 진 것이 부러 진 것이 아니라는 것을 이 기회에 변명하리라 하여,

"그렇게 마음대로 이기랴면 이기고 지랴면 지나."

하고 나는 기운을 내려는 듯이 도사리고 앉았다.

"이번에는."

하고 큰조카가 앉음앉이를 고치고 윷가락을 이리 고르고 저리 골라서 단단히 벼르는 모양을 하면서,

"이번에는 내 아저씨 단동불출을 시키고야 말걸. 누구는 아저씨만큼 윷을 못 노는 줄 아슈?"

하고 잔뜩 골이 오른 표정을 한다. 나는 그때에 죽은 내 종형을 생각하였다. 그 딸의 그때 모습에 죽은 아버지가 번뜩 보인 까닭이다. 그 형은 나를 귀애하였다. 나를 놀려먹기도 잘하고 또 내게 글과 글씨도 가르쳤다.

큰조카는 과연 솜씨가 났다. 두 모 도로 대뜸 두 동을 붙였다. 나는 이번에 지고 싶었다. 그리하는 것이 실단에게 대한 의혹을 풀 것도 같았고, 또 승벽이 있는 큰조카의 비위를 맞추는 것도 같았다.

나는 부러 한 것은 아니나 속도에 놓인 큰조카의 두동무니를 잡지 못하고 도에 붙였다.

　큰조카는 내 도를 잡아가지고 또 모 도를 하였다. 큰조카는 도밭의 것을 도로 구워서 꽂을도로 끌지 아니하고 새로 모 도를 붙여서 속도에 석 동무니를 만들어놓았다. 이것은 분명히 안 할 짓이다.

　"그렇게 쓸 테야?"

하고 나는 그의 반성을 구하느라고 윷가락을 모아 쥐고 기다렸다.

　"걱정 말아요."

하고 큰조카는 톡 쏘았다.

　"글쎄 그런 말이 어디 있어? 내가 도로 도밭의 것을 잡아서 모 도를 하면 넉동무니가 다 죽지 않아?"

하는 내 권고를 큰조카는 듣지 아니하고 제 악말에 대한 고집을 그냥 세웠다. 옆에 보는 애들도 다 숨을 죽이고 보고 있었다. 윷가락이 내게 오면 모 도 하나쯤은 나기가 쉬운 줄을 아는 까닭이었다. 그러나 큰조카는 요행을 바라서 나를 단동불출을 시킬 욕심인 것이 분명히 보였다.

　나는 할 수 없이 윷을 던졌다. 모다. 큰조카의 낯빛은 분명히 파랗게 질렸다.

　나는 윷가락을 걷어잡으면서,

　"인제라도 말을 고쳐 써."

하고 큰조카를 보았다.

　"걱정 말아요. 도가 나나? 개가 날 거 머."

하고 억지로 태연한 모양을 보였다.

　나는 진정으로 도가 아니 나고 개가 나기를 바랐고, 그렇지 아니하면 낙판이 되기를 빌면서, 그렇게 되기를 쉽게 하느라고 윷가락 하나를 굉장히 높이 치쳤다. 이상한 일이다. 높이 올라갔던 가락이 떨어지는 서슬에 엎어졌던 한 가락을 쳐 일으켜서 정말 개가 되고 말았다.

"개다. 거바, 개야."

하고 큰조카는 무릎을 치며 앉은 춤을 추었다. 다른 아이들도 모두 안심한 듯이 소리를 내어서 웃었다. 그러나 나는 오직 실단이 처음에는 두 주먹을 꼭 쥐고 오마조마해서 마음을 졸이다가 개가 나매 아랫입술을 꼭 무는 것을 놓치지 않고 보았다.

형세는 늘 큰조카에게 유리하여서 석동무니를 참을 놓고 막동이 먼저 나버리고, 내 말은 찢을도에 외동무니 하나가 서 있을 뿐이었다. 이제 내게 남은 희망은 모 윷이나 세 모 도로 참 놓은 저편의 석동무니를 잡는 것뿐이니, 이것은 거의 이적을 바라는 것과 다름이 없었다.

나는 윷가락을 모아 쥐고 말판을 바라보았다. 원래 큰조카에게 질 작정으로 시작한 윷이지마는 형세가 이렇게 되면 승벽이 아니 날 수 없었다.

"세 모 도, 세 모 도."

하고 나는 입 속으로 외면서 좌중을 한번 둘러보았다. 나를 단동불출을 시키는 바로 한 걸음 전에 있는 큰조카는 눈도 깜박 아니 하고 밭은 숨을 쉬고 있었다. 그러나 내 눈이 찾는 목표는 실단의 표정이었다. 그는 입을 방싯 열어서 박씨 같은 앞니를 보이면서 금시에 몸이 와들와들 떨린 듯이 긴장하고 있었다. 나는 그가 나보다 간절하게 '세 모 도'를 빌어주는 것이라고 믿었다. 방 안은 고요하였다. 천지간에 가장 중대한 일이 이 순간에 생길 것을 기다리고 있는 것 같았다.

나는 손에 쥐었던 윷가락을 한 번 윷판에 놓고 두 손을 씻는 것 모양으로 한 번 마주 비볐다.

나는 다시 윷가락을 잡았다. '세 모 도!' 이것이 내 운명, 즉 나와 실단과의 운명을 결정하는 것 같았다. 적어도 점치는 것 같았다.

"아이, 어서 놀아요, 아저씨. 웬 거드름이 그리 많아요?"

큰조카는 짜증을 냈다.

나는 그 말에 대꾸할 여유도 없었다. 나는 한 번 더 실단을 힐끗 보고 전심력을 다해서 윷가락을 던졌다. 따, 따, 따, 따.

"모야!"

하고 누가 소리를 쳤다. 그것은 실단은 아니었다.

나도 식기 전에 또 윷가락을 던졌다.

"두 모야!"

이것은 의외에도, 또 고맙게도 실단의 소리였다. 본래 수줍고 말없는 실단의 이 한 소리는 다른 사람의 천 소리 이상의 값이 있었다.

숨이 찬 것은 큰조카만이 아니었다. 다들 두 주먹을 불끈 쥐고 내 손에 잡힌 윷가락을 바라보고 있었다.

'한 모 더. 이다음에는 평생에 모가 안 나도 좋으니 한 모만 더.'

하고 비는 내 속도 떨렸다. 갑자기 손끝이 싸늘하게 식는 것 같았다.

나는 손을 한 번 더 마주 비비고 나서 네 가락 윷을 단단히 내 오른 손바닥 위에 거머쥐었다. 큰조카는 실신한 사람 같고, 실단은 윗니로 아랫입술을 꼭 물고 있었다. 그의 바른편 젖가슴 위에 맺힌 자주 고름 코가 산짐승 모양으로 움직이고 있었다.

'내가 이제 한 모만 더 하면 실단이는 분명히 나를 사랑한다!'

나는 이렇게 꼭 믿었다.

나는 한 번 앉음을 바꾸어서 왼편 무릎을 세워 왼손으로 힘껏 그 무릎을 으스러져라 하고 꽉 눌러 전신의 무게를 왼편 발끝에 모으고, 바른편 발바닥에 얹혔던 꽁무니를 번쩍 들면서 지붕이라도 뚫고 올라가거라 하고 윷가락을 던졌다. 그러고는 나는 두 활개를 번쩍 벌리고 벌떡 일어났으나 내 눈에는 아무것도 보이지 아니하였다. 윷판도 안 보이고 윷가락은 무론 안 보였다. 다만 훤한 불빛 속에 까만 머리들이 떠 있는 것이 보일 뿐이었다.

"모다! 세 모, 세 모!"

하는 소리가 내 귀에 들렸다. 그 소리는 여럿이, 아마 큰조카만을 빼놓고 한꺼번에 지르는 소리였다. 그 소리에 나는 비로소 정신을 차려서 윷판을 들여다보았다. 과연 모다. 끌 인 자를 흘려 쓴 것과 같은 모양으로 엎어진 네 가락이 모를 이루고 있었다. 나는 남부끄러운 줄도 모르고 서너 번 길게 숨을 내쉬었다. 오래 숨이 막혔던 것 같았다.

나는 영웅이 된 것 같았다. 이 방 안에 있는 모든 사람은 다 나를 우러러보았다. 실단도 체면을 불고하고 눈을 크게 떠서 실컷 나를 바라보고 있었다. 가느스름하던 눈이 마음 놓고 크게 뜨면 상당히 큰 눈이었다. 약간 젖은 빛을 띠었고, 살눈썹이 분명하고 길었다. 무심코 턱을 쳐들고 쳐다보는 그의 모양에는 새로운 어여쁨이 있었다.

"그래도 도가 나나. 세 모 아냐 네 모 다섯 모라도 도가 나야지 머."

하고 큰조카가 처음으로 입을 열었다. 그는 처음에 두동사니가 속도에 있을 때에 내가 모 개를 한 것을 기억하고 그런 일이 또 한 번 생기기를 바라는 것이었다.

나는 이제 도까지 하여서 큰조카의 석동무니를 참에서 잡아버리는 것은 차마 못 할 일이라고 생각하고 부러 하는 것이 나타나지 아니할 정도로 낙판을 시켰다. 그러나 도는 도였다.

"싫어, 싫어. 부러 낙판하는 것 싫어."

하고 큰조카는 어리광 모양으로 몸을 흔들었으나 그 눈에는 눈물이 있었다. 분한 것이었다.

"너희들은 암만해도 아저씨를 못 당하겠다. 모가 마음대로 나는 걸 어떻게 당하니?"

언제 들어왔는지 형수가 등 뒤에서 이렇게 말하며,

"자, 다들 식혜나 먹지."

하였다. 우리들의 등 뒤에는 식혜 상이 들어와 있었다.

식혜를 먹으면서 계집애들은 나를 윷판에서 몰아내기로 결의를 하였다. 어떤 아이는 그럴 것이 아니라 밤윷을 놀자고 말하였다. 내 재주를 못 부리게 하자는 것이었다.

결국 나는 윷판에서 몰려 나와서 등 뒤에서 형수와 이야기를 하고 있었다. 그러나 내 눈과 마음은 항상 실단에게로만 끌렸다.

나를 몰아낸 윷판은 평화는 하였을는지 활기는 없었다. 큰조카가 아무리 선동을 하여도 다들 흥미가 없는 모양이었다. 하나둘 애들도 가고, 그 중 집이 멀어서 혼자서는 갈 수 없는 실단만 남았다. 갑자기 좌중이 쓸쓸해진 것이 마치 큰 잔치를 치르고 난 뒤와 같았다. 여태껏 자고 있던 사내 조카가 일어나서 나와 윷을 놀자고 하였다. 그가 노는 윷이 웃음거리가 되어서 약간 좌중의 흥미를 이었으나 누구의 마음에도 인제는 끝낼 때가 되었다고 생각하였다.

그러나 내게 있어서는 큰일이 하나 남아 있었으니, 그것은 실단을 제 집으로 안동하여다 주는 것이었다. 노마 할머니가 어디 가고 없으니 형수가 날더러 데려다주라는 것이었다.

나는 형언할 수 없는 기쁨을 가지고 실단을 데리고 나섰다. 보름달이 낮이 되었으니 야반이다. 언 눈을 밟는 우리 둘의 발자국 소리가 삐드득 하고 바람 한 점 없는 밤의 고요함을 깨트렸다.

우리는 비스듬한 밭을 지나서 밤나무와 소나무로 덮인 등성이 길에 들어섰다. 이 수풀은 ○○산이라는 큰 산에 연한 기슭이어서 그 동안이 얼마 멀지는 아니해도 깊은 산중과 같은 인상을 주었다. 늑대나 표범도 나오고 귀신도 난다는 호젓한 곳이었다. 늙은 밤나무와 소나무 그림자가 눈 위에 어롱어롱한 것이 무시무시하였다. 실단은 내게서 두어 걸음쯤 앞을 팔짱을 끼고 종종걸음으로 뛰었다. 내가 뒤에 바싹 따르는 것을 꺼리는 듯한 빠른 걸음이었다. 나는 들먹들먹한 그의 머리와 어깨를, 복잡한 선을 그려서 꿈틀거리는 그의 머리채를, 펄럭펄럭하는 치맛자락 밑으로 들었다 놓았다 하는 그의 하얀 버선 신은 발을 어린 듯한 눈으로 보면서 뒤를 따랐다. 어떤 맹수가 내닫거나 요망스러운 여우가 길을 막거나 흉악한 떠꺼머리총각 놈이 시퍼런 칼을 들고 덤비거나, 또는 머리를 풀어서 산발을 하고 입으로 피를 흘리고 눈으로는 불을 뿜는 귀신이 저희를 하더라도 나는 내 몸으로 그들과 싸워서 실단의 몸에 그들의 손가락 하나, 발톱 하나도 범접하지 못하게 하리라고 단단히 결심하고 별렀다.

실단은 뒤도 아니 돌아보고 종종종종 더욱 빨리 걸었다. 그의 걸음이 빠르면 내 걸음도 빠르고 그가 걸음을 늦추면 나도 늦추어서 그와 나와의 거리가 언제나 한 모양이기를 나는 잊지 아니하였다. 나는 너무 그에게 접근하여 예를 잃는 일이 없는 동시에 너무 뒤떨어져서 그에게서 멀어지는 일이 없도록 조심하였다. 그러면서도 무슨 무서운 일이 하나 생겨서 내가 용기를 내어서 실단을 보호하는 큰 공을 세울 기회가 있기를 바랐으나, 등성이를 다 올라서 인제부터는 내려가는 길이 될 때까지 아무런 일도 일어나지 아니하였다. 다만 달라진 것은 이쪽은 산 북쪽이어서 내려갈수록 달빛이 없고 또 길이 가팔라왔다. 환하던 데서 침침한 그늘 속으로 들어설 때에는 좀 무시무시하였다. 게다가 눈이 미끄러워서 빨리 걸을 수가 없는 대목이 많았다. 구두를 신은 나는 더욱 그러하였다.

이때였다. 실단은 무엇에 놀랐는지 우뚝 서더니 서너 걸음 나를 향하여서 종종걸음으로 뛰어와서 내 어깨에 두 손을 걸고 매달릴 듯하다가, 그까지는 차마 못 하는 듯이 두 손을 내 가슴에 대고 전신을 내 품에 꼭 붙여버렸다. 분명히 그는 무슨 소리를 들은 모양이나 나는 아마 그의 뒷모양에 정신이 팔렸던 까닭인지 아무것도 듣지 못하였다.

실단은 쌔근쌔근 숨이 찼다. 실단의 가슴이 닿은 내 가슴과 그 등에 얹은 내 손은 그의 자주 뛰는 심장의 고동을 하나하나 분명히 느낄 수가 있었다.

"왜, 어디서 무슨 소리가 들리우?"

나는 이렇게 물으며 귀를 기울였다. 내 코에는 실단의 머리 냄새가 향기롭게 들어왔다.

"저 소리, 저 소리!"

하고 실단은 마치 내 가슴을 파고들려는 듯이 착 달라붙는다. 그의 여성의 본능인 겁과 의심이, 염치를 잊어버리고 오직 하나인 남성에게 그의 위험을 피하려는 것이었다.

남성이라야 열다섯 살밖에 안 되는 나는 도리어 동갑인 그보다도 어렸다. 게다가 평생에 처음으로 느끼는 이성에 대한 불붙는 듯하는 애정에 정신이 황홀하여져서 허둥지둥 아무것도 분간할 수가 없었다.

"삐익, 빼액, 애개개개."

이 비슷한 날카로운 소리가 정신없는 내 귀에도 들어왔다. 나도 몸에 소름이 쪽 끼쳤다. 실로 이 세상에는 있을 수 없는 것 같은, 이상하게도 사람의 무서움을 자아내는 소리였다. 사람의 목을 무엇으로 꼭 졸라맬 때에 이런 소리가 날까, 그러나 사람의 음성 같지는 아니하였다. 필경 짐승에게 잡혀 먹히는 무슨 짐승의 소리려니 하면서, 목매어 죽은 귀신이 원통한 푸념을 하는 소리라고 해야만 설명이 될 것 같았다.

우리는 숨소리를 죽이고 다음 소리를 기다렸으나 다시는 아무것도 들리지 아니하였다. 들리던 무서운 소리가 안 들리게 되는 것이 더욱 무서웠다. 소리가 안 들리매 나는 눈을 들어서 사방을 둘러보았다. 산마루터기와 수풀에 가리어진 달그림자 속에는 어디를 보아도 무슨 괴물이 움직이는 것만 같았다. 실단도 그런 모양이어서 잠깐 얼굴을 내 가슴에서 떼어서 힐끗 좌우를 살펴보고 내 얼굴을 한 번 쳐다보고는 도로 내 가슴에 파묻어버렸다. 그의 따뜻한 입김이 내 외투와 양복을 뚫고 내 가슴에 들어왔다.

이 동안이 얼마나 길었을까. 한 이삼 분밖에는 안 되는 것도 같고, 어찌 생각하면 여러 시간이 지난 것도 같았다.

콩콩하고 개 짖는 소리가 들렸다. 이것이 실단네 집 개 소리였던 모양이다. 실단은 내 가슴에 파묻었던 고개를 번쩍 들어서 나를 쳐다보고 한 번 상긋 웃고는 몸을 내 몸에서 떼어서 종종걸음을 치기 시작하였다. 나는 한끝 다행도 하고 한끝 서운도 한 마음으로 그의 뒤를 따랐다.

수풀 그늘을 다 지나서 달빛이 환한 곳에 나설 때에 실단은 뒤를 돌아보면서,

"인제 괜찮아요. 저기 우리 집 불이 보이지 않아요? 자, 인제 돌아가세요. 너무 늦으면 사람들이 이상하게 알지 않아요?"

하고는 더 빠른 걸음으로 살랑살랑 달음박질을 쳐서 달빛 속에 녹아버리고 만다.

나는 섰던 자리에 멀거니 서서 실단의 뒷모양을 보았다. 실단은 두어 번 머물러서는 내 쪽을 돌아보았으나, 그만 그 모양이 스러지고 말았다.

나는 꿈을 꾸던 사람 같았다. 지금까지 있던 일은 모두 꿈이던가. 내 가슴에 안겼던 실단도 꿈속 사람이던가. 술래잡기하던 것, 윷 놀던 것이 모두 여러 천 년 전 일과도 같고, 정말은 없던 일과도 같았다. 실단이 자기 집 불이라고 가리키던 조그마한 불빛이 한 번 커졌다가 도로 작아졌다. 아마 실단이 제집 문을 열고 방에 들어간 모양이었다. 그러면 지금까지 있던 일은 노상 꿈은 아니었던가. 그렇지 아니하면 지금 내가 여기 서 있는 것도 꿈이었던가.

나는 외가에 돌아왔다. 아이들은 벌써 잠이 들고 형수만이 나를 맞았다. 내가 그렇게 본 탓인지 형수는 내 속을 들여다보려는 듯한 눈으로 나를 보았고, 그 눈에는 이상한 웃음조차 떠 있는 것 같았다.

나는 그날 밤을 거의 뜬눈으로 새우다가 다 밝게야 잠이 들어서,

"아저씨, 밥, 밥 먹어."

하는 소리에 눈을 비비고 일어났다.

형수에게 다른 눈치는 없었으나, 조카딸들, 그중에도 큰조카는 나를

볼 때마다 입을 비쭉거렸다.

나는 이날은 외가를 떠난다고 선언하였다. 무론 여기 있기가 싫은 것도 아니요, 또 어디 갈 일이나 곳이 있는 것도 아니었으나 체면상 떠나야 할 것만 같았다. 형수는,

"왜요? 오늘도 명절인데."

하고 만류하는 말을 하여주었으나 그렇게 탐탁하게 나를 붙드는 것 같지도 아니하였다. 또 나를 그렇게 애써 붙들 것은 무어 있나.

"아자씨, 윷 또 한 번 놀아볼라우?"

큰조카가 윷을 내어놓았다.

"난 떠나야 할걸."

입으로는 그러면서도 또 윷을 시작하였다. 조카들은 오늘만 지나면 고운 옷도 다 벗어서 장에 개켜 넣고 구와판 댕기도 끌러놓고 내일부터는 때 묻은 옷을 입고 물레질도 하고 바느질도 하여야 하는 것이니, 이날 하루가 무척 아까운 것이다.

이렁그렁 점심때도 되어서 찰밥을 먹고 내가 막 길을 떠나려고 할 때에 실단 어머니가 왔다. 그는 무론 내가 모르는 이는 아니다. 어려서도 내가 외가에를 오면 가끔 보던 이지마는 내가 세상에 떠돌아다니느라고 외가에도 발이 멀어진 뒤로는 아마 사오 년간은 만난 일이 없었다.

실단 어머니는 형수와는 무론 친한 사람이어서 서로 웃고 인사말을 바꾼 뒤에는, 반가운 듯이 내 곁에 와 앉으며,

"아주 몰라보게 어른이 되셨구려."

하고 존칭하는 말을 썼다. 내 형수들에게밖에는 어른들한테 이런 대접을 받아본 일이 없는 나는 "되셨구려" 하는 말이 간지럽기도 하고 부끄럽기

도 하였다. 실단을 보고 나서 이제 다시 보니 실단 어머니는 얼굴일지 목소릴지 실단과 꼭 같았다. 가느스름한 눈하며 동그스름한 판하며 까무스름한 살빛은 말할 것도 없고, 웃을 때 반쯤 벌어지는 입술까지 그 딸과 한판이었다.

그는 귀여워하는 중에도 어려워하는 빛을 띠면서 무릎 위에 놓인 내 손을 한번 만져보면서,

"어제 저녁에는 우리 실단이를 바래다주셨다는데 이왕이면 우리 집에 들어오셔서 몸이나 녹여 가시지 않고, 그런 데가 어디 있어요? 그년이 아직 철이 없어서 그렇구려. 그렇더라도 들어오시지 않고. 걔 아버지가 뛰어나가보았답니다. 그런데 벌써 안 보이더라고요."

실단 어머니의 말은 부드럽고 인정이 그득 차고도 음악적이었다. 그의 몸에는 명주도 비단도 없이 모두 상목이었으나 몸매와 바느질이 모두 좋음인지 퍽 모양이 있었다. 연한 옥색 치마저고리에 자주 고름, 남 끝동이 삼십이 넘어 사십을 바라보는 여인이라는 것보다는 이십사오 세나 된 젊은 며느리같이 보이게 하였다. 그에게 비기면 내 형수는 나이는 그와 상적하건마는 늙은 태가 있었다. 형수도 젊어서는 이쁘다는 말을 듣던 이지마는 과부가 된 탓인지 몸에는 젊음의 빛과 향기가 하나도 없고 설늙은 이와 같은 인상을 주었다. 게다가 그는 옷을 아무렇게 입어서 추울 때면 죽은 남편의 저고리를 덧입기도 하고 치마도 늙은이 모양으로 정강치기를 곧잘 입고 다녔다. 겉치레는 할 필요가 없다, 아이를 위하여서 힘들게 일하는 것이 내 책임이라고 생각하는 모양이었다. 그런데 실단 어머니는 과부도 아니요 층층시하에 있는 며느리인 까닭도 있겠지마는, 얼굴도 아마 분세수를 한 모양이요 손도 일하는 사람 같지 아니하였다. 일언이폐

지하면, 어여쁘고 얌전하고 상냥스러운 젊은 부인이었다.

"댁허구 우리 집허구는 남이 아니랍니다."

하고 실단 어머니는 하얀 이를 보이면서 나를 보고 동시에 형수도 보면서 말하였다.

"도련님 전 어머님께서 내게 당고모님이 되신답니다. 그러니깐 촌수를 따지면 도련님이 내게는 육촌 오라버니시지."

"응, 그러시구먼."

하고 내 형수는 고개를 끄덕끄덕하였다. 나는 무론 내 전 어머니를 본 일이 있을 리가 없지마는 그 제사를 지내던 일을 생각하고 그 어머니의 유일한 혈육인 내 구름바시 누이를 생각하고 그 누이 집에를 한번 찾아가리라고도 생각하였다.

"그럼, 그렇답니다."

하고 실단 어머니는 형수만을 향하여서 하는 말로,

"그러니, 이 도련님 어머니 그 아주머니 생존 시에야 내가 그런 말씀을 할 수가 있어요? 그래서 나 혼자만 속으로만 저 어른이 우리 당고모님 대신이시거니 이렇게 생각하고 있었지요. 그래도 이 도련님 아버지께서는 지나실 길이면 우리 집에 가끔 들르셨답니다. 그야 우리 시아버니와 친구신 관계도 있겠지마는 그래도 그 어른이야 본래 인자하신 어른이시니 옛일을 잊으실 리가 있어요?"

하면 형수는 참 그렇다는 듯 연해 고개를 끄덕거리면서,

"그러면요. 우리 돌고지 아저씨야 참 인자하셨지."

하고 아버지 칭찬을 하였다. 내 생각에도 아버지가 무능은 하였으나 남에게 싫은 소리는 할 줄 모르는 이였고 조부도 그러하였다. 하물며 제

것을 남에게 빼앗길지언정 남의 것을 탐낼 인물들도 아니었거나 못 되었다.

이렇게 실단 어머니는 내가 자기와 남남이 아니라는 말을 한 끝에 나를 오늘 저녁에 자기 집에 부른다는 말과, 형수의 조카들도 다 같이 오라 하고, 비록 차린 것은 없으나 윷도 놀고 행년점도 치고 잘 놀자는 말을 하고 돌아갔다.

그러니까 나는 이날 외가를 떠나지 못하게 되었다.

다 저녁때에 실단이 우리를 청하러 왔다. 어젯밤에 콩콩 짖던 갠가 싶어, 까만 개 한 마리가 실단을 따라왔다. 간다 안 간다 하고 한참 법석을 한 끝에 형수는 집이 비니 갈 수 없고, 어린 조카는 밤이니 갈 수 없고, 나와 두 조카딸들만 실단을 따라서 나섰다. 실단은 간밤 무서운 소리가 나서 내게 안겼던 자리에 와서는 두 조카에게 그때에 무섭던 이야기를 하였으나, 무서워서 어떻게 하였다는 말은 하지 아니하였다. 나는 그것이 실단과 나와 단 두 사람만의 비밀이라고 생각하고, 이상하기도 기쁘기도 하였다.

실단의 집에는 실단 할아버지 내외가 있고, 증조할아버지가 있고, 총각 삼촌이 있고, 또 실단의 어린 남동생이 있었다. 나는 노인들에게 차례차례 절을 하였고, 그들이 묻는 말에 몇 마디씩 대답을 하였다. 이 집에 와서 느낀 것은 번성하는 집이 아니요 쇠하여가는 적막한 집이라는 것이었다. 무엇이 내게 그런 감상을 주었는가.

집도 초가집이지마는 컸고, 나뭇가리도 크고, 구석구석 곡식 섬도 많고, 외양간에는 소가 있고, 닭도 놀고, 개도 짖고, 얼른 보면 흥성흥성한 큰 농가지마는 그 속에 사는 사람들은 모두 말이 적고 움직임이 적었다.

늙은이가 많고 젊은이가 적은 것이 그 집을 적막하게 보이는 가장 큰 원인이겠으나, 젊은이라고 할 실단 아버지도 마치 제상 앞에 선 제관과 같이 말이 없고 웃음도 없고, 실단의 삼촌인, 나보다 서너 살 더 먹은 총각도 스스러운 집에 온 손님과 같이 말이 없었다. 실단의 남동생까지도 자다가 일어난 아이 모양으로 아무 소리 없이 가만히 앉아 있었다. 실단 모녀의 얼굴에만 방글방글하는 웃음이 있었으나 그것도 극히 조용한 것이어서 마치 벙어리들끼리 모여 사는 집 같았다.

'왜 이럴까?'

하고 나는 두리번두리번 둘러보았다. 모두 깨끗하다. 그야말로 구석구석이 다 말끔하여서 티끌 하나 없이 깨끗한 품이 절간과 같았다. 기둥에나 벽장문에나 붙인 주련(柱聯)도 다 칼로 깎아낸 듯한 해자(楷字)뿐이요 흘려 쓴 것은 하나도 없었고, 실단의 조부가 등신 모양으로 가만히 앉아 있는 사랑도 그러하여서 찬바람이 도는 듯하였다. 게다가 이 집이 동네에서는 뚝 떨어져서 외따로 있기 때문에 더욱이 절간이나 무슨 당집과 같은 맛이 있었다. 참 이상한 집이었다.

저녁상은 참 잘 차렸다. 안채는 늙은이들이 있는 산 사당과 같아서 우리들은 실단네 식구들이 사는 소위 바깥채라는 뜰아랫방에서 상을 받았다. 나는 마치 큰손님이나 되는 듯이 어른어른하게 닦인 칠첩 반상기를 늘어놓은 독상을 받고, 실단 아버지는 그 어린 아들과 겸상을 하고, 실단과 내 두 조카는 다음 방에서 상을 받은 모양이요, 실단 어머니는 안방으로 부엌으로 우리들 방으로 들락날락하고 있었다.

어떻게 조용한 집인지 닭들도 조용히 홰에 오르고 고양이도 소리 없이 살랑살랑 다녔다.

윷판이 벌어졌으나 말괄량이 큰조카도 새잴래비를 내지 아니하였다. 다만 실단 어머니의 잠시도 쉬지 아니한 은근한 접대만이 우리에게 정다움과 고마움을 주었다.

"더 먹어. 이것두 먹어보구."

하고 그는 내 조카들을 잊지 아니하였다. 내게 대해서는 더욱 끔찍하여서 그가 권하는 것이면 거절할 길이 없었다. 실단 아버지도 이십 년이나 나이가 틀리는 나를 점잖은 손님과 같이 공손하게 대우하였고, 비록 말은 많지 아니하나 심히 은근한 정을 보였다. 우리가 놀 때에는 슬쩍 비켰으나, 가끔 들어와서 내게 한두 마디 말을 함으로써 나를 잊지 아니하는 정과 성을 표하였다. 그는 손을 보면 농군이지마는 얼굴과 몸가짐은 선비였다. 더구나 그가 말하는 것은 다 유식하고 점잖고 예절다워서 학자님 풍이 있었다. 이것은 나중에 안 일이거니와, 그도 이십이 넘도록 소매 넓은 옷(행의라고 하였다)을 입고 박운암, 유의암 문하에서 성리학 공부를 하였다고 한다.

"내 증조가 홍경래란에 연루가 되서서 당시 장령으로 계시다가 삭탈 관직을 당하시고 금부에 하옥이 되서서 하마터면 돌아가실 뻔한 것을 약현 대신의 힘으로 가까스로 벗어나셨어. 정말 죄가 있었으면 벗어나실 리가 있겠나마는 내 증조께서는 홍경래란에는 관계가 없으셔. 그런데 홍경래가 오봉사에서 공부할 때에 내 증조도 그와 동창이셨거든. 게다가 내 증조가 고집이 있으시고 마음이 강직하셔서 당시 권문에 미움을 받으셨더래. 그래서 몰리신 것이지. 그리구 돌아오셔서부터서 일절 출입을 안 하시고 몸소 소를 먹이시고 감농을 하시고 자손더러도 일절 과거는 보지 말라고 유언을 하셨어. 그래서 내 조부나 가친도 글공부는 하셨지마는 일절 장중에는 출입 안 하셨지. 지금은 치국평천하를 도모할 때가 아니니 수신제가나 하라고, 자식들 글은 가르쳐도 애여 세상에 출입은 말고 농사만 지어 먹고 가만히 있으라고, 이렇게 유언을 하셨단 말야."

이것은 실단 아버지가 내게 자기 집 내력을 설명한 말이었다. 이 말을 듣고 나는 무척 이 집에 대하여 존경하는 마음이 생겼다. 집 안에 흘려 쓴 글자 하나도 없이 모두 단정한 해자만 있는 뜻도 알았다. 나는 내 집에 대하여 상당히 자존심이 있었으나 실단 아버지의 말을 듣고는 이 집이 내 집보다 격이 높다고 생각하였다. 대소과가 많이 나기로 우리 집은 이 고을에서는 명가지마는, 진실로 학과 행이 일향에 모범이 되는 이로는 내가 알기에는 내 팔대조 형제분밖에 없었다. 그 밖에는 승지, 사간, 장령 같은 미관말직에 연연하고, 또 그것을 장한 것으로 여겨서 술이나 마시고 음풍영월이나 하는 이들이었다. 풍류객일지 모르나 도학군자는 아니었다. 더구나 내 조부에 이르러서는 기생 작첩까지 하여 향락으로 생애를 삼고 집을 돌아보지 아니하였다. 이에 나는 우리 집이 이렇게 쇠잔한 원인을 찾는 것 같아서 송구한 마음을 금할 수가 없었고 실단네 집을 존경하지 아니할 수 없었다.

그런데 왜 이 집이 맑은 물같이 맑으면서도 적막한 기운뿐이요 번화한 기상이 없을까 하는 것이 의문이었다.

"언제 또 일본을 가나?"

하고 실단 아버지가 물을 때에, 나는,

"한 달 안으로 떠나겠어요."

하고 대답을 하였으나 아직 학비가 어찌 될는지 몰랐다.

"공부를 중도에 폐해서야 쓰겠나. 아모리 하여서라도 공부를 마초아서 자네네 집을 다시 일으켜야지. 자네네 집이야말로 우리네와 달라서 구가요 대가가 아닌가. 자네가 뉘 집 자손인가. 공부란 우리 모양으로 중 도이페를 하면 아모것도 아니란 말야. 용이 되다가 못 되면 강길이가 된 다는 겐데, 용이 되면 천하에 은덕을 베풀지마는 강길이란 세상의 화근 이 되어서 벼락을 맞아 죽는다는 것 아닌가. 자네야 용이 되어야지, 강길 이가 되어서 쓰겠나. 그러니까 어서 하던 공부를 마츠게."

실단 아버지의 말은 마디마디 내 폐부를 찔렀다. 나는 강길이가 되는 것이 아닌가 하고 겁이 났다. 계집애들하고 윷이나 놀고 즐겨 하는 내 모 양이 부끄러웠다. 윷에 흥이 아니 날 뿐 아니라, 실단에게 대한 못 견디 게 그리운 정도 강길이가 되려는 징조인가 싶어서 무시무시하였다.

그러나 실단 어머니와 실단 들과만 앉아서 이야기할 때에 무한히 즐거 웠다. 평생에 고독한 한을 이날에 실컷 푸는 것만 같아서 언제까지나 이 런 시간이 계속하였으면 하였다.

"수명이 아저씨 생일이 요새 아니오?"

하고 실단 어머니가 묻는 데는 놀랐다.

"내 생일이 요샌 줄을 어떻게 아세요?"

하고 나는 눈을 크게 뜨고 아니 물을 수가 없었다. 수명이라는 것은 내 형 수의 아들이다. 나를 부르기에 적당한 칭호가 없고 도련님이라기도 안 되었고, 그렇다고 내 전 어머니 편으로 외육촌이라는 것을 내세워서 오 라비라고도 부르기도 거북한 실단 어머니는 생각 생각한 끝에 나를 '수 명이 아저씨'라고 부른 것이었다.

"수명이 아저씨 나신 것이 요새이던 것 같아서 말이오."

하고 실단 어머니는 옛날 일을 생각하는 듯이 멀거니 허공을 바라보았다.

나는 놀란 김에 내 생일을 바로 말하였다. 그것은 정월 그믐날이었다.

"그럼, 생일날은 금년에는 우리 집에서 채립시다. 아무것도 없지마는, 국이나 끓이고 나물이나 하고."

실단 어머니는 이런 말을 하였다.

나는 이 말에 고개를 숙였다. 고마움도 고마움이거니와 부모가 돌아간 뒤로 사오 년간 나는 생일을 차려 먹은 일이 없었다. 혹은 평양에, 혹은 서울에, 혹은 일본에 객지로만 다니는 내가 어디서 누가 내 생일을 기억하여서 차려주랴. 내 눈에서는 눈물이 쏟아졌다. 주먹으로 씻기도 무엇하여서 방바닥에 떨어지는 대로 내버려두었다.

어머니 생전에는 불이 붙게 가난해서 밥을 굶을 지경이면서도 생일이면 그냥 지내 보내지는 아니하였다. 그러나 어머니 없으시니 내 생일도 없었다. 그렇거늘 이제 아무 인연도 없는 실단 어머니가 내 생일을 차려준다는 것은 실로 이상하고도 이상한 일이었다.

나는 한참이나 눈물을 떨구다가 코를 푸는 듯 눈물을 씻고,

"네, 그럼 그날 오겠어요."

하고 떨리는 소리로 그 후의를 받았다. 고마운 양해서는,

"어머니."

하고 실단 어머니에게 울고 매달리고도 싶었으나, 인제는 열다섯 살이 아니냐 하여 그러지도 못하였지마는 마음으로 그에게 매달리고 그의 품에 안기기를 수없이 하였다.

나는 염치없이도 약속한 대로 생일날에 실단네 집에 와서 밥을 먹었다. 닭을 잡고 떡까지 하고 생선을 굽고, 어머니 생전에도 그런 일이 없을 만큼 풍비하게 차린 것이었다. 실단도 인제는 낯이 익어서 덜 스스러

웠다.

그간 『소학』을 배우고 있는 줄을 그때서야 알았다. 『소학』도 마지막 권인 제오 권이었다.

"언제 일본 가우?"

실단은 나와 단둘이만 있는 틈에 내게 이런 말을 물었다.

"한 댓새 있다가 떠나우."

나는 이렇게 대답하였다. 서울서 학비가 될 듯싶으니 곧 올라오라는 편지가 왔기 때문에 나는 떠날 날짜를 작정하였던 것이었다.

"요담엔 언제 오우?"

실단은 더욱 가는 소리로 물었다.

"글쎄, 내년 여름에나 올까."

나는 문득 실단을 떠나서 멀리로 가는 것이 슬펐다. 실단과 함께 갈 수는 없나 하는 어리석은 생각도 났다.

"몇 해나 되면 공부를 다 하고 아주 집에 오우? 한 삼 년?"
하고 실단은 담대하게 말끄러미 나를 처다보았다.

"글쎄, 암만해도 십 년."

나는 지금 중학교 이 년이니, 고등학교, 대학 다 치면 십 년이 될 것을 속으로 계산하면서 대답하였다.

"십 년?"

실단은 그 가느스름한 눈을 똥그랗게 떴다. 내 생각에도 십 년은 먼 것 같았다.

"십 년."
하고 나는 두어 번 고개를 끄덕였다.

우리들의 말은 이뿐이었다.

나는 그로부터 사 년 후 열아홉 살 되던 봄에 중학을 졸업하고 제일고 등학교에 입학시험을 치러서 훌륭히 합격을 하고 고등학교 생도라는 명예와 자부심을 가지고 고향으로 돌아왔다. 고향에는 늙은 조부도 있고 어린 누이도 있으니 한 해에 한 번씩은 돌아오는 것이 마땅하건마는, 고학하다시피 하는 외국 유학에 그렇게 왔다 갔다 할 여비가 없었다. 또 고향에 돌아오기로서니 간 데마다 푸대접이 기다릴 뿐이요 나를 환영할 집이 없는 것도 한 이유일지도 모른다.

부끄러운 일이거니와 내 초라한 꼴을 실단과 실단의 집에 보이고 싶지 아니하였다. 그래도 무슨 자랑거리를 하나 거머쥐고 고향에 돌아오지 아니하면 면목이 없었다. 중학을 졸업하고 고등학교에 입학이나 하여놓으면 약간 금의환향이 될 것도 같았다. 또 될 수만 있으면 이번 길에는 장가도 들고 싶었다. 실단이 내 아내가 될 것을 꼭 믿었다.

나이 이십이 가까우니 장가들고 싶은 생각이 상당히 강하였다. 게다가 실단을 그리워하는 마음이 억제하기 어렵도록 강하였다. 나는 몇 번이나 실단 아버지에게 내 뜻을 고하는, 이를테면 청혼 편지를 썼으나 하나도 부치지는 아니하고 다 찢어버렸다. 집도 한 칸 없는 중학생 녀석이 남의 딸을 노리는 것이 몰염치한 것 같았고, 그렇다고 해서 내가 성공하여 처자를 칠 만한 힘이 생길 시기까지 실단을 시집보내지 말고 기다리게 하여 달라는 것은 더욱 뻔뻔스러운 일이었다.

지나간 사 년, 즉 만 삼 년 이 개월간에, 하나 사진도 없이 필적도 없이 그를 그리워하였다. 다만 내 마음속에 그의 동그스름한 얼굴, 갸름한 눈, 방싯 열린 재주 있을 듯한 입술 사이로 엿보이는 하얀 이빨, 까무스름한 살빛, 그리 크지 아니하나 구석 빈 데 없는 몸매, 이런 재료로 그를 만들어놓고는 그리워하였고, 심히 부드럽고도 맑은 그의 음성을 귀에 듣고는 그리워하였다. 내가 상상하는 얼굴이 실물에 얼마나 가까운지 나는 모른다. 그러나 내가 마음속에 그려놓은 그는 내게 있어서는 실재였다. 나는 그를 위하여 공부에 힘을 내고 그를 위하여 살았다. 더구나 내가 학년이 높아져서 문학작품을 읽게 되면서부터 그 속에 나오는 모든 아름다운 여성을 언제나 내 실단과 비교해보았다. 그러나 문학작품 중의 어느 여성도 내 실단을 당할 수는 없었다. 단테의 베아트리체나 내 실단에게 비길까. 내 실단은 어디까지나 동양적이었다. 그는 정숙스러웠다. 그의 가느스름한 눈은 언제나 내리떴고 한번 치뜰 때에는 별과 같이 빛났다. 그는 분홍 치마 노랑 저고리에 남 끝동, 자주 깃, 자주 고름을 달아야 한다. 그의 얼굴에는 분이 발려서는 못쓰고 그의 몸에 향수가 뿌려져서는 못쓴다. 그런 것들은 그의 천진한 빛과 향기를 가릴 뿐이다. 얼굴에 탐욕의 검푸른 기운이 도는 사람만이 분으로 그것을 감추고, 몸에서 악독의 비린내를 발하는 사람만이 향수로 그 악취를 죽이는 것이다. 나의 실단에게는 그러한 인위적인 것을 가할 필요는 없는 것이다. 그러므로 내가 그에게 더 바랄 바는 없었다. 그는 완전 그 물건이었다. 다만 걱정은 나의 부족이었다. 내 입에서는 구린내가 나고 내 몸에서는 땀내와 비린내가 났다. 나는 도저히 그와 짝이 될 사람이 못 되었다.

내가 성경을 읽고 예배당에를 다닌 것도 내 몸과 마음을 깨끗하게 할 양이었다. 나는 마음에 있는 구린 것을 버리면 자연히 몸에서 향기가 날 것을 믿었다. 나는 내 얼굴과 손발과 몸매를 아름답게 할 수 없는 것이 슬펐다.

나는 길에서나 차 속에서 많은 여성들을 만났으나 하나도 내 눈에 들어오는 것은 없었다. 내 가슴은 실단으로 가득 찼다.

나는 이 생각으로 서투른 시도 지어보고 일기도 써보았다. 나는 거의 매일 실단에게 편지를 썼으나 한 장도 부치지는 아니하였다. 나는 오천 리 밖에서 내가 이렇게 간절히 생각하는 심정이 말이나 글이 없더라도 반드시 실단에게 통하리라고 믿고 또 하나님께 기도하였다.

나는 내가 어린 제 불행이 다 지나가고 앞날에는 운수가 탄탄하게 필 것을 믿었다.

"초년고생을 그만치 하였으니 앞으로야 좋은 일이 있을 테지."

라든가,

"뉘 집 자손이라고."

라든가,

"금계포란형 정기를 몰아 타고난 네로고나."

라든가,

"네 얼굴이 잘나고 눈과 코가 좋다."

라든가, 어른들이 나를 보고 하던 칭찬(?)들이 다 정말로만 생각하였다. 장래에는 대신이나 대장이나 다 내 마음대로 될 것으로 생각하였다. 비록 우리나라가 일본의 보호국이 되고 군대가 해산되고 모두 불리하고 밉고 분개한 재료뿐이었으나, 그것도 내 힘으로 내 손으로 다 바로잡힐 것만 같았다.

'사랑과 희망과 신앙.'

성경에서 가르치는 이 세 가지는 바로 내게 꼭 맞는 것이라고 생각하였다. 중학교를 좋은 성적으로 졸업하고 남들이 다 어렵다는 고등학교에를 대번에 합격한 것은 내 자신을 더욱 높게 하였다. 동경 유학생계에서도 내 이름은 날로 높았다. 나는 이것이 모두 다 실단의 힘이라고 믿고 감사하였다.

여름 새벽 바다는 거울과 같이 맑았다. 대마도도 지나고 아침 볕을 받은 고국의 산이 바라보일 때에 나는,

'아, 내 나라!'

하고 눈물이 흐름을 금할 수가 없었다. 사 년 만에 보는 고국, 어려서 떠나서 수염발이 잡혀서 보는 고국이라는 것만 하여도 눈물이 흐를 만하거든, 하물며 안중근이 전 통감 이등박문(伊藤博文)을 하얼빈에서 죽인 사건의 여파로 일본의 한국에 대한 여론은 물 끓듯 하였고, 그것을 기화로 하여 계태랑(桂太郎), 사내정의(寺內正毅)를 머리로 하는 일본의 군벌은 단호히 한국을 합병하여 저희가 이른바 '동양 평화의 화근을 빼어버린다.'고 음으로 양으로 민론을 선동하고 있었고, 국내에서는 안중근을 추겼다는 혐의로 안창호, 이갑, 이동휘 등 민족운동의 수령들이 깡그리 일본 관헌의 손에 체포되어 헌병대에 갇혀 있던 때라, 나 같은 소년의 마음에도 조국의 흥망이 경각에 달렸음을 아니 느낄 수가 없었다. '누란(累卵)'이니 '급업(岌嶪)'이니 하는 말로 나라의 운명이 위태함을 형용하던 『대한매일신보』와 『황성신문』의 용어는 우리 가슴에 깊이깊이 파고들었다.

이러한 조국의 땅, 부산에 발을 디딘 십구 세의 소년인 나를 맨 먼저 환영하여준 것은 일본의 무서운 관헌이었다. 나는 벌써 경찰의 주목을 받을 연령에 달한 것이었다. 그뿐 아니라 동경에서 내 또래 몇 동인이 발행하던 등사판 잡지가 동경 경시청에 압수된 사건으로 하여서 그 책임자로

필자인 나는 일본 관헌의 요시찰 인물 명부에 오른 것이었다. 이런 것은 다음 다른 이야기에 말할 기회도 있을 듯하니 여기서는 이만하여두자.

부산서 또 하나 내 마음의 행복을 깨트린 것은 기차에서 한국 사람 타는 칸과 일본 사람 타는 칸을 구별한 것이었다. 이런 것은 내가 사 년 전에 일본 갈 때에는 없는 일이었다. 그때에는 아직 한국의 주인은 한국이었었다. 그러나 이번에 와 보니 관헌의 대부분은 일본인이요, 또 기차에도 승객의 반수 이상이 일본인이었고, 그뿐더러 주객이 전도하여 일본인이 도리어 주인이 되고 우리 한국인이 거꾸로 객이 된 것이었다. 나는 이를 보고 이를 갈지 아니할 수 없었다.

'오냐. 이제 두고 보아라! 내 피로 조국의 영광을 회복할 것이다!'

하고 속으로 맹세하였다.

서울도 평양도 인심이 물 끓듯 하였다. 사람들은 다 입을 다물고 곁눈으로 서로 힐끗힐끗 보고 있었다. 중요한 지점에는 어디나 총과 칼을 든 일본 군인과 헌병의 눈이 번뜻거렸다.

이러한 분위기 속에 나는 고향에 돌아왔다.

고향에서는 무엇이 나를 기다렸나?

조부는 모든 재산을 다 없이하고 외딴 글방에 병들어 누워 있었다. 그는 어린 손자의 공부에 방해될 것을 두려워하여서 그동안 일어난 이러한 불행을 내게 숨긴 것이었다. 그는 유일한 그의 짝인 내 서조모를 묻고, 있는 것을 다 팔아서 먹다 먹다 못하여 나중에는 집을 헤치고, 내 어린 누이는 당숙의 집에, 자기는 어느 서당에 부치고 있다가 병이 든 것이었다. 그의 병은 황달이었다. 팔십 노인인 그가 소복할 길이 있을 리가 없었다.

내가 조부를 찾아간 날 그는 날더러 일으켜 앉혀달라 하여 내 절을 받고는, 몽롱한 눈으로 대견한 듯이 나를 물끄러미 바라보면서,

"인제 졸업 다 했느냐?"

하고 물었다.

"아직도 육 년이 남았어요."

하는 내 대답에 그는,

"육 년."

하고 힘없이 말하고는 날더러 도로 자리에 뉘어달라 하고 눈을 감았다.

나는 "육 년." 하던 조부의 한마디에 창자가 미어지는 듯함을 느꼈다. 조부가 육 년을 더 살 리가 만무하였다. 나는 밥을 빌어서라도 조부를 봉양하여서 그의 여년을 마치게 하리라고 결심하였다.

"한아버지."

나는 두 손으로 방바닥을 짚고 눈 감은 조부에게 이렇게 불렀다.

"응."

하고 조부는 눈을 떴다.

"저는 일본 안 가요."

하고는 울음이 북받쳤다.

"그럼 어딜 가고?"

조부는 놀라는 듯이 눈을 크게 떴다. 눈 흰자위가 치자 물을 들인 것 같았다.

"아모 데도 안 가고 한아버지 모시고 있겠어요."

조부는 이윽히 내 얼굴을 물끄러미 바라보고 있더니 말없이 스르르 눈을 감아버린다.

조부의 누운 방은 찼다. 글방이라 하지마는 조부가 병이 중하게 된 뒤에는 아이들도 아니 오는 모양이어서 산 옆에 외따로 지어 있는 이 서당에는 오직 앓는 조부 혼자서 누워 있었다.

'병구완은 누가 하나, 조석은 어떻게 자시나?'

이런 말을 조부에게 물을 용기도 없었다. 나는 부엌에 내려가서 불을 때려 하였으나 나무도 없었다. 나는 뒷산에 올라가서 삭정이를 한 아름 주워다가 불을 지피고 있었다. '어떡허나.' 하면서 아궁이를 들여다보았다. 불이 올올 붙어서 가느다란, 굵다란, 무수한 불길들이 날름날름 까불고 있다.

'조부님을 모시려면 살림을 차려야 하고, 살림을 차리자면 장가를 들어야 하고, 또 집을 장만해야 하고 직업을 구해야 할 텐데.'

나는 부지깽이로 공연히 아궁이 앞을 쑤시면서 생각하였다.

실단한테 장가들 수가 있을까. 그것은 어려운 일일 것 같았다.

"내 딸을 데려다가 무엇을 먹일 텐가."

하던 김 의관의 말을 생각하면 지금도 주먹이 불끈 쥐어지고 식은땀이 흘렀다. 그것은 아버지가 돌아가기 바로 두어 달 전 일이다. 아버지는 어머니의 며느리 보고 싶어 하는 마음을 채워주려고, 아마 또는 (부끄러운 말이지마는) 그와 동시에 먹을 것까지 얻어볼 허욕으로 하루는 나를 데리고 선바위 김 의관 집에를 갔다. 그는 아버지와 동년배 되는 친구요 부자였다. 그는 이천 냥을 쓰고 중추원 의관을 언어 하여서 옥관자를 붙인 사람이었다. 그는 명주옷을 입고 탕건을 쓰고 사랑 아랫목에 도사리고 있었다. 그의 조그마한 얼굴에는 주름은 있었으나 기름기가 있었고, 어딘지 모르게 귀골인 듯 어엿한 데가 있었다. 거기 비겨서 아버지는 폐포파립인 데다가 관골은 툭 불거지고 두 뺨은 쪼그라지고 두 눈은 허공에 걸리고, 궁상에 험상을 겸한 것 같았다. 아버지는 돌아갈 임박은 뼈와 가죽뿐이어서 목이 엉성하고 살멱만 툭 두드러져 있었다. 뽐내는 태까지도 인제는 기운이 줄어서 앉은 자세를 꼿꼿하게 하기가 힘드는 모양이었다. 이러한 아버지와 김 의관이 떡 버티고 앉아서 두 손으로 버선발을 만지는 양을 대조하면 내 어린 마음이 슬펐다.

이러한 판에 아버지는 염치없이도 김 의관의 막내딸을 내 아내로 달라는 말을 꺼낼 때에 나는 쥐구멍으로 들어가고 싶었다. 그러면서도 나는 김 의관의 얼굴을 꼭 지켜보고 있었다.

김 의관은 소리 안 나는 코웃음을 하면서,

"자네 내 딸을 다려다가 무엇을 먹일랴고 그러나."

할 때에 몸부림을 하고 울고 싶었다.

"자네 딸에게 먹을 것을 얺어주게그려."

아버지는 이런 말을 하였으나 무론 그 말이 통할 리가 없었다. 이날의 망신은 내가 평생에 잊을 수가 없는 것이었다. 그러나 나는,

'인제 두고만 보아라. 네가 나를 사위로 아니 삼은 것을 후회할 날이 있으리라.'

하고 풀죽은 아버지를 따라서 집에 돌아오는 길에 나는 이렇게 속으로 중얼거렸다.

나는 아궁이 앞에서 이런 것을 생각하면서, 실단과의 혼인이 희망 없음을 슬퍼하였다. 내가 공부를 마치어서 학사, 박사가 되어서 돌아오기만 하면야 문제가 없지마는, 이제 공부를 고만두면 실단 아버지의 말과 같이 중도이폐한 강길이가 될 것이다.

그러면서도 나는 실단을 내어놓을 수는 없었다. 실단이 없이 내가 살 수가 있을까.

나는 며칠 후에 외가에를 갔다. 형수는 그동안에 더 늙은이가 되고 천자를 배우던 조카는 벌써 상투를 틀고 관을 쓰고 있었다. 나는 거의 나만한 조카며느리의 절을 받았다. 조카딸들은 다들 시집을 가고 없었다. 사년 동안에 변하기도 변하였다. 형수의 내게 대한 칭호는 아주버니로 승격하고, 조카도 제법 내게 아재비 대우를 하였다. 열두 살 먹은 새신랑이었다.

"인제 조립 다 하셨어요?"

형수는 이런 소리를 하였다.

"인제는 그만큼 공부를 하셨으니 벼슬이나 하시지. 솔모루 문 성의는 박천 군수가 되어가지고 긴무 이 참서 딸헌테 장가를 들었답니다. 아주 잔치가 대단했대요. 다섯 고을 원이 모였더라나, 여섯 고을 원이 모였더라나. 벙치 쓴 관속 사령이 수십이나 옹위를 하고 통인 급창 다 다리고, 참 굉장했더래. 이제 아즈버니도 그렇게 장가가시겠지. 그때는 나도 구경이나 갑시다."

형수는 나이 먹으면서 더욱 말솜씨가 늘었다. 과부 생활로 닦은 재주였다.

나는 내 입으로 먼저 실단의 말을 묻기가 거북하였으나 형수는 내 사정은 모르고 제 소리만 늘어놓고 있었다. 딸들 시집보내던 이야기, 사위 이야기, 사위네 가문이 좋다는 자랑, 며느리 맞던 이야기, 아들이 장가를 들게 되니 사랑을 잘 수리하였다는 이야기, 형수의 이야기는 끝날 바를 모르는 것 같았다. 형수는 젊은 과부로서 이만큼 가산을 늘리고 자녀들을 성취를 시킨 데 대하여 깊은 만족과 자부를 느끼는 모양이었다. 또 그럴 만도 하였다. 젊은 과부의 재산을 노리는 일가 떨거지들은 다 휘어 누르고 이만큼 하여놓기는 진실로 칭찬할 일이었다.

"아즈버니, 난 형님이 돌아가신 지 십 년이 넘도록 친정에 가본 일이 없어요. 새 옷 한 벌 지어 입은 일이 없고요. 젊은 과부가 몸 모양을 내고 나들이를 하면 남의 입에 오르내리지 않아요? 내가 이 꼴을 하고 망나니 노릇을 했길래 이만큼이라도 애들 밥은 안 굶기고 남 의지 아니 하고 살지요. 안 그래요, 아즈버니?"

인제는 형수는 나를 자기와 상대가 되는 어른으로 대우하는 것이었다.

"어머니, 나 단자 들이러 가우."

하고 조카가 관을 비뚜로 쓰고 들어온다.

"단자라니? 응, 실단이 새서방? 그리기로 관 쓰고 단자가 무에야? 아이들이나 하는 게지. 어른도 단자 들이나."

형수의 말도 듣지 않고 조카는 까치걸음으로 대문을 나간다. 대문 밖에는 아이들이 등대하고 있다가 와하고 소리를 지르면서 가버리고 말았다.

'실단이 새서방?'

이 말에 나는 천지가 노랗게 됨을 느꼈다.

"실단이 새서방요?"

나는 내 귀를 의심하면서 저도 모르는 결에 이렇게 물었다.

"오, 참. 아즈버니가 실단이를 귀애하셨지. 네, 오늘이 실단이 새서방 장가오는 날이랍니다. 실단이도 불쌍한 애라우. 고것 얌전하지 않아요? 아조 재주 덩어리고. 그런데 속아서 혼인을 했답니다. 줄아우 최 주사 손자라나 원. 가문이 좋다고 해서 혼인을 정했는데 정해놓고 보니 신랑이 바보래. 나이는 열다섯 살인데 아직도 침을 질질 흘리고 게다가 반벙어리라나. 글쎄 고 얌전이가 어떻게 그런 남편을 만나우? 돈이야 있지. 최주사 집이 부자랍디다. 한 삼백 석 한대. 그렇지만 삼백 석 아니라 삼천석이면 무얼 하오, 신랑이 저따위니. 참 실단이가 가엾어요. 그래 실단이 어머니는 파혼을 한다고 울고불고했답니다. 그러면 되우? 실단이 할아버지는 양반의 집에서 한번 허락했으면 고만이지 웬 딴소리가 있느냐고 고집을 하고, 실단 아버지는, 아즈버니도 아시다시피 부모의 말씀이면 그저 네, 네지, 터럭 끝만 한 것 하나도 거역은 못 하거든요. 그래 눈물 판이지요, 그 집이야. 실단이가 울지요, 실단이 어머니가 울지요. 그러니 쓸데 있어요?"

'그러기로 이럴 법도 있나?'

하고 나는 정신이 아뜩아뜩하여서 갈피를 잡을 수가 없었다. 내가 그처럼 간절하게 사 년 동안이나 하나님께 빈 것도 허사였던가 하면 하나님도 원망스럽고, 내가 자주 실단의 집에 편지도 하고 또 청혼도 하였더면 이런 일이 없었을 터인데 하면 나의 못생김이 밉기도 하고, 진주 같은 실단을 도야지에게 주는 실단의 부모가 괘씸하기도 하고, 끝으로 자식의 운명을 부모의 마음대로 결정하는 우리나라의 인습에 대하여 강하게 반항하는 마음이 불 일듯 일어나기도 하였다.

내가 고민하는 양이 아무리 억제하여도 형수의 눈에 뜨인 모양이었다. 형수는 말없이 물끄러미 나를 보고 있더니 분명히 내 속을 다 뽑아보고 나를 위로하는 어조로 이렇게 말하였다.

"아즈버니, 난 모든 것이 다 인연이라고 믿어요. 사람의 일은 하나도 인력으로 되는 것은 없는 것 같아요. 다 제 팔자요 인연이야요. 난 내 일을 보니깐 그렇거든요. 내가 형님헌테 이 집에 시집온 것도 다 인연야요. 나도 싫다는 것을 부모님이 억지로 이 집으로 보내셨답니다. 그래도 인제는 부모님 원망은 나는 아니 해요. 다 내 팔잔걸요. 물 한 방울 샐 틈 없는걸 무어. 지내보니깐 그럽데다. 실단이도 그렇지요. 이런 말씀 하면 아즈버니 마음만 불편하시겠기에 아니 하려고 했지마는 실단이 어머니는 실단이를 꼭 아즈버니한테 시집을 보내려고 무척 애를 썼답니다. 그때에 아즈버니 댕겨가신 뒤로, 벌써 사 년이 되나 오 년이 되나, 아마 한 달에 열 번은 우리 집에 왔을 거야요, 실단이 어머니가. 아즈버니헌테서 무슨 기별이 없는가고. 그러고 실단이도 자주 놀러 왔지요. 고것이 말이 없어서 속을 알 수는 없지마는 왜 몰라요? 사람의 속이란 말이 없어도 다 드러나는 게 아냐요? 고것이 우리 집에를 왔다가는 갈 때에는 언제나 시무룩해서 가겠지요. 그게야 아즈버니 소식을 못 들어서 그런 것이 분명하지요. 그러니 계집애가 열여덟, 열아홉이 되니 어떻게 그냥 둘 수가 있어요, 병신 궤지기 아닌 연에야. 그러니 언지까지나 나는 시집 안 가요, 하고 버틸 수가 없거든요. 그 언젠가 한번은 실단 어머니가 와서 툭 털어놓고 말을 합데다, 아즈버니가 실단이한테 마음이 있을 듯싶으냐고. 실단이 할아버지나 아버지는 집 한 간도 없는, 떠돌아댕기는 아이헌테 어떻게 실단이를 맡기느냐고, 안 될 말이라고 그러지마는, 아즈버니만 마음이 있으시다면 자기가 아무렇게 해서라도 다른 자리는 다 물리치고 아즈버니 돌아오시기를 기다리겠노라고요. 실단이도 말은 아니 해도 아즈버니를 생각하고 있는 모양이라고요. 그런데 아즈버니한테서는 영 소식이 없어, 실단이 나이는 자꾸 가. 헌데 한번은 그러더래, 실단 아버지가 실

단 어머니랑 실단이랑 들으라는 듯이 아즈버니가 설상 돌아온다 하더라
도 웬걸 학교 공부도 아니 한 시골 계집애헌테 장가를 들겠느냐고, 필시
서울 어떤 대갓집 딸허고 혼인을 할 것이라고, 넌지시 그러더라는구려.
실단 어머니가 나헌테 와서 그런 의논을 한단 말야요. 그렇게 생각하면
그럴듯도 하거든요. 게다가 실단이 동생을 또 장가를 들여야 안 하겠어
요? 기 애가 벌써 열네 살이어든, 벌써 혼인이 늦었지, 안 그래요? 지금
밥술이나 먹는 집치고 어디 아들을 열네 살이 넘도록 그냥 두는 집이 있
나요. 세상이 말세가 되어서 언제 뒤집힐지 모른다고, 어서어서 시집 장
가를 들여야 부모가 마음을 놓거든요. 그래서 실단이 이번 혼인이 된 모
양인데, 그러니 실단 어머니나 실단이야 울며 계자 국을 먹고 있지요. 아
즈버니가 한 달만 일쩍 돌아오셨더라도 어찌 되었을지 모르지마는. 아,
참, 아즈버니는 어디 정혼한 데는 없으세요?"

　형수의 말로 실단의 사정은 대강 짐작이 되었다.

　'그러기로 이럴 법도 있나?'

　나는 한 번 더 속으로 중얼거렸다. 이때에 내가 느낀 슬픔, 분함, 뉘우
침, 괴로움은 도저히 내 붓으로는 그릴 수가 없다. 그저 내 모든 희망, 신
앙, 평생의 계획이 한꺼번에 다 깨어지고 절망과 암흑의 밑 없는 구렁텅
이로 빠진 것과 같았다고나 할까.

　나는 더운밥으로 지어다 주는 점심도 입에 들어가지를 아니하였다. 한
식 술이 남은 것이라고 형수가 주는 술만 서너 잔 마시고 상을 물렸다. 몽
급네 집에서 술을 훔쳐 먹은 이래로 내 입에 술을 대는 것은 처음이었다.
형수도 내 속을 알아보고 권하는 술이요 나도 홧김에 마신 술이었다. 술
잘하기로 유명한 형수의 솜씨라 이른바 매 눈 같은 청주였다. 나는 얼근

함을 느꼈다. 답답하던 속이 좀 누그러지는 듯하였다.

　형수는 내 눈치를 슬쩍슬쩍 보고 앉았더니 웃지도 않고 근심스러운 정성을 보이는 얼굴로,

　"심심한데 가보시지."

하였다.

　"어딜요?"

　"잔칫집에, 실단네 집에. 달걀이나 두어 꾸러미 싸드리께 들고 가보셔요. 못 가실 데야요, 머?"

　"흠."

하고 나는 어이없이 웃었다.

　"실단네 집 뒤에 곰여울 할머니가 사십닌다. 재작년에 집을 짓고 그리로 떠나가셨어요. 실단 어머니가 적적하다고, 또 실단이 시집갈 바느질도 하여달라고 해서 거기다가 집을 한 간 짓고 계십닌다. 그 할머니도 찾아뵐일 겸 가보시지. 그 할머닌들 아즈버니를 얼마나 반가워하시겠어요, 오죽이나 돌고지 도련님을 귀애하셨나. 그러셔요, 가보셔요. 아마 거기 가시면 실단이도 만나실 거야요. 실단이가 아마 그 할머니 댁에서 차릴 게입니다. 실단이가 시집가면 만나실 수 없지 않아요?"

하고 형수는 싱긋 웃는다. 그러고는 정말 나가서 달걀 두 꾸러미를 손잡이를 하나로 하여서 들고 보이면서,

　"자, 이걸 들고 가셔요, 구경 겸."

한다. 잔인하게 나를 놀려먹는 것같이도 생각히고, 하회가 어찌 되나 하고 사건의 진전을 흥미 있게 기다리는 것도 같았다.

　아마 한잔 먹은 김이었을 것이다. 나는 형수의 말을 좇기로 하여, 달걀

꾸러미를 들고 나섰다.

'싱거운 길이다.'

하고 나는 스스로 저를 조롱하면서 사 년 전 내가 실단을 집으로 바래다주던 길로 나섰다.

만일 오늘이 실단의 혼인날이 아니요, 그를 내 아내로 할 희망을 가진 길이라면 한 발자국 한 발자국에 얼마나 가슴이 울렁거렸을까. 또 만일 실단이 죽었다고 해서 가는 길이라도 얼마나 감정이 격동할 것일까. 그러나 실단은 이제 다른 남자의 아내가 되기 위하여, 오늘 밤이면 아주 그가 내 생각 안에서 영원히 나가기 위하여 단장을 하고 있을, 그러한 자리로 찾아가는 나의 걸음은 무거웠다. 그럴진댄 안 가면 고만이 아니냐, 하련마는 그래도 가보고는 싶었다. 다만 한 번만이라도 그리운 실단의 얼굴을 보고 싶었다.

나는 실단의 집으로 바로 가기를 꺼려서 형수의 훈수대로 곰여울 할머니의 집으로 갔다. 집이란 이름뿐이요, 더 작을 수 없고 더 초라할 수 없는 막살이였다. 집이라고 부엌 한 칸, 방 한 칸, 그러고는 앞채로 헛간 한 칸, 울타리도 없었다. 아무것도 탐날 것을 가진 것이 없는 육십 노파 혼자의 집에 청장을 하기로니 뉘라 들어오랴. 바람과 비만 안 들어오면 고만이었다.

"곰여울 할머니!"

나는 마당에 서서 불렀다.

"거 누구야?"

하고 귀에 익은 소리가 방에서 나왔다.

"제야요. 돌고지 도경입니다."

하는 내 소리에,

"무어? 도경이? 이게 꿈인가, 생신가."

하고 곰여울 할머니는 문을 열었다. 사 년 전에 비겨서 별로 더 늙은 줄도
몰랐다.

"아이구, 이게 웬일인고. 어서 들어오라고. 크기도 했네. 아버지 키보
다도 더 크겠고나, 원 세상에. 그래 언제 왔노? 서울서 장가들었다지. 색
시도 다리고 왔나. 실단이는 도경이를 기다리다 기다리다 못하야 고만
다른 데 시집을 가게 됐구먼. 원 세상에. 실단 어멈을 불러와야겠군. 퍽
도 기다리더니. 날마다 기다렸지. 신랑 옷 한 가지를 지어도 도경이 품에
맞게, 도경이 품이 이만할까, 저만할까 하고, 모녀가 그렇게도 생각을 했
구먼. 아이 세상에, 그럴 데가 어디 있누. 가만있어, 내 실단 어멈 오랄
게. 얼마나 반갑겠누, 원 세상에."

곰여울 할머니는 귀먹은 늙은이가 흔히 하는 모양으로 혼자만 지껄이
면서 신을 끌고 나간다. 내게는 한마디도 대답할 기회를 주지 아니하였
다. 그러나 그의 간단간단한 말에서 그동안의 실단 모녀의 심경을 추측
할 수가 있었다. 그들이 나를 그리고 기다리던 것을 아니, 더욱 그들이
그리웠다. 그러나 그것은 다 지나가버린 꿈이다. 앞으로 회고의 쓰라림
이 기다릴 뿐이 아니냐.

잰걸음 소리가 들렸다. 그것은 실단의 어머니였다. 상글상글 웃는 눈
은 예와 같으나 눈초리에 주름이 잡히고 얼굴에 빛이 준 것이 중년 여성
임을 보였다. 그 뒤를 따라오는 실단은 그 어머니와는 반대로 활짝 핀 꽃
과 같아서, 사 년 전에 보던 배틀하고 메마른 계집애로부터 몸이 퍼질 데
는 퍼지고 빛날 데는 빛나는 여편네가 되었다.

나는 실단 어머니에게 절을 하였다.

"아니, 절은 무슨 절."

하고 실단 어머니는 내게 맞절을 하였다. 서서 받을 절이 못 된 것을 나는 아깝게 생각하였다.

"아이참, 몰라보게 되었구먼."

하고 실단 어머니는 그 고운 다정한 눈으로 뚫어지게 나를 바라보았다. 나는 그의 눈찌에서 그가 나를 그리워해준 것을 알아볼 수가 있었다. 나도 그에게 대하여서 크게 그리운 사람을 대한 듯한 정다움을 느꼈다. 나는 마음 놓고 그의 얼굴을, 눈을 반갑게 바라보았다. 그것만으로도 내 고적의 추위에 꽁꽁 얼었던 몸이 훈훈하게 풀리는 것 같았다.

그런 뒤에 나는 눈을 실단에게로 돌렸다. 실단은 머리를 고부슴하고 두 손으로 치마 고리를 만지고 있었다. 아마 한식에 갈아입은 옷이겠지, 연분홍 서양목 치마가 약간 풀이 죽고 고운 때가 묻은 것이 더욱 정다웠다. 그의 얼굴은 까무스름한 편이어서, 옥같이 희다든가 복숭아꽃같이 불그스레한 맛은 없으나 단정하고 포근한 맛을 주었다.

"글쎄, 괘난 소문이 났구먼."

하고 곰여울 할머니는 한 손으로 내 등을 만지면서,

"도경이가 장가를 든 일이 없다는데, 웬 서울 색시헌테 장가를 들었다고, 헛소리를 누가 해서, 아이 세상에. 이렇게 도경이허고 실단허고 가지런히 놓고 보니깐 비둘기 한 쌍, 원앙새 한 쌍 같은걸. 아이구, 아까워라. 실단이도 그렇게도 애를 태고 도경이를 기다리더니. 실단 어머니는 더 말할 것도 없지. 나헌테 오기만 하면 도경이 말이로구먼. 옷 한 가지를 말라도 이만하면 도경이 품에 맞겠지, 도경이가 이보다 더야 자랐을라고, 하고 그렇게도 도경이 말만 하더니. 원 세상에, 그럴 데가 웨 있누."
하고 눈물이 글썽글썽하였다.

실단의 고개는 더욱 수그러진다. 그의 통통한 목덜미가 몹시 나의 마음을 끌었다.

"모도 다 연분이지, 이제 그런 말씀 해서 무엇 하겠어요?"
하고 실단 어머니는 억지로 웃음을 지어 웃으면서,

"우리 실단이가 도경이 마음에 차지 않길래 아모 말도 없었겠지. 도경이야 일본까지 가서 큰 공부를 하고 앞에 크게 귀히 될 사람인데 시골 구석에서 아무것도 배우지 못한 우리 실단이야 배필이 될 수가 있겠어요? 그런 걸 제가 어리석어서 제 속만 여기고 기다렸지요. 안 그래요, 할머니?"
하는 말에는 좀 원망하는 빛이 있었다.

"그런 게 아닙니다."
하고 나는 구구한 변명인 줄 알면서 입을 열었다. 이 기회에 내가 지난 사년간 속에 먹었던 생각을 얼마라도 실단 모녀에게 알리고 싶었다.

"그런 게 아냐요. 다 지금 와서는 쓸데없는 말씀입니다마는, 저는 사년 전에 그때에 여기서 댕겨가서부터는."
하고 실단을 무엇이라고 부르기가 어려워서 머뭇머뭇하다가, '에라' 하고 용기를 내어서, 내 일기에 몇백 번인지 모르게 써본 '실단'이란 이름을 한번 실단의 앞에서 불러보기로 결심하였다.

"저는 줄곧, 날마다 실단 생각을 했어요. 그리고 하느님께 빌었어요. 실단이가 잘 있게 해줍소사고. 또, 하기 어려운 말씀입니다마는 실단이와 혼인하게 해줍소사고요. 실단 아버지께 편지도 여러 번 썼어요. 청혼

하는 편지를 열 번은 더 썼어요. 썼다가는 모두 찢어버렸지요. 내가 부모도 없고 집 한 간도 없는 놈이 어떻게 남의 딸을 달라고 하랴, 염치없는 일이거든요. 또 실단 아버지께서 괘씸한 놈이라고 생각하시고 들어주실 것 같지도 아니하고, 그래서 편지를 썼다가는 찢고 썼다가는 찢고 그랬어요. 제가 졸업이나 하고 직업이나 얻으면, 그때에나 말씀을 해볼까 하고요. 그런 게입니다. 그러다가 오늘 외가에 와서 형수헌테 듣고야 오늘 이 실단이 혼인날인 줄을 알았지요. 그래서 벼르고 별렀던 소망이 다 끊어졌지만, 한번 실단 어머니나 뵈옵고 가려고 왔던 길야요."

여기까지 말하고 나니 이마와 등골에 땀이 흐른다. 제가 어떻게나 박복하고 못난이인 것이 너무도 분명히 보이기 때문이었다. 나는 괜한 소리를 했다 하고 낯이 후끈거렸다.

실단 어머니는 실신한 사람 모양으로 나를 바라보고 있고, 실단은 윗니로 아랫입술을 꼭꼭 물고 있는 것이 보였다.

곰여울 할머니는 내 말은 다는 알아듣지 못하고 세 사람의 얼굴을 번갈아 보고 있었다. 밖에 우수수하고 봄바람이 지나가는 소리가 들렸다.

한참이나 말이 없다가 실단 어머니는 휘유 한숨을 쉬고, 실단의 치맛자락에는 물방울이 뚝뚝 떨어졌다.

나는 그들의 내게 대한 생각을 이제야 분명히 알았다. 그들은 정말 나를 사랑하였던 것이다. 그 어머니의 침묵의 한숨, 실단의 침묵의 눈물, 그것들은 어떠한 웅변도 못 미치게 그들의 간절한 정을 표시하는 것이라고 나는 해석하였다.

그렇게 생각하면 실단 모녀가 더욱 내 살에 파고 스며드는 것과 같이 반갑고 그리웠다. 실단의 만딴하게 땋은 귀밑머리를 내 손이 아니고 뉘라서 풀랴. 그의 바른편 가슴에 꼭 매어진 저고리 고름에 내가 아니고 뉘라서 감히 손을 대랴. 그의 마음이 내 것이니 그의 몸도 내 것이다! 나는 당장에 달려들어서,

"내 실단이!"

하고 실단을 껴안고 소리치고 싶었다.

그러나 그것은 못 할 일이다! 실단의 귀밑머리와 옷고름을 마음대로 풀 사내가 지금 꺼떡대고 한 걸음 한 걸음 이리로 가까이 오고 있다. 그의 말 머리가 보이기 전에 나는 여기서 물러나야 한다. 그리고 나는 다시는 실단 곁에 앉아서 실단의 이름을 부를 수는 영원히 없는 것이다!

"실단이!"

하고 나는 인사체면도 다 잊고 불렀다. 그 소리는 내 소리 같지 아니하게 떨리고 우는 소리였다.

"네."

하고 실단은 고맙게도, 의외에도 대답하고 고개를 들어서 눈물에 젖은 눈으로 나를 바라보았다.

'오, 그 맑고 다정한 눈!'

나는 마치 이번에 한 번 보아두면, 천만번 나고 죽더라도 그 눈을 아니 잊을 것이나 되는 것같이 뚫어지게 그 눈을 바라보았다. 실단은 내 시선을 피하여 고개를 숙였다.

나는 또 한 번,

"실단이!"

하고 불렀다.

실단은 또,

"네."

하고 아까 모양으로 나를 바라보았다. 그 눈에는 아까보다도 눈물이 그뜩 찼다.

나는 그의 목소리를 두 번 듣고 눈을 두 번 보았다. 이제는 더 할 일이 없었다.

나는 여기 오래 있는 것이 더욱 못난 짓임을 깨달았다. 무에냐, 제 것도 아닌 실단을 옆에 놓고 그리워하는 것이 거지의 기상인 것 같았다. 설사 실단 모녀가 한 팔에 하나씩 매어달리는 한이 있다 하더라도 홱 뿌리치고 나서는 것밖에 내게 남은 사내다움은 없었다.

나는 아주 선선한 사람같이,

"저는 가요."

하고 곰여울 할머니 집에서 나섰다. 그러고는 뒤도 안 돌아보고 산으로 산으로 올라갔다. 나는 실단 모녀가 내 뒤를 바라본다고 느꼈으나 굳이 돌아보고 싶은 마음을 눌러버렸다.

나는 무엇을 빼앗기고 망신하고 쫓겨난 사람과 같은 생각을 쫓아낼 수가 없었다.

'에익, 고약한 내 운명!'

하고 나는 침을 퉤 뱉었다.

뜻대로 안 되는 세상이라고 원망도 해보았다. 세상과 운명에 대하여 반항하리라 하는 생각도 해보았다. 그러나 그때의 나에게는 그만한 용기가 없었다. 나는 한을 품고 참을 수밖에 없었다.

다섯째 이야기

내 아버지와 어머니가 돌아가신 이야기는 넷째 이야기로 써야 옳은 것인데, 이것을 다섯째로 민 것은 까닭이 있다. 첫째는 내가 어렸을 적 이야기가 너무 암담한 데다 뒤이어서 아버지와 어머니가 일주일을 새에 두고 작고한 비참한 이야기를 하는 것은 나로서도 차마 하기 어려울뿐더러 이 글을 읽을 이의 정신에도 과도한 비감을 드릴까 저퍼함이었다. 그래서 어린 사랑 이야기를 새에 넣어서 나와 읽는 이들의 마음을 쉬게 한 것이다.

그렇지 않아도 불행이 많은 이 세상에서 불행한 이야기를 일부러 하여서 사람을 괴롭게 하는 것이 모두 부질없는 일이다. 이렇게 생각하면 이런 비참한 이야기는 영영 아니 하고 마는 것이 좋을는지도 모른다. 그러나 우리는 하늘이 하는 일을 다 알아서 어떤 것은 기록할 만한 값이 있는 일, 어떤 것은 그렇지 못한 일이라고 낱낱이 판단하기는 어렵기도 하려니와 건방진 일일 것도 같다. 나라고 하는 한 사람이 세상에 태어난 것부터도 나 스스로 그 뜻을 알아낼 수 없는 일이거든, 내 일생에 일어나는 여러 가지 일에 어느 것이 꼭 뜻이 있고 어느 것은 아무러한 뜻도 값도 없다고 작정해버릴 수는 없고, 차라리 내 일생에 일어나는 모든 일은, 크든지 작든지, 내가 보기에 뜻이 있든지 없든지, 이 일을 있게 하는 하늘로서 보면 다 뜻이 있고 까닭이 있고, 따라서 우주의 섭리에 필요한 것이어서, 그중에서 하나도 떼어놓기 어려운 것이라고 보는 것이 옳을 줄로 생각된다.

내 아버지와 어머니의 돌아감도 이러한 의미에서 사실대로 적을 필요가 있을 것이다. 다른 사람에게는 몰라도 나 한 사람에게는 이 두 죽음이 무의미할 리가 만무하다. 내 성격을 이루는 데나 내 일생의 행로를 결정하는 데 영향이 없을 수가 있는가. 열한 살의 어린 나는 필시 이 두 죽음에서 인생의 괴로움이라든가, 덧없음이라든가, 세상이 어떻게 무정하다는 것이라든가, 사람이 왜 죽어야 하는가, 죽으면 어찌 되는가, 어찌하여서 어떤 사람은 재물도 많고 형제도 자손도 번성하게 잘사는데, 어떤 사람은 가난하고 외롭게 살아야 하는가라든가, 이런 문제들도 어렴풋하게나마 어린 내 마음에 일어났을 것이다. 한번 마음에 박힌 인상은 영원히 스러지지 아니함을 생각하면 이러한 생각을 마음에 일으킬 기회를 가졌다는 것이 내 생애에 큰 문제가 아닐 수가 없지 아니한가.

내 아버지로 말하면, 위에도 말한 바와 같이 세상에서는 이미 쓸데없는 인물이 되어버렸던 것 같다. 재산도 건강도 다 없어지고 무엇을 하여도 되는 일이 없는 것이 벌써 이 세상에서 받은 복은 다 써버렸다는 표였다. 내가 아는 대로 보면, 아버지를 기다리는 사람은 우리 네 식구밖에는 이 넓은 세상에 하나도 없는가 싶었다. 일가도 친척도 아버지를 환영할 사람은 없었다. 약간 재물이 있는 사람은 아버지가 무엇을 달랄까 겁을 내었고, 아무것도 없는 빈궁한 사람들은 아버지와 같이 아무것도 아무 힘도 없는 궁한 사람이 소용이 없었다. 아마 아버지는 청을 할 만한 데는 다 청을 하였고, 꿀 만한 데는 다 꾸었던 모양이었다. 그러므로 누구나 아버지가 제집 앞에 번뜻 보이기만 하면 '내 집에는 안 들어왔으면' 하고 빌었을 것이다. 안 오면 다행으로 알고 오면 어서 가기를 바라는 그러한 신세가 된 아버지였다. 그러니 이 세상에서는 쓸데만 없을뿐더러 어서 이 세상에서 물러 나가기를 남들이 바라는 그러한 아버지의 신세였다.

아버지가 내 사종숙의 집에서 갓에 제비 똥을 받았을 때에,

"허, 새즘생까지도 나를 괄시를 하는군."

하던 것을 보면 아버지 자신도 자기가 쓸데없는 사람인 줄을 안 모양이었다.

"새가 머리에 똥을 싸면 그 사람이 죽는다는데."

하고 그 집 아주머니가 나중에 내가 듣는 데서 말할 때에는 나는 울고 싶었다.

아무리 세상에서는 쓸데없는 사람이라도 내게는 없어서는 안 되는 아버지요, 내 어머니께도 천금보다 소중한 남편이었다. 그렇다고 어머니나 내나 아버지를 잘난 사람이라고 보는 것은 아니었다. 어머니도 날이 갈수록 아버지를 못나고 무능한 사람으로 보는 모양이었고, 내외 말다툼이나 할 때에는 대어놓고 아버지를 빈정거리고 대수롭지 아니하게 여기는 모양을 보이기도 하였다. 나이로 말하여도 스무 살이나 틀리고 낫 놓고 기역 자도 모르는 젊은 아내에게 그런 불공한 괄시를 받는 아버지를 나는 가엾게 생각하여서 어머니를 눈 흘겨본 기억이 있다. 그러나 풀이 다

죽은 아버지는 이런 때에 다만 한마디, "으응" 할 뿐이요, 버릇없는 젊은 아내를 되려 책망도 못 하였다. 먹을 것, 입을 것도 못 대어주는 남편이 어떻게 위신이 설 수가 있을까.

어린 내 소견에도 아버지는 아무 능력도 없는 사람이었다. 무엇을 하여도 안되는 운수를 탄 사람이었다. 그가 양식을 벌어 오려니, 옷감을 구해 오려니 하는 생각은 나도 아니 하게 되었다. 그저 아버지니까 소중하고 보고 싶었다. 그러고는 그에게 의지한다는 마음보다도 그를 불쌍히 여기는 생각이 더욱 많았다.

'왜 우리 아버지는 저럴까, 남의 아버지 같지 못할까.'

나는 속으로 이렇게 아버지를 생각하였다.

그래도 나는 아버지가 없으면 살 수 없을 것 같았다. 의식도 못 얻어다 주는 아버지건마는 그가 없는 세상을 나는 생각할 수가 없었다. 그것이 무엇 때문이냐고 물어야 설명할 수는 없지마는, 그러하였다. 필요한 까닭을 설명할 수 있는 필요는 대단치 아니한 필요다. 왜 그런지 모르는 필요야말로 무서운 필요다. 아버지는 내게는 이러한 존재였다.

아버지가 돌아가던 해 여름에 나는 이질을 앓았다. 배는 에어내는 듯이 줄창 아프고 하루에도 삼사십 차 피곱을 누었다. 나중에는 이루 뒤를 볼 수가 없어서 젖먹이 모양으로 기저귀를 차고 누워 있었다. 팔다리는 북어처럼 마르고 살은 희다 못하여 파르스름하게까지 되었다. 지금 생각해보면 이것은 죽을병이었다. 그러나 나는 죽는다고는 생각지 아니하였다.

아버지는 밤낮 나를 간호하였다. 불돌을 구워서 연방 배에 갈아 대어주고, 기저귀를 갈아주었다. 약을 구하러 갈 때에만 아버지는 내 곁을 떠

낫다. 약을 구해가지고 돌아오면 의관을 벗기도 잊어버리고 또 내 간호를 하였다.

아버지가 구하여 오는 약은 가지각색이었다. 첩약 이외에 가루약도 있었다. 면화꽃을 닭의 알에 부쳐서 먹으면 낫는다고 하여서 면화꽃을 한 움큼 따가지고 집 그림자가 마당 한복판에 검은 금을 그은 때에 돌아오던 아버지 모양을 기억한다. 또 도끼를 불에 달구어서 막걸리에 담가서 지글지글 끓는 것을 먹이던 것도 기억된다. 이 모양으로 날마다 무슨 약을 먹어서 이질에 좋다는 약으로 아니 먹어본 것이 없지마는, 그중에도 잊히지 아니하는 것은 거무스름한 구렁이 혈을 백지에 싸가지고 온 것이다. 아버지는 나 보는 데서 이것을 숯이 되도록 구웠다. 그 기다랗고 어룽어룽한 것이 뿌지직뿌지직 소리를 내고 오그라드는 양도 흉업거니와 거기서 나는 누린내는 더욱 비위를 거슬렀다. 한 달이나 넘어 중병으로 신경만 날카로워진 내 눈에는 독이 그득 찬 두 눈과 갈라진 혀끝이 날름거리는 것이 보이는 것 같아서 소름이 끼쳤다. 그러나 나는 아버지가 오십 리 길이나 걸어서 구렁이 많은 산촌에 가서 구하여 온 이 약을 아니 먹을 수가 없어서 눈을 꽉 감고 술에 탄 구렁이 혈 가루를 들이마셨다. 내가 다 마시고 그릇을 내어놓는 것을 받으면서 아버지는 만족한 듯이 빙그레 웃었다. 그는 이 약을 먹고 내가 나을 것을 믿고 하늘에 신명에 빌었을 것이다.

나는 아무것도 아버지께 효도한 것이 없으나, 하나 있다면 그것은 아버지가 주는 약이면 무엇이나 순순히 먹는 것이었다. 나는 두 살 적에 우두를 맞을 때부터도 아버지가 하라는 것이면 무엇이나 거역하지 아니하였다고 한다. 우두 맞을 때에 내가 아프다고 양미간 찡기고 울먹울먹하면서도 웃었느니라고 아버지는 즐거운 기억 삼아 가끔 말하였다. 사실상 나는 내 병이 나으려고 약을 먹느니보다는 약을 구해다가 주는 아버지가 미안하여서 하는 편이었다. 잔병을 많이 앓은 나는 어린 마음에도 아버지의 애씀을 느낀 것이었다.

구렁이 헐 때문인지는 몰라도 내 이질은 점점 차도가 있어서 배 아픈 것과 뒤 무거운 증세도 없어지고 입맛도 나게 되었다. 그러나 좀체 일어나 뛰어다닐 수는 없었다. 이 모양으로 내가 몸이 추서는 동안에 아버지는 여전히 내 곁을 아니 떠나고 내 동무가 되어주었다. 장기도 가르쳐주고 골패도 가르쳐주고, 『사례편람(四禮便覽)』, 『상례(喪禮)』, 『천기대요(天機大要)』 같은 책을 꺼내어 보여주기도 하였다. 나는 이 동안에 관, 혼, 상, 제의 모든 예를 배우고 모든 축문을 암송하였다. 왼손 엄지손가락과 새끼손가락 말고 세 손가락의 아홉 마디에 아버지가 손수 붓을 들어서, 일천록(一天祿), 이안손(二眼損), 삼식신(三食神), 사징파(四徵破), 오귀(五鬼), 육합식(六合食), 칠진귀(七進鬼), 팔관인(八官印), 구퇴식(九退食)을 써주어서 외고, 그것이 어디로 보아도 열다섯 곳이라고 내가 말하여서 대단히 아버지로부터 칭찬을 받았다. 그것을 그림으로 그리면 이러하다.

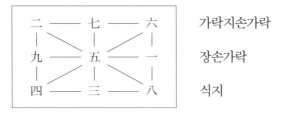

가락지손가락

장손가락

식지

이것은 무엇에 어떻게 쓰는 것인지는 아버지가 가르쳐주었는지 모르나 지금은 생각이 아니 난다.

"七月流火, 九月授衣."

라는 『시전(詩傳)』 구절을 그때에 특별히 배운 것을 보면 내가 앓은 것이 유월에서 구월에 걸쳤던 것 같다. 저녁에 마당에 밀짚 거적을 깔고 모깃불을 놓고 식구들이 모여 앉았노라면 박나비가 박꽃에 날아오고 하늘에는 별똥이 날았다. 참외 수박은 사다 먹을 형세도 못 되지마는 어머니가 가꾼 강냉이를 밥 위에 찌거나 아궁이에 구워서 먹을 수는 있었고, 아버지는 불 잘 안 붙는 담배를 모깃불 화로에 붙일 수가 있었다. 젖먹이 누이는 재롱을 피우고 여섯 살 먹은 누이는 반딧불을 따라다녔다. 개구리와 두꺼비가 담뱃재를 얻어먹으려고 엉금엉금 기어들고, 극성스러운 모기들은 바람결에 모깃내 밀리는 틈을 타서 덤비었다. 아버지는 담뱃대를 털고는 또 담으면서 여러 가지 세상 이야기를 하고, 어머니는 얼마 안 되는 삼을 삼으면서 나를 장가를 들여서 어서 며느리를 얻어야 한다고 불평을 하였다. 박복한 우리 집에도 이러한 시름없는 순간이 있었다.

나는 하늘에 북두칠성과 다른 별들을 바라보면서 어느 것이 내 직성이며, 내 아내가 될 사람의 직성은 어느 것인가 하고 찾아보았다. 은하수가 거진 내 입 위에 왔다. 이것이 아주 내 입 위에 오면 햇곡식을 먹게 된다는 것이다. 견우성, 직녀성은 가장 내게 흥미를 주는 별이었다. 견우는 신틀아비라 하고 직녀는 베틀어미라 하였다. 이것은 어머니가 견우직녀 이야기를 할 때에 부르는 이름이었다.

우리 집을 뉘라 찾으리, 찾아올 사람은 없었다. 한 해에 오직 한 번 장령공 할아버지 제삿날이 우리 집에 귀한 손님이 오는 날이었다. 칠월 스무날이면 오십 리쯤 떨어져 있는 내 재당숙네 집에서 몇 사람이 풍성한 제물을 가지고 우리 집을 찾았다.

이해에도 내 재종조모와 재당숙이 비부(婢夫) 상금과 종 칠월에게 제물을 들리고 왔다. 우리가 저 밤나무, 대추나무 있는 기와집에 살 때에는 재당숙 집에서도 사오 인이나 왔었으나 인제는 여럿이 와도 묵을 데가 없었다. 종조부와 당숙도 왔다. 우리 집 굴뚝에서는 전에 없이 오래오래 연기가 났다. 아버지도 옷은 비록 헌털뱅이나 도포는 말짱하여서 이날만은 궁한 빛이 없었다. 더구나 아버지는 종손이라, 아무리 잘사는 일가들이 제관으로 모이더라도 이날의 주인은 아버지였다.

어찌 알았으리, 이것이 아버지로서는 마지막 제사일뿐더러, 이 세상에 마지막 소임을 다한 것이었다. 제사가 끝나고 당숙들, 재당숙들이 다 떠나가니 우리 집은 전보다도 더욱 쓸쓸하였다.

추석이 오지마는 무엇으로 다례를 지내며 간산을 하리. 팔월 초승이면 제주도 담가야 하고, 팔월 열이틀 사흘이면 두부도 앗고 녹두도 갈고 떡도 쳐야 하지 않는가. 추석 대목이라고 소들도 잡건마는 쇠고기 한 깃을 무슨 돈으로 구하여 오며, 숭어나 민어나를 어떻게 사들이나.

팔월 열사흗날 아버지는 사당간 문을 열고 손수 소제를 하고, 어머니는 담을 것도 없는 제기를 닦고 있었다. 나는 아버지 뒤에 따라다니며 아버지가 하는 양을 보았다.

아버지는 손을 읍하고 말없이 사당간에 우두커니 서 있었다. 제사도 못 지내는 슬픔을 느끼고 있는 모양이었다. 나는 아버지의 눈에 눈물이 수르르 흘러내림을 보았다.

아버지는 무슨 생각이 났는지 감실을 가린 휘장을 걷었다. 거기 나타난 것은 감실 넷을 가진, 나무로 짠 장이었다. 그 속에는, 향하여 오른편 감실로부터 내 오대조, 고조, 증조의 차례로 삼대의 독이 있고, 넷째 감실에는 조모의 혼백이 설작에 넣어 있었으니, 이것은 조부가 생존하여 있는 때문이었다. 나는 내 오대조부터의 장손이었다.

아버지는 내 오대조의 감실 앞에 서서 그 신주에 무엇이라고 썼느냐고 내게 강을 받았다. 나는,

현 증 조고 증 가선대부 호조참판 겸 동지의금부사 오위도총부 부총관 부군
현조비 정인 백씨 신위

이렇게 불렀다.

다음에는 아버지는 고조부 감실 앞에 서서 나를 보았다. 나는,

현조고 통훈대부 행 사헌부장령 부군
현조비 숙인 신씨 신위
현조비 숙인 문씨 신위

이렇게 불렀다.

여기 증조, 조라는 것은 내 조부로부터 본 것이었다. 조부의 고조가 되는 승지공은 내 조부의 재종형 되는 이가 봉사하였다.

아버지는 내가 거침없이 다 아는 것을 보고 만족한 듯이 휘장을 늘이고는 별말 없이 사당 문을 닫고 나왔다.

아버지는, 그러고는 내게 제삿날들을 묻고, 제상 벌이는 법을 묻고, 제물의 이름을 물었다. 육붙이로는 소고기와 사슴의 포는 쓰되 돼지고기는 쓰기도 하나 아니 쓰는 것이 좋고, 수물, 즉 물고기로는 비늘 있는 것을 쓰되, 숭어, 민어, 농어가 좋고, 조기, 준치는 비늘은 있더라도 쓰지 아니하며, 단물고기는 잉어, 붕어가 깨끗하고 비늘이 있으나 역시 쓰지 아니하고, 실과로는 배, 밤, 대추가 대종이어서 삼색실과라 하고 감과 잣은 쓰며, 낟알로는 쌀, 기장을 쓰고, 콩은 두부로, 녹두는 적과 송편 소로 쓰나 팥은 아니 쓰며, 새로는 닭은 쓰나 꿩은 아니 쓰며, 기러기, 오리는 제상에는 못 오른다는 것들이었다.

이런 일은 나도 이미 대강 아는 것이건마는 아버지는 웬일인지 오늘따라 자세히 묻기도 하고 설명도 하였다.

"복숭아, 살구는 왜 안 써요?"

하고 나는 복숭아의 좋은 빛과 내와 맛을 생각하면서 물었다.

"복숭아, 살구는 안 써."

아버지는 이렇게 대답하고 웃었다.

"금년에는 복숭아를 못 먹고 말았어."

나는 불현듯 복숭아가 먹고 싶었다.

"복숭아가 먹고 싶으냐?"

하는 아버지의 말에 나는 고개를 까딱까딱하였다.

"복숭아, 나두."

하고 여섯 살 먹은 누이가 달려왔다. 마치 내가 혼자 복숭아를 저 몰래 먹다가 감추기나 한 듯이 내 등 뒤까지도 돌아본다.

"오빠, 복숭아 먹었어?"

누이는 내 눈치를 본다.

"아니, 복숭아가 어디서 나서 먹어."

나는 퉁명스럽게 대답하였다.

"복숭아 하나 먹어시문."

하고 누이는 두 손가락을 입에 물었다.

"복숭아가 아직도 있을까."

하고 아버지는 의관을 하고 나갔다.

앞집에서 떡 치는 소리가 났다. 뒷집 대장장이 집에서는 떡 치는 소리가 날 리가 없었다. 서인네 대감은 아들네 집에 추석 쇠러 간다고 갔으니 올 때에는 서인마누라 주려고 떡을 싸가지고 올 것이다.

우리 사 모자는 기나긴 날에 우두커니 앉아 있었다. 인제 텃밭에 오이도 없고 강냉이도 없었다. 늙은 씨가지가 있을 뿐이었다.

앞길로 건넛마을로 울긋불긋하게 새 옷을 입은 아이들이 다니는 것이 보였으나 우리들은 갈아입을 새 옷도 없었다.

집 앞 김 산장네 밭에는 키 큰 수수가 바람에 부스럭부스럭 소리를 내며 흔들리고, 앞 고래논에는 누렇게 익은 벼가 물결치고 있었다. 풋밤도 먹을 만하고, 콩 청대도 해 먹을 만한 때다. 나는 전에 살던 신영말 집의 풋대추도 생각하였으나 인제는 모두 다 남의 것이었다.

어머니도 우리들더러 밖에 나가지 말라고 명령을 내렸다. 명절날이 되어도 새 옷 한 가지 못 갈아입은 꼴을 남에게 보이는 것이 부끄럽단 말이다.

그래도 우리는 아버지가 큰골서 복숭아나 밤을 얻어가지고 올 것을 바라고 지붕 그림자가 뜰에 지나가는 것을 들락날락 보고 있었다. 누이는 문밖 살구나무 밑에 나가서 아버지가 돌아오기를 기다리고 있었다. 그래도 아직까지는 기다리는 사람이 있는 아버지였다.

다 저녁때, 해가 다 넘어가고 땅끔이가 돌 때에야 아버지가 돌아왔다. 우리들은 아버지 손부터 보았으나 아무것도 든 것이 없었다.

"복숭아 다 없어졌어."

아버지는 기운 없는 소리로 말하였다.

나는 복숭아를 못 먹는 것이 섭섭하였으나 아버지가 돌아온 것만이 좋아서 다시는 복숭아 말은 거들지 아니하였다. 누이도 복숭아 말은 아니하였다.

우리들은 마당에다가 밀짚 거적을 깔고 모여 앉아서 저녁밥을 먹었다. 아직 중추명월까지는 이틀이 남았지마는 거진 다 둥근 달이 돌고지 고개 위에 솟아서 가난한 우리 다섯 식구의 얼굴을 비추었다. 이것이 어찌 알았으리, 우리들이 아버지와 어머니와 함께 먹는 마지막 저녁이었다. 아버지는 내일 낮이 기울면 이 세상을 떠날 이요, 어머니는 모레부터 병이 나서 이레 뒤면 돌아갈 이였다.

이상하게도 아버지의 일이 마음에 캥기어서 나는 달빛에 비추인 아버지의 얼굴을 바라보았다. 아마 어디서 술을 자신 듯하여 낯이 좀 붉은 것은 아까 아버지가 돌아올 때부터 본 것이지마는 초췌한 그 얼굴에는 무엇인지 모를 그림자가 있었다.

"아버지 어디가 아파?"

나는 이렇게 물었다.

"응, 배가 쌀쌀 아프다. 술을 한잔 먹은 것이 오르내리는가 보다, 그 집 술이 시어서."

나는 아버지의 이 말에 가슴이 뭉클하였다. 나는 며칠 전에 어금니가 빠지는 꿈을 꾼 것과, 메추리 보금자리에 돌을 던진 것이 이상하게도 바로 맞아서 어미와 새끼 다섯이 한꺼번에 으스러져 죽은 것과, 또 그저껜가 꿈에 우리 집 부엌 솥 건 뒷벽에 뻘건 쇠고기가 달려 있는 꿈을 꾼 것들을 생각하고, 아버지가 돌아가려는 징조가 아닌가 하여서 몸에 소름이 끼쳤다.

달은 밝고 바람은 서늘하고 모기도 있대야 한두 마리가 이따금 앵앵거릴 뿐, 다섯 식구가 파찬국 된장찌개뿐일망정 배불리 먹고 앉았으니 즐거울 만도 하건마는 나는 도무지 마음이 놓이지 아니하였다. 내 눈은 아버지 동정만 살피고 조바심을 하고 있었다.

그날 밤, 잠이 들었다가 깨니 아버지는 앓는 소리를 하고 있고, 어머니는 아버지의 부정한 것을 치우느라고 들락날락하고 있었다. 아버지는 쥐통(호열자)에 걸린 것이었다. 이해에 유월부터 쥐병이 돌아서 인근 동네에서도 사람이 많이 상하였다. 어떤 데서는 어른 아이 다섯 식구 중에 젖먹이 하나 남기고는 다 죽은 집도 있었다. 그러나 팔월 달을 잡아들어 추풍이 나면서부터 뜨음하여서 이제는 다 지나갔다고 하던 판인데 아버지가 우리들을 위하여 복숭아를 얻으러 큰골에 갔다가 병을 묻혀 온 것이었다. 나중에 알고 보면 우리 아버지, 어머니가 금년 쥐통에 죽은 마지막 사람들이었다.

어머니는 참 끈기 있게 아버지 간호를 하였다. 나는 어머니가 입에다가 아주까리기름을 한 입 물어서 아주까리 대 한 마디를 아버지 항문에 대고 그리로 입에 문 기름을 불어넣는 것을 보았다. 어머니는 아버지의 병을 자기의 병으로 여겨서 더러운 것도 무서운 것도 없는 모양이었다.

이튿날 아침에 어머니는 젖먹이를 업고 백 의원네 집에를 간다고 가더니 점심때나 되어서야 곽향정기산 몇 첩과 가루약 한 봉지를 가지고 돌아왔다. 가루약은 곧 먹이고 첩약도 부랴부랴 달여서 먹였다. 그러나 약순가락 뚝 떼며 이상한 증세를 발견하였다. 손발이 꺼멓게 죽고 콧집이 찌그러지고 눈이 곧아지는 것이었다.

어머니는 이거 큰일 났다고 날더러 달참봉네 집에 가보라고 명하였다. 달참봉이란 아버지의 죽마고우로 무엇이나 조금씩은 다 안다는 사람이었다. 쇠를 가지고 집자리와 못자리도 잡노라 하고, 날받이도 하고, 약국은 아니 놓았으나 처방도 하였다.

나는 우물께고개라는 조그마한 고개를 넘어서 장달음으로 달참봉이라는 별명을 가진 김 참봉 집을 갔다. 김 참봉은 망건 위에 탕건을 받쳐 쓰고 얼근하게 술이 취하여서 사랑에서 백지를 가지고 무엇을 하고 있었다.

"오, 너 어째 왔누?"

하고 달참봉은 반가운 듯이 웃었다.

나는 아버지의 병 증세를 설명하고 약을 달라고 하였다.

달참봉은 놀라는 듯이 입에 물었던 장죽을 한 손에 빼어 들고 물끄러미 나를 바라보더니,

"내가 가도 쓸데없어."

하고 잠깐 생각하다가,

"송진을 콩알만큼 서너 개 먹이고, 머루 덩굴을 물에다 끓여서 그 물로 손발을 씻겨라."

하고는 다시 담뱃대를 물었다.

"그렇게 하면 아버지가 살아나겠어요?"

하고 나는 울면서 물었다.

"인명은 재천이야. 죽고 살기는 천명이지. 아모려나 어서 가서 그렇게 해보아라."

하는 김 참봉의 말이 끝나기도 전에 나는 그 집에서 뛰어나와서 집을 향하고 달렸다. 길에서 장난 동무, 글동무들도 여럿을 만났으나 나는 말없이 그들을 피하여서 뛰어 달아났다. 명절날 때 묻은 옷을 입은 것도 부끄럽거니와 아버지가 돌아가게 되었다는 것도 면목이 없었다.

송진과 머루 덩굴을 해가지고 집에 돌아와 보니 아버지의 모양은 아까보다도 더 나빴다. 정신도 없는 모양이거니와, 그보다도 숨소리가 톱질하는 듯하는 것이 수상하였다. 나는 이러한 숨소리를 들어본 일이 없었다.

"도경아, 너 청룡모루 김 의원네 집에 가서 좀 오시라고 그래보아라."

하는 어머니 말에 나는 집에서 뛰어나왔다.

청룡모루라는 동네는 내 사촌 누님이 있는 데로서 우리 집에서 오 리는 잔뜩 된다. 나는 빗방울이 뚝뚝 떨어지는 길을 달음박질하여서 넓은 논 틀에 들어섰다. 여기는 드렁다리라는 옛날 큰 돌다리가 있고, 그 밑에는 물이 깊어서 큰 붕어와 메기가 잡히는 데다.

김 의원이란 사람은 약국도 놓고 훈장질도 하는 사람이다. 이 사람은 약보다도 침을 잘 놓는다는 소문이 났기 때문에 우리 아이들이 울 때면 어른들은 청룡모루 김 의원 불러온다고 하면 울음을 뚝 그치는 것이었다. 키는 작고 얼굴은 통통하고 검고 자박수염이 난 매서운 사람이었다.

내가 말하는 병 증세를 듣고 김 의원은 송편을 한 그릇 내다가 날더러 먹으라고 하였다. 그것은 금방 쪄낸 것으로 솔잎 냄새가 나고 기름이 찌르르 흘러서 먹음직스러웠다. 나는 아침도 점심도 안 먹은 속이라 앉은 참 서너 개를 맛있게 먹었다. 먹다가 생각하니 이렇게 내가 떡을 먹고 있을 처지가 아닌 것 같아서, 떡 그릇을 물려놓고,

"선생님, 저허구 가셔요. 우리 집에 가셔서 우리 아버지 살려주셔요."
하고 졸랐으나, 김 의원은,

"내일 추석이니까, 다례를 지내야 하니까 못 가. 어서 네나 집으로 가거라. 다른 의원헌테도 갈 것 없어. 어서 빨리 집으로 가란 말야. 알아들었니?"
하고 야멸치게 거절하였다.

하릴없이 나는 김 의원 집에서 나와서 고개를 넘어서니 우레와 번개가 점점 가까워오면서 굵은 빗방울이 떨어지기 시작하였다.

나는 빗물 섞어 눈물 섞어 전신에 물을 흘리면서 드렁다리 길로 뛰었다. 발을 어떻게 옮겨놓는 것인지 나도 몰랐다. 숨이 찬지 아니 찬지도 몰랐다. 거의 드렁다리에 다다랐을 때에 큰비가 쏟아지기 시작하였다. 논과 개울에는 수없이 죽방울이 섰다. 천주산 벼락바위가 비에 가리어서 보일락 말락 하였다. 귀와 목덜미와 뺨을 때리는 빗방울은 콩알과 같아서 눈을 뜰 수가 없었다. 벼락바위 쪽으로 냅다 부는 바람과 그 바람에 몰리는 살대 같은 빗발이 내 가슴을 떠밀어서 걸음을 걸을 수가 없었다. 하늘은 찌부러질 듯이 바싹 내 머리 위에 내려와 닿은 듯하고 빗발과 빗소리밖에는 아무것도 보이지도 들리지도 아니하였다. 마치 갑자기 어스름이 온 것처럼 천지가 혼명하였다. 나는 그 속으로 허리를 굽히고 고개를 숙이고 눈을 감다시피 하고 여전히 바람비를 거슬러서 뛰었다. 먼 우렛

소리가 들려오고 번쩍하고 번개에 잠시 훤해지기도 하였다.

'아버지가 돌아가신단 말이지.'

나는 뛰면서도 청룡모루 김 의원의 말을 새겨보았다. 아버지가 돌아가면 나는 살 수 없는 것만 같았다. 아버지가 돌아가서는 안 된다. 안 되고 말고. 아버지는 꼭 붙들어야 한다. 내가 어서 가서 아버지를 꼭 붙들어야 한다. 이렇게 생각하니 내 마음은 더욱 조급하였다.

된소나기는 지나가고 천지가 훤하게 되었다. 요란하게 물을 때리던 빗소리도 조용하게 되었다. 벼락바위가 반쯤 구름에 가린 채 분명히 보이고, 벼락바위에서 얼마 내려와서 산 중턱에 있는 높은데(산제 터를 이렇게 부른다) 지붕이 보였다. 나는 그것을 보고 길바닥에 넙적 엎드려서,

"하느님, 높은데 계신 서낭님. 제발제발 우리 아버지 살려줍소사. 천우신조합소사, 천우신조합소사."

하고 소리를 높여서 빌었다.

집에 돌아오니 누이가 대문 밖에서 비에 떨어진 붕어를 조그마한 웅덩이에 넣고 놀고 있었다.

"이거 바, 붕어가 떨어졌어, 하늘에서 떨어졌어."

하고 누이는 작은 손바닥으로 붕어를 건져서 내게 보였다. 작은 붕어는 누이의 손바닥에 누워서 입을 넙적거리고 꼬리를 치고 있었다.

"아버지 어때?"

하고 내가 묻는 말에, 누이는 붕어를 도로 웅덩이에 놓으면서,

"엄마가 그러는데 아버지가 좀 낫대. 잠이 들었다고 떠들지 말라고."

하고, '나는 쫓겨 나왔어.' 하는 뜻을 얼굴 표정으로 보였다.

나는 가만히 문을 열고 아버지가 누운 방에 들어섰다. 한편 무릎을 흩

이불 밑에 세우고 한 팔을 꾸부려 손을 명치끝에 바로 얹고 고개를 약간 어머니가 앉은 쪽으로 기울이고 누워 있었다. 톱질 소리와 같은 숨소리는 과연 아니 들렸다. 나는 "천우신조합소사." 하고 드렁다리에서 벼락바위를 향하여 빈 공덕이 나타났기를 바랐다.

어머니는 젖먹이를 안고 시름없이 앉아 있다가 내가 들어오는 것을 보고 빙그레 웃으며,

"아버지가 좀 나으신 것 같다. 숨소리가 없고 잠이 드셨고나."

하고 아버지의 얼굴을 바라보았다. 과연 아버지의 얼굴에는 고민의 빛이 스러지고 화평하였다. 눈은 반쯤 감고 있었다. 그러나 나는 아버지의 낯빛이 이상하게 푸르스름한 것을 느꼈다. 나는 아버지의 머리맡에 앉아서 손으로 이마를 짚어보았다. 싸늘하고 축축이 땀이 있었다. 나는 이마를 짚었던 손을 옮겨서 아버지의 코밑에 대어보았다. 숨이 없었다.

아버지는 운명한 것이었다.

"어머니, 아버지 숨이 없어! 돌아가셨어!"

이렇게 나는 어머니를 돌아보고 말하였다. 내 이 말은 아버지의 죽음을 우주에 선포하는 소리였다. 아버지는 어머니와 두 어린 딸을 곁에 놓고 아무 말도 없이 그 괴로운 일생을 끝막은 것이었다. 나는 아버지의 임종을 못 한 대신에 조그마한 손으로 아버지의 반쯤 뜬 눈을 감겼다. 내 손 길이가 아버지의 눈의 길이를 다 덮지는 못하였으나 내 손이 내리쓰는 대로 아버지는 만족한 듯이 눈을 감았다.

어머니는 숨이 없다는 내 말에 황망히 젖먹이를 방바닥에 내려놓고 몸을 굽혀서 홑이불을 젖히고 아버지의 가슴에 손을 얹어서 쓸어보고는,

"가슴도 식었고나."

하고 고개를 폭 수그렸다.

사람이 죽는 것을 본 경험이 없는 어머니는 손발을 모을 생각은 아니하였다. 부엌으로 내려가 대접에 물 한 그릇을 떠서 소반에 받쳐 들고 숟가락을 놓아가지고 들어왔다.

"어따, 아버지 입에 물이나 한 모금 흘려 넣어라."

하고 어머니는 내 손에 숟가락을 쥐여주었다. 나는 숟가락에 물을 하나 떠서 아버지의 방싯 벌린 입에 흘려 넣었으나 입술은 움직이지 아니하고 물은 수르르 뺨으로 흘러내려서 베개를 적셨다.

어머니는 홑이불을 끌어올려서 아버지의 얼굴을 가리었다. 그러고는 한숨을 쉬면서 머리를 풀고, 다음에는 나와 누이의 머리를 풀었다. 그러고는 몇 마디 곡을 하였으나 곧 그치고 나를 물끄러미 바라보고 있었다. 아직도 서른세 살밖에 안 된 젊은 어머니다. 가난 고생은 하였더라도, 옷이 허룩할망정 얼굴에 궁기는 없었다. 지금 생각하면 어머니의 얼굴이 선하게 보이는 듯도 하면서도, 그려보려면 그려지지를 아니한다.

어머니의 얼굴은 흰 편이요, 눈은 이모처럼 재치 있게 이쁘지는 아니하였으나 그 대신에 유순하고 단정하였다. 얼굴판은 길지도 둥글지도 아니하였고 체격은 건장하였다. 이모는 어머니더러 미련퉁이라고 놀려먹었지마는 나 보기에는 그런 것 같지는 아니하였다. 어머니는 추위도 잘 참고 배고픈 것도 견디었으나, 그것을 미련이라고 할 것은 아니었다. 어머니는 조그마한 밭에 여러 가지 채소를 가꿀 줄을 알았고, 삼을 심어서는 삼베를 낳고, 누에를 쳐서는 명주를 짜고, 면화로는 무명을 짰다. 어머니는 글을 몰랐고 알려고도 아니 하는 것 같았으니, 이것이 미련인지도 모르거니와 우리 삼 남매가 자라난 것은 아버지 재주보다도 어머니 재주라고 나는 믿는다.

그러나 나는 어머니가 어떠한 사람인 것을 아버지가 돌아간 때에 비로소 알았다. 지금 생각하여보면 더욱이 어머니의 놀라운 성격에 탄복하지 아니할 수 없다.

어머니는 머리를 풀고 앉아서 나를 물끄러미 바라보더니,

"도경아."

하고 대단히 감정적인 음성으로 나를 불렀다. 평소에 무뚝뚝하다고 할 만치 냉정하던 어머니의 이 센티멘털한 음성은, 나의 마음을 움직임이 크고 깊었다.

"왜요?"

하고 나는 이상한 무엇을 기대하는 사람과 같이 눈을 크게 떴다.

"나까지 죽으면 너는 어떻게 할련?"

이것이 어머니의 첫말이었다.

"어머니가 왜 죽소? 어머니마저 죽으면 우리들은 어떻게 살게."

나는 어머니 말이 부러 하는 말인 줄은 알면서도, 아버지도 어머니도 없이 나와 누이들과 세 아이만이 세상에 남아 있을 광경을 차마 생각만이라도 할 수가 없었다.

"아니 그렇게 되면 말이다. 사람 일을 사람이 아니? 엄마가 내일이라도 죽는다면 말야."

어머니가 죽는다는 말에 누이는 내게 매달리고, 세 살 먹은 어린 누이도 말귀를 알아듣는지 눈이 뚱그레서 어머니의 무릎에 기어올랐다.

"어머니허구 우리들허구."

하고 나는 어머니가 죽는다는 말을 일부러 못 들은 체를 하고 이렇게 말

하였다.

"우리 농사해 먹고살아. 내가 낭구도 하고 소도 먹이고 다 하께. 조고마한 지게 하나 걸어달래서 나도 지게를 지거든. 어머니야 농사 잘하지 않소?"

이렇게 말하면서 나는 머릿속에 내가 지게에 볏단을 지고 소를 끌고 어머니 있는 집으로 저녁때에 돌아오는 광경을 생각하였다. 그러면 마음이 든든하였다.

"안 돼!"

하고 어머니는 고개를 설레설레 흔들었다.

"왜?"

하고 나는 눈을 크게 떠서 어머니의 눈을 보았다. 어머니의 눈에도 전에 못 보던 빛이 있었다. 그것은 이모의 재치 있는 빛보다도 더 깊고 큰 빛이었다.

"내가 안 죽으면 네가 지게를 지고 소를 몰아야 되는고나. 나마자 죽어야 네가 공부를 하여서 후제 귀히 되지."

하고는 가슴으로 파고드는 젖먹이의 까만 머리를 쓰다듬으면서,

"언년아, 너허구 엄마허구는 아버지 따라가자. 그래야 오빠허구 언니허구 두 애나 잘살지. 아버지는 혼자만 가시면 외롭지 않아? 그렇지 언년아?"

하고 또닥또닥 젖먹이의 등을 두드린다. 젖먹이는 두 팔로 어머니의 가슴을 꼭 껴안고 낯을 어머니의 가슴에 꼭 붙인다. 숨을 쉬는 대로 그 등이 들먹들먹한다.

어머니는 눈도 깜짝 아니 하고 물끄러미 허공을 바라보고 있다. 어머

니의 낯빛은 분을 바른 듯이 희어지고, 그 가느스름하게 반쯤 뜬 눈은 차차차차 날카로워진다. 이모의 눈보다도 더욱 재치 있게 보인다. 어린 내 생각에도 어머니의 눈은 어디 지극히 먼 곳을 바라보고 그 마음에는 엄청나게 큰 생각을 하는 것을 알 수가 있었다. 나만 몸에 오싹 소름이 끼친 것이 아니라 내 팔목에 꼭 매달려서 나만 쳐다보고 있는 누이의 눈도 쫑긋하였다.

어머니는 가슴에 붙은 언년을 두 손을 밀어서 떼면서,

"언년아, 어부바."

하였다.

언년은 허둥지둥 어머니의 어깨를 짚고 등 뒤로 돌아서 어머니의 두 어깨에 장난감 같은 손을 걸고 이마를 어머니의 등에 꼭 붙인다.

어머니는 젖먹이 누이를 업고 일어나서 띠를 매더니, 아버지의 시체 가까이 다가서며, 산 사람에게 말하듯,

"나허구 언년이허구 다려가시우. 그리구 도경이허구 간난이허구 오래오래 잘살게 해주시우."

하고 한 발을 번쩍 들어서 아버지의 시체의 허리를 타고 넘었다. 그러고는 크고 어려운 일을 치른 듯이 한숨을 쉬고 빙그레 웃으면서 날더러,

"이렇게 하면 다려간대."

하였다. 이때에는 어머니의 눈은 예사롭게 되어서 무섭지도 이상하지도 아니하였다. 그러나 그때에 받은 내 정신의 감동은 형언할 수가 없었다. 더구나 어머니는 그 말대로 소원대로 된 것을 생각하면, 세상에 이에서 더한 비창하고 비장한 일이 없을 것 같았다.

그날 밤은 우리 사 모자만이 지냈다. 뒷집 창린더러 돌고지 일갓집에

아버지가 돌아갔다는 기별을 하여달라고 부탁하였으나 밤에는 아무도 오지 아니하였다. 나중에 알고 보니, 그는 중로에서 노름판에 들러서 이튿날 아침에야 기별을 전하였다고 한다. 다른 데도 알리지도 아니하였거니와 설사 알았더라도 아버지의 병이 병이라 아무도 올 사람은 없었을 것이다. 그도 우리 집에 재산이 있거나 권세가 있으면 모험을 하고라도 올 사람도 있으련마는 우리 집에 무엇을 바라고 오랴. 세상에서 없어지고 버려진 아버지답게 아버지는 돌아가고, 그러한 가장의 가족답게 적막한 경야를 하였다. 곡성도 없고 수선거림도 없는 지극히 고요한 초상집이었다.

이튿날은 팔월 추석이다. 돌고지서는 종조와 당숙을 머리로 여남은 사람이 모여 왔다. 나는 얼른 한 집에서 하나씩 난 것이라고 판단하였다.

내 불쌍한 아버지는 수의도 없이 밀짚 거적에 싸여서 바로 우리 집 대문 밖 밭귀에 묻혔다. 그러고는 당숙 한 사람을 제하고는 다들 돌아가버리고 말았다. 당숙도 여기서 사십 리나 넘는 바다의 나루를 건너야 하는 곳에 있는 조부에게 기별을 한다고 떠나고, 우리 사 모자만이 집에 남았다.

어머니는 아무렇지도 아니한 듯이 언년을 업고 아버지가 더럽혀놓고 간 이부자리와 의복을 개울에 가지고 나가서 빨아가지고, 머리까지도 말짱하게 감고 저녁때나 되어서 들어왔다.

어머니는 빨래를 줄에 널어놓고는 두어 걸음 비틀비틀하더니,

"어쩔어쩔하다."

하고 억지로 진정하여서 퇴에 걸터앉았다. 어제까지 그렇게 궂던 날이 오늘은 씻은 듯이 맑고, 멀리 청천강 있는 쪽으로는 구름 봉오리가 피어

올랐다. 마치 인제 세상에는 궂은 일이 다 끝났다는 것 같았다. 기상에도 바람비가 재우치는 때와 고요하게 일월이 명랑한 동안이 있듯이, 사람의 일에도 한바탕 풍파가 지나가면 잠시 평온무사한 날이 있는 것이다. 마치 요 동안에 약간 기운을 회복하여서 앞에 오는 새 곡경을 당해보라는 것과 같다. 그러나 이때 우리 집에 온 쉬는 동안은 참으로 짧았다.

어머니는 예사롭게, 웃을 때에 웃기까지 하면서 저녁밥을 지어주고 잠자리도 보아주고 젖먹이를 안고 우리들과 같이 누웠다. 나는 어머니에게 대하여서 경계하는 눈을 쉬이지 아니하였으나 그 예사로운 태도에 안심도 되고, 또 며칠 몸과 마음의 타격에 곤하기도 하여서 잠이 들어버렸다.

밤중에 웅성거리는 소리에 깨어 보니 옆에는 어머니가 있지 아니하고 숙부와 당숙이 상투 바람으로 앉아 있었다. 그리고 어머니는 아버지가 운명하던 방에 아버지가 돌아간 때에 깔았던 요를 깔고 그 베개를 베고 그 홑이불(어머니가 어제 빨아 말린 것이다)을 덮고 누워 있었다.

"어머니, 어머니!"

하고 나는 어머니가 누운 곁으로 가서 황황하게 불렀다.

"왜 일어났니? 더 자지. 아직 밝을랑 멀었는데."

어머니는 손을 내밀어서 내 등을 만졌다.

"어머니, 왜 이 방에 왔소?"

금방 사람이 죽은 방, 금방 사람이 죽은 자리에 드러누운 것과 언년을 업고 아버지 시체를 타고 넘은 것과 연결하여서 나는 어머니가 죽을 차비를 한 것으로 생각하였다.

어머니는 다만 한마디,

"나도 아버지 돌아가시던 병이 들었다. 나는 인제는 못 살아."

할 뿐, 더 말이 없었다.

나는 작은아버지와 당숙에게 귓속말로 어머니가 언년을 데리고 아버지를 따라 죽을 결심인 것을 말하였다. 두 아저씨는 말없이 고개를 끄덕끄덕하였다. 어찌할 수 없다는 것 같았다. 어른들도 어찌할 수 없으니 나도 어찌할 수 없는 것 같았다.

이튿날 아침에도 어머니는 아니 일어났다. 아버지가 앓던 병이라면서도 구토, 설사도 없고 전근도 없었다. 아프다는 소리도 없이 어머니는 가만히 누워 있었다. 내가 들어가면 눈을 떠서 반가워하는 기색도 없이 물끄러미 나를 볼 뿐이었다. 나중에 어머니의 당숙모에게 그 말을 했더니, 그것은 정을 떼기 위한 것이라고 하였다. 그렇다면 어머니는 내가 보고 싶은 것도 억지로 누른 것이었다. 죽는 사람이 산 사람에게서 정을 떼고 죽어야 살아남은 사람이 무사하다는 것이었다.

아침밥을 누가 지었는지 기억이 없다. 아마 당숙이 끓여서 먹었을 것이다. 어머니는 냉수 한 모금도 아니 찾은 것만은 기억한다.

어머니가 누운 지 며칠 만엔지 잊었으나 하루는 내가 어머니더러,

"어머니 아모렇지도 않지 않수? 아모 데도 아픈 데 없지 않우?"

하고 물었다. 그렇게 물을 만도 하였다. 날은 좋아서 방 안이 환하게 밝은데 어머니는 얼굴이나 눈이나 잘 자고 난 사람 모양으로 말짱하였다.

어머니는 한 손으로 홑이불을 걷어 올려서 다리를 보이면서,

"이거 보렴. 죽을랴고 벌써 점을 치지 않았니? 이거 보아, 이거 말이다."

하고 무릎 밑에 무엇에 다친 것처럼 돈닢만 한 퍼렇게 된 점을 가리켜 보였다. 어머니가 죽는 점이라니, 나도 그런가 하고 믿고 무서웠다. 그러나

어머니는 아무렇지도 않은 듯이 도로 이불을 덮고 몸이 성했을 적보다도 더욱 편안한 얼굴과 맑은 눈으로 나를 보았다.

하루 이틀 지날수록 달라지는 것은 어머니의 음성이 약해지는 것이었다. 가까이 귀를 대어야 말이 들리게 된 어느 날 어머니는 손을 들어서 나를 불렀다.

"언년이 다려온."

하는 것이었다.

나는 언년을 안고 들어왔다. 이상하게도 언년은 싫다고 발버둥을 치고 울었다. 어머니는 반듯이 누웠던 고개를 언년 쪽으로 돌리고 가슴을 열고 젖을 손으로 쳐들며 언년을 보고,

"젖 머."

하고 젖을 흔들어 보였으나 언년은 무서운 것이나 본 것처럼 돌아앉아서 두 팔로 나를 껴안고 낯을 내 품에 묻고서 다른 데로 가자고 몸을 흔들었다. 어머니는 고개를 바로 하고 홑이불로 가슴을 가리면서,

"그것 봐라. 죽을 사람을 어린애가 안다는 게야."

하고는 눈을 감아버렸다.

이 일이 있은 뒤로는 젖먹이는 어머니가 누워 있는 방 쪽으로는 고개도 돌리지 아니하고 그와 반대 방향을 향하고 앉았다. 내게 안겨 있을 때에도 내가 어머니 쪽을 향하여 앉았으면 돌아앉으라고 떼를 썼다. 혹시 나와 누이가 다 밖에 나오고 언년만 혼자 있을 때에 들어와 보면, 그는 어머니 있는 쪽에서 제일 먼 구석에 가서 담벼락을 향하여 우두커니 앉아 있었다. 어머니를 잠시도 아니 떨어지고 밥보다도 젖으로 살던 것이 어쩌면 이렇게도 영절스럽게 달라질까. 영 보채는 일이 없고 내가 하라는 대

로 하고 언제나 내게 매어달리고 내 곁에 있고 싶어 하였다. 잘 때에도 내 곁에서 내 손을 꼭 쥐고야 잤다. 잠결에 나를 엄마로 생각하고 입으로 내 가슴을 뒤지다가도 젖이 없으면 곧 돌아누워서 잤다. 어쩌면 그럴까. 나는 지금도 그것을 설명할 수가 없다.

언년은 우리 형제들 중에는 제일 잘생긴 아이였다. 갸름하고 하얀 판에 눈이 어여쁘고 까만 머리가 귀를 덮었다. 성질은 어머니를 닮아서 무겁고 순하여서 재능은 없었으나 음전하다고 사람들이 칭찬하였고, 우리 집안 모든 식구의 귀염을 받았다. 나는 그가 말한 기억은 없다. 그의 기억은 조각적이요 음악적은 아니었으나 내게는 평생에 그가 애끓는 기억이 되었다. 그는 어머니보다 한 해 뒤떨어져서 어머니의 뒤를 따랐다.

어머니는 소리도 없고 움직임도 없이 오직 숨만 남은 사람이던 어느 날, 내가 뒷산에 가서 땔나무를 한 묶음 해가지고 돌아오니 어머니는 부엌에 나와서 한 발을 아궁이에 넣고 쓰러져 있었다.

"어머니, 어머니."
하고 나는 울면서 불렀으나 무론 대답이 없었다.

'물을 한 모금 데워 먹을 양으로 불을 지필 생각이던가.'
나는 그때에 이렇게 생각하고 가슴이 아팠다.

무론 당성냥도 없던 그날에 어머니의 기운으로는 불을 불어서 일으킬 수가 있을 리가 없었다.

어머니는 대관절 무슨 생각으로 이레 동안이나 꼼짝도 아니 하던 자리에서 일어나서 두 자 높이는 되는 낙수 층계를 내려서, 그만 못지아니한 부엌 문지방을 넘어서 들어왔을까.

부러 죽자는 죽음이지마는 죽기 바로 전에 살고 싶은 마음이 났던 것일

까. 그렇지 아니하면 반무의식중에 저녁을 지을 때가 되었다고 생각하고
한 일일까. 영원히 알 수 없는 일이다.

이날 밤에 어머니는 우리들이 지켜 앉은 속에 자는 듯이 돌아가고 말
았다.

이튿날 우리 집 대문 밖에는 가지런히 새 무덤 둘이 놓였다. 일 년 후에
나는 돈 일백일흔 냥을 구걸하다시피 얻어서 간략한 면례를 지낼 때까지
두 무덤은 아무도 돌아보는 이도 없이 있었고, 우리가 살던 집은 헐려버
렸으니 아마 흉가라 하여 드는 사람이 없었던 모양이다.

여섯째 이야기

나는 무엇 때문에 동경에서 돌아왔는지 모르게 되었다. 잠시라도 모시고 효도를 해보려던 조부는 얼마 아니 하여 돌아가고, 아름다운 꿈을 그리는 짝이던 실단은 그야말로 꿈결같이 한 번 만나고는, 싫다 싫다 하면서도 시집을 가고 말았다. 닭 쫓던 개는 참으로 나를 두고 이른 말이었다.

그러면 이제 동경 학교에를 갈 수 있느냐 하면 그도 못 하게 되었다. 나는 이 시골에 있는 학교에 교사로 취직을 하고, 백남필이라는 입심 좋은 선생의 선동에 넘어가서 아니 해도 좋은 퇴학원을 제출하고 학비를 주마던 곳에도 거절하는 편지를 해버렸다. 백이 나를 충동하는 말은 이러하였다.

"지금 국가 흥망이 경각에 달린 이때에 우리가 언제 제 일신의 영욕을 생각할 여지가 있나, 한 자라도 모르는 동포를 가르쳐야지, 안 그렇소? 천산은 그만하면 큰 선생이란 말야. 더 공부할 야심은 버리고 이 학교를 말아요. 저 학도들을 보시구려. 그래 천산이 저것들을 버리고 떠날 수가 있어? 안 될 말이지. 그러니까 어서 퇴학 청원을 하오. 그것을 아니 하면 미련이 남아서 못써. 남아의 행동이란 분명해야 쓰는 게야."

이 모양으로 어린 중 젓국 먹이듯이 나를 달래었다. 남의 말을 거절할 뱃심이 없는 나는 그만 백의 수단에 넘어가고 말았다. 그러고 잘한다 잘한다 하는 장단에 나는 꾀인 듯싶어서 이 학교로 더불어 운명을 같이한다는 맹세까지 하게 되었다. 게다가 나는 늙고 병든 조부를 모시기 위하여라는 이유까지 붙여서 아주 충과 효를 위하여 나 개인의 일생을 희생하는 것이라고 자부하게까지 되었다.

그러나 학교에 취직한 지 한 달이 못 하여서 조부는 작고하였다. 또 정작 학교에서 교편을 잡고 보니 별로 재미가 없었다. 학도들이란 것은 나보다 십 년 장이나 되는 자가 있고, 그중 나이 적은 자도 나보다는 나이가 많았다. 게다가 반수 이상은 세상 경험은 물론이거니와, 한학으로 말하면 내게는 선생이 될 사람들이니. 사랑이 거슬러 오르지 못하는 바에는 이들에게 정이 붙을 리가 없었다. 그나 그뿐인가, 이름은 중학교라면서 학과라는 것이 어떠한고 하면, 헌법, 형법, 국제법에다가, 천문학, 심리학, 철학개론이 없나, 마치 대학 과정 마찬가지니 중학을 졸업한 나 따위가 땅띔인가 하랴. 아직 학제가 정하지 못하였던 때라, 되는대로 좋은 학과라면 막 집어넣은 것이었다. 내가 맡을 만한 것은 일어뿐이지마는, 영어, 기하, 대수, 삼각 같은 것도 나밖에는 배워본 선생이 없었으니 내가 유일한 대가였다.

이 꼴이니 내가 학교에 정을 붙일 곳이 있을 리가 없었다. 이래서 나는 술 먹는 버릇을 배웠다.

나는 스스로 탄식할 재료가 많았다. 조부는 돌아갔고, 학교는 중도이 폐하였고, 실단은 시집을 갔고, 대장부가 시골구석에 묻혔고, 이러한 재료들은 술이 취하기에 좋은 핑계가 되었다.

"아아, 번민이다. 환멸이다. 절망이다! 아아."

이러한 소리를 하고는 술을 마셨다.

어렸을 적 동무들 중에는 옛날 친구를 찾는 법으로 술을 한 병 차고 안주를 싸가지고 오는 이도 있고, 나보다 나이가 많은 이들도 내게 술대접을 하는 이도 있었다. 좁은 시골이라 얼마 아니 하여서 내가 술 먹는다는 소문이 났다.

나는 술 먹는다는 소문이 명예가 아닌 줄을 알면서도 취하는 때가 많았다. 학교에서 얼마 멀지 아니한 곳에 날더러 형님이라는 친구가 있었다. 그는 술병을 차고 나를 찾아준 사람 중에 하나인데, 그의 말에 의하건댄, 그의 아버지와 내 아버지와는 좋은 술벗이어서 내 아버지가 그의 아버지의 집에서 이틀 사흘씩이나 연취하여 묵은 일이 있다고 한다. 그는 문 서방으로, 열네 살부터 벌써 호주가 되어서 살림을 맡아 한다고 한다. 나와는 나이가 한 살 차이밖에 안 되건마는 무슨 까닭인지 그는 나를 형님이라고 부르고 깍듯이 예를 하였다. 나는 그 까닭을 묻지는 아니하고 가장 형인 체하고 그를 자네라고 불렀다. 피차에 노부형 자제라는 데 일맥상통하는 데가 있었다. 나는 그의 집에 불려 가서 그의 아내와 상회례까지 하였는데, 문이 땅딸보인 것과는 반대로 그의 처는 나이도 오 년이나 위이거니와 키도 남편의 갑절이나 되는 것 같았다. 그러면서도 문은 그의 아내에게 대하여서 꽤 전제적이었다. 열여덟 살 먹은 가장과 스물세 살 된 노성한 부인인 그들의 부부는 참으로 어울리지 아니하였다.

문은 단 내외요 어린것도 없었다. 그의 누님이라는 스물댓을 되어 보이는 과부가 있었다. 문의 말을 들으면, 그는 열다섯 살 적에 열두 살 먹은 신랑과 혼인을 하였다가 장가든 지 사흘 만에 홍역으로 앓기 시작하여서 칠팔일 만에 죽었다고 한다.

"우리 누님은 참 불쌍해, 형님."

문은 술을 먹으면 내게 이런 말을 하였다. 나도 문의 말을 듣고 그를 불쌍히 여겼다.

문의 누님은 문과는 판이 달라서 몸이 부얼부얼하고 키도 후리후리한 편이었다. 미인이라고까지 할 것은 없어도 시골서는 백에 하나라고 할 만은 하였다. 이 형제가 이렇게 모습이 다른 까닭을 나는 얼마 아니 하여서 알았다. 문의 누님은 적실 소생이요, 문은 첩의 몸에서 난 것이었다. 그러나 문의 생모는 일찍 죽고 문은 적모의 손에서 길렸다. 문이 지금 입은 거상은 적모의 거상이었다. 문이 날더러 형님이라고 존칭을 하는 까닭도 짐작이 되었다.

하루는 삭망이라고 문이 일찍이 몸소 학교에 나를 찾아왔다. 아침을 먹으라는 것이었다.

이날 문은 나를 안방으로 인도하였다. 문의 누님이 부엌과 방으로 들락날락하면서 내게 먹을 것을 권하였다. 그는 매우 친숙하게 나를 대하였으나, 동생의 친구에게 하는 일이거니 하고 나는 수상쩍게 생각하지 아니할뿐더러 도리어 그것이 정답고 유쾌하였다. 외로운 내 신세가 인정에 민감한 것이었다. 그는 몸피와 몸매에 사람의 마음을 끄는 데가 있었다. 푸근하고 따뜻한 맛을 주고 품기는 여인이었다. 실단을 잃은 나에게는 눈에 차는 여자가 없는 것은 말할 것도 없다. 실단과 같은 계집애는 이 세상에서 다시는 못 만날 것 같았다. 그렇다고 실단을 생각하여서 다른 여성에게 마음이 끌려서는 안 될 까닭도 의리도 없을뿐더러 도리어 실단을 빼앗긴 적막을 다른 이성의 애정으로 위로받아야 할 이유도 있다면 있었다.

밥 먹는 동안에 문과 그 누님은 내 혼인 문제를 묻기 시작하였다. 정한 데가 있느냐, 어떤 사람을 고르느냐 하는 말을 하는 중에서 내 의향을 떠보고, 한 곳 중매를 하여도 좋다는 기미를 은연중에 보였다. 특히 문의 누님이 눈치가 그러하였다.

젊은 사람이 제게 관한 혼인 말을 듣는 것은 간지러운 일이었다. 더구나 문의 누님의 입에서 그 말을 듣는 것이 기뻤다. 내게는 총각의 수줍음이 있었으나 장가가 들고 싶은 마음도 있었다.

"제 외사촌 동생이 있어요. 나이가 열다섯 살이어서 좀 어리지마는."

내가 학교로 돌아올 시간이 바쁜 것을 아는 누님은 마침내 본문제를 제출하였다.

열다섯 살은 미상불 어렸다. 그러나 소녀의 귀여움이라는 매력도 없지 아니하였다. 웬일인지 나는 첫말에 귀가 솔깃하였다. 그리고 속으로 내 나이가 열아홉이니 색시가 열다섯이면 사 년 터울이라 꼭 알맞다고도 생각해보았다. 또 문의 누님의 외사촌이라면 얼굴이나 몸피나 몸매나 다 괜찮을 것 같았다. 문의 누님만 하면 넉넉하다고도 생각하였다. 또 내 배필로 올 사람이면 그럴 만한 사람일 것이라고 제 분복을 믿기도 하여서 부쩍 비위가 동하였다. 그러나 나는 정책상 누님의 말에 응한다는 뜻은 표시하지 아니하고 다만 그 여자에 관한 것을 더 알고 싶어서 농담 삼아 (기실은 농담이 아니다),

"누님 닮았어요. 그 색시가?"

하고 웃었다.

　문의 누님은 내 말에 수삽하여 잠깐 낯을 붉히고 고개를 숙였다가,

　"왜 저 닮았으면 안 돼요?"

하고 호호하고 약간 소리를 내어서 웃었다. 나는 실언을 하였다 하고 부
끄러웠다.

　문의 누님은 내 곤경을 벗기려는 듯이,

　"이뻐요. 바느질도 곧잘 하고. 저보다야 똑똑합니다."

하고는 내 눈치에서 호감을 가진 양을 알아본 듯하여 매우 감동 많은 어
성으로,

　"근데, 불쌍한 아이야요. 어머니가 돌아가시고 계모 슬하에서 마음을
못 펴고 자라났어요. 제 외숙이란 이는 안일을 전혀 모르는 대범한 어른
이고요. 그래서 친동생은 아니지마는 퍽이나 가여워요. 그래서 어디 좋
은 자리에 시집이나 보내주었으면 하고 늘 생각하고 있었어요. 선생님
같으신 분을 남편으로 섬기면 얼마나 좋겠어요. 저도 참 마음이 턱 놓일
것 같아요."

하고 한숨을 짓는 그의 눈에는 눈물이 고였다. 동정의 눈물을 가진 눈은
악마라도 아름답게 보이게 하는 것이다. 누님의 그때의 눈은 진실로 크
게 매력이 있었다. 열다섯 살 먹었다는 그 색시의 눈도 반드시 저럴 것이
라고 생각하고, 나는 그 어미 없는 불쌍한 계집애를 내 아내로 삼으리라
고 속으로 작정하였다.

　여태껏 잠자코 앉았던 문은,

　"형님, 됐소. 이 혼인 합시다. 나하고는 내외종 남매간이 되니 좋지 않

144

소? 아시다시피 나도 외롭거든. 사촌이 있소, 오촌이 있소? 참 외롭단 말야, 우리 누님도 마찬가지지. 안 그렇소, 누님?"

하고 나와 제 누님의 동의를 구하는 눈을 굴린다.

"그럼, 그렇고말고. 김 선생이 우리 일가가 되시면 어떻게나 든든한 의지가 되겠어요, 우리 남매에게도."

하고 문의 누님의 음성은 더욱 감동적이다.

"외롭기로 말하면야."

하고 나도 마음이 자연 비감하여서,

"나같이 외로운 사람이 또 있겠어요? 조상부모하고 집도 없이 떠돌아다니는 몸이 아니야요? 마음 같아서는 내종 매씨와 곧 혼인이라도 하고 싶어요, 인사 말씀이 아니라 진정입니다. 그렇지만 내가 지금 혼인할 처지가 못 돼요. 집 한 간 없는 녀석이 남의 딸을 다려다가 무엇을 먹이게요?"

이렇게 말하고 보니 과연 내 신세가 그러하였다. 홑몸으로 다니는 데는 집이나 재산의 유무가 별로 문제가 아니 되지마는 처가속을 데리고 구차한 살림을 하는 것은 내 눈으로 본 아버지의 말년 생활로 보아서 지긋지긋한 일이었다. 정승, 판서가 된다고 나도 뽐내고 남들도 기대하던 내가 시골구석에서 한낱 교사 노릇을 하는 것만 해도 창피한 일이어든, 하물며 오막살이집에서 빈궁한 가족생활을 하고서는 낯을 들고 다닐 수가 없을 것 같았다. 일찍 궁한 아버지가 생각하던 것 모양으로, 집과 먹을 것을 가지고 오는 부잣집 딸이나 다닥뜨리면 몰라도 지금 형편으로 아무리 잘 굴러야 매삭 삼십 원 월급 이상을 바랄 도리는 없었다. 그때의 삼십 원, 요새 삼천 원은 되겠지마는, 요새 삼천 원의 가정생활이란 것이 겨우 굶어 죽지나 않는 연명밖에 더 되는가.

"아녜요, 그걸랑 염려 마셔요."

하고 문의 누님은 그런 일이면 지극히 수월하다는 듯이,

"그 애가 가져올 것이 논 섬지기가 됩니다. 그건 제 외숙모가, 그 애 어머니 말씀이죠, 친정에서 가지고 오신 깃듯이 있어요. 그런데 그 아주머니 소생이 그 애밖에 없거든요. 그러니깐 그 땅은 당연히 그에게로 올 게야요. 또 제 외가는 그것이 아니라도 볏백이나 하거든요. 아마 선생님도 아실 게야, 제 외가가 말아위 김 정언 집 아녜요? 세사가 전만은 못해도, 아직도 부명 듣고 산답니다."

논 섬지기라는 말은 의외에 들리는 반가운 말이었다. '논 섬지기!' 나는 우리 집 쇠운머리에 태어나서 논 섬지기란 것을 본 일이 없을뿐더러 그런 큰 재산을 가지리라는 것을 생념도 못 하였다. 열다섯 살 된 처녀와 논 섬지기가 함께 굴러 들어온다는 것은 꿈같았다. 내가 교사 노릇을 평생을 하더라도 그런 재산이 생길 수는 없었다. 그러나 나는 이런 생각에 대하여서 스스로 부끄러워하지 아니할 수도 없었다. 나 자신의 작고 낮음에 대하여서 반감까지 생겨서,

"그러기로 사내가 처덕 바라겠어요?"

하고 가장 강경하게 부인하였다.

문의 누님은 내 말이 의원 듯이, 또는 내 말 속에 숨은 뜻을 캐려는 듯이, 이윽히 나를 정면으로 바라보았다. 그 눈이 어떻게나 영리한 눈인지, 나는 내 말과는 다른 속을 잡힐 것 같아서 슬쩍 외면하였으나 내 낯은 화끈화끈하였다.

문의 누님은,

"선생님이야 그렇게 생각하시겠지요. 그렇지마는 그 애로 보면 왜 처덕인가요, 제 것이지. 제 것을 제가 가지는 게 무엇이 잘못이야요? 안 그래요?"

하고 방긋 웃었다. 나는 이 여인이 내 속을 들여다보았구나, 무서운 여인이로구나, 하고 더 앉아 견딜 수가 없어서 학교 시간이 되었다는 것을 핑계로 가부간 결정하는 말이 없이 일어나 나왔다.

학교에 오는 길에도 나는 이 혼인 문제만 생각하였다. 내가 꼭 이 혼인을 한다는 허락은 아니 하였지마는 문 남매는 내가 허락한 것으로 해석해 주기를 바랐다. 그러고 나는 으쓱하여서 어느 길을 어떻게 걷는지도 모르게 학교에 돌아왔다.

시간에 들어가서 학도들을 바라보니 어제와 감상이 달랐다. 저놈들은 모두 장가를 들고 논 섬지기가 있는 놈들인데, 나도 인제는 열다섯 살 먹은 색시도 있고 논 섬지기도 있다 하니, 저절로 마음이 든든하고 강의하는 소리에도 호기가 있었다.

나는 이 말을 누구나보고 하고가 싶었다. 그래서 하학 후에 백의 방을 찾아서 마치 그의 의견을 들어가지고야 이 중대 문제를 결정이나 할 것같이 문의 누님이 제출한 혼인 문제를 말하였다. 기실은 백이 무엇이라고 말하든지 그 말에 움직일 까닭도 없었고, 다만 이 좋은 행운을 자랑하고 싶기 때문에 의논한다는 가면을 쓴 것이었다.

백은 내 말을 듣고 그 불쑥 두드러진 눈을 껌벅거리더니,

"허, 천산 땡잡았네나그랴."

하고 모난 경기 사투리로 커닿게 말하고는 카이저수염을 쭝긋거리며,

"흐흐, 겉으로는 뇌락한 척을 해도 볼 장은 다 보시는군. 축하하오."

하고 싱글벙글하였다.

"아니, 축하라니 누가 무슨 좋은 일이 생겼나?"

하고 옆방의 박이 허둥거리고 들어온다. 그는 아무렇게 생겼다. 고양이 같은 상판에 입만 크고 난데없는 구레나룻이 난 친구다. 백이나 박이나 다 나보다는 십여 년 장이다.

"허, 천산이 장가를 드시게 되었어. 새악시는 방년 십오 세의 미인이시라고."

하고 백은 나를 향하여 손가락질을 하면서,

"글쎄, 요, 골생원님이 어느새에 벌써 그런 구멍을 팔 줄 알았어? 전 의뭉이야, 의뭉이라니까."

하고 너털웃음을 친다.

"어, 거, 잘됐구면."

하고 언제나 술주정꾼 같은 박은 눈을 씰룩거리며,

"그래, 어디와, 뉘 댁 규수와?"

하고 이 지방 사투리를 막 쓴다.

나는 이 두 사람이 남의 엄숙한 문제로 놀림거리를 삼는 것이 불쾌하였으나, 그래도 물어주는 것만 기뻐서,

"박 선생은 잘 아시지, 저 말아우 김 정언의 손녀라나요?"

하고 나는 김 정언의 손녀라는 것을 두 사람이 분명히 또 경의를 가지고 들어주기를 바랐다.

"응, 김 정언."

하고 박은 대수롭지 아니한 듯이,

"그럼, 저 시라소니 김 진사의 딸이로구면."

하고 대단히 못마땅한 듯이 혀를 찬다.

"무어? 시라소니 김 진사?"

하고 백이 눈을 크게 뜬다.

"응, 시라소니 김 진사라고 있지. 그 아버지의 별명이 갈범 김 정언이
어든. 호랑이 새끼 못난 것을 시라소니라고 안 하나. 술을 먹으면 에데데
데 하고 춤을 질질 흘리고 못난 꼴을 한단 말야. 그래도 속에는 욕심이 그
뜩 차서 당길심은 있거든. 에, 여봐, 천산, 그만두어. 그놈의 집과 혼인
이 무슨 혼인이야. 그래 천산 집이 그깟 놈의 집과 혼인할 집야?"

하고 분함을 못 이기는 듯 두 볼을 불룩거린다.

박의 말에 나는 매우 실망하였다. 비록 반미치광이라는 박이지마는 그
대신에 속에 있는 대로 말하는 사람이다.

나는 염려가 되어서 역시 학교 직원 중에 하나인 족형 윤경을 보고 의
논하였다. 나는 김 정언의 손녀와 혼인하면 어떠냐 하는 말을 물었다. 윤
경은 그가 늘 하는 모양으로 눈에 단아한 웃음을 띠면서,

"그렇게 급히 서두를 건 없지 않소? 천천히 더 골라보시지."

그는 나보다 칠팔 년이나 장인 족형이건마는 나를 선생이라 하여 경어
를 쓴다. 나는 그가 이 혼인에 반대인 것을 알았다. 그리고 섭섭하였으나
그렇다고 웬일인지 단념이 안 되어서 이것저것 이야기를 더 끌어서 윤경
형의 입에서 좋은 말이 나오기를 기다리기로 하였다.

"아니, 김 정언 아들이 시라소니라고요?"

나는 이렇게 물었다.

윤경 형은 싱그레 웃으면서,

"왜 시라소니야? 글씨를 잘 쓰지 않소? 사람들이 숭보느라고 괜히들

시라소니 김 진사라고 그러지."

"아조 못난이고 또 욕심꾸러기라고. 또 술을 먹으면 에데데데 하고 숭물을 부린다지요?"

"누가 그럽디까, 박 선생이? 아마 김 진사가 술을 잘 안 사준 게지. 누구는 술 취하면 에데데데 안 하나."

하고 윤경은 웃었다.

"그래도 박 선생은 그깟 놈의 집과 천산이 혼인할 처지냐고 그러던데요."

"글쎄, 전 세월로 말하면야 김 진사 집이 선생네 댁만 못하지. 그러기로 혼인 못 할 거야 무어 있나."

"그럼 형님은 반대요?"

"반대야 내가 무슨 반대를 하겠소, 너무 급히 서두를 건 없단 말이지. 또 선생은 초상 상젠데 어느새 혼인은 무슨 혼인이오?"

나는 윤경 형의 의사를 잘 알았다. 그의 품격상 김 진사를 깎아 말하지는 아니하나 에둘러서 이 혼인이 맞지 아니하다는 뜻을 표시하는 것이었다.

나는 번민이 일어났다. 이럴까 말까 하는 번민이 아니라, 김 정언의 손녀라는 것에 자꾸 마음이 끌리기 때문이었다. 다들 좋지 않다고 하는데도 단념할 수가 없는 것이었다.

돌아오는 인과응보의 바퀴는 열 바리 황소의 힘으로도 막아낼 수는 없었다. 나는 한끝 꺼림직하면서도 김 정언의 손녀와 혼인하는 길로 한 걸음 한 걸음 끌려 들어갔다. 문의 누님은 외가에 가서 내 선전을 하고 백선생은 백 선생대로 나를 혼인을 시켜서 학교에 비끄러매려는 정책으로 나를 충동하였다.

유월 무더운 어느 날 저녁때에 문은 꾀꼬리 날개 같은 북포 상복을 입고 방립을 쓰고 학교로 나를 찾아왔다. 아주 말쑥하고 깎은서방님이었다.

"형님, 어디 좀 갑시다."

문은 들어오지 않고 이렇게 말하였다.

"어디?"

나는 문의 쏙 뺀 모양을 보며, '알부랑자로고나.' 하는 생각을 하며 어리둥절해서 물었다.

"글쎄, 차리고 나서우. 소풍이나 갑시다."

문의 말에 나는 대강 눈치를 채고 흰 여름 양복에 맥고자를 쓰고 나섰다.

"천산, 좋은 데 가네나그랴."

백은 나를 기롱할 것을 잊지 아니하였다. 학교 문밖에 나가니 거기는 문의 누님이 눈같이 하얀 모시 치마 적삼을 입고 흰 댕기 드린 까만 머리를 곱게 빗고 기다리고 있었다.

"그런데 어디로 가는 게야?"

나는 인제는 다 알면서도 괜히 물었다.

"내 외숙이 형님을 좀 만나자고 하시는구려. 누님이 어저께 댕겨오셨어. 언간하면 내 외숙이 형님을 찾아올 것인데, 동풍(動風)이 되어서 출입을 못 한다고 날더러 형님을 좀 같이 오라고 그러시니 갑시다. 머, 못 갈 텐가. 김 진사도 형님네 댁과 세교인걸. 문병 삼아 갑시다."

하고 내 소매를 끈다.

"가시죠. 제가 꼭 뫼시고 온다고 장담을 한걸요."

하고 문의 누님은 내가 뒷걸음을 못 하도록 막는 모양으로 내 뒤에 따라
선다.

나는 싱거운 걸음이라고 생각은 하면서도 뿌리칠 용기도 없고, 또 한
끝으로는 호기심도 있어서,

"거, 어디, 꼼짝 못 하게 말씀들을 하시는구먼."

하고 나는 싱거운 소리를 하면서 따라나섰다.

김 정언 집은 학교에서 이십 리도 다 못 되는 데다. 이 길은 내가 어릴
적에도 다녀본 데요, 아버지와 함께 어디 가는 길에 김 정언 집에도 들러
서 얼굴은 빨갛고, 눈은 노랗고, 수염은 하얀 갈범 김 정언을 본 일도 있
었다. 그러나 시라소니 김 진사란 사람은 도무지 기억이 없었다.

김 진사는 사랑에 누워 있었다. 이 사랑은 툇마루에 난간까지 두르고
앞뜰에 화계까지 하여놓은 제법 좋은 사랑이었으나, 아랫목에 누운 김
진사는 과연 시라소니라는 별명을 들을 만하였다. 오래 누워 있어서 머
리는 이마와 귀밑에 흘러내리고, 입술 두껍고 큰 입은 헤벌어져서 침이
흘러내렸다. 윤곽이 분명치 못한 눈하며 개기름이 흐르는 얼굴하며 하나
도 마음 끄는 구석은 없었다.

그는 내가 들어오는 것을 보고 남더러 일으켜달라서 일어나 앉았다.
문이 절을 하니 나도 따라서 절을 하였다.

그는 내게 대하여서 반갑다는 말을 하고, 내가 어렸을 적에 아버지와
같이 자기 집에 왔었다는 말을 하고, 다음에는 자기 병이 중하여서 살아
나기 어렵겠다는 말을 하고, 자기가 죽으면 집일을 돌아볼 사람이 없다
는 말과, 아들이라고 이제 여덟 살 먹은 것이 있으나 변변치 못하다는 말

을 하고, 마치 내게 유언하는 모양으로,

"내 집을 돌아보아다오."

하고 해라로 명령을 하고 내 손을 잡게 해달라고 하여 내 손을 잡고는,

"딸년이 미거해."

하고 내게는 대답할 새도 아니 주고 어눌한 말로 혼자 다 결정해버리고는 씨근씨근 숨이 차서 쓰러지듯이 누워버리고 만다. 그가 하는 짓이 뚱딴지요 어색은 하지마는, 그 속에 비창한 인정도 있고 성의도 있어서 일종 비극적인 효과를 내었다. 그는 결코 박 선생이 말하는 것과 같은 시라소니는 아니라고 생각하였다.

저녁을 먹고 가라고 굳이 만류를 받았으나 나는 사양하고 나섰다. 그의 딸이라는 처녀를 한번 보고 싶었으나 차마 그런 말은 내지 못하였다. 내가 문과 함께 나올 때에 그 집 대문 밖에 여편네들이 사오 인이나 나와 섰는 것을 언뜻 보았다. 내 선을 보는 것이로구나 하였다. 문의 누님은 큰길까지 따라 나와서 내 입에서 무슨 말을 듣고 싶어 하는 모양이었으나 나는 아무 말도 아니 하였다.

"안녕히 가세요. 제 내일 갈게, 내일 저녁에 우리 집에 오세요."

하고 그는 도로 제 외가로 들어가버렸다.

이리하여 마침내 그 더운 칠월에 부랴부랴 혼인을 하여버렸다. 김의 집에서는 가장이 죽기 전에 하자는 것이었다.

내가 상중에 장가드는 데 대하여서는 예문에 대가라는 내 사종숙이,

"당장 제사를 받들 총부가 없으니 거상 중에 친영을 하여도 권의로 용서될 것이다."

하는 해석으로 해결이 되고, 또 혼인 삼 일간 길복을 입어도 좋다는 해석

도 얻었다.

　학교에서는 나를 위하여 학교에서 두어 마장 되는 곳에 작은 집 하나를 사고 거기다가 소꿉장난 같은 살림을 차려놓았다. 내게 있어서 모두 신이 아니 나는 일이었다. 아내도 맘에 안 들고 집도 맘에 안 들고 세상이 모두 신산하기만 하였다.

　우리 집이란 것은 동네에서 좀 새 뜨게 떨어져 있는, 안채가 삼 칸, 앞채가 삼 칸으로 된 두 이 자 집으로, 안채에는 부엌이 한 칸, 방이 두 칸이요, 앞채라는 것은 광이 한 칸, 헛간 이 칸인데, 그중에 한 칸은 대문간으로 겸용이 되고, 좌우로 터진 데는 수수깡 바자에 짚으로 뜸을 두른 것이어서 그것을 합하면 입구자집이었다. 뒤꼍은 산비탈이었다. 문을 열어놓으면 오리나무와 기타 잡목이 꽤 무성한 수풀이어서 낮에는 낮새 소리, 밤에는 밤새 소리가 들린다 하면 운치 있는 것도 같지마는, 언제 무슨 짐승이 내려올지도 모른다 하면 무섭기도 그지없는 곳이었다. 이 집에 그중 가까운 집은 이 집보다도 더 산속으로 들어가 있는 집으로서 큰 소리로 부르면 서로 알아들을 만한 거리요, 집에서 몇 걸음 아니 나와서는 읍내로 가는 큰길 아닌 길이었다. 그러므로 내 집은 이를테면 노름판 같은 것을 붙이거나 술 주막을 하기에 합당한 집이어서, 인근 수백 호 가난한 농가 중에도 가장 작기로 한둘을 다툴 집이었다.

　대장부 뜻을 도에 두거나 천하 국가에 두매, 집이 크고 작은 것을 염두에 둘 배 아니라고 하루에 열 번, 스무 번 큰소리를 해보아도 내 속마음은 고개를 흔들고 세상에 대하여서도 면목이 없었다. 그렇더라도 정드는 애인과 같이라면 재미도 있으려니와, 첫날에 벌써 내 눈 밖에 난 어린 아내를 보러 학교에서 돌아오는 걸음은 죽으러 가는 소의 걸음과 같이 무거웠다.

나는 아내를 사랑하려고 애써도 보고 사랑을 못 할 바에는 불쌍하나 여기려고도 애를 써보았다. 그러나 애정을 억지로 짜내려고 아내를 껴안으면 실단의 어여쁜 모양이 나타나고, 불쌍한 동정을 짜내려 하면 불쌍한 것은 내요 그가 아닌 것 같았다.

나는 집에 오기가 싫었다. 저녁을 먹고 아내와 한자리에 자다가도 학교로 뛰어가고만 싶었다.

하나 위로가 되는 것은 문의 누님이 가끔 오는 것이었다. 학교에서 돌아와서 문의 누님의 신발이 놓였으면 기뻤다. 이것이 잘못된 생각인 줄 알건마는 할 수가 없었다.

나는 학교 일에 몸을 고단하게 하여서 가정의 불만을 잊으려고 애를 썼다. 나는 동네 남녀를 모아놓고 야학도 하고 예배당에도 열심으로 다녔다.

한겨울 이 모양으로 힘쓴 효과는 났다. 학교에서는 내가 대단히 신용과 존경을 받는 인물이 되고 교회에서도 그러하였다. 동네의 회와 야학에서는 무론 내가 중심인물이 되었다. 나는 가정에서 쏟을 데 없는 애정을 이 모양으로 학교와 교회와 동네에 쏟았다. 술이나 먹고 주책없는 젊은 놈이던 나는 대접받는 점잖은 선생이 되었다. 백도 나를 한 수 낮게 보는 버릇을 버리고 학교 일에 관하여서는 내 의견을 존중하였으며, 학생들의 내게 대한 태도도 일변하여서 나를 존경하는 모양을 보였다.

나 자신으로 보더라도 나는 변하였다. 나는 술을 끊고 담배를 끊고 서생식인 아무렇게나 날치는 것을 버리고 말이나 걸음걸이가 무거워졌다. 이것은 내 마음이 괴롭고 적막한 까닭도 되거니와, 내가 의식적으로 인생의 향락을 단념하고 나라를 위하여, 세상을 위하여 살리라, 죽으리라 하고 마음먹음에도 말미암는다.

경술 팔월 이십구일이 내게도 큰 충격이 된 것은 말할 것도 없다. 나는 많은 슬픈 노래와 시를 지어 학생들에게 보였다. 그 노래들은 우리 학교에서뿐 아니라 다른 데도 널리 퍼졌다. 이것도 이 지방에 내 명예를 높인 한 원인이 되었다.

그러나 열아홉, 스무 살의 소년인 나로서는 지사적인 생활만으로는 만족할 수 없는 무엇이 있었다. 그것은 불타는 애욕이었다. 사랑하고 싶고 사랑받고 싶은 욕심이었다. 내 아내는 이에 대하여서 다만 만족을 주지 못할 뿐 아니라, 더욱더욱 내 애욕으로 하여금 배고프고 목마르게 하는 것이었다.

내 아내가 어디가 병신이라든가 특별히 못난 여자여서 그런 것도 아니다. 그는 물론 환하게 잘생겼다거나 아기자기하다거나 그러한 여자는 아니로되 보통은 가는 수수한 여자였다. 나는 가끔 그가 바느질을 하거나 그러한 때에, 흔히는 밤에 물끄러미 그를 바라보는 일이 있었다. 그의 머리에서부터 발끝까지 이리저리, 요모조모로 뜯어보고 합쳐보아서 정 붙는 구석을 찾아보려고 힘을 썼으나 나는 번번이 실패하였다. 나는 온종일 밖에 있다가 늦게 집으로 돌아올 때에는 음탕한 생각까지 억지로 짜내어서 내 아내에 대한 정욕을 잔뜩 일으켜가지고 집에 들어가는 길로 그를 껴안고 살을 비비고 갖은 사랑의 표시를 다 하려고 벼르지마는, 집에 들어가서 척 그를 대하면 고만 모든 흥미가 삭연히 다 스러져버려서 한숨이 나올 뿐이었다.

나는 그러한 때마다 이렇게 한탄하였다.

'저도 다른 남자에게 아내로 갔더면 사랑을 받을 수 있을 것을. 나로는 아무리 하여도 사랑할 수가 없다.'

이것은 못 만날 남녀가 잘못 만난 것인가. 그렇지 아니하면 서서 전생 다생의 인과응보로 이렇게 불행한 가정의 보를 받기 위하여 만난 것인가. 하고많은 남녀에 이렇게 싫은 사람끼리 만날 것이 무엇인가. 그것은 실로 애타고 기막힌 일이었다.

그러나 별수 없었다. 좋으나 궂으나 이 모양으로 살아가노라면 어찌어찌 아들딸도 날 것이요, 그러는 동안에 늙어서 죽으면 고만이라고 생각할 수밖에 없었다. 나는 곧잘 이런 생각을 하고 학교 일 같은 데 내 몸과 마음을 될 수 있는 대로 고달프게 하였다.

첫여름 어느 날 나는 학생들을 데리고 ○○산성에 원족을 갔다가 비를 함빡 맞고 어둡게야 집으로 돌아왔다. 젖은 옷에 몸은 얼어 들어오고 시장은 하고 다리는 아프고 다 죽게 되어서 반갑지도 아니한 집이라고 화를 내면서 사립문을 들어섰다. 방에는 불이 켜 있었다. 나는 아내가 앉아 있을 줄만 믿었더니 내 기침 소리에 문을 열고 나오는 것은 뜻밖에도 문의 누님이었다.

"아이, 함빡 젖으셨군요."

하고 문의 누님은 무심히 하는 모양으로 내 등을 손으로 만졌다.

"들어가서요, 발 씻으실 물 떠다 드릴게."

하고 그는 대야를 들고 부엌으로 갔다.

방 안에는 아내가 없었다.

"어디 갔어요?"

나는 이렇게 물을 흥미는 없었지마는 의리를 느낀 것이었다.

"마라우 아저씨가 갑자기 병환이 더쳤다고 기별이 와서 그 애가 갔답니다."

문의 누님은 이렇게 말하면서 놋대야에 뜨뜻한 물을 떠 들고 들어왔다.

"어떻게 더운물이 있던가요?"

나는 아내로는 못 할 일이다, 하고 물었다.

"발 씻으실 물이라고 데워놓았더니 다 식었어요."

하고 그는 장을 열고 내가 갈아입을 옷들을 내고 있었다.

평생에 남편을 받들어보지 못한 그는 이렇게 물을 데워놓고, 저녁상을 차려놓고, 갈아입을 옷을 꺼내는 것이 아마 처음일 것이요, 또 생각이 많을 것이라고 생각하니, 그의 정경이 퍽이나 가련하였다.

그는 내가 세수하고 발 씻는 것이 끝나는 것을 보고는 대야를 들고 밖으로 나간다. 나는 그동안에 젖은 옷을 벗고 문의 누님이 차례차례 주워 입기 좋게 내어놓은 옷을 갈아입고 막 대님을 칠 때에 새 물 한 대야를 떠 가지고 들어왔다.

"손 씻으세요."

하고는 문밖에 지키고 서 있다.

나는 그가 하라는 대로 손을 씻었다. 문의 누님은 다시 대야를 들고 나가더니, 이번에는 밥상을 들고 들어오고, 찌개 놓인 화로를 들고 들어왔다. 화로에는 찌개 뚝배기 말고 작은 갱기 하나가 놓여 있었다. 그것은 까무스름한 청주였다.

문의 누님은 그 갱기를 들어서 앞치마로 재를 닦아 내 밥상 위에 놓으면서,

"약주 한잔 잡수서요. 아버지 생일 제주 뜨고 남은 것이야요. 아까

오라비가 가지고 와서 한참이나 기다리다가 갔는데 비가 그치면 또 온
대요."

하고 권한다.

"내가 술을 먹나요? 벌써 끊은걸요."

나는 냉정하게 대답하였다. 지은 냉정이었다.

"그래도 비를 맞으시고 그러신 때에는 한잔 잡수시는 게 약이 된다
는데."

하고 문의 누님은 두 손으로 술을 담은 놋그릇을 움켜쥐듯이 만져보고,

"따뜻합니다. 얼마 안 되는걸요."

하고 그것을 들어준다.

으스스한 것과 권하는 정성도 정성이려니와 술 빛이 깊은 유혹을 주었
다. 문의 아버지가 평생에 호강하는 생활을 하기 때문에 술과 음식 솜씨
가 있었다. 나는 그것을 서너 참에 마셨다. 그리고 반찬도 내 아내 솜씨
와는 달라서 모두 맛이 있었다.

상을 물릴 때에는 공복에, 또 오래간만에 먹은 술이라 얼근하게 취하
여 올라왔다. 부엌에서는 설거지하는 소리가 들렸다. 밖에서는 쫙쫙 비
가 쏟아지는 소리가 들렸다. 나는 시계를 꺼내어 보았다. 벌써 열 시. 낮
이 길고 밤이 짧아진 것이라고 속으로 중얼거렸다. 나는 이상하게 마음
이 설레는 것을 깨달았다.

부엌에서는 설거지가 끝난 모양이나 문의 누님은 들어오지 아니하였
다. 그도 어찌할까나 하고 마음을 지향 못 하는 것이나 아닌가 하고 나는
물끄러미 허공을 바라보고 앉아 있었다.

바람도 이는 모양이다. 이따금 비가 모래알같이 복창에 뿌려 왔다.

'이 밤에는 큰 용기가 필요하다.'

하고 주기도문을 외우려 하였으나 자꾸 딴생각이 나서 그 짧은 기도문을 몇 번이나 중도에서 막혔다. 실상 신앙이 솟아나서 믿는 예수도 아니었다. 마음 붙일 데 없으니 믿는 예수요, 민중 교화의 한 수단으로 민중에게 접촉할 기회를 얻기 위하여 다니는 예배당이었다.

나는 이 밤에 생길 수 있는 한 장면이 눈앞에 떠 나오는 것을 여러 번 고개를 흔들어서 지워버렸다.

'부엌에서 무얼 하고 있나?'

나는 그것이 마음이 키였다. 아무 소리도 없었다.

'내가 무슨 말을 해야 한다. 들어오라고 하자.'

나는 이렇게 마음속에서 연습을 해가지고 가장 점잖은 음성으로,

"무얼 하여요? 어디 가셨어요?"

하고 부엌으로 통한 샛문 쪽을 향하고 불렀다.

"네, 인제 들어가요."

하고 마치 잊어버렸다가 생각난 듯이 씻금질하는 물소리를 내었다.

내 마음은 점점 평형을 잃고 줏대를 잃었다. 여린 신앙과 도덕의 북두는 끊어지고 수컷 짐승이 다 된 듯하였다. 내 눈앞에 문의 누님이 번뜻하기만 하면 사자가 아롱말을 덮치는 모양으로 덮칠 것 같았다. 잠깐 더 시간이 지나는 동안에 나는 그렇게 하는 것이 남아의 용기요 자아에 충실한 것이라는 철학적 해석까지 하게 되었다.

'그렇다. 모든 허위를 버려라. 빨가숭이 사람이 되어라!'

이렇게 속으로 중얼거리고는 아주 위대한 비장한 결심이나 한 듯이 입을 한일자로 꽉 다물고 무서운 눈으로 천하를 노려보았다.

"쾌락의 일순은 고통의 천년보다 낫다."는 바이런의 『돈 후안』의 구절이야말로 진리라고 응하고 용을 썼다.

그뿐이 아니었다. 그렇게 하는 것이 도리어 문의 누님에게 대한 자비심이라고까지 생각하였다.

관자놀이에 피가 뛰는 것을 스스로 감각할 수가 있었다. 아까 산성에서 산에 오를 때에보다도 더욱 숨이 가빴다. 술의 힘이 이것을 도운 것은 말할 것도 없었다.

문의 누님이 자리끼를 대접에 받쳐 들고 들어왔다. 들어와서 내 모양을 힐끗 보고는 자리끼를 놓고,

"자리를 깔아드리게 일어나서요."

하고 장롱 위에 쌓아놓은 자리를 내렸다. 나는 문의 누님을 정작 눈앞에 대하매 짐승의 마음이 사라지고 사람의 마음이 일어났다. 나는 머쓱한 생각으로 순순히 일어섰다.

문의 누님은 우리들 애정 없는 부부가 이따금 쓰디쓴 잠자리를 같이하는 요를 깔고 이불을 펴고 베개를 놓고 일어섰다. 나는 그의 몸의 곡선이 움직이는 양을 탐스러이 보고 서 있었다.

문의 누님은 아무쪼록 내 시선을 피하면서,

"자, 곤하신데 주무서요. 나도 웃간에서 잘 테야요."

하고 윗간으로 올라가서 샛장지를 꼭 닫는다.

나는 불현듯 부끄러워졌다. 나는 학교 선생이 아니냐. 교회에서 강도를 하는 교역자가 아니냐. 지금까지 내가 가졌던 생각이 무슨 더러운 생각이냐. 저 여자는 교육도 없는 젊은 과부라도 저렇게 마음이 꿋꿋하지 아니하냐. 나는 쥐구멍으로 들어가고 싶었다. 제가 싫어지고 미워졌다.

내 낯바닥에 가래침을 탁 뱉고 싶었다.

"거기 자리가 있으니 깔고 주무셔요."

하는 나의 말은 예사로운 점잖은 말이었다.

나는 번뇌와 수치가 뒤섞인 잡념 망상으로 오래 잠을 못 이루었으나 마침내 잠이 들었다.

내가 잠을 깨었을 때에는 벌써 윗방에는 불이 켜 있었다. 장지 틈으로 움직이는 그림자와 사악사악 하는 소리로 판단하건댄 그는 머리를 빗고 있는 모양이었다. 빗소리는 없었다.

나는 목이 좀 아프고 머리도 띵함을 느꼈다. 감긴가 하였다. 간밤 일을 생각하면 입맛이 쓰고 이제 문의 누님을 대할 것이 면구하였다. 그는 필시 내 눈찌에서 내 더러운 속을 다 들여다보았을 것이라고 나는 생각하였다.

나는 일어날 생각도 아니 하고 자리에 누워 있어서 간밤 일을 생각하고 또 생각하였다. 뉘우침과 무안함이 가슴에 그득 차면서도 한편 구석에는 그 기억이 달콤하기도 하고 절호한 기회를 놓친 것이 아깝기도 하였다. 이치로는 무엇이 옳다는 것을 아나 아직 덕의 힘이 서지 못한 것을 한탄하였다. 마음속에 아내 아닌 여인에게 음심을 품는 것도 간음이라고 예수는 칼날 같은 말씀을 하셨다. 나는 이미 문의 누님에게 간음을 행한 죄인이었다. 세상의 눈은 속일 수가 있어도 내 마음과 하나님을 속일 수는 없었다.

그러하건마는 그 달콤한 생각이란 대체 무엇인고? 시인과 소설가들 중에 그것이 끔찍이 좋은 것인 것처럼 말하는 이도 있었다. 그것을 사랑이라고 이름 지어서 사랑을 위하여서는 집도 명예도 목숨도 희생하는 주인공을 용기 있는 자라고 찬양한 것조차 있었다. 마치 문학은 도덕을 반항하는 것을 큰 옳은 일로 아는 것 같았다. 내가 동경에 있을 때에 유행하던 자연주의문학이란 것이 이러하였다. 구라파의 로맨티시즘이 의리 있는 남녀의 사랑을 찬양하는 데 대하여서 자연주의문학의 대부분은 불의의 남녀 간의 사랑을 즐겨서 묘사하고 찬양하였다. 이것을 자유라고 일컫고 해방이라고 일컬었다. 불의의 애욕을 심각하게 그린 문학일수록 애독자가 많았다. 이에 대하여서 톨스토이 혼자가 그리스도주의 문학으로 고군분투하였다. 나는 자연주의 속에서 톨스토이를 읽은 소년이었다. 그래서 내 속에 고양이와 쥐와 함께 있는 모양으로 자연주의와 이른바 이상주의가 동거하고 있었다. 이 두 가지는 마치 끝없는 내란과 같아서 이 주의가 한번 내 마음을 점령하면 저 주의가 또 습격하여서 이를 점령하였다. 이 통에 곯는 것은 내 마음의 나라였다. 끊임없는 싸움의 마당이 되어서 갈수록 황폐할 뿐이었다. 나는 이 두 가지 중에서 하나를 취하고 하나를 버리지 아니하면 아니 되었다. 그러나 어린 나에게 그만한 힘이 없었다.

'아아, 나는 괴로운 자로다.'

하는 바울의 한탄을 나는 장한 듯이 흉내 내었다.

밤사이 그렇게도 서두르던 풍우도 지나가고 창에는 햇볕이 쏘았다. 뒷산에서 새소리가 들렸다. 아침밥을 짓는 불에 자리가 따뜻하여 올라왔다.

나는 벌떡 일어났다. 스무 살 되는 내 육체는 내가 보기에 풍만하였다. 청춘의 아름다움이 있었다. 이 몸은 나 자신이 향락할 것이 아니라, 내 애인이 향락할 것이었다. 그렇게 생각하면 적막하였다. 나는 희고 포근한 팔다리를 손바닥으로 쓸어보았다. 그러고는 견딜 수 없는 애욕이 끓어오름을 느꼈다.

'눈 깜박할 사이에 시들어질 꽃!'

나는 이렇게 한탄하였다.

나는 길게 기지개를 켜고 옷을 갈아입었다.

'배고프고 목마른 내 애욕이여!'

나는 재물로만 가난한 것이 아니라, 애욕으로 가난한 자였다.

나는 학교에 갔으나 다른 교원들이 내 눈이 붉다고, 열이 있나 보다고 할 때에 부끄러웠다. 다만 어제 원족에 비 맞은 때문만이면 그리 부끄러울 것은 무엇인가.

남들이 열이 있다고 하니 더욱 열이 있는 것 같았다. 그러나 나는 맡은 시간을 다 하였다.

"천산 안됐소, 어서 가서 누우시오."

하고 백이 나를 보고 걱정하였다. 그는 의사도 의원도 아니나 교원들 중에서는 가장 의술의 지식이 있어서 약방문을 내는 재주도 있었다. 그러나 나는 그의 약을 써본 일도 없고 신용도 아니 하였다.

나는 무거운 몸과 괴로운 마음을 안고 집으로 돌아왔다. 오전 중에는 그렇게 청청하게 맑던 하늘이 오후가 되면서 흐리기 시작하더니 저녁때에는 나무가 소리를 내고 흔들리도록 바람이 불었다. 그 바람이 등으로 가슴으로 팔목으로 스며 들어와서 몸에 쪽쪽 소름이 끼치고 제 입김이 뜨거움을 느낄 수가 있었다. 호흡기가 약하여서 급성 기관지염을 가끔 앓는 나는 또 그것이나 아닌가 하였다. 침을 삼키면 목이 뜨끔뜨끔하고 기침을 하면 가슴이 찢어지는 것 같았다.

164

집에는 문의 누님이 있었다. 나는 그를 대하기가 부끄러웠으나 몸이 아픈 것이 모든 것을 용서할 이유가 되는 것같이 생각하고,

"나 좀 누워야겠어요."

하고는 두루마기를 벗고 쓰러졌다. 문의 누님은 자리를 깔아주면서,

"어저께 찬비를 맞으셔서."

하고 걱정해주었다.

나는 저녁도 먹는 둥 마는 둥 자리에 누워서 사오일 동안이나 신열이 높아서 중통하였다. 백이 문병을 왔다가 약을 지어 보내었다. 나는 백의 처방을 믿지는 아니하면서도 달여 먹었다. 다른 선생들도 다녀가고 학생들도 문병을 왔다. 그처럼 내 병은 중하던 모양이었다. 지금 말로 하면 폐렴이었을는지도 모른다.

내가 앓는 동안에 문의 누님은 참으로 정성으로 간호해주었다. 중병이란 것이 모든 장벽을 깨트린 것이었다. 그는 친동기와 같이 허물없이 내 몸을 만지고 내 베개를 고쳐주었다. 나는 그것이 기뻤다. 밤중에 깨어 보면 내 곁에 그가 쓰러져서 잠이 들어 있는 일도 있었다. 이 모양으로 나는 그에게 대하여서 더욱 깊이 정이 들었다. 그도 나를 정답게 생각하고 있다고 나는 판단하였다.

나는 이 동안에 문의 누님의 여러 가지 아름다운 점을 발견하였다. 훌륭한 아내가 될 사람인데 혼자 사는 것이 아깝다고 생각하였다. 솔직하게 말하면 나는 그와 살고 싶었다. 그를 아내로 하고 살 양이면 행복되리라고 생각하였다. 왜 살고 싶은 사람하고 못 살고 살기 싫은 사람하고 살아야 하는가, 하고 마음이 괴로웠다. 그러나 앓는 사람은 마음이 깨끗하여진다. 나는 문의 누님을 내 마음대로 할 수 있는 줄 알면서도 그리하는

것이 옳지 않다고 반성할 수가 있었다. 그래서 나는 그를 어떤 믿을 만한 남자에게 중매하고 싶다고 생각하였다.

백이 작년에 상배를 하여서 홀아비였다. 나는 그를 좋아하지 아니하나 남편감으로는 괜찮다고 보았다. 나이는 사십이 가깝지마는 몸은 건장하고, 성미는 걸걸하고, 또 들으니까 전실에는 계집애 하나가 있으나 서울 집에서 제 조모에게 길린다고 하니 그다지 파는 아니었다. 사람이 좀 변덕스럽고 남을 깔보는 흠이 있지마는 세상에 흠 없는 사람이 어디 있나.

나는 열이 내리고 방 안에서 일어나 앉을 수가 있었다. 아침 꾀꼬리가 북창 밖에서 우는 것을 내가 유쾌하게 듣고 앉아서 노래라도 하나 지어보고 싶은 생각으로 있을 때에,

"천산."

하고 부르는 소리가 났다. 물을 것 없이 백의 음성이었다.

"백 선생이시오?"

하고 나는 일어나서 문을 열었다.

문의 누님은 일어나서 윗방으로 올라갔다. 백의 눈은 그의 뒷모양을 따랐다.

"살아나셨구만그래."

하고 백은 눈과 입이 온통 웃음이 되어서 방에 들어왔다.

"보내주신 약이 효험이 있었나 보아요."

나는 이렇게 치사를 하였다.

"천산의 병을 내가 분명히 알거든, 약이 안 맞을 리가 있나. 과녁을 겨누고 쏘는 살과 같지, 흐흐흐흐."

하고 백은 심술궂은 웃음을 웃었다. 나는 그의 빈정대는 뜻을 알아듣고

166

잠깐 낯을 찡그렸다.

"학교엔 아무 일 없나요?"

하고 나는 백의 입에서 더 궂은 소리가 나오기 전에 화두를 돌렸다.

"별일 없어. 밤낮 일 헌병이 성가시게 오는 게야 언제나 마찬가지지. 읍내에서 또 사오 인 붙들려 간 모양인데, 그러기로 우리들이야 어떨라고? 그러나저러나 나는 갈라오. 모두 구찮고. 가서 구멍가가라도 벌이고 앉아서 세상을 모르는 것이 편안하지."

이런 소리를 하고 백은 입맛이 쓴 듯이 양미간을 찌푸리고 입맛을 다셨다.

"가시다니, 백 선생이 가시면 학교는 어떻게 하고요?"

이것은 다만 인사말만이 아니었다. 백은 지금까지는 학교의 중심인물이었다.

"무어, 인제는 천산이 자리를 잡으셨거든. 처음에는 미상불 천산의 거취를 의심했다는 것은 과언이지만, 어찌 되는가, 대체 어찌할 작정인가 하고 안심이 안 되었었소. 그래 다들 걱정을 했었어. 그렇지만 인제는 천산을 절대 신임야. 무엇이 신임인고 하니 말야, 첫째로는 천산이 학교를 위해서 몸을 바칠 결심을 하신 것, 둘째로는 직원과 학도가 천산의 인격과 학식에 대하여 절대 신임인 것, 그리고 셋째로는 역시 천산의 학제 개혁안이 옳다는 것을 다들 승인했단 말요. 법학이니 천문학이니 다 집어치우고 아주 순전한 중학교로 개편하자는 천산의 의견이 옳단 말야. 이 교주도 오늘은 쾌히 승낙하는 답장이 왔는데, 인제는 실시만 남았거든. 도청에 들락날락하는 것은 내가 전과 같이 담당할게시리, 학교 일은 천산이 맡으시란 말요. 난 천산의 심부름꾼이 되리다."

나는 믿기지 아니하리만큼 백의 말에 놀라기도 하였거니와, 내 주장이 통과하고, 또 내가 그만한 신임을 받게 된 데 대하여서는 감출 수 없을 만치 기뻤다. 실상 내 개혁안을 반대한 것은 백인데, 백이 무슨 변덕으로 이렇게 앞장을 서서 찬성하게 되었을까. 그가 인제는 이 학교에 염증이 나서 내게다가 밀어 맡기고 달아나려 함인가. 그렇다면 구멍가게나 내고 세상에서 숨는단 말이 그럴듯도 하다. 그러나 그는 여전히 도청에 드나드는 심부름을 한다고 하니 학교를 떠날 결심이 아닌 것도 같고, 도무지 그의 진의를 알 수가 없었다. 어찌 되면 그가 교장이 될 마음인지도 모른다. 현재의 교장은 이 생원이라는 늙은 한학자로서 다만 명의만에 지나지 아니할뿐더러, 그는 누차 사임할 뜻을 표시하고 있고, 또 도 당국에서도 실지로 책임을 질 교장을 내라고 독촉도 있었다. 이 기회에 백이 교장이 되려 한다는 것은 있을 만한 일이었다.

　그러나 학교의 사정으로 보면 백이 교장이 되기는 어려운 형편도 있었다. 첫째로 백은 일솜씨는 있으나 남의 존경을 받을 만한 덕이 부족하였다. 내 족형 윤경은 원만한 사람이라 백의 밑에 드는 것을 참기도 하겠지마는 박은 도저히 그리 못 할 것이다.

　백이 정말 교장이 될 야심이 있나 하고 나는 그를 물끄러미 바라보았다. 나는 그를 교장이 되게 하고 문의 누님과 혼인하게 하고 싶은 마음이 났다.

　백이 간 뒤에 나는 문의 누님과 마주 앉은 기회에 이렇게 말을 해보았다.

　"아까 왔던 이는 백 선생이라는 이야요. 본래 서울 사람인데 작년에 상처를 했어요. 전실 아이로는 계집애가 하나 있을 뿐이라고요."

"네."

하고 문의 누님은 어리둥절한 눈으로 나를 물끄러미 보면서 힘없이 대답하였다.

"무척 사람이 걸걸하지요, 사내다와요."

"네에."

"백 선생 보셨지요?"

"아까 오시는 것 뵈었어요. 접때에도 뵈었구요."

문의 누님은 더욱 유심히 나를 바라본다.

"수염이 장관이지요? 이렇게 떡 뻗친 것이. 그것이 카이저수염이라는 거야요, 독일 황제 카이저의 수염이 그렇거든요."

"네."

문의 누님은 싱거운 소리도 한다 하는 듯이 일어 나간다.

나는 다소 무안함을 느꼈다. 내 말눈치를 알아차리고 노한 것이나 아닌가. 남의 수절 과부 앞에서 사내 이야기를 하는 것이 실례였던 것 같았다. 그렇게 생각하면 내가 그를 향하여서 발하는 정욕이나, 그가 나를 향하여서 같은 뜻을 가졌으리라고 생각하였던 것이 모두 낯에 쥐가 날 일이었다.

이렇게 얌전한 궁리를 하는 한편에 자연주의문학의 영향을 받은 묵은 인습에 대한 반항심도 있었다. 수절은 다 무에며, 정조는 다 무에냐, 모두 케케묵은 인습이요, 곰팡내 나는 헌 옷이다. 현대인은 모름지기 이것을 쾌쾌히 벗어버릴 것이다. 입센의 노라가 무에라고 하였느냐.

나는 자유다,

나는 자유다,

　　나는 새와 같이 나는 자유다,

　　세상에 다시는 나를 가둘 옥이 없다.

라고 부르짖었다. 며칠 못 갈 인생을 왜 허송하랴. 이 몸이, 이 맘이 즐길 대로 즐기다가 지쳐서 죽을 것이 아니냐. 거기 우리의 자유가 있지 아니하냐. 나는 실단을 그냥 놓쳐버린 것을 후회하였다. 그가 그날 그렇게 눈물을 흘리며 나에게 매달리는 태도가 아니었던가. 나는 못나게도 내가 만족하고 그를 만족시킬 기회를 놓쳐버리지 아니하였는가.

　'못난이! 네가 못난이!'

하고 나는 나를 침을 뱉고 발길로 차고 싶었다.

　문의 누님에게 대하여서도 마찬가지다. 한집에서 단둘이 자는 밤을 그대로 닷새나 엿새나 보낼 법이 있으랴. 마음으로 갖은 짓을 다 하면서 겉으로는 점잔을 꾸미는 허위! 그래서 피차에 마음을 졸이고 몸에 기름을 말리고 있지 아니하냐. 비겁이다! 허위다! 그밖에 아무것도 아니다.

　더구나 이제 제 마음에 드는 여자를 다른 남자에게 내어주려는 내 심사, 아아 그것은 허영심밖에 아무것도 아니다. 나는 가장 깨끗하다는 것을 세상에 자랑하자는 허영, 속은 먹장같이 검으면서 겉을 희게 꾸미려는 허위다.

　'회칠한 무덤!'

　예수의 말씀과 같다. 그렇다, 나는 회칠한 무덤이다. 속에는 썩고 구더기 끓고 구정물 흐르는 송장을 두고 겉에 회칠을 하는 것이다. 속에 있는 송장을 치워버리거나 겉에 바른 회를 벗겨버려라.

170

그렇지마는 잠깐 기다려라, 애욕이 과연 그렇게 더러운 송장일까. 그
것이 내 마음에 피어나는 아름답고 향기로운 꽃이 아닐까.

'사랑! 사랑!'

사람에게 사랑에서 더한 꽃이 있을까. 젊고 마음 맞는 남녀가 가쁜 숨,
두근거리는 가슴으로 힘 있게 서로 껴안는 그 순간의 사랑의 불길, 이것
이야말로 우주 간에 가장 거룩한 불길이 아닐까. 이것을 막는 모든 제도
와 이것을 그르다고 정죄하는 모든 도덕은 다 두들겨 부술 악이 아닐까.
그리하는 이야말로 용사가 아닐까.

이렇게 생각하니 나는 가슴이 울렁거리고 숨이 찼다. 앞에 바위가 있
으면 바위를 부수고, 철문이 있으면 박차고 나갈 것 같았다. 그리하여 눌
린 사랑에 우는 천하의 청춘 남녀를 위하여 반역의 깃발을 들고 앞장을
서고 싶었다.

'흥, 명예?'

하고 나는 내 쥐뿔만 한 명예를 코웃음하였다. 나는 실단을 내 것을 못 만
든 것을 이를 갈았다. 영국 이야기의 로빈 후드 모양으로 초례청에 실단
을 박차가지고 말을 달려 삼림 속으로 못 달아난 것을 분히 여겼다.

'그렇다, 실단만은 못하나 문의 누님은 내 것을 만들리라. 내가 마음껏
즐기다가 싫어진 때에 백에게나 뉘게나 원하는 자에게 물려주리라.'

이렇게 작정하고 나니 마음이 거뿐하였다. 나는 크나큰 용사요 혁명가
가 된 것 같았다. 나는 일각이 삼추와 같이 밤이 들기를 기다렸다.

문의 누님은 내 마음이 어떤 줄도 모르고 태연히 들락날락하고 내 곁에
서 무심하게 바느질도 하였다. 그는 내게 대하여서는 아주 턱 믿고 안심
한 모양이었다. 내 무덤의 면회(面灰)에 속은 것이었다.

저녁때에 문이 낙지 한 코와 소주 한 병을 들고 찾아왔다. 벌써 전작이 있어서 얼근하였다. 이제 겨우 열아홉 살의 소년이면서 중년 선비의 태를 부리는 그였다.

"낙지 장수를 만났길래 형님 생각이 나서 술을 한 병 사가지고 왔소. 술은 삼거리 서병순네 술인데 금방 고우는 것을 곧소주로 받아달라고 했지. 값은 얼마라도 더 준다고 별 청을 다 했소. 망할 놈들이 물을 타서 팔아먹노라고 곧소주를 내놓우? 한사코 안 내놓지. 이게 한 식기라고 하지마는 두 식기 턱은 될 것이오. 맛이 좋아."

하면서, 죽엽을 그린 사기 술병을 제 귓가에 흔들어본다. 촐랑촐랑하는 소리가 들린다.

"누님."

하고 문은 윗방을 향하고,

"이 낙지로 안주 좀 만드슈. 슬쩍 데쳐서 초고추장에 먹으면 괜찮아. 초 있수? 없거든 집에서 좀 가져오시구려, 고추장도 가져오시구. 신접살림이 무엇이나 넉넉할 리가 있나?"

하고 떠드는 양이 매우 유쾌한 모양이다.

"그래 어디서 오는 길야? 무슨 좋은 일이 있나 보에그려?"

나는 이렇게 문을 건드려보았다.

"좋은 일?"

하고 문은 그 가늘고 다부진 눈으로 나를 물끄러미 바라보면서,

"하, 형님도. 내야 도처춘풍이지, 무슨 걱정이 있소? 주머니는 묵직하겄다(그는 절렁절렁 주머니를 흔들어 보인다), 술은 있겄다, 때는 진달화 초 만발하는 봄철이겄다, 글쎄 무슨 걱정이오? 엊저녁도 번저리 유엽이

172

집에서 진탕 치듯 먹고 마시고 골패하고 해가 낮이 되도록 자다가 낙지 한 코 사 들고 형님 찾아오는 길 아뇨. 인생이 일장춘몽이라 아니 놀고 무엇 하리, 한번 아차 죽어지면 만수장님에 운무로고나, 하하하하. 안 그렇소, 형님? 형님같이 골생원님야 이 풍류를 알겠소? 누님, 나 냉수 한 그릇 주슈."

하고 북창을 탁 열뜨리며 가래를 탁 뱉는다.

"그러기로 하고한 날 그렇게 놀고 어떻게 할 작정인가? 게다가 노름까지 하고."

나는 점잖은 형의 태도를 보였다.

문은 머리가 가려운지 주먹으로 망건 뒤를 툭툭 치고 나서,

"안 그럼 무얼 하우? 나 같은 놈이 이제 형님 모양으로 공부를 하겠소? 안 배운 농사를 하겠소? 그저 이러고 일평생을 보내는 게지. 안 그렇소, 형님?"

하고 추연한 빛을 띤다.

"그러기로 술 먹고 노름하고 가산이 견디어나?"

나는 문의 생활의 방향을 돌리고 싶었다. 그렇게 재주 있고 마음 착하고 한 소년이 어느새에 술꾼, 노름꾼, 알부랑자 패를 차고 가산을 탕진하는 것이 가여웠다.

"그야 그렇지. 벌써 한 오십 석거리 팔아 없앴는걸. 또 한 자리 내놓았어."

하기까지는 회오의 빛을 보였으나 다시 처음과 같은 알부랑자의 태도로 돌아가며,

"허, 안 그럼 무얼 하느냐 말요? 노름빚에 땅 팔고, 빚 갚고 남은 건 술

먹고, 이 모양으로 곶감 빼어 먹듯이 쪽쪽 빼어 먹노라면 며칠 아니 하여서 거지 될 것이야 빤한 일이지. 뉘가 그런 줄 몰르우. 그런 줄 다 알건마는 배운 도적질이요 버려놓은 춤이로구려. 기호지세라, 가는 데까지 갈밖에. 왕후장상(王侯將相)이 영유종호(寧有種乎)아, 거지 깍장이는 씨가 있습디까, 나 같은 부랑자가 되는 것이지. 홍, 벌써 거지가 거진 다됐어."

하고 고개를 숙여서 때 묻고 꼬깃꼬깃한 상목 두루막과 버선을 만지면서,

"이게 사흘 입은 게 이 꼴이로구려. 그놈의 석유 기름에 이렇게 까매진단 말야. 그놈의 석유 등잔을 켜놓고 연일 밤을 새우니 안 그럴 게요? 형, 인제 요 꼴에다가 노닥노닥한 누더기를 입고 바가지 군은 옆에 꿰어차고, 남의 집 문전에 서서, 거지 동냥 왔습니다, 뿜빠뿜빠 하고 장타령을 한다? 하하하하, 눈에 선해. 홍, 그것도 한 풍류야. 퉁수를 배우면 좋을 게요. 그렇지만 그도 구찮고. 막 쳐먹기는 장타령이라고 장타령은 내가 곧잘 한다오. 형님 한번 들어보실라우?"

하고 왼장 친 버선을 두 손으로 닦는 듯이 쓰다듬고 있다.

"여보게 고만두게."

하고 나는 정색하였다.

"왜요? 형님은 나를 미친놈이라고 생각하시오?"

"미치긴 왜?"

"그럼 부랑패류라고?"

"패류야 아니지."

"부랑자는 부랑자란 말씀이지."

"홍홍."

하고 나는 고개를 끄덕끄덕하였다.

　"바로 보셨소. 형님이 바로 보셨어. 내야 알부랑자지, 요 꼴에. 하하하하. 그렇지만 소리에도 대장부 허랑하여, 그러지 아니했소? 대장부는 본래 부랑자여든. 형님 같은 이는 졸자고. 옹졸하고 용렬한 선비란 말야. 안 그렇소, 형님?"

하고 문은 고개 젖히고 뽐낸다.

　"그래."

하고 픽 웃었다. 과연 그렇다고 생각하였다.

　"그러니까 말야. 형님은 좀 파겁을 해야 된단 말요. 형님은 나를 훈계하랴고 하시지마는 형님이 내 훈계부터 먼저 받으슈. 그 졸장부 좀 떼놓아요. 자, 한잔 먹읍시다. 누님 거기 술잔 하나 주슈. 술 먹고 안주라니 술부터 먼저 먹고 안주는 나종 먹읍시다그려."

　낙지도 잔도 들어왔다. 낙지는 내가 즐겨하는 것이었다. 하얀 낙지 동강 위에 파란 파가 보기 좋게 뿌려져 있었다.

　"자, 한잔."

하고 문은 주발 뚜껑에 그뜩 부은 것을 내게 권하였다. 우리 집에 술잔이 있을 리가 없었다.

　"내가 술을 먹나?"

　나는 속으로 당기면서 사양하였다. 속으로 당기는 까닭은 첫째로 안주도 술도 좋았거니와 오늘 밤 계획에 술의 힘을 빌릴 필요가 있는 것이었다. 나도 알맞추 취하고 싶었다.

　"아따, 그 용렬한 것 좀 떼라는데 그러시는구려."

하고 문은 무릎을 밀고 나오며 강권하였다.

나는 잔을 받아서 한 모금 맛을 보았다. 과연 물기운 없는 곧소주였다. 사뭇 달고 매웠다.

"어서 주욱 들이켜요, 그리 주접떠시지 말고. 파겁을 내가 시키고야 말걸."

하고 문은 제 손으로 술잔을 내 입에 밀어다 대었다.

"가만있어. 천천히 먹어."

하면서도 나는 먹고야 말았다. 가슴 속이 얼얼하였다.

이렇게 먹기를 몇 순배를 하니 술이 화끈 낮에 오르고 정신이 흐릿하여졌다. 숨도 차고 가슴도 답답하나 그래도 유쾌하였다.

나는 실언을 아니 하리라고 스스로 입에 재갈을 물렸으나, 그래도 차차 말이 헤퍼지고 웃음소리가 커짐을 깨달았다. 내가 이렇게 되는 것을 보고 문은 만족한 듯이 웃었다.

문은 제가 먹던 잔을 다 마시고 나서 조그만큼 한 잔을 부어놓고,

"누님, 누님."

하고 부른다.

나는 얼근히 취한 김에 문의 누님이 눈앞에 있기를 바랐다. 차차 마음을 싸고 비끄러매었던 무엇이 슬슬 풀림을 느꼈다.

"왜애?"

하고 문의 누님은 앞치마에 손을 씻으면서 부엌으로부터서 들어왔다. 아마 저녁 동자를 하던 모양이었다.

"누님, 좀 앉으슈."

하고 문은 누이의 소매를 끌어서 앉히고는,

"누님, 이거 한잔 잡수슈. 아버지도 술을 잡수셨고 나도 먹는 것을 보

니 우리 집안에 술 못 먹을 사람은 없을 것 같으우. 자, 드슈."

하고 술이 든 탕기 뚜껑을 누이의 손에 대어준다.

"아이, 망칙해라. 내가 술이 무슨 술이냐."

하고 손을 들어서 오라비의 잔 든 팔을 민다.

"조금 잡수어보시지."

나도 권하였다. 나는 그의 얼굴에 불그스레 술기운이 도는 양이 보고 싶었다. 그리고 부끄러운 말이지마는, 그도 좀 취하는 것이 내 계획에 도움이 될 것 같았다.

문의 누님은 한 모금을 마시고 낯을 찡기었으나 문과 나는 기어코 그 잔을 다 먹이고야 말았다. 문의 누님이 진저리를 치고 잔을 내려놓는 것을 보고 문은 만족한 듯이 벙글벙글 웃으면서,

"누님, 이제도 저더러 술 먹는다고 걱정하시겠수? 하하하하."

하고 병에 남은 술을 마저 따라서,

"집 병 자 필배야, 이 잔은 내가 먹으리다."

하고 쭉 들이켜고는 "크으" 하고 낯을 찡기고 마치 수염을 씻듯이 두 손으로 번갈아서 입을 씻는다. 나는 그가 무의식적으로 그 아버지의 흉내를 내는 것이라고 생각하였다.

"형님, 이거 술이 부족하구려, 내 한 병 더 사가지고 오리다. 춘관은 몇 날이리, 마시고 밤을 새웁시다."

하고 병을 들고 비틀거리며 일어선다.

저녁상이나 받고 집으로 가라고 그의 누님도 나도 만류하였으나 취한 그는 듣지 아니하였다. 대문까지 따라 나간 나는 그가 까치당이 고개 쪽으로 무어라고 혼자 중얼거리며 스러지는 것을 보았다.

'알부랑자'라던 문의 말을 생각하고 나는 그의 장래를 근심하였다. 그러나 그의 어제도 없고 내일도 없고 오직 오늘의 향락에서만 인생의 값을 찾는 철저함이 한끝 부럽기도 하였다. 이 인생관이야말로 우리나라 모든 소리에 나타난 철학이요, 지나의 성당 시대 시인의 인생관이라고 생각하매 알부랑자 문은 결코 속된 사람이 아닌 것 같았다.

나는 저녁상을 받았으나 밥에는 마음이 없었다. 허공에 둥실둥실 나뜬 듯한 정신 상태였다. 내 눈에는 혹은 정면으로 혹은 곁눈으로 혹은 속눈으로 문의 누님만이 보였다. 내 옆으로 오락가락하는 그의 몸에서는 일종의 향취를 발하고, 그의 몸이, 손이, 고운 때 묻은 버선 신은 발이, 치맛자락이 모두 견딜 수 없는 유혹을 내게 주었다. 더구나 곧소주는 나의 양심을 마비시켰다. 그의 얼굴은 오늘따라 더욱 희고 포근한 것 같고, 그의 입술은 더욱 붉고 열정적이었다.

나는 나를 누르기가 심히 어려움을 느꼈다. 그것은 실단에게 대한 것과 같은 정신적인, 플라토닉한 애정과 달라서 아주 동물적인 것이었다. 나는 실단과 마지막으로 둘이 있을 때에는 결코 이러한 욕망을 가지지 아니하였다. 도리어 종교적인 경건하고 엄숙한 사모하는 마음을 가졌을 뿐이었다. 그것은 지금 문의 누님에 대한 감정에 비기면, 형제나 자매에 대한 것이지 남성이 여성에 대한 정열은 아니었다. 그런데 웬일일까. 그로부터 불과 일 년에 나는 소년의 감정을 잃어버리고 수컷 짐승의 정욕을 품게 되었다.

나는 문의 누님에 대한 생각을 정신적인 것으로 전환하려고 애써보았으나 그것은 부서진 옥합의 조각을 맞추려는 것과 같았다.

깨어진 옥합! 그렇다, 산산조각이 난 옥합이다. 그리고 옥합 속에 들었던 소년의 향기로운 안개는 영영 어디론지 나가서 사라져버리고 말았다.

이 원인이 무엇일까. 내가 나이를 한 살 더 먹은 탓일까? 혼인을 하여서 이성과 육적으로 결합하는 경험이 있는 탓일까? 내 목전에 있는 여성이 특별히 육감적인 탓일까. 내가 타락하여서 더럽게 된 탓일까. 내 혼인생활이 사랑이 없는 불행한 것인 탓일까. 어쨌으나 나는 천당에서 지옥으로, 흰옷 입고 향내 나는 천사로서 피 묻은 옷을 감고 비린내 피우는 악마로 떨어진 것 같아서 지난봄 실단과 만나서 울던 시절이 까마아득한 가버린 옛날인 것 같았다.

나는 술과 번뇌로 불같이 뜨거워진 한숨을 토하였다. 문의 누님은 뜬숯불에 내 옷을 다리고 있었다. 내일부터는 내가 학교에 가기 때문이다. 내가 앓는 동안에 그는 내 옷 한 벌을 빨아서 지었다. 나는 그가 반쯤 몸을 굽히고 다리미를 밀었다 당기었다 하는 것을 바라보고 있었다. 그의 얼굴이 모로 보이고, 통통한 하얀 목이 옥으로 깎은 듯이 탐스러웠다. 그가 다리미를 내어밀어서 몸이 앞으로 숙고 허리가 펼 때에는 볼기짝과 어깨와 젖통께의 선이 아름다운 리듬으로 움직였다. 어떤 기회에는 짧은 저고리 뒷자락 밑으로 하얀 허리의 살이 불그림자의 어두움 속에 번뜻번뜻하였다.

나는 조각가의 흥미로 이 여성을 바라보려고도 하고, 자매관(누이로 보는 것)으로 보려고도 하고, 부정관으로 보려고도 하였다. 그러나 내 어설픈 방법으로는, 약한 내 도력과 신앙력으로 날치는 동물적 정욕을 누르기는 어림도 없는 일임을 깨달았다.

내 양심은 앞에 닥쳐오는 쓴잔을 면하려고 애처롭고 가냘픈 애를 써보았으나 그것은 단쇠 위에 떨어지는 눈송이와 같았다.

　더군다나 문이 가져온 독한 곧소주는 나를 죄악의 구덩이로 쓸어 넣는데 큰 도움이 되었다. 문의 누님은 점잖은 여자로서 육례를 갖추지 아니한 남자의 요구에 대하여 반항할 수 있는 절차는 다 하였으나, 그도 사람이요, 젊은 여자요, 또 과부였다. 마침내 나는 그를 나의 정욕의 독한 이빨로 씹어버렸다. 이리하여서 나는 악인의 적에 등록이 되고, 양심의 옥합을 깨트린 사람이 되었다. 이것이 내 소년 시대의 입맛 쓴 끝이었다.

스무 살 고개

스무 살 고개는 젊은이 고개
흰 안개 붉은 노을 머무는 고개
사랑의 성공의 슬픔의 기쁨의
봉우리 봉우리 넘보는 고개

스무 살 안팎

실단에 대한 실연과 문의 누님에 대한 불의의 관계는 내 정신에 큰 타격을 주었다. 초년고생이 끝나고 이로부터 앞으로는 순풍에 돛을 단 듯이 만사가 형통할 줄 알았던 희망의 앞길에는 수없는 가시밭이 보이고, 나는 죄가 없노라, 눈과 같이 희고 깨끗하여서 하느님과 다름없는 권위를 가지고 천하를 호령할 수 있다던 내 양심에는 지워버릴 수 없는 검은 점이 박혔다. 나는 문의 누님과의 단 한 번의 실수가 이처럼 내 혼에 큰 생채기를 낼 줄을 몰랐다. 하물며 그 때문에 생긴 내 혼의 검은 점이 날이 갈수록 자라서 마침내 내 혼 전체를 꺼멓게 썩힐 큰 병이 되리라고는 꿈도 못 꾸었다. 나는 이를 어린 나무가 받은 생채기에 비겼다. 처음에는 눈에 보일락 말락 하던 것이 그 나무가 자라는 대로 자꾸 커지는 것을 보았다. 장차로 그 나무는 아무리 크게 자라더라도 성한 나무는 되지 못하는 것이었다. 그리고 아마 그 나무를 죽일 병이 그 생채기로 말미암아서 들어올 것이 십상팔구다. 나와 문의 누님과의 순간의 잘못은 물론 이보다도 중대한 것임에 틀림없었다.

아내는 장인의 초종을 치르고 돌아왔다. 그는 흰 댕기를 드리고 깃것을 입었다. 그는 매우 초췌하였었다. 차차 이야기를 들어보면, 그가 초췌한 것은 다만 그 아버지의 임종 때문만이 아니었다. 어머니도 없고 남편의 재산도 사랑도 없는 줄을 아는 그가 아버지를 여읜 것에 남달리 심각한 슬픔일 것은 물론이거니와, 거기 또 하나 그를 초췌케 한 것은 유산에 대한 계모와의 다툼이었다. 계모는 전실 딸에게는 한 푼어치도 주기가 싫었는데, 아내는 철없는 어린 계집애로 알았던 것이, 맹랑하게도 강경하게 아버지의 유언에 대한 제 권리를 주장하였던 모양이다. 그래서 마침내 논 열닷 마지기, 밭 사흘갈이를 떼어내었다는 것이다. 아내는 자랑하는 듯이 그 문서 축을 내게 보였다.

"그까짓 건 무얼 받아 와."

하고 나는 대수롭지 아니한 듯이 툭 쏘았으나, 이것은 내 처지에는 매우 큰 재산이었다. 정직하게 말하면 나는 내 집에 이만한 재산이 있는 것을 보지 못하였고, 또 지금 모양으로 매삭 십 원, 이십 원의 월급도 분명치 못한 신세로는 평생을 살아도 이만한 것을 벌 것 같지도 아니하였다. 그러므로 속으로는 '이제는 살았다.' 하는 생각이 없지도 아니하였으나, 나는 그러한 생각이 일어나는 것을 불쾌하게 여기려고 힘을 썼다.

'나는 민족적 영웅이 아니냐, 애국지사가 아니냐.'

하는 허영심에서였다.

또 한편 생각하면 아내가 가련도 하였다. 나 같은 남편하고 먹고살겠다고 어린것이 갖은 수단을 다 써서 이만한 전토를 얻어가지고, 그래도 제집이라고 이 오막살이를 찾아 돌아온 것이 가엾기 짝이 없었다.

그런데 나는 그동안에 무엇을 하였나. 나는 아내가 우리 둘이 먹고살 것을 얻으려고 조바심을 하는 동안에 문의 누님에게 미쳐서 모양 흉한 꼴을 하고 있지 아니하였나, 하면 참으로 면목 없는 일이었다. 어리고 순진한 아내는 나와 문의 누님의 관계를 조금도 의심하지 아니하는 모양이어서, 어느 날은 내가 학교에서 돌아와 본즉 둘이서 무슨 이야기를 하고 유쾌하게 웃고 있었다. 문의 누님을 보면 억지로 묶어놓았던 내 애욕이 또 사슬을 끊고 날뛰었다. 그리고 아내만 없으면 문의 누님하고 내가 마음 놓고 살겠는데, 하고 아내의 존재를 귀찮게 생각하는 일까지 있었다.

이에 나는 결심하였다. 이 부정한 기억이 있는 집을 단연히 떠나서 큰 동네 한복판에 가서 살리라고 작정하고 부랴부랴 집을 구하였다. 마침 이 교주네 협막(夾幕)이 비어 있었다. 작기로는 지금 집보다 더 작을 수는 없지마는 아마 수백 년이나 되었을 듯한 낡은 집이었다. 본래 파고 세운 집이라 주추가 있을 리는 없으나 기둥조차 하나도 보이지 않는 집이었다. 아마 기둥은 다 썩었거나 파묻히고 흙담에만 버티어져 있는 모양이었고, 벽도 수직으로 선 것은 없고 어떤 것은 잦고 어떤 것은 숙었다. 문은 찌그러진 채로 여닫게 되었으나, 내 키로는 고개를 한껏 숙이고 들어가지 아니하면 아니 되었다. 그러나 뒤에 등성이를 지고 남향으로 앉은 것만은 좋아서 겨울에 방에 볕이 잘 들 것 같았다. 부엌이 한 칸, 방이 두 칸, 헛간이 두 칸에, 한데 뒷간이 붙고 의외에 꽤 넓은 뒤꼍이 있고 복숭아나무가 한 그루 꽤 큰 것이 있어서, 내가 처음으로 가 볼 때에 꽃이 다 닥다닥 피어 있어서 매우 내 마음을 끌었다. 그리고 개나리도 한 포기 있어서 그것도 아직 꽃이 남아 있었다. 나는 이 뒤꼍에 닭들이 놀고 있을 것을 상상하고 닭을 몇 마리 치리라고 결심하였다.

아내도 이 집으로 떠나오는 데 반대는 아니 하였다. 동네는 원체 대접 받지 못하던 동네였으나 아내에게 이웃이 많은 것만 해도 살아나는 일인 듯하여서 그는 이 집이 좋다고 대찬성이었다.

옛날 경계로 말하면 천한 계급이 사는 동네에 들어온다는 것도 일가와 친척이 눈살 찌푸릴 일이거든, 게다가 남의 협막에 든다는 것은 내 생각에도 그다지 유쾌한 일은 아니었으나, 나는 억지로 이런 일도 미화하고 이상화하였다. 즉, 세상에서 가장 가난하고 천한 자의 벗이 되자, 그리고 나 자신 청빈한 지사가 되자 하는 것이었다.

동네에서는 우리가 이리로 떠나오는 것을 매우 환영하는 빛을 보였다. 집집에서 품을 내어서 집을 수리를 하고, 아낙네들도 들며 나며 우리의 살림을 도왔다. 학교에서는 내 족형뿐 아니라 굵직굵직한 학생들도 종이를 가지고 와서 방에 도배를 하고, 내 서재요 사랑이라 할 윗방만은 장판까지도 하였다. 이 집에 종이가 붙는다는 것은 하느님도 예상 못 하였을 것이라고 능글능글한 백 선생이 수염을 쭝긋거리며 크크크크 하고 웃었다. 나도 어이가 없어서 웃었다.

이사하는 날은 문의 누님이 아침부터 집에 와서 짐을 싸주었다. 나는 때때로 힐끗힐끗 그의 기색을 엿보았다. 분명히 그렇다고 말할 수는 없어도 그의 얼굴에는 근심 기운까지는 아니라도 전에보다는 복잡한 표정이 있는 것 같았다. 그는 나로 하여서 인생으로 처음 보는 경험을 한 것이었다. 그는 이미 처녀도 아니요 수절 과부도 아니었다. 다시는 그는 전에 있던 자리에 돌아가지는 못하는 것이다. 그의 정신뿐 아니라, 그의 혈액에도 벌써 이성의 호르몬이 섞여서 변화를 일으킨 것이다. 한번 그의 몸에 일어난 변화는 다시는 본래의 상태에 회복될 수는 없는 것이다. 처녀

186

의 피를 가지고 과부의 정절을 지키던, 그 적막하나마 깨끗하고 갸륵한 맛이 있던 그의 세계는 나로 말미암아 깨어지고 만 것이다. 그의 얼굴에 나타난 수심에 가까운 복잡한 표정은 이것을 말하는 것이다.

마지막 짐이 나간 뒤에 그는 머리에 썼던 수건을 끌러서 툭툭 떨 때에는 그의 눈가에 심히 적막한 기운이 떠도는 것을 나는 보았다.

"언니도 갑시다."

하는 내 아내의 말에 문의 누님은 빙그레 웃으면서,

"이다음에 가게. 모르는 동네에 이삿날부터 내가 무엇 하러 가?"

하고 고개를 흔들었다. 나는 그의 심정이 가긍하여서 외면하였다.

우리가 나설 때에 문의 누님은 멀거니 서서 바라보고 있었다. 나는 한끝 심히 섭섭하면서도 그가 아니 따라오는 것을 다행하게 여겼다. 양심에 묻은 검은 점을 씻어버리지는 못하여도 더 번지지는 않게 하려는 우리의 새집 생활에 그가 끼어서는 아니 된다. 나는 마음을 지어먹고 내 아내를 사랑하는 생활을 하여야 한다.

나는 내 아내에게 애정을 표하였다. 학교가 끝나는 대로 집에 돌아와서 마당과 뒤꼍을 쓸고, 닭을 놓은 뒤에는 닭을 돌아보았다. 병아리들을 몰아넣고 닭들이 다 홰에 올랐나 아니 올랐나 점고하고, 문신칙(문이라야 사립문이지마는)도 몸소 하였다. 그리고 얼마 동안은 꼭 아내와 자리를 같이하였다.

아내는 대단히 내 사랑에 대하여 만족하고 행복된 모양이었다. 그는 내가 학교에서 돌아오면 방이나 부엌에 있다가도 마주 내달아서 학생들이 내게 하는 모양으로 경례를 하는 일을 시작하였다. 그것이 어색하고 우습기까지도 하지마는 나는 그 속에 그의 가여운 감사와 존경의 뜻이 품긴 것을 느껴서 엄숙한 마음으로 이것을 받고 나도 답례하였다. 나이로 말하면 그와 나와 단지 네 살 터울이지마는 나는 그를 분수없이 어리게 보고, 그는 나를 엄청나게 두렵게 보는 모양이었다. 나는 가장인 데다가 학교깨나 다녔다는 것을 자세하는 것이요, 그는 어려서부터 남편 앞에는 고개를 못 드는 구식 가정에서 배운 까닭이었다. 그는 내 앞에서 잘못함이 없으려고 전전긍긍하는 것이 분명하였다. 내 상이 나기 전에 그는 밥을 아니 먹는 모양이어서 나는 그가 밥 먹는 양을 본 일이 없었고, 잠자리에 들 때에도 그는 내가 벌써 잠이 든 체를 해야 가만히 이불을 들고 들어와 누웠다. 아침에도 언제 일어나 나갔는지 모르는 때가 많고, 혹시 내가 잠이 깨어 있노라면 바스락바스락 아무쪼록 소리가 안 나도록 옷을 주워입고 가만히 문을 여닫고 나갔다. 이런 것은 옛날 가정의 젊은 부녀로는 누구나 그러하던 일이겠지마는, 요새 사람으로는 이런 것을 모르는 이도 있을 것이다. 형수도 누나도 없이 자라난 나는 그때에 있어서도 이런 것을 보기는 처음이어서 우리나라의 부도(婦道)에 대하여 매우 인상이 깊었다. 능히 이 부도를 지킨다는 것이 내 마음에 아내의 가치를 훨씬 높였다.

'보기와는 다른데, 취할 데가 있는데.'
하고 나는 아내를 재인식하고 그에 대한 존경의 생각을 가지게 되었다.

우리의 가정생활은 매우 순조롭게 진행되어서 새 이웃들도 우리를 사이좋고 의초 맞는 부부라고 인정하는 모양이었고, 그것은 또한 내 생명을 높이는 효과가 있었다.

제비도 처마 끝에 집을 짓고 병아리도 축 안 나고 잘 자랐다. 암탉들이 알도 잘 낳았다. 다만 하나 내 속을 상하게 하는 것은 수탉이 못나서 교주 집 수탉한테 제 계집들을 빼앗기는 일이었다. 나는 건방져서 남의 협막 살이를 하면서도 큰 집을 존경하려 아니 하지마는 우리 수탉은 그것을 알아서 명분을 지키는 것 같았다. 그러나 나는 우리 수탉이 이러하는 것을 용서할 수는 없었다. 그것은 내 위신에 관계되는 일이었다.

아침 밥상을 받고 앉았노라면 흔히 교주네 수탉이 꺼덕꺼덕하고 거만한 소리를 하면서 대문 밖에 와서 기웃기웃 우리 집을 엿보았다. 내가 막대기를 가지고 나오지나 않나 하는 것을 알아보자는 것이다. 나는 여러 번 그놈을 혼을 내어준 일이 있기 때문이다.

그러다가 내가 눈을 부릅뜨고 노려보면 그놈이 흠칫하고 달아나지마는 사람이나 닭이나 다를 것 없이 계집과 재물에 욕심이 난 것을 누르기는 어려운 일이어서, 잠깐 몸을 피하였던 그놈은 세 번이고 네 번이고 다시 와서 엿을 보다가는 나중에는 '에라, 죽으면 죽고' 하는 듯이 뚜벅뚜벅 걸어 들어오는 것이다. 그러면 우리 수탉은 못나게도 끼득끼득 겁난 소리를 하면서 죽지를 늘이고, 대가리를 길게 뽑아서 숙이고, 제 계집을 적에게 맡기고 뒤꼍으로나 개구녁으로나 달아나고 만다. 그것을 보는 나는 분김에 불끈 주먹이 쥐어진다. 밥숟가락을 놓고 단박 내달아서 그놈의 수탉의 갈기를 찢어주고 싶으면서도, 한편으로는 은근히 우리 암탉들이 갸륵한 정절을 보여서 동네 수탉의 불의의 유혹에 대하여 추상같이 똑 잡아떼고 반항할 것을 기다리는 마음도 있어서 잠깐 두고 보고 있노라면, 그놈의 수탉은 우리 수탉을 울타리 밖으로 내어쫓고 나서 한편 날갯죽지를 처뜨리고 옆걸음으로 우리 암탉을 어르기 시작한다. 다른 두 놈은 이리 비키고 저리 비켜서 꽤 완강하게 거절하지마는, 그중에 노르스름하고 통통한 한 놈은 곧 무릎을 끓어버린다. 그때에 나는 더 참지 못하고 뛰어나간다. 내 손에는 단장이 들렸다. 내 서픔에 혼이 난 동넷집 수놈은 엎더지며 퍼덕거리며 달아나고 만다. 나는 수놈을 때리려던 단장으로 무릎을 꿇었던 노랑 암탉을 후려갈기나 무론 내 단장에 얻어맞을 그는 아니다. 그는 어디론지 달아나고 만다. 이만큼 혼을 내어놓으면 서너 시간 동안은 다시 그런 일이 없으나 수놈은 또 대문에 와서 엿을 본다.

'고 노랑이를 모가지를 비틀어서 죽여버려야.'

하고 나는 숨이 차서 자리에 돌아온다.

닭 문제는 내게는 결코 작은 문제는 아니었다. 내가 모처럼 학교와 동네에 새로운 기풍을 세워놓아서 학생이나 동네 남녀들이 잘 내 지시를 믿고 복종할 만치 된 때에, 이곳 교회에 내게는 존장이나 되는 나이를 먹은 한 목사라는 이가 부임하여 와서 목사의 권위를 내어둘러서 내 권위를 침범하는 일이 적지 아니하였다. 가령 내가 학생들에게 활발히 하라는 정신을 고취하여서 걸음도 빨리빨리 걷고 말도 크게 분명하게 하라고 하면, 한 목사는 무엇이나 조용조용하고 느릿느릿하게 해야 하느님의 뜻에 맞는다고 한다. 한 목사 자신이 비 맞은 병아리와 같이 후줄근하고 말하는 소리는 겨죽도 못 먹은 사람과 같이 깡깡 갑는 사람이라, 학생들 중에서도 살살거리고 얌전이나 빼는 사람을 가까이하였다. 학생 중에나 동민 중에나 한 목사 편으로 돌아가 붙은 사람이 있었다. 한 목사는 나보다도 세상 풍파에 경험이 많을뿐더러 또 천품이 간교하고 가식이 능하여서 능히 인심을 끄는 힘이 있었다. 게다가 합병 후에 사립학교에 대한 총독부의 핍박을 면하기 위하여서 여러 사립학교가 예수교회로 가 붙어서 미국 선교사의 비호에 의지하였거니, 내가 와 있는 학교도 금년부터는 교회의 학교가 되어서 선교사가 설립자가 되었기 때문에 한 목사는 자기가 설립자이거나 한 것처럼 학교 일에 참견을 하려 들었다. 이에 대하여서 교회는 교회요 학교는 학교라 하여 학교의 독자성을 내세우고 한 목사의 용훼를 허하지 아니하는 것이 나 한 사람이기 때문에, 한 목사는 정면으로 나를 적으로 보게 되었다. 백 선생과 내 족형은 안 그렇지마는 다른 교사들은 아들이나 끝의 동생 같은 애숭이 교사인 나에게 눌려서 절제를 받는 것이 싫어서 은근히 한 목사의 편이 되어서 직원회의 같은 때에도 가끔 내 말에 반대하는 일이 있었다. 백 선생도 애초에는 나를 치켜세워놓고 제 마음대로 주물러볼 작정이었으나 천만의외에 나는 그가 예상하던 것과 같은 날탕도 아니요 바지저고리도 아니어서, 정말로 학교와 학생을 내 아귀통에 쥐려 드는 것을 보고는 다소 심정이 상하는 모양이었다.

이러한 처지에 있던 나이기에 우리 수탉이 남의 집 수탉에게 암탉들을 빼앗기는 것이 내 꼴인 것도 같아서 그렇게도 성화를 한 것이었다.

나는 혹은 외가로 혹은 고모네 집으로 싸움 잘하는 수탉을 구하러 다녔다. 그러나 이 교주(이제는 전 교주가 되었지마는 세상에서 그대로 부르니 나도 그대로 부르자)네 닭이 잘생기고 기운이 센 데다가 이 동네에서 나고 자란 놈이라 텃세라는 것도 있어서 그해 늦은 가을까지에 나는 새 수탉을 세 마리나 구하여 왔으나, 다들 이 교주 집 닭에게 참패를 하여서 그 닭의 꾸꾸꾸 하는 소리만 들려도 벌써 좁은 구석을 찾았다.

나는 부쩍 심사가 나서 문에게 부탁하여서 보통 닭 값의 갑절이나 주고 수탉 한 마리를 사 오고, 문이 어디서 들어 온 처방에 의지하여서 생쇠고기 한 근에 구리 가루 두 돈쭝을 넣어서 탕을 쳐서 먹였다. 그리고 내가 지켜 앉아서 새 닭이 우리 집 지리를 잘 알기까지 사오일간은 교주 집 닭과 맞붙지 못하게 하였다.

이 동안에 교주 집 닭이 하루에도 몇 차례씩 내 집 문전에 와서 낯선 우리 닭을 노려보고 한번 자웅을 결하려 한 것은 말할 것도 없었다. 본래부터 우리 집에 있는 못난 수탉이 새로 사 온 용사에게 대번에 항복한 것은 말할 것도 없다.

새 닭은 키로 말하면 교주 집 닭과 막상막하하거니와, 가슴이 떡 벌어지고, 발톱이 날카롭고, 소리가 여무지고, 동작이 힘 있고 날쌘 품이 교주 집 닭보다 월등하게 나은 것 같았다.

쌀쌀한 어떤 가을날 아침에 나는 오늘이야말로 우리 집 닭과 교주 집 닭이 천하를 쟁탈하는 대결전을 할 날이라고 별렀다.

아침을 먹고 앉았노라니, 먼저 우리 새 닭이 우렁차게 우는 소리가 들렸다. 그 울음소리가 끝나자마자 꾸꾸꾸꾸 하는 거만한 교주 집 닭의 소리가 들렸다.

'됐다!'

하고 나는 방싯 문을 열고 내다보았다. 교주 집 닭은 내가 몽둥이를 들고 나서지 아니한 것을 보고 안심한 듯이 뚜벅뚜벅 마당으로 걸어 들어왔다.

우리 새 수탉은 세 암놈을 뒤로 두고 떡 버티고 서 있었다. 덤빌 테면 덤비어라, 하는 모양이었다. 못난이 수탉은 깩깩 소리를 치며 황망하게 개구녁으로 빠져 도망하고 말았다.

두 수탉의 고개가 점점 수그러진다. 전투태세다. 언제까지 움직이지 아니할 듯이 서로 같은 자세로 노려보고 있었다. 벌떡 일어선 목덜미 붉은 털이 쌀쌀한 가을바람에 펄펄 떨렸다.

그 순간! 아, 그 순간! 둘은 마주 붙었다. 꼭 지키고 앉아 있던 내건마는 어느 편이 먼저인지를 보지 못하였다. 아마 쌍방이 동시였을까.

쪼고 차고 뛰고, 퍼떡거리고.

암탉들은 무엇을 주워 먹기도 잊고 고개를 길게 빼어 두 용사의 싸움을 보고 있었다. 네가 죽느냐, 내가 죽느냐, 둘 중에 하나가 죽지 아니하고는 말지 못할 싸움이었다.

뛰고 차고 쪼고, 퍼떡거리고.

피차의 볏에서는 피가 흐른다.

피차의 입에는 피차의 털이 물렸다.

혹은 뒷걸음을 치나 반드시 져서 쫓김이 아니었다. 혹은 서로 이마를 마주 대고 맴을 도나 대번에 죽일 자리와 기회를 찾음이었다.

둘은 다 피곤한 모양이었다. 피차에 발길이 헛나가는 일이 많았다. 그러나 이기기 전 또는 죽기 전 물러날 수는 없는 일이었다.

"퍽!"

하는 소리가 났다. 교주 집 닭이 두어 걸음 비틀비틀 뒤로 밀려났다. 우리 닭이 그 날카로운 톱니 있는 발로 적의 앙가슴을 힘 있게 찬 것이었다. 나는 두 주먹을 불끈 쥐었다.

그러나 그것으로 굻아떨어질 교주 집 닭은 아니었다. 그는 다시 덤비어들었다. 모가지를 땅바닥에 바싹 붙이고 한번 단단히 쪼거나 찰 자리를 노리는 것이었다. 과연 교주 집 닭이 우리 닭의 앙가슴을 한 번 차기에 성공하였으나 아까 모양으로 "퍽!" 하는 소리가 안 들린 것으로 보면 정통은 아닌 모양이었다.

차고 물러서는 교주 집 닭을 우리 닭은 어느 틈에 또 한 번 앙가슴을 찼다. 이번에도 "퍽!" 하였다. 더 단단히 차인 모양이었다. 교주 집 닭은 정신을 잃은 듯이 비틀거렸다. 우리 닭은 이때로구나 하는 듯이 고개를 번쩍 드는 듯 적의 목덜미를 물고 낚아챘었다. 적은 이리 끌리고 저리 끌렸다. 그러나 아무 소리도 아니 하였다. 대세는 정하였다.

우리 닭은 교주 집 닭을 한참이나 물어서 끌고 돌아다니더니 껑충 뛰어서 적의 어깨를 덥석 밟아 누르고 볏, 대가리, 모가지 할 것 없이 막 쪼고 물어뜯었다. 마침내 교주 집 닭은 깩깩 하고 살려달라는 소리를 하였다. 아마 이 닭이 이 소리를 한 것은 병아리 적에 큰 닭한테 쪼인 이래로는 처음일 것이다. 그는 이 소리 한마디로 이 동네 닭 나라의 왕자이던 자리에서 굴러떨어진 것이었다.

나는 이 교주 집 닭이 우리 닭에게 쪼여서 아주 죽어버릴 것을 염려하여서 싸움을 말렸다. 우리 닭이 그놈의 몸에서 내려서니 그는 겨우 죽다 남은 목숨을 주워가지고 비틀거리며 달아났다. 우리 닭은 개선장군의 위엄을 가지고 길게 목을 늘여서 소리 높이 한 번 울었다.

이튿날 이 교주 집 닭이 또 왔다. 그는 아무리 하여도 그대로 지고 말 수는 없었던 것이다. 또 둘이 마주 붙어서 싸웠다. 그러나 도저히 적수는 아니었다. 이날은 어제보다도 더 심하게 쪼이고 뜯기고 달아났다.

이튿날 그는 또 왔다. 거뭇거뭇 선지피 덩어리가 된 볏은 두 군데나 찢어지기까지 하고 살멱도 성한 데가 없건마는 그래도 그는 또 왔다. 그가 이 참혹한 꼴을 가지고 우리 대문으로 들어오는 것을 볼 때에 나는 생명의 뜻이란 얼마나 무서운 것인가를 생각하고 몸이 떨렸다. 그는 필시 간밤에 홰에서 졸면서 몇 번이나 꿈에 놀라서 깨고 몇 번이나 밝는 날의 복수전을 별렀을 것이다. 오늘이야말로 그의 적의 등에 올라서서 대가리를 쪼아 깨트리고 그 골을 먹을 결심을 하였을 것이다. 그는 오직 오늘의 싸움을 위하여서만 모이를 먹고, 이기지 아니하고는 다시 돌아오지 아니할 결심으로 집을 떠나서 우리 대문으로 향하였을 것이다.

이틀이나 연전연패한 그에게 이길 가망은 극히 적었다. 무슨 이적이 일어나기 전에는 그에게 오늘이 마지막 싸움일 것이요, 내일 또 한 번 싸워본다는 것도 있을 수 없는 일일 것이다. 첫째로 그의 모양이 벌써 초췌하여서 벌써 빛이 가시고 풀이 죽었다. 두 번 싸움에 볏이나 살멱이 찢어지고 거뭇거뭇 허물이 진 것이라든지, 그 결 좋고 빛 좋은 목과 가슴의 털이 누덕누덕하게 된 것은 그 닭이나 우리 닭이나 다를 것이 없지마는, 고개를 번쩍 들고 선 그 위풍이랄까 영채랄까는 그 닭이 도저히 우리 닭과 비길 수가 없었다. 그 닭의 후줄근한 꼴은 아무리 하여도 제 운세가 다 지나간 쇠퇴한 기상이라고 아니 할 수가 없었다. 오직 하나, 그의 천지를 온통으로 부숴버리려는 결의와 분노만이 그의 피 선 두 눈에 무시무시하게 빛날 뿐이었다. 그러나 그것만으로 싸움이 이기어지는 것일까.

우리 닭은 그 닭이 달려드는 것을 곁눈으로 보면서도 모이를 쪼아서 암탉을 불러 먹이는 여유를 보였다. 그 닭을 잘 따르던 노랑 암탉은 이제는 패한 자를 거들떠보지도 아니하고 승리자의 총애를 달게 받고 있었다. 이것이 그들의 윤리였다.

그 닭이 가까이 올 때까지도 마치 못 본 체하고 암탉과 희롱하는 양은 밉살스럽도록 거만하였다. 혹시 적의 가슴을 어지럽게 하려는 전략인 것도 같았고, 승리는 내게 있다 하여 대드는 적을 무시하는 것도 같았다.

교주 집 닭의 목털은 오리오리 빳빳이 일어서고 그가 노리고 뻗은 머리는 푸르르 떨렸다. 성낸 머리카락이 관을 가르친다는 것이다.

우리 닭은 적을 지척에 놓고 한 번 홰를 쳐서 울기까지 하였다. 나는 저놈의 경적(勁敵)이 필패를 모름이나 아닌가 하고 조바심을 하였다.

교주 집 닭의 분노한 발길이 우리 닭의 가슴을 차는 것으로 싸움이 벌어졌다. 물고 차고 뜯고 끌고. 최후의 결전인 줄을 피차에 같이 의식하는 모양이어서 싸움은 처음부터 격렬하였다. 전투의 법이나 기술이나 돌아볼 여지가 없었다. 막 물고 막 차는 것이었다. 그러므로 헛물고 헛차는 일도 많았다. 적의 머리를 쫀다는 주둥이가 땅바닥을 쪼고, 적의 가슴패기를 겨눈 발이 허공을 차는 양은 더욱 처참하였다.

죽기를 맹세한 교주 집 닭은 이적이라 할 만한 끈기를 내었다. 암만 쪼이고 암만 차이더라도 날갯죽지를 가누기가 어렵도록 기운이 진하였건마는 머리가 무거워서 흙을 핥으면서도 언제까지나 적에게 덤비어들었다. 우리 닭도 기운이 진하였다. 그도 인제는 적을 업신여기는 태도를 버리고 죽기를 기쓰고 싸우고 있었다.

어찌한 기회로인지, 줄곧 바라보고 앉았던 내 눈으로도 보기를 놓쳤으나, 교주 집 닭이 우리 닭의 볏을 물고 잡아끌었다. 우리 닭도 뿌리칠 기운이 없어진 듯이 몇 걸음을 끌렸다.

'아아, 또 우리 닭이 지는가.'

하고 나는 눈을 부릅뜨고 숨을 끊었다. 나는 우리 닭이 적에게 짓밟히는 양을 차마 볼 수 없었으나 그렇다고 눈을 감고 아니 볼 수도 없었다. 나는 두 주먹에 땀을 한 줌씩 쥐고 하회를 보았다.

문득 우리 닭이 번쩍 머리를 들었다. 그의 볏은 일부분은 적의 입에 남았고 뜯긴 볏에서 흐르는 피가 우리 닭의 눈으로 흘렀다. 적의 입에서 머리를 빼어낸 우리 수탉은 껑충 몸을 솟아 적의 앙가슴을 박찼다. 털 속이라 어디를 어떻게 맞았는지 모르거니와 교주 집 닭은 마치 실신한 듯이 비틀거렸다. 정통을 단단히 차인 모양이었다. 우리 닭은 적이 몸을 비킬 틈도 주지 아니하고 목을 높이 뺄 대로 빼어서 "꽉" 소리가 나도록 적의 머리를 내리 쪼았다. 그러고는 두 번째 쫄 때에는 적의 목덜미를 물어서 끊어져라 하고 좌우로 잡아 흔들었다. 몇 번이고 언제까지고 물어 흔들기를 그치지 아니하려는 것 같았다.

아아, 교주 집 닭은 다시 저항이 없었다. 그는 가엾이도 우리 닭에게 마당의 한구석에서 다른 한구석으로 질질 끌려갔다. 우리 닭은 달아날 수 없는 구석으로 적을 몰아넣고, 그 미운 적을 물어뜯고 뜯어서 간을 내어먹고 골을 물어 흘고 피를 빨아 뿜고야 말려는 것 같았다.

나는 인제 고만 말릴까 하였으나 말았다. 그들의 뜻을 끝까지 펴게 하리라고 생각하였다. 나는 그들의 운명에 간섭하지 아니하리라 하였다. 적에게 깔린 편이 다시 기운을 회복하여서 쾌히 설치(雪恥)를 하든지, 이긴 편이 실컷 승리자의 기쁨에 도취하든지, 저마다 제 뜻을 펴게 할 것이라고 나는 생각하였다. 나의 반지빠른 국량으로, 작게는 그들의 뜻을 간섭하고 크게는 하늘땅의 섭리에 참견할 것이 아니라고 생각하였다. 또설사 내 간섭으로 교주 집 닭이 죽을 목숨을 보전한다 하더라도 그것이 과연 그를 위함인지 알 수 없었다. 패배자의 수치를 무릅쓰고 오래 사느니보다는 차라리 끝까지 싸워서 죽는 것이 그에게 남은 오직 하나인 영광의 길일 것이다. 그가 저 꼴이 되도록 "깩" 하는 소리 한마디를 아니 하는 것을 보아도 차라리 죽을지언정 '내 지노라, 나를 살리라.' 하는 비굴한 일을 아니 하겠다는 교주 집 닭의 갸륵한 결심인 것 같았다. 그렇다, 그로 하여금 그의 뜻을 펴게 하자. 나는 이렇게 생각하고 비록 교주 집 닭이 죽더라도 나는 마음으로 동정하고 찬양할지언정 그를 도와서 구차스러운 신세를 그에게 강제하는 일이 없으리라 하였다.

　나는 닭싸움이라는 것도 잊고, 우리 닭의 승리라는 것도 잊고, 한 목사에 대한 일종의 앙갚음이라는 것도 잊고, 자연의 지극히 깊은 비밀의 방을 들여다보는 마음으로, 내가 개인과 민족의 생활의 진리를 배우는 자리에 앉은, 한 작은 제자의 심경으로 두 닭의 움직임을 보고 있었다.

　쪼고 물고, 뜯고 짓밟고, 갖은 고통과 모욕을 적에게 주기에 정신이 없던 우리 닭도 마침내 기운이 진한 모양이었다. 그 고개의 움직임은 갈수록 둔하여지고 그의 날갯죽지도 땅에 끌리도록 가눌 기운이 없었다. 밑에 깔린 닭은 인제는 픽, 픽, 하고 멱을 따인 닭의 소리와 같은 소리를 내고 경련이 일어난 듯이 때때로 몸을 퍼떡거리고 있었다. 마침내 최후의 승부는 결하였다. 우리 닭은 적이 죽었나 아직도 살았나 알아보려는 듯이 물끄러미 적을 들여다보고 이리저리 고개를 기웃거리더니,

　'인제 다 되었다.'

하는 모양으로 적의 시체(?)를 내버리고 마당 한복판으로 걸어 나왔다. 나는 모이를 뿌려주었으나, 구경하던 암탉과 병아리들이 모여들어서 저마다 고개를 갸웃거리고 쪼아 먹어도 우리 승리자는 한참 동안 무엇을 생각하는 듯, 고개를 기웃기웃하고 서 있을 뿐이요, 모이에는 마음이 없는 것 같았다. 한참 후에야 그는 주둥이를 이리저리 땅에 뉘어 끌었다. 묻은 피를 씻는 것인가 싶었다. 인제 전쟁은 끝난 것이다. 아마 그에게는 평생 처음의 격전이었고, 또 앞으로도 그런 일은 없을 것이었다. 그는 이삼일간 집에서 휴양하면서 병아리 아울러 이십 마리 가까운 가솔을 거느렸다. 그는 어디서나 먹을 것을 찾으면 암탉과 병아리들을 불러서 그들이 배불리 먹는 것을 보고 임금이나 가장의 기쁨을 느끼고, 밤이면 먼저 홰

에 올라서 식솔들을 불러들이고, 저는 떡 문 밑에 앉아서 지켰다. 언제까지나 우리 집 닭 나라의 평화도 계속하는 듯하였다.

그러나 그 평화도 잠깐이었다. 우리 닭은 교주 집 닭을 이긴 맛에 취한 모양이어서 다른 집에 침입하기 시작하였다. 첫째로 끌어들인 것이 교주 집 암탉들인 것은 말할 것도 없거니와, 거의 날마다 새 암탉들을 끌고 집으로 들어왔다. 그러고 그는 그들을 다 제 신민으로 아는 모양이어서 우리 집 암탉이나 병아리가 밖에서 온 자에 대하여 텃세를 하는 빛이 보이면 가끔 그는 사정없이 제 식구를 쪼았다.

이로부터 여러 집에서 항의가 들어왔다. 우리 닭이 동네로 돌아다니면서 남의 집 수탉들과 싸워 이기고는 그 집 암탉들을 후려내어서 알을 받기가 어려우니, 그놈을 좀 붙들어 매어달라는 것이었다.

'흥, 제국주의다.'

하고 나는 유쾌하게 웃었다. 그때는 카이저의 독일이 한창 강성하여서 영국과 힐항하던 시절이다. 확실히 그것은 두 큰 수탉이었다. 러시아라는 엄청나게 큰 수탉이 풋병아리 일본에게 참패하자, 더 큰 수탉 루스벨트가 싸움을 말렸으나, 그 통에 우리나라는 풋병아리의 것이 되고 말았다. 우리나라가 이 수치를 벗는 길은 둘이 있었다. 하나는 정당한 길이요, 하나는 요행의 길이었다. 정당한 길이란 우리나라가 고기 한 근과 구리 가루 두 돈쭝어치를 먹고 며느리발톱을 날카롭게 갈아서 바다 건너온 수탉 일본의 대가리를 쪼고 앙가슴을 박차서 넘어뜨리는 것이요, 요행의 길이라 함은 다른 닭이 일본을 물어서 꿇리는 것이었다. 합병된 지 일 년 남짓한 당시 우리들은 비분강개의 눈물을 흘렸으나, 한 근 고기와 두 돈쭝 구리 가루를 구하는 것보다도 어느 큰 닭이 나타나 미운 일본 닭을 쫓아주기를 빌고 있었다. 그러나 일본 닭을 타고 누를 닭이 우리를 그와 같이 할 것을 생각하는 사람은 적었다.

'고기 한 근과 구리 가루 두 돈쭝!'

나는 이것을 교육과 산업이라고 생각하였다.

나는 이튿날 하학 후에 강당에 학생을 모아놓고 이번에 본 닭싸움 이야기를 하였다. 그 자리에는 선생들도 왔다. 한 목사는 듣다가 매우 못마땅한 듯이 중도에 나갔다. 나는 독한 눈으로 그의 나가는 뒤통수를 노려보았다. 그의 운명의 대표자인 교주 집 닭이 이미 우리 닭에게 죽도록 쪼여서 노예가 되었다고 속으로 외쳤다.

내 이야기는 상당히 청중의 흥미를 끈 모양이었다. 빈정거리는 표정을 언제나 가진 백 선생도 눈을 뚝 부릅뜨고 듣고 있었다. 오직 한 목사를 따르는 유, 김, 장 등 몇 학생이 버릇없이도 눈을 감고 무표정으로 앉아 있었다.

'고약한 놈들, 괘씸한 놈들!'

하고 원래 흥분하였던 나는 가슴에 불이 타오르는 듯하였다.

나는 다윈의 생물 진화론을 들어서 우승열패와 적자생존의 철칙을 말하였다.

"가증한 오줌 병아리 놈들은 다 죽어라! 무엇이냐? 어깨를 축 처뜨리고 발자욱 소리도 없이 어슬렁어슬렁 댕기는 그 반쯤 죽은 것은 못난 것들이. 우리는 단군의 자손이요, 고구려인의 자손이다! 우리는 저 세계의 노예 이스라엘은 아니다! 너희들은 이스라엘을 버려라, 차라리 로마인을 배워라!"

나는 이렇게 탈선하였다. 흥분 김에 한 목사와 그 일파인 예수교인을 정면으로 공격한 것이었다.

나는 예수의 가르침을 공격할 생각은 꿈에도 없었다. 공격이 무엇이냐, 나는 예수를 배우는 진실한 제자로 자처하였다. 내가 미워하는 것은 한 목사와 같이 겉으로 얌전한 듯, 겸손한 듯하게 꾸미는 그러한 태도였다.

"찬미가를 부르는 것은 좋다. 그러나 가증한, 죽어가는 소리로 말고, 우렁찬 군가 조로 불러라!"

이런 소리도 하였다. 나는 중간에 나가는 한 목사와, 눈을 감고 앉았는 유, 김, 장, 세 녀석에게 분격하여서 아니 할 말을 하였다고 후회하였다. 그리고 말끝을 민족문제로 돌려서,

"여러분! 우리 민족이 요구하는 것은 고기 한 근, 구리 가루 두 돈중이오. 우리 민족은 싸워야 하오. 우리 민족은 이기어야 하오. 다른 닭이 싸워주기를 기다리는 것은 거지 영신이오."

하고 말을 맺었다.

내 이야기는 두 시간을 넘는 큰 연설이었다. 익살 박 선생은 꼬박꼬박 졸고 있었다. 내 족형은 언제나 마찬가지로 점잖게 앉아 있었다.

"재미있는 이야긴데. 천산네 진 수탉은 오늘 잡아먹세그라."

하고 강당에서 나오는 길에 백 선생은 내 옆을 걸으며 흐흐흐흐 하고 웃었다. 나는 그가 내 대연설을 이렇게 농담으로 비평하는 것이 불쾌하여서 대답을 아니 하였다. 제가 어찌 감히 내 말의 심원한 뜻을 알랴, 하고 속으로 그를 경멸하였다.

나는 내 연설에 대하여서 감격의 찬사가 빗발치듯 들어오기를 기대하였으나, 백 선생만큼도 평하여주는 이가 없어서 섭섭하였다.

자다가 깬 박 선생이 방에 나와서 기지개를 켜며,

"어, 한잠 잘 잤다니."

할 때에는 나는 그를 발길로 차주고 싶도록 분격하였으나,

'제까짓 게 무엇을 알아?'

하고 치미는 분을 꿀떡 참았다.

아이들이,

"고기 한 근, 구리 가루 두 돈중 있으면 좋겠다."

하고 저희들끼리 웃고 떠드는 것이 패씸은 하였으나, 그래도 내 말이 그들에게 준 인상이 깊었던 것이라 해서 마음에 좋았다.

나는 생명의 기미와 자연의 비밀에 투철한 내 대연설의 반향이 적은 것은 날이 갈수록 섭섭하게 생각하였다.

'다들 정도가 어려서.'

하고 나는 학교에 대하여 환멸의 비애를 느꼈다. 나는 이런 유치한 것들과 더불어 세월과 정력을 허비할 사람이 아니라고 생각하기 시작하였다. 나는 이번 닭싸움에서 큰 진리를 찾은 것으로 믿었다. 자연과 인생에 무엇이나 못 설명할 것이 없는 열쇠를 내 손에 잡은 것이라고 뽐내었다.

그러나 얼마 아니 하여 이 닭싸움의 대연설이 큰 풍파를 일으킨 것을 발견하였다.

다음 일요일 아침 예배에 예배당에서 한 목사는 내 연설을 들어서 공박하였다. 내 연설에는 다섯 가지 큰 죄목이 있었다. 첫째는 다윈의 진화론을 들어서 성경을 공격한 것이요, 둘째로는 하느님의 종손인 이스라엘 족을 모욕한 것이요, 셋째로는 수탉 싸움으로 "제 계집을 빼앗긴다."는 둥, "암탉이 이긴 수탉을 따르는 것이 윤리상 당연하다."는 둥, 학생에

202

대하여서 못 할 말을 하였다는 것이요, 넷째로는 하느님의 일꾼과 신도를 욕하였다는 것이요, 다섯째로는 거룩한 민족을 천한 닭에 비겨서 고기 한 근, 구리 가루 두 돈쭝을 먹이라는 둥, 민족을 모독하였다는 것이다. 한 목사는,

"어떤 선생이 신성한 교회학교 강당에서 순진한 청년 학도들에게"
라 하여 내 죄가 도저히 용서할 수 없다는 것을 탁을 두드리며 말하고 어떤 때에는 나를 노려보며 말하였다. 삼백 명 남녀 청중의 눈이 내게로 쏠리는 것은 말할 것도 없었다. 청중 중에는 학생 전부도 있었다.

한 목사는 자기의 말이 청중의 주의를 끈 것을 의식하자, 깡깡 갑는 그 어조에 더욱 선지자의 신령스러운 권위를 붙여서,

"그 선생은 마땅히 회개할 것이오. 하느님 앞에 무릎을 꿇고 아프게 회개할 것이오. 회개하면 우리 구주 예수님의 십자가의 피로 그 죄를 씻을 수 있거니와, 만일 회개, 아, 니, 하, 면 그는 여, 호, 와, 하, 느, 님의 진, 노, 하심을 면, 치, 못, 할, 것이오. 아아, 두려운 것이오. 하느님의 진노 속에는 사탄도 떨거든 감히 그 앞에 설 재 뉘뇨?"
하고, 그는 말을 맺고 이어서,

"사랑하는 부형모매님네, 우리 이 불쌍한 형제를 위하여 우리 주 하느님께 기도합시다."
하고 선교사의 어조로 "키토하압씨터." 하였다. 그가 하는 기도는 그의 강연보다도 더욱 독하게 나를 때리고 찔렀다. 그의 기도는 길었다. "오오, 불쌍한 그 형제"를 수없이 연발하였다.

중간에 나온 한 목사가 내 연설을 다 아는 것을 보니, 필시 유, 김, 장, 세 녀석이 일러바친 것이었다. 스승에 대한 의리를 어기고 은혜를 저버

린 괘씸한 세 놈의 낯바대기를 나는 청중 속에서 찾아서 한 번 노려보았다.

'똥 구데기 같은 놈들!'

하고 나는 분한 것을 비웃음으로 돌리려 하였다.

'어리석은 것들이 위인의 대사상을 몰라보고.'

하고 나는 떡 버티고 태연하려 하였으나, 내게는 가엾게도 그만한 뱃심도 수양도 없었다. 위인이라고 뽐내는 깐으로는 위인이 덜된 것이었다.

나는 한 목사의 괘씸한 말에 대하여 나를 위하여 분개해주는 사람이 있는가 하고 이 방 저 방 선생들의 방에도 가보았으나, 내게 위로될 말을 해주는 자가 없었고 학생들은 냉랭한 눈으로 나를 보는 것 같았다. 나는 내가 이 학교에서 직원과 생도 사이에 애경을 받고 있다는 생각이 헛된 것임을 깨닫고 슬펐다. 만일 진실로 그들이 나를 소중히 여긴다면 비록 당장에 한 목사를 두들기거나 면박은 아니 준다 하여도 내 귀에 듣기 좋은 소리는 할 것이라고 생각하였다. 그런데 이 냉랭한 태도가 무엇이냐.

'사람을 몰라보는 것들! 은혜를 모르는 것들! 나는 갈 테다. 내가 가버린 뒤에 너희가 나를 잃은 것을 애통하더라도 부질없으리라!'

이렇게 맹세하면서 나는 집으로 갔다.

'이게 무엇이냐. 이 오막살이, 남의 협박이 나 같은 큰사람에게 당하냐. 아아, 은혜를 모르는 것들!'

나는 내 집이 미웠다. 내가 누구 때문에 이 고생이냐. 공부도 그만두고 이 시골구석에 묻혀서 한 주일에 사십여 시간 근로를 하여서 청춘의 꽃다운 시절을 허비하는 것이 누구 때문이냐. 망할 것들! 굼벵이 같은 것들!

나는 집에 돌아오는 길로 내 방이라는 콧구멍만 한 방에 요를 깔고 드

204

러누웠다. 아내는 저녁을 짓고 있었다.

　몸이 노곤하였다. 이 학교에 와서 인제 일 년 반, 내가 학교 일과 동회 일에 아주 몸을 바친 지도 만 일 년이다. 그동안 나도 참으로 생명을 바쳐서 일하였다. 낮에는 학교, 밤에는 동네의 남녀 야학과 동회로 내게 한가한 날과 한가한 시간이 없었다. 열정적이라는 말을 듣는 나는 학교와 동네를 위하여서 청춘의 열정을 아낌없이 쏟았다. 그러나 내 과로와 영양 불량은 내 건강을 많이 깎았다. 내 관골은 높이 드러나고 뺨은 들어갔다. 눈도 꺼졌다. 기침도 났다. 그래도 나는 내 몸을 아끼려는 생각은 아니하였다. 이 모양으로 내 생명을 갈아서 민족에게 먹이고 거꾸러지는 것이 거룩한 소원이라고 생각하였다.

　내 벽에 써 붙인,

　발 씻어 무엇 하리,
　첫닭 울면 나갈 것을.
　하루 열두 시에
　다리 뻗을 때 없어라.

하는 노래는 옛사람의 시를 번역한 농부의 노래거니와, 지난 일 년의 내 생활은 실로 이 심경으로서였다.

　만일 내가, 남이야 무에라든지 네 할 일만 정성껏 하여라, 하는 정도까지 수양이 되어 있었을진댄 한 목사가 무에라거나 학생들과 동민이 어떻게 생각하거나 내가 믿는 바를 힘껏 목숨껏 하면 고만이었겠으나, 스무 살의 나에게는 그만한 심경을 바랄 수가 없었다. 나는 역시 내 정성에 대하여 곧 남들이 응해주기를 바랐고, 그것이 없으면 섭섭하였다.

'분하다, 괘씸하다. 나는 어쩔까.'

하고 괴로워하고 누워 있을 때에,

"여보서요, 우리 수탉이 다리가 부러졌어요."

하는 아내의 소리가 들렸다.

"무어?"

하고 나는 벌떡 일어나서 문을 열치고 나가보았다. 참혹한 일이었다. 우리 제국주의자 수탉이 부러진 다리를 끌고 절뚝절뚝 걸어 들어오고 있었다. 볏과 살멱도 성한 데가 없었다. 나는 곧 그 까닭을 짐작할 수가 있었다. 어떤 집에서 저의 수탉이 우리 닭에게 진 것을 분히 여겨서 몽둥이로 우리 닭을 후려갈겨서 그의 다리를 상하고는, 그를 붙들어 저의 닭으로 하여금 실컷 쪼아 원수를 갚게 한 것이었다.

'비겁한 짓이다. 내가 회장으로 지도하는 내 동민의 소위일까. 그도 오늘 한 목사의 설교를 듣고 나를 미워하여서 내 닭을 이렇게 한 것일까.'

우리 수탉은 다리가 아주 부러진 것은 아니었다. 관절이 퉁겼거나 단단히 얻어맞아서 다리에 타박상을 받은 모양이어서 다리를 쓰지 못하고 질질 끄는 것이었다. 아무려나 다리가 이 꼴이고는 다시 싸우기는 어려울 것이었다.

나는 새삼스럽게 분이 치밀었으나 그 분을 풀 곳이 없었다.

나는 직각적으로 이것도 필시 한 목사의 소위라고 생각하였다. 나는 한 목사의 집에를 가볼 생각이 났다. 그도 나와 같은 가난뱅이로서 제집이 없고 예배당에 소속된 목사 주택에 떠나온 사람이다. 목사 주택은 새로 지은 집이어서 내 집보다는 높기도 하고 크기도 하였으나 앞에 헛간조

206

차 없는 외챗집이어서 마치 주막집같이 보였다. 나는 내 집이 월등하게 격이 높고 한 목사의 집은 천태를 띠었다고 생각하였다. 그것은 내외가 분명치 아니한 때문이라고 하겠지마는 그보다도 한 목사가 사는 집이기 때문이었다.

'위선자! 회칠한 무덤! 속에는 시기와 미워함이 가득하면서도 입으로는 사랑을 설하는 자. 속에는 물욕이 넘치면서도 두 벌 옷을 아니 가진 성도를 꾸미는 자!'

나는 한 목사를 생각할 때마다 이렇게 속으로 중얼거리는 버릇이 생겼다.

마당도 없고 뒤꼍도 없으면서도 닭을 열 마리나 놓고 교인들에게서 모이를 얻어 먹이는 그는 욕심꾸러기가 분명하다고, 나는 춤을 추고 싶었다. 우리 집에는 뒤꼍도 있고 마당도 있다. 나는 닭의 모이를 문의 집에서 얻어 올지언정 학생이나 동민에게서 구걸을 아니 한다는 것이었다.

내가 한 목사의 집 앞에 다다랐을 때에 그 집 수탉이,

"꺼더꺼더꺼더."

하며 암탉들에게 먹을 것을 찾아 먹이고 있는 것이 보였다.

'저놈이다! 의심할 것 없이 저놈이다!'

하고 나는 우뚝 걸음을 멈추고 그놈을 노려보았다. 그놈의 볏과 살멱에는 선지피가 묻어 있으니, 금방 싸운 것이 분명하였다. 저놈이 우리 수탉한테 쪼이고 뜯기는 것을 한 목사가 비겁하게도 저의 닭의 역성을 들어서 우리 닭을 후려갈겨서 다리병신을 만든 것이라고 나는 작정하여버렸다. 그렇게 생각하니 그놈의 닭이 밉기가 한량이 없었다. 한 목사가 미운 마음까지 아울러서 나는 그놈을 노려보았다. 그놈도 내가 제 적의 주인인

줄을 알기나 하는 듯이 매우 거만스럽게 떡 버티고 서서 눈을 뒤룩뒤룩하면서 나를 바라보고 있었다. 그놈도 어지간히 크고 잘생긴 닭이었다. 불그스레하고 털이 너슬너슬한 것이 허우대가 좋았고, 누르스름한 다리, 까만 발가락에 은으로 깎은 듯한 며느리발톱이 비스듬히 위로 향한 것이 매우 사나워 보였다.

그러면 우리 닭이 정당하게 싸워서 저놈한테 졌나. 우리 닭이 이웃 닭을 다 정복하고 난 끝에 동네의 맨 변방에 있는 한 목사네 집에 침입하였다가 의외에 경적을 만나서 참패를 당한 것인가. 아니, 그럴 수는 없다. 만일 그랬다 하면 우리 닭의 다리가 상하였을 까닭이 없는 것이다. 아무리 부정한 한 목사기로니 이기는 저의 닭의 역성을 들어서 우리 닭을 후려갈기도록 마음이 흉악하지는 아니할 것이다.

내가 노려보는 데 겁이 났는지, 한 목사 집 수탉은 솔개에나 쫓기는 듯할 놀란 소리를 하면서 달아나고 말았다.

"그놈의 닭이 다시야 안 오겠지. 글쎄 그놈이 사흘째란 말야."

하는 소리가 내 귓결에 들렸다. 과연 한 목사의 소리다. 정말 그랬구나! 나는 한 걸음 더 가까이 한 목사네 문 앞으로 갔다.

"또 오거든 이번엔 반쯤 죽여주어야."

이것도 한 목사의 말이다.

더 들을 필요가 없었다. 내 상상이 맞았다.

나는 두어 번 기침 소리를 내면서 그 집에서 떠났다. 내가 제 말을 들었다는 것을 넌지시 알리자는 것이다.

집에 돌아와서 나는 또 동전을 줄로 갈기 시작하였다. 더 먹이자. 우리 수탉에게 쇠고기와 구리 가루를 더 먹이자. 한 목사가 밤낮 집에 붙어 있는 것이 아니니, 그가 없는 기회에 우리 닭으로 하여금 실컷 분풀이를 하게 하자. 고얀 사람 같으니! 한 목사는 예배당에서 내 명예를 짓밟고 돌아오는 길로 우리 수탉의 명예를 짓밟은 것이었다. 어디 두고 보자. 내가 동전을 가는 팔에는 불뚝불뚝 힘이 올랐다. 쇠고기를 어떻게 구하나, 내일이 장날이라면 내가 몸소 달려가서라도 사 오고 싶었다.

일이 잘되느라고 문의 누님이 갈비를 가지고 왔다.

"절골 언니 오셨어요. 갈비를 가지고 오셨어요."

하는 아내의 말에 나는 뛸 듯이 기뻤다. 문의 누님을 보는 것은 언제나 반갑지마는 그보다도 우리 수탉을 먹일 고기를 가지고 온 것이 반가웠다.

나는 두 사람의 놀림을 받으면서 고기와 구리 가루를 우리 닭에게 먹였다. 한 목사 집 수탉을 실컷 쪼고 차서 원수를 갚으라고 빌었다. 우리 닭은 내 뜻을 아는 듯이 맛있게 그것을 먹었다. 내일 아침에 한 번 더 먹일 터이다.

무, 배추와 쌀로만 살던 우리 집에 갈비가 들어온 것은 역사에 오를 만한 일이다. 밥이 벌써 다 되어 있었건마는 우리는 갈비를 끓이고 굽고 하여 셋이 잘 먹었다. 먹으면서 문의 누님은,

"오늘 동네에서 소를 잡았어요. 그래 오라비가 갈비 한 짝을 사 왔는데 반은 학교 형님께 보내야 한다고 성화를 하길래 제가 가지고 왔지요."

하고 설명하였다. 학교 형님이란 나를 가리킨 것이다.

문의 누님은 우리 집이 이 솔모루로 떠나온 뒤에도 여러 번 다녀갔으나, 내가 매양 학교에서 늦게 돌아오기 때문에 서로 만나는 일은 극히 드물었다. 이렇게 한자리에서 밥을 같이 먹은 일은 앞고개 집을 떠난 뒤로는 처음이었다. 나는 문이 갈비와 함께 보내어준 소주도 몇 잔 먹었다.

오래간만에 먹는 술이라 곧 얼근하였다. 닭 먹일 고기는 생겼것다, 갈비는 먹었것다, 술도 마셨것다, 오래간만에 문의 누님과도 만났것다, 나는 생일을 쇠는 것같이 유쾌하였다. 한 목사의 괘씸함도 잊고 잘 먹었다.

저녁을 먹고 나서 우리는 닭싸움 이야기를 시작하여 웃기도 하고 분개하기도 하였다. 나는 문의 누님 앞에서 한 목사의 옳지 못한 행위를 말하고, 우리 수탉이 반드시 어느 기회에 한 목사네 닭을 단단히 경을 칠 것이라고 단언하였다. 문의 누님은 방긋방긋 웃으면서 내 말을 듣고 있었다. 그는 나와의 지나간 불쾌한 기억을 다 잊은 듯하여서 스스럼없이 나를 바라보고, 또 웃는 말도 하였다. 내가 닭싸움에 그렇게도 상성이 된 것이 우습다고까지 하면서 내 아내의 어깨를 치고 웃었다. 아내는 어리둥절한 표정을 하고 있었으나 역시 우스운 모양이었다.

나는 대단히 유쾌한 기분으로 두 사람을 집에 두고 저녁 청결 검사를 나섰다. 이것은 동회에서 작정된 것으로서, 회장이 아침, 저녁 두 번 집집의 청결 상태를 순시하는 일이었다. 나는 집집의 안마당까지, 뒤꼍까지, 토요일이면 부엌, 부뚜막, 안방, 이불, 요까지 검사할 의무와 권리를 가진 것이었다. 아침에는 아침 소제, 저녁에는 저녁 소제로 저마다 제 집과 문전과 또 온 동네를 깨끗이 하자는 것으로서, 아마 이것은 동회 운동으로 더불어 우리나라에서 처음 시작된 운동일 것이다.

"회장님 오신다."

하고 아이들까지도 내가 순회하는 것을 기다리게까지 되었다.

"선산님(선생님), 진지 잡수셨습니까?"

하고 부인네들이 부엌 설거지를 하다가 나와 맞기도 한다. 나는 이 일을 기쁨으로 알고 자랑으로 알았다. 이 때문에 동네는 깨끗하기로 소문이

210

나게 되어서 청결 검사의 일 헌병도 이 동네에는 들어오지를 아니하게 되었다.

날이 저물기도 하고 또 문의 누님이 가기 전에 돌아올 양으로 이날은 슬쩍슬쩍 돌았다. 맨 끝으로 한 목사네 집에 다다랐을 때에는 방에서 유, 김, 장, 세 녀석의 소리가 들려서 분이 치밀었으나,

'내어두어라, 구데기 같은 것들.'

하고 기침을 한 번 크게 하고 훨훨 지나오고 말았다. 그러나 한 목사가 유, 김, 장, 세 학생 녀석을 끼고 학생을 선동하여서 나를 배척한다는 것은 결코 유쾌한 일은 아니었다.

'내가 이까짓 지위를 아낄 줄 알고.'

하고 나는 킁 코웃음을 하였다.

'내가 갈 데가 없어서 이따위 시골구석에 들엎디어 있는 줄 아느냐. 천하에 어디를 간들 나 설 자리 없는 줄 아느냐. 흥.'

나는 한 목사 따위와는 격이 다른 사람이라고 자처하였다. 한 목사 따위는 시골구석에서 깡깡 갑는 소리나 하다가 썩어질 위인이지마는 나 같은 사람은 미구에 이름이 전국에, 아니 온 세계에 떨칠 큰 인물이라고 생각하였다. 내가 만일 평생을 솔모루 동네에서 지낸다면 이 솔모루가 톨스토이의 야스나야 폴랴나가 되고, 이 거지 같은 학교가 나로 말미암아 세계에 이름이 높은 학교가 되리라고 혼자 뽐내었다. 나는 대사상가여서 톨스토이보다 큰사람이 되지 않고는 말지 아니하리라고 믿었다. 그렇게 생각하면 한 목사나 유, 김, 장, 세 학생이나 모두 부족괘치(不足掛齒)여서, 그런 것을 염두에 두는 것도 나답지 못하고 점잖지 못한 일이라고 웃어버렸다. 이렇게 생각하고 나는 한 목사의 집을 한번 돌아보고 가여운

생각을 하면서 집으로 돌아왔다.

아내나 문의 누님이나 위대한 인물을 맞는 경건한 태도로 나를 맞았다. 그들은 이야기를 그치고 정색하고 자리에서 일어나서 내가 앉기를 기다려서야 비로소 앉았다. 나는 앉아서 점잔을 뺐었다.

"내일 이 애 집에 좀 보내셔요."

하고 문의 누님이 입을 열었다.

"집에라니요?"

내 어조는 노성한 어른과 같아서 저도 놀랐다.

"아니, 저 외갓집에 말씀야요, 이 애 친정에요."

"왜 무슨 일이 있어요?"

나는 의외의 말인 것 같아서 아내와 문의 누님을 보았다. 아내는 부끄러운 듯이 고개를 숙이고 문의 누님의 입가에는 참는 웃음이 있었다.

"무슨 일은 없지마는 가을도 다 지났으니 친정에 가서 맛있는 것도 실컷 먹고, 좀 쉬기도 하게요."

하면서 문의 누님은 아내를 보았다.

"허기는 우리 집에서는 굶는 심이지요. 가난한 선비의 집에 시집오기가 원체 잘못이지요. 가라고 그러셔요. 나는 혼자 끓여 먹어도 좋고 기숙사에 가 있어도 좋지요."

나는 반 농담 삼아 이렇게 비꼬는 소리를 하고 입까지 비쭉하였다. 그러고는 곧,

'큰사람도 이런 소리를 하나.'

하고 제 말이 점잖지 못함을 후회하였다.

"아니, 그런 것이 아니라요. 왜 그렇게 말씀을 하셔요? 굶기는요."

212

하고 문의 누님은 당황하였다. 아내는 더욱 못 견디어 하는 듯하였다. 나는 그것이 재미도 있었다. 그렇게 침착한 문의 누님의 당황하는 꼴을 보는 것은 재미있거니와, 아내가 쩔쩔매는 곳에 내 위신이 있는 것 같아서 좋았다.

"그런 게 아니라요."

하고 문의 누님은 간사하다 하리만큼 고운 소리로,

"이 애가 제 몸이 아냐요. 태중이야요. 입덧이 났어요."

하고 아내를 본다.

이 말에 나는 깜짝 놀랐다. 그리고 고개를 수그리고 앉아 있는 아내를 바라보았다. 그러면 그가 전에 없이 눕는 때가 많았던 것이 그 때문이었던가. 나는 그가 차차 버릇이 없어지고 게으름이 생기는 것이라고 생각하였었다. 그의 얼굴에 전에 없이 붉은 기운이 보이던 것도 그 때문이었는가.

잉태! 저 어린것이 잉태!

그것은 형언할 수 없는 감정이요 지향할 수 없는 마음이었다. 내가 오란 일도 없이 그가 온단 말도 없이 새로운 생명 하나가 나를 아비라고 부르고 그를 어미라고 부르면서 벌써 온 것이다. 참 이상한 일이다. 이상하고도 또 이상한 일이다. 나도 모르고 아내도 모르는 동안에 이 일을 한 이는 그 누구? 하느님? 자연? 호의? 악의? 장난? 남들은 다들 어떻게 생각하는지 몰라도 내게는 생각해도 생각해도 알 수 없는 신비였다. 오라기도 전에 간단 말도 없이 그는 어디서 오는가. 뉘가 보내는 것인가. 그 씨가 내게서 나갔다 하니, 언제, 어디로부터 내게 들어와서 어디 머물러 있다가 나가는 줄도 모르게 나가서 어미의 배에 들어간고? 만일 내가 내 몸의 주인이라 하면, 그가 들고 나는 것을 알았어야 할 것이 아닌가. 또 만일 그것이 내 생명의 분열이라 하더라도 내가 그것을 알기는 알았어야 할 것이 아닌가. 내가 주인이 아니라면 뉘가 주인인고? 내 몸의 속에 몇 아들과 몇 딸을 집어넣은 것은 누구며, 그들이 때를 찾아, 차례를 찾아, 그리고 어미가 될 사람을 찾아서 내 몸에서 나가 그의 몸에 드는 것이 다 뉘가 시킴인고? 연애니, 혼인이니, 성욕이니 하는 것은 결국 이 일이 이루어지게 하려는 방편이다. 나로 하여금 이러한 도구가 되게 하는 자가 그 뉘뇨? 나는 이때처럼 내 밖에 또는 내 위에 있는 어떤 힘을 절실히 느낀 일은 없었다. 그것을 하느님이라든지, 삼신님이라든지, 또는 자연의 법칙이라든지, 이름이야 무엇이라고 부르든지 간에 나를 포함하고 나를 지배하는 어떤 힘이 있는 것만은 부인할 수 없었다.

내가 이러한 생각을 하느라고 멀거니 앉았는 것을, 내가 아내의 잉태를 반갑게 안 여김이라고 속단한 모양이어서 아내는 훌쩍훌쩍 울고 있었다. 그는 제가 잉태하였다는 것을 알면 필시 내가 기뻐 뛰리라고 믿었던 모양이다. 그도 그럴 것이다. 세상이 다 그렇지 아니한가. 더구나 나와 같이 남의 외아들로서는 아내의 잉태는 경사라야 할 것이 물론이다. 그러나 사실상 아내의 잉태는 나에게 생명의 신비를 암시하여서 의문과 경이의 정을 일으키게 하는 계기가 되었을지언정 반가운 소식은 아니었다. 애정 있는 아내와의 사이에 생긴 일이라면 어떨는지 모르지마는 도무지 반갑지를 아니하였다. 아내가 섭섭하여서 우는 양을 볼 때에 심히 미안하나, 그렇다고 억지로 반가운 모양을 꾸밀 줄은 모르는 나였다.

"왜 울어?"

나는 이런 소리를 해보았다.

"울지 말어!"

하고 문의 누님도 내 말을 이어서,

"울기는. 애기 밴 게 경사가 아냐? 김씨 가문에 꽃이 피는 게 아냐?"

하고 위로하였다.

"그럼, 내일 가지. 가서 맛있는 게나 자시구 잘 쉬구려. 내 걱정은 말구."

나는 이렇게나 아내의 내게 대한 섭섭함을 우물쭈물하려 하였다.

아내는 본래는 둔감하다 할 사람이지마는 임신 중인 것과 이것이 대단히 중대한 사건인 것이 그로 하여금 매우 감정을 예민케 하였다. 나는 발표도 아니 한 내 속이 그렇게도 신속하게, 정확하게 다른 개인의 마음에 비치는 것을 보고 무시무시하게 생각하였다. 그것을 사람의 영이라 할까, 혼이라 할까, 눈에 보이는 빛, 귀에 들리는 소리를 떠나서 한 사람의 마음이 다른 사람의 마음의 거울에 비치듯이 분명히 나타나는 무슨 힘이 있다는 것이 어찌 무시무시한 일이 아니랴.

'아내는 내 속을 알았다!'

나는 이렇게 외치지 아니할 수 없었다.

이튿날 조반 후에 아내는 문의 누님과 작별하여서 친정에를 가고, 나는 홀아비살림을 하게 되었다. 친정이라야 양친이 다 없고 계모 슬하이라 반가워해줄 사람도 없으련마는 그래도 첫 해산은 친정에서 아니 할 수 없을뿐더러 아내나 문의 누님이나의 생각에는 이미 이름 지어 받은 깃부가 있으니, 삼년상이 지나기까지는 추수를 넘겨올 수는 없거니와, 그러하기 때문에 도리어 가서 실컷 먹을 권리는 있다고 생각한 모양이었다.

아내가 없는 동안 조석은 기숙사에서 먹든지 이웃집에 부쳐서 먹든지 하려 하였으나 학교가 끝나고 집에 돌아와 보니 천만의외에도 문의 누님이 와서 저녁 준비를 하고 있었다.

"웬일이시오?"

입으로는 놀라면서도 속으로는 반가웠다. 나는 닭의 모이를 주고 방으로 들어갔다.

아랫방에는 바느질감이 놓여 있고 화로에는 인두가 묻혀 있었다. 짓다가 둔 것은 내 솜옷이었다. 이것으로 보아서 문의 누님은 아내가 없는 동안 아주 우리 집에 있을 모양인 것이 분명하였다. 횃대에는 그의 치마와 저고리가 벗어 걸려 있었다. 그렇다면 그는 아내를 친정에 데려다주고 문의 집으로 돌아와서 입던 옷을 가지고 아주 오래 머물려고 우리 집으로 온 모양이었다.

"언니, 우리 집에 좀 가 있어주우."

하고 아내가 그에게 부탁하는 모양을 나는 그려보았다.

문의 누님이 또 나와 단둘이서 한집에 있는다 하면, 나는 한편으로는 달큼한 번뇌를 느끼는 동시에 다른 한편으로는 하느님이 내 앞에 만들어 놓으신 무서운 큰 시험이라고 겁을 내지 아니할 수 없었다.

나는 장지를 열고 윗방인 내 방으로 올라가서 장지를 꼭 닫았다.

'장지야, 내 손에 열려서는 안 돼.'

하고 나는 장지를 물끄러미 노려보았다.

나는 문의 누님이 내 집에 있는 동안에 밥만 와서 먹고는 학교에 가서 자는 것이 옳다고 생각하였으나, 또 그럴 수도 없는 것 같고, 그렇게 하기가 싫은 것도 같고, 그렇게까지 아니 하여도 좋은 것도 같았다. 장지 하나 저편에 아름다운 이성을 두고 자는 것만 해도 퍽 즐거울 것 같고, 보통 사람으로는 참지 못할 것을 참아서 장지를 넘지 아니하는 곳에 내 인격의 높음과 의지의 굳음이 있을 것도 같았다.

'하느님, 내 당신이 차려놓으신 시험을 잘 이기오리다. 두고만 보시오. 까딱없이 치러내오리다.'

이렇게 결심하고 나니 내가 금시에 거룩한 사람이 된 것 같고, 또 거룩한 하늘의 기쁨이 마음에 넘치는 것 같았다.

'그렇다, 구하여도 얻지 못할 좋은 기회다. 이 시험을 이기고 나는 날에 나는 성도가 되는 것이다.'

나는 문을 열어놓고 책상을 정돈하고 방을 털고 쓸었다. 방에 있던 모든 먼지와 부정은 다 나가거라. 내 마음에 있던 모든 정욕아, 다 나가거라! 나는 깨끗하다, 거룩하고 깨끗하다!

Whiter than snow, yes, whiter than snow.
(눈보다 희고 눈보다 희다)

There's sunshine in my soul today.
(오늘 내 마음에 햇빛이 있네)

하는 영어 찬미를 혼자 불렀다. 이것은 중학교에서 제일 내가 좋아하던 찬미다.

나는 문의 누님이 지어주는 저녁밥을 먹고 동회 일과 야학을 마치고 돌아오니, 아랫방 창에는 빨갛게 불빛이 비추이고 문의 누님의 어깨에서 머리까지의 그림자가 보였다.

"나 돌아왔어요."

하고 나는 내 방으로 들어갔다. 장지 틈으로 새어 들어온 불빛에 내 자리
가 깔려 있는 것을 보았다.

"불 켜드려요?"

하고 문의 누님은 장지를 가만히 열고 성냥개비에 불을 붙여 들고 올라
왔다.

그는 내 작은 남포등에 불을 켜놓고 베개와 이불을 한 번 만져서 고치
고 장지를 닫고 제 방으로 가버린다.

나는 책상 앞에 앉아서 담배 한 대를 피웠다. 몸이 피곤하였다. 추풍이
나서부터 기분은 상쾌하였으나 연일 과로로 몸은 갈수록 쇠약하는 것 같
았다. 야학을 끝내고 돌아오면 눈을 뜨기가 어렵고 사지가 자금자금 아
팠다. 금방 쓰러지면 잠이 들 것 같으면서도 머리를 베개에 붙이면 도리
어 잠이 달아났다. 신경이 쇠약한 것이라고 나는 생각하였다.

나는 장지를 새에 두고 남녀가 이야기를 하는 것도 옳지 않다고 생각
하고, 아무쪼록 소리가 아니 나도록 옷을 벗고 불을 끄고 자리에 누워버
렸다.

옆방에서 바느질감을 움직이는 소리, 인두를 꺼내어서 화롯전에 재를
떠느라고 가볍게 딱 하는 소리, 다시 인두를 화로에 꽂는 소리, 문의 누
님이 몸을 움직이는 소리, 이 모양으로 바스락바스락하는 소리가 끊임없
이 내 귀에 울려왔다. 그 소리들은 모두 문의 누님의 살냄새를 풍겨가지
고 내 귀로, 내 코로, 내 마음으로 파고들었다. 이래서는 안 되겠다 하고
나는 한 귀를 베개에다 파묻고 모로 누웠다. 일찍 한 번 닿아본 일이 있는
그의 살의 감각이 선명하게 살아 나오는 것을 누르기가 어려웠다. 게다

218

가 바로 아까 내 방에 불을 켜러 들어왔을 때에 보인 그의 얼굴과 몸의 윤곽과 움직임이며, 그가 내 베개와 이불깃을 만지던 것이 눈을 감을수록 분명히 나타나서 심히 괴로웠다.

하느님은 가장 힘 있는 마귀로 하여금 내게 있는 가장 힘 있는 본능을 선동시켜서 나를 항복받으려 함이라고 자탄하고 나는 입술을 꽉 물고,

'사탄아, 물러가거라. 내가 네게 항복할 줄 아느냐. 네게 항복하던 김도경은 이미 앞고개 집에서 죽었다!'

하고 속으로 소리쳤다.

나는 일부러 숨을 깊이 쉬어서 스스로 잠든 양을 하였다. 꿈꾸는 양을 하였다.

그동안에 얼마나 시간이 흘러갔는지 모르나 문의 누님은 다 지은 옷을 개켜놓고 손으로 툭툭 쳐서 잠을 재우는 소리가 나고, 화로와 인두판과 반짇고리를 치우는 소리가 나고, 그러고는 일어나서 몸을 터는 소리가 나고, 자리를 내려서 까는 소리가 나고, 그러고는 밖으로 나가는 소리가 나고, 얼마 있다가 다시 들어오는 소리가 나고, 옷고름을 끄르는 소리가 나고, 한 번 한숨을 쉬는 소리가 나고는 잠깐 고요하더니 불을 끄는 소리가 나고, 또 잠깐 고요하다가 자리에 눕는 베개 소리와 이불 소리가 난다.

나는 이 소리를 다 듣고야 비로소 제 숨소리를 들었다. 그동안에는 한 번도 숨을 쉬지 아니한 것 같아서 숨이 차고 숨소리가 높았다. 그 숨소리가 옆방에 들릴까 보아서 억지로 숨을 눌렀다. 그러고는 죽은 듯 고요하였다.

나는 문의 누님이 코 고는 소리가 들렸으면 좋겠다고 생각하였다. 그

가 아주 잠이 든 줄만 알면 내 마음도 가라앉을 것 같았다.

그러나 문의 누님도 잠이 아니 드는 양하여서 가끔 돌아눕는 소리가 들렸다. 게다가 왕복 사십 리는 걸었으니 다리도 쑤실 것이라고 나는 이런 생각도 하였다.

나는 마침내 아내의 몸을 생각하기로 하였다. 그것은 분명히 효과가 있었다. 아내의 몸은 내게 아무러한 자극도 주지 아니하였다. 도리어 내 정욕을 식게 하는 힘이 있었다. 감사한 아내여, 나는 이리하여서 잠이 들었다.

내가 잠이 깨었을 때에는 벌써 부엌에서는 불을 때느라고 나뭇가지를 꺾는 소리가 들렸다.

나는 벌떡 일어났다.

'됐다! 하루는 이기었다!'

하고 나는 참으로 감사한 기도를 올렸다. 지난봄 그 일이 있던 이튿날 잠이 깰 때에 얼마나 불쾌하고 수치스러웠나? 오늘 아침에는 얼마나 유쾌하고 태연한가. 수면 부족으로 선잠을 깬 것 같아서 몸은 찌뿌듯하나 마음은 날아오를 듯이 가벼웠다.

'사탄아! 보아라, 내 네게 지더냐? 네 열 갑절 힘을 가지고 내게 덤비어보아라. 아니, 백의 사탄, 천의 사탄이 오더라도 김도경의 마음은 끄떡도 없다.'

하고 뽐을 내었다.

나는 닭장 문을 열어서 닭 마릿수를 세고 모이를 두 줌이나 듬뿍 주었다. 한 목사의 부정행위로 대타격을 받은 우리 닭도 밤새에 기운을 회복하여서 활발히 먹고 울었다.

'고기와 구리 가루를 또 한 번 먹여야.'

하고 나는 닭들이 모이를 줍느라고 고개를 암쭉암쭉하는 것을 귀엽게 보고 있었다. 참새 두어 마리가 덤벼들어서 닭 모이를 주워 먹었다. 우리 수탉은 두어 번 그들을 좇았으나 셋째 번부터는 고개를 들어서 보기만 하고는 내버려두었다. 닭의 인(仁)이다, 하고 나는 빙그레 웃었다.

나는 유쾌하게 뜰을 쓸고 문전을 쓸고 동네를 돌아보고 한 목사 집을 한 번 노려보고 집에 돌아왔다.

"진지 잡수셔요."

하고 문의 누님이 부엌에서 내다보았다. 그는 어제보다도 더 아름답고 반가웠으나 마주 바라보아도 꿀림이 없고 도리어 더 가까워진 것 같았다. 그도 안심하고 내게 대하는 것 같았다.

나는 사탄과 밤새 싸워서 이기었다는 자신 있는 기쁨을 가지고 학교에 갔다. 나는 한 목사 문제를 잊은 태도로 선생들과 학생들을 대하였다. 교수 시간에도 자신과 권위를 가지고 임하였다. 집합 시간에는 '꿀림 없는 양심'이란 문제로 열 있게 말하였다. 양심에 꿀림 없는 사람의 얼굴에서는 빛이 나고 말과 행동에는 힘이 있다고 고조하였다. "쓴 샘에서 단 물이 나오지 못한다."는 성경 구절을 들어서 마음에 악이 가득한 사람은 하는 말, 하는 행동이 다 사람을 해하고 괴롭게 하나니, 그는 하느님의 이름을 부르되 사탄의 사도라고 말하였다. 말이 부드럽고 사람의 마음을 편안케 하는 말이거든 하느님의 성신에서 오는 말로 알되, 남을 긁고 깎아서 사람의 마음을 아프게 하는 말이거든 사탄에게서 나오는 말로 알라고 말을 맺었다. 나는 내 말의 후반은 탈선인 것과, 그것은 은근히 한 목사를 비방하는 말임을 의식하고 아니 할 말을 하였다고 후회하였다. 더구나 '사탄의 사도'라는 말이 대단히 모진 말이어서 한 목사를 분격하게 할 것 같았다. 그러나 한번 나간 말을 다시 주워 담을 수는 없었다. 나는 족형과 백 선생이 약간 양미간을 찌푸리는 것을 보았다.

'말이야 다 옳은 말이지.'

하고 나는 스스로 변호하였으나, 나는 새로운 후환의 씨를 뿌렸구나, 하는 생각을 떼어버릴 수가 없었다.

나는 토요일 오후에 처가에를 가려고, 이번 학기에 새로 도임한 오 선생의 자전거를 빌려 타고 떠났다. 오 선생은 애지중지하는 이 자전거를 매우 아까운 듯이 빌려주었다. 그때 시절에는 자전거는 아직 실용품이 아니요 사치품이어서, 두루마기를 걷어 허리에 뱃대끈으로 조르고 넌지시 자전거 위에 앉아서 시골길을 달리는 것은, 탄 사람에게는 자랑이요 보는 사람에게는 부러움이었다. 나는 자전거를 얻어 탄 김에 외가로, 누이네 집으로, 종매형 집으로, 해가 남으면 오래 못 가본 이모님 집까지 거드럭거리고 다녀올 작정이었다. 입동 바람이 좀 쌀쌀하였으나 여름날 더운 것보다는 나았다.

먼저 외가에 들러서 놀란 것은 실단이 과부가 되었다는 것이었다.

"글쎄 실단이 남편이 강에서 고기를 잡다가 물에 빠져서 죽었다는군요."

하는 것이 형수의 말이었다.

"언제?"

"칠월에. 인제 졸곡이나 되었나, 온."

"실단이가 친정에 댕겨갔나요?"

"아아니. 초상상제가 무슨 친정에를 와요. 졸곡이나 지내문 오겠지."

형수는 이렇게 말하고 물끄러미 나를 바라보았다. 내 얼굴에 무슨 빛이 나오나 보려는 것이었다.

나는 어떻게 생각해야 되는지 몰랐다. 다만 사람의 일이란 알 수 없는 것이라고 생각되는 것뿐이었다. 그리고 실단의 얼굴에 어디 청승이 있었나 하고 마음에 떠 나오는 실단을 보았다. 그러나 그것은 내가 그리워하는 그 실단은 아니요, 머리를 풀어헤치고, 아이고, 아이고, 곡을 하고 있는 청승스러운 실단이었다. 나는 정떨어지는 듯이 고개를 흔들고 한숨을 쉬었다.

"서방님, 실단이헌테 장가 안 드시기 잘하셨어."

형수는 이런 소리를 하였다.

"왜요?"

"실단이가 소년 과수 될 팔자길래 그랬지요."

형수는 제가 소년 과수인 것을 잊은 모양이었다.

나는 실단 어머니를 찾아보고 싶었으나 할 말이 없을 것 같아서 고만두었다. 그러나 일이 공교로이 될 때도 있는 것이어서 나는 외가에서 나오는 길에 세개어우름이란 곳에서 실단 어머니를 만났다. 그는 손에 들었던 보퉁이를 동댕이를 치고 자전거에서 내려서는 내 팔을 두 손으로 붙들었다.

"아이, 세상에."

하는 그의 말은 땅바닥을 뚫고 들어갈 듯이 무거웠다. 이른바 땅이 꺼질 듯한 한숨이란 것이다.

"글쎄 그게 웬일이야요?"

나는 기껏 이런 인사말을 하였다. 그의 눈에는 눈물이 핑 돌고 그가 북받치는 울음을 참는 소리가 들리는 것 같았다.

"우리 실단이는 어떡허문 좋은가. 시집을 잘못 보내서 저렇게 되었으니 저것을 어떡험 좋은가?"

그것은 그도 모를 일이요, 나도 모를 일이었다.

"예수나 믿으라고 하시고 공부나 시키시지요. 한문도 잘 알고 재주도 있으니, 학교에 들어가서 공부를 하면 좋을 거야요."

나는 이렇게 대답하였다.

"글쎄, 제 시집에서 무어랄는지, 온. 졸곡이나 지나고는 온다고 기별이 왔는데, 오거든 한번 데리고 갈 테니 앞길을 잘 일러주어요. 그 애가 도경이 말이면 잘 듣고 고대로 할 게야. 불쌍한 동생으로 알고 잘 가르쳐 주어, 응?"

하고 그는 체면불고하고 내 손을 꼭 쥐었다.

"과히 염려 마셔요. 산 사람은 살 도리가 있지요. 실단이만치 착하고 재주 있는 사람이 설마 잘못될라구요."

나는 이렇게 말하고 자전거에 올랐다.

여기서부터 누이 집까지는 인가 없는 벌판길이어서 나는 귓가에 바람소리가 윙윙하도록 자전거를 빨리 몰았다. 누이도 이제는 제법 남의 젊은 아내의 태를 갖추었다. 넉넉지도 못한 농가의 오 형제 중에 맏며느리라는 것부터가 고생은 떼메인 팔자였다. 게다가 변덕쟁이 과부 시할머니가 집의 채를 쥐어서 사십이 다 된 며느리가 끽소리도 못 하는 판이니, 어린 누이의 정경은 물어볼 것도 없었다. 그렇지마는 여섯 살 부모를 여읠 때의 일을 생각하면 이만치 된 것도 용 된 것으로 고맙게 알아야 할 것이다.

"과히 고생이나 안 되니?"

시할머니가 자리를 떠난 틈을 타서 나는 누이에게 이렇게 가만히 물었다.

"몸 편안할 새야 없지마는 시집살이야 다 그렇겠지, 머."

하고 누이는 아주 어른이 다 되었다.

나는 아내가 잉태를 하여서 친정에 갔다는 말과 지금 그리로 가는 길이란 말을 하니 누이는 희색이 만면하였다. 내가 아들을 낳는다면 그것을 가장 기뻐할 사람은 누이인가 하였다.

저녁을 먹고 가라는 누이의 시할머니의 만류를 뿌리치고 떠나니 벌써 해가 거의 저물었다. 종매와 이모님 댁은 내일 일정으로 미루고 나는 곧장 처가로 향하여서 자전거를 몰았다.

논에는 누런 볏배가 꿈틀꿈틀 여러 가지 곡선을 그리고, 아직도 물이 남은 논에는 오리들이 제 세상으로 알고 가는 물결 위에 떠 있었다. 발과 다래끼와 바가지를 든 아이 녀석들이 잔고기를 푸느라고 다리에, 옷에, 낯바닥에 감탕칠을 하고 떠들다가,

"쟁고 보아라, 야, 쟁고다."

하고 내 자전거를 보고 소리를 지르며 달려왔다. 까닭 없이 나는 어깨가 으쓱하였다. 소의 몸뚱이가 온통 감추어서 안 보일 만큼 볏단을 싣고 가는 수염 껌은 중늙은이도 만나고, 어린 신랑을 앞세우고 친정으로 가는가 싶은 새색시도 있었다. 텃밭에는 캐다 남긴 무도 있고 산 옆에는 새 깎는 사람들이 비스듬히 한일자로 먹어 올라갔다.

나는 동네 어귀에서 자전거에서 내려서 이것을 끌고 처가로 향하였다. 자전거는 끌고 가는 것도 멋이었다. 아이들이 따라 나오고 개들이 짖고

내달았다.

"큰댁 김 서방이다. 쟁고 타고 왔다, 쟁고. 저게 쟁고야. 막 빨리 달아나는 거야."

하고 때 묻은 바지 사폭을 땅에 질질 끌고 배때기를 드러내놓은 애 녀석들이 주먹으로 코를 씻으며 앞을 서고 뒤에 따랐다. 개들은 왕왕거리고 짖어댔다.

장인도 죽고 처남은 어리고 사랑을 지킬 사람이 없어서 사랑문은 첩첩이 닫혀 있었다. 아마 겨울이 되면 툇마루 위에 겻섬이나 곁곡식 섬이 문을 가리어서 쌓일 것이다. 그는 주인을 잃은 집의 쓸쓸한 풍경이었다.

처갓집을 찾아오는 젊은 사위라면 남의 이야기만 들어도 유쾌한 것이지마는 내게는 이러한 낙은 없었다. 나는 귀염을 받을 새 사위이기에는 너무 노성하였고, 또 처가에는 나를 귀애해줄 장모도 없었다. 게다가 아내가 내 정을 끄는 사람도 아니었다. 나는 처가에 오기가 싫었다. 잉태한 아내를 보내어놓고 아니 와볼 수 없어서 오는 인사체면치레의 길이었다.

그래도 내가 온다고 사랑문이 열리고 안팎이 떠들썩하였다. 마침 감은돌 처고모도 오고 노루목이 처형도 와 있어서, 아, 김 서방이 온다고, 김 서방님이 오신다고 반가운 양들을 하였다. 어린 처남과 처제들도 싱글벙글하였다. 역시 나는 이 집에는 상객임에 틀림없었다. 처형의 남편은 내가 이 집에 장가들기 전에 벌써 죽고 처형은 이미 길복을 입고 있었다. 그는 아내와는 같은 어머니건마는 딴판이어서 얼굴도 아내보다는 똑똑하고 깝질도 엷은 편이었다. 처고모는 백발노인이었으나 대단히 풍신이 좋고, 또 김 정언의 딸이라는 자부심도 있는 모양이어서 매우 점잔을 빼었다. 내 장모가 제일 무서워하는, 이를테면 이 집에서는 고작 높은 어른이었다.

나는 장인의 궤연에 서투른 곡을 하고, 장모, 처고모에게 절을 하고, 또 처남 아이의 절을 받았다. 아내는 내가 와서 이 집에서 대환영을 받는 것을 보고 대단히 만족한 모양이었다. 어느새에 그는 새 옷을 갈아입었다.

저녁에는 사랑에서 내가 주인이 되고 처족들과 동네 사람들이 모여들어서 담배 연기가 자옥하였다. 모인 중에는 여러 종류 사람이 있었으나, 그중에 두 사람이 가장 특색이 있었다. 하나는 내 처육촌 되는 사람으로 나이는 삼십 남짓하나 아직도 날마다 망건을 쓰고 꿇어앉는 패로서, 한학에는 상당한 소양이 있으나 세상 물정은 전혀 모르고 만사를 『논어』, 『맹자』를 통하여서 보는 패요, 또 하나는 글공부는 없어도 재주와 꾀가 있어서 얻어들은 지식으로 세상을 다 안다는 이였다. 그도 내 처족으로 육촌과 비등한 나이요, 동네에서 가장 말솜씨나 한다고 자타가 공인하였다.

그들은 내게 일본 이야기를 묻고, 세상이 어떻게 되는가를 묻고, 학교 공부를 하면 무슨 벼슬을 하는가며, 나는 일본까지 가서 공부를 하고도 왜 벼슬을 못 하는가, 이러한 내게는 아픈 소리를 묻는 이도 있었다. 이런 때에는 내가 동경서 돌아올 때에 당시 내무대신이 날더러 전라도 장흥 군수로 가라는 것을 갔다면 좋은걸 하고 생각도 하였다. 나는 이 사람들에게 교육 사업의 뜻을 말하거나 내 흉중에 있는 크나큰 경륜, 톨스토이도 못 한 것을 한다는 경륜을 설명하여도 쓸데없다고 생각하였다. 오직 처육촌이 한학의 경계로 선비의 일이란 것을 알아주는 것이 기뻐서 다 헤어져 갈 때에 따로 청하여서 술 한잔을 대접하고 글 토론을 하였다. 그는 내가 한문에 들어서는 무식한 줄로 알았던 모양이어서, 내가 시, 서, 역을 말하고 노자, 장자를 말하는 것을 보고는 크게 놀라서,

"과연 선생이시로군."

하고 꿇어앉아서 칭찬하였다. 나는 기실 이런 것을 잘 알았을 리는 없으나 조금 아는 것으로 아는 체한 것이지마는, 한학에 있어서도 문견이 넓기로는 내가 그보다 한 걸음 앞서 있었다. 그의 도를 구하는 마음은 그 후에도 가끔 그로 하여금 나를 찾게 하고, 비록 나이로는 나보다 노형이면서도 꼭 나를 선생이라 하여서 존칭하였다. 나는 그가 처족들에게 내 선전을 하여줄 것을 믿고 은근히 다행히 여겼다. 다들 나를 대수롭지 아니한 가난뱅이로 여겼기 때문이다.

육촌과 대조하여서 그 무엇이나 안다는 작자는 건방지고 얄미웠다. 그는 조그마한 사기꾼이라고 나는 결정하였다. 뒤에 들으니 그는 노름꾼이요, 또 오입쟁이요, 비리 송사꾼이라고 하므로 나는 내 지인지감(知人之鑑)을 자랑하였고, 도덕이 없고 재주가 승한 위인이 반드시 이렇게 된다는 공식을 얻었다.

육촌도 갔다. 나는 육촌과 술을 마시고 뜻에 맞는 담화를 하였기 때문에 매우 유쾌하게 아내를 대하였다.

"입맛이 좀 났소?"

나는 애정 있는 남편 모양으로 아내에게 물었다. 그는 대단히 내가 묻는 말에 기뻐하는 모양이었다.

"그걸 물어주시우?"

하고 아내는 싱긋 웃었다. 거기 모처럼 좋았던 내 기분이 상하여버렸다.

그러나 나는 억지로 기분을 고쳐서,

"문 씨는 왜 보냈소? 나는 기숙사에서 조석을 먹기로 했었는데."

하고 화제를 바꾸었다.

"왜, 그 언니 좋아 안 하시우?"

아내는 빈정대는 어조였다.

"그건 다 무슨 소리야?"

나는 가슴이 뜨끔하였으나 그것을 감추기 위하여서 부러 성난 체를 하였다.

"내가 모르는 줄 아슈?"

하는 아내의 소리는 날카로웠다.

"내가 다 알아요. 당신이 그 언니라면 사족을 못 쓰시는 줄은 내가 다 아는걸요."

"아니, 그건 다 웬 소리야?"

하고 이불을 젖히고 벌떡 일어나 앉았다. 제 양심의 부끄러움을 감추려는 한 사내의 가엾고도 우스운 전술이다.

'저것이 어린애도 아니요 바보도 아니로고나.'

하고 새삼스럽게 놀랐다.

"노여시우?"

하는 아내의 음성은 울음을 머금은 듯하였다.

"아니, 무엇을 보고 그런 말을 하오?"

나는 아내가 그다지 악의로 한 말이 아닌 줄 알면서도 이 기회에 아내를 완전히 속이고 완전히 억제할 필요를 느꼈다. 나는 악인이었다.

"당신이 찌뭇하고 앉았다가도 그 언니만 오면 좋아하십디다그려. 그러니깐 당신이 그 언니를 좋아하시는 줄 알 것 아니오?"

하는 아내의 말에, 나는, 오 그것뿐이더냐 하고 마음이 놓였다. 아내는
아직 알아서는 아니 될 비밀을 알지 못한 것이, 내 생각에는 확실한 듯하
였다. 아아, 살아났다, 하고 나는 도로 자리에 누웠다.

"내가 그이를 좋아한다고 생각하면서 왜 그이하고 나하고 단둘이 함
께 있게 하오?"

나는 반농담 비슷이 물었다.

"좋아하는 이하고 단둘이 같이 계시면 위로가 안 돼요? 그러니깐 언니
더러 가 있으라고 그러지 않았어요?"

하고 아내는 어리광 모양으로 내 품에 얼굴을 묻고 웃었다.

나는 어떻게 이것을 해석해야 옳은지 어리둥절하였다. 요것이 맹랑하
여서 알 것을 다 알면서 그러한 술책을 쓰는 것이란 말인가. 그렇지 아니
하면 나를 잔뜩 믿고 그러는 것인가. 또 어리석어서 그러는 것인가. 나는
고 속이 알고 싶었다.

"아니, 그러다가 그이하고 나하고 아주 좋아하게 되면 어쩔라고?"

나는 이렇게 떠보았다.

"그러면 다앙하지요. 아무러든 당신이 나 하나만 가지고 가만히 있겠
어요? 당신이 내라면 싫어하시는걸. 내가 왜 그걸 몰라요? 다 알지. 억
지루 억지루 내 곁에 오시는 것도 다 알아요. 그렇지만 다 내 팔잔 걸 어
떻게 해요. 무꾸리를 하거나 손금을 보아도 내가 당신과 인연이 박하다
고, 당신이 첩을 얻어야지, 그렇지 아니하면 생리별 수라구. 내가 생각해
보아도 그렇거든요. 그럴 바에는 내가 좋아하는 문녀 언니하고 같이 사
는 것이 안 좋아요? 그 언니만 집에 있으면 당신이 나를 버리고 달아날
생각을 안 하실 것 아냐요? 안 그래요?"

하고 아내는 한 번 한숨을 길게 쉬더니, 다시 고개를 내게로 돌리며,

"여보슈, 나는 지금 이 배 속에 있는 아이가 아들이기만 하면 아모 걱정이 없겠어요."

하고 또 한숨을 하나 쉰다.

"왜? 왜 걱정이 없어?"

나는 울고 싶었다.

"나는 아들 길르고 혼자 살 수 있거든. 그 언니하고 함께 살면 더 좋구."

"나하고는 안 살 작정이로군?"

"당신하고 으추 좋게 살기만 하면 자키나 좋겠어요, 마는, 아니 혼자 살게 되더라도 말야요."

하고 그는 씩 웃는다.

나는 이 경우에, 영원히 너하고는 아니 떨어질 터이니 염려 말라 하고 굳게굳게 맹서해주고 싶은 마음이 간절하였으나, 또 한끝으로는 그리할 생각도 용기도 없었다. 그리고 다만,

"나는 당신의 언니허고 아무 관계도 없소. 장지를 꼭 닫고 아래웃방에서 곱게 자니 아무 염려도 마오."

하고 다질 뿐이었다.

이 말에 그는 무엇을 생각하였는지 또 한 번 한숨을 쉴 뿐이요, 내가 예기한 바와 같이 고마워서, 기뻐서 내게 매달리는 일이 없었다. 나를 아니 믿음인가, 무꾸리와 손금을 믿음인가. 한번 시집가면 고만으로 여겨, 팔자를 고친다는 것은 지천한 사람의 일로 알고 남편과 운명에 순종하는 것이 여자의 일이라는 조상 때부터의 도덕의 힘인가.

나는 아내를 다시 보고 여성에 대한 생각을 고치지 아니할 수 없었다.

'고것 맹랑하다. 그는 어린애도 아니요. 바보도 아니다.'

나는 이 말을 몇 번이고 뇌었다.

이튿날 나는 놀랍게 융숭한 대접을 받았다. 처고모는 처고모대로, 장모는 장모대로, 처형은 처형대로 나를 무엇을 먹이려고 애를 썼다. 처고모는 다른 집에 명하여서 닭을 백숙을 하여다가 손수 뜯어서 나를 먹이고, 처형은 술을 사 오고, 달걀을 삶아서 또 따로 나를 먹이고, 장모는 내 밥상머리에 앉아서 정답게 이것저것을 권하였다. 평생에 처음 당하는 우대인 것 같아서 나는 웬 심을 몰랐다. 이 사람들이 정말 나를 위해서 이러는가, 또는 무슨 정략으로 이러는가. 좀 과한 것 같았다.

하도 만류가 간절하여서 나는 학교를 하루 쉬기로 하고 처가에서 하루 더 묵을 수밖에 없었다. 그러는 동안에 나는 그들이 나를 이처럼 우대하는 이유의 일부분을 알았다. 처고모의 내게 대한 우대는 집안 어른으로서의 단순한 애정이었으나, 장모와 처형은 다 각각 내게 바라는 것이 있었다. 장모는 내게 위탁하여서 일가들이 뜯는 것을 막아보자는 것이요, 처형은 나와 공모하여서 이 집 재산을 떼어내자는 것이었다. 나는 장모의 의사에는 동정도 하고 원조하려는 생각도 났으나 처형의 모략에 대하여서는 괘씸하게 생각하였다. 그가 얼굴이 이쁘장하고 재주가 있는 것을 믿어서 나를 치켜세워가지고 친정 재산을 노리는 것이었다.

처형은 이런 소리를 하였다.

"오라비가 저렇게 어리니 이 집 주장을 할 이가 아재밖에 없지 않아요? 아버지도 그렇게 유언을 하였답니다. 내가 죽거든 만사를 김 서방께 물어서 하라고. 애처에 아버지가 아재를 사위를 삼으신 본내가 거기 있거든요. 그런데요,"

하고 처형은 한 손을 내 어깨에 살짝 걸치고 내 귀가 뜨뜻하도록 입을 내 귀에 대고,

"그런데 어머니는 친정 동생을 끌어들여서 제 마음대로 휘둘러보려는 것 아녜요? 그야 될 말이에요? 우리 김씨 집 일에 타인이 어디라고 챙견을 해요. 그래서 제가 고모님을 청해 왔지요. 이거 이러다가는 큰일 나겠다고. 우리 집 재산은 모두 홍가네 것이 되고야 말겠다고. 그래서 고모님이 오신 거야요. 추수가 얼마나 되나, 빚 받을 것은 어떻게나 되나, 모두 자세히 알아보시라고. 그럴 거 아닙니까. 모두 빼어돌리면 어떻게 해요, 글쎄? 그래, 그렇지 않아도 아재를 모셔다가 한번 의논을 하자고 고모님과 의논을 하던 중이랍니다. 아버지 유언대로 만사를 아재게 여쭈어서 하자고. 제 말씀 알아들으시죠?"

하고 그때서야 내 귀에서 입을 뗀다. 나는 그의 입김 때문에 귀가 근질근질하다가 그가 입을 떼니 살아나는 것 같았다.

"네, 알아들어요."

하고 나는 어이없이 웃었다.

"그러니깐 아재께서 이 집 일에 채를 잡으셔요. 제가 고모님을 끌고 따라갈게. 인제는 어머니도 다시는 친정 동생을 못 끌어들일 거야요. 제가 한번 들었다 놓았답니다. 일가 어른들 모두 청해놓고 한번 따졌어요. 일가 어른들 말씀도 개왈 그러시지요. 김씨 집 일에 외인이 웬 챙견이냐고. 김 서방은 일본말도 잘하고, 또 돌아가신 어른의 유언도 있으니 김 서방이 나서야 옳다고 개왈 그런단 말씀야요. 또 다들 그러시죠, 김 서방에게는 열닷 말지기 밭 사흘갈이만 준다는 게 말이 되느냐고. 적어도 두 섬지기는 주어야 옳으니라고. 우리 어머니가 외가에서 깃득으로 가지고 오신

것이야 우리 형제가 먹어야 옳지 않아요?"

나는 처형이 내게 하던 말을 더 적을 필요는 없다. 다만 그가 나를 우대하는 것이 정에서가 아니라 이욕에서라는 것을 말해두면 고만이다.

나는 처형의 말이 듣기가 싫고 그의 낯바대기도 보기가 싫었다.

'망할 년. 과부 년이 욕심만 많아서.'

속으로 이렇게 그를 천하게 보았다.

'흥, 내가 제 꾀에 넘을 줄 알고.'

하고 나는 처형이 하자는 대로 아니 하고 편을 든다면 장모의 편을 들리라 하였다. 김씨 집에 외인이 상관이 없다면 처형 저는 외인이 아니며, 사위 나는 외인이 아닌가. 정당하게 어린 처남에게 돌아갈 재산을 노린다는 것이 더러웠다. 나는 아내의 몫에 온 열닷 마지기도 처남에게 돌려주겠다고 속으로 결심하였다. 나는 애욕은 있어도 물욕은 없었던 것 같았다.

나는 아내를 보고 처형이 나쁜 사람이니 그 꾀임에 빠지지 말고 계모를 잘 위하라고 일렀다.

"언니가 좀 욕심이 있지."

아내는 웃으며 이렇게 말하였다.

장모와 단둘이 된 기회에 나는 이렇게 훈수를 하였다.

"누가 무에라고 하더라도 흔들리지 마셔요. 이 집 재산은 다 명복의 것이 아냐요?"

명복은 어린 처남의 아명이다.

장모는 내 말에 대단히 기뻐하였다. 명복이 어린 것을 기화로 일가들이 모두 뜯어먹으려고 한다는 것, 세상에 하나도 믿을 사람이 없다는 것,

그러니 내가 명복을 친동생으로 알고 끝끝내 돌아보아주라는 것을 말하고, 마지막으로 당장 내 양식은 실려 보내주마고 말하였다.

"앗으서요. 저를 양식을 주시면 다른 사람도 달라지요, 안 주면 원망하고. 애어 그런 걱정 마서요. 그리고 또 일가들이 말썽을 피거든 제게 알리서요. 군수나 헌병대에 말해서 꿈적 못 하게 해드리지요."
하고 장담하였다. 나는 믿는 데가 있기 때문이었다. 군수는 나와 같은 배로 일본 유학을 갔던 사람으로서, 나와 같은 중학교에 이 학년까지 같이 다니다가 어서 본국에 가서 벼슬을 해야 한다고 모 대학 법률과 전문과를 마치고 돌아와서 벌써 이 골 원으로 온 친구였고, 헌병 분대장인 오쿠무라 대위는 내가 일본말을 잘하고 학식(?)이 넉넉하다고 하여 군수가 되라고 추천한다는 자였다. 나는 이것을 믿기 때문에 장모에게 장담한 것이었다.

장모는 내가 원과 친구라는 말에 바싹 나를 가까이하는 것 같았다. 그는 이 집 재산을 노리는 일가 누구누구에게 대한 하소연을 하고 나만을 꼭 믿는다고 중언부언하였다.

"그래 원이 자네하고 친해?"

장모는 그래도 내 말이 못 미더워서 또 한 번 다졌다. 나는 그것이 불쾌해서 그에게 향하였던 동정이 일시에 소멸되고, '될 대로 되어라, 나는 안 도와줄걸.' 하는 생각이 났다. 그러나 그와 동시에 내 위신이란 것이 몇 푼어치 못 되는 것이 슬펐다.

그러나 이날 마침 좋은 기회가 왔다. 군수가 헌병 분대장과 같이 새 사냥을 오느라고 차에서 내려서 총을 멘 수원(隨員)을 둘이나 데리고 이 동네로 들어온 것이었다. 내가 처갓집 사랑에 앉았노라니 그 아는 체하는 작자가 쫄랑대고 그들을 끌고 왔다. 무론 그런 손님이 이 동네에 오면 이 사랑밖에는 쉬일 곳이 없을 것이다.

군수는 내 손을 덥석 잡고,

"아, 이거 웬일야? 자네 어째 여기 와 있나?"

하고 반가워하고 분대장도 친숙하게 나와 인사하고 사랑에 들어앉았다.

"아, 이 댁이 자네 처가댁인가. 닭이나 한 마리 잡겠네그려."

하고 수선을 떨었다. 중학교를 마치기가 갑갑해서 이 년급에서 전문학교에 뛰어오른 친구라 걸쭉걸쭉한 사람이었다.

이날 처가에서는 닭도 없어지고 술값도 나갔으나 그 효과는 컸다. 내가 군수와 분대장과 절친(?)하다는 것이 장모에게 큰 힘이 된 것은 말할 것도 없었다. 더구나 그들이 꿩을 잡아가지고 와서 처가에서 하룻밤을 묵었다는 것은 장모에게는 여간 큰 영광이 아니었다. 그 집을 뜯어먹으려던 처가 일가들이 기가 눌렸을 것도 상상할 수 있는 일이었다.

군수 일행이 떠나간 뒤에 처가에서 내게 대한 대우는 더욱 융숭하였다. 나를 대단히 잘나고 무서운 사람으로들 보는 모양이었다. 아내도 싱글벙글 대단히 좋아하고 어성까지도 높아진 것 같았다. 잘난 남편을 가졌다는 자만이 난 모양이었다. 애들까지도 나를 더 따르는 것 같았다. 나도 어깨가 으쓱하여서 자전거를 타고 이 집을 떠났다.

종매는 가슴앓이를 하고 있었다. 매부는 등신 모양으로 사랑에 가만히 앉아 있고, 종매의 시아버지는 머슴과 작인들을 데리고 짱짱 잔소리를 하고 있었다. 이 집에는 소가 새끼를 낳았다.

"나는 암만해도 이 병으로 오래 못 살고 죽는다."

누님은 이런 비관하는 소리를 하면서 사십이 다 되어서 낳은 만득자 외아들을 안고 있었다. 이 집에 있는 것은 먹을 것뿐인 것 같았다. 아무 낙도 없이 무엇 때문에 사는지 모르는 집이었다. 나는 누님이 불쌍하다고 생각하였다.

이모의 집으로 자전거를 달렸다. 나는 이번 길에 좋은 것을 하나도 보지 못하여서 마음이 찌뿌듯했다. 누이네 집도, 누님네 집도, 처갓집도 다 낙도 없고 아름다움도 없이 오직 인생의 괴롬과 보기 흉한 물욕의 암투가 있을 뿐이었다. 외가에서도 하루를 묵었으면 역시 불쾌한 것을 보았을 것이라고 나는 생각하였다. 실단 어머니가 지금 지옥고 속에 살고 있는 것은 말할 것도 없다. 나는 어디 사랑과 아름다움과 화평만 있고 물욕 싸움과 미워함이 없는 집에 잠시라도 몸을 담그고 싶었다. 이모네 집에를 가면 거기 가까운 것을 볼 것 같았다.

뚱딴지라는 별명을 듣는 이숙은 내게는 흥미가 없는 사람이었다. 그는 돈만 아는 사람이라고 해서 입빠른 이모는 나를 보고도,

"너의 아저씨는 돼지다."

하는 일도 있었다. 그는 술도 담배도 아니 먹고 친구 교제도 없고 오직 돈을 세는 것이 낙이었다. 더구나 그가 내가 어렸을 적에 제 아들, 즉 내 이종형을 읽힌다고 우리 집 칠서를 몽땅 가져간 뒤로부터는 나는 그를 몰인정한 고얀 사람이라고 생각하였다.

이모는 입이 빨랐다. 남이 아파할 소리를 곧잘 하였다. 내 어머니를 못난이니 미련퉁이니 한 것도 이모다. 그래도 그에게 그리 악의가 있는 것 같지는 아니하였고, 내게는 사랑해주는 이모님이었다. 어머니가 돌아간 뒤로는 이모를 대하는 것이 가장 어머니를 그리워하는 마음을 채워주었다.

이종은 장난꾸러기였다. 얼굴이 잘나고 재주도 있었으나, 공부나 일은 싫어하고 장난만 좋아하였다. 그는 물욕이 없어서 그 아버지와는 딴판이었다.

이종 형수가 나를 귀애해주었다는 것은 전에도 썼거니와, 그는 미인이요 또 다정하였다. 아이를 못 낳는 것이 흠이었다.

그 밖에 나와 동갑인 이종매는 나를 썩 좋아하였고, 나보다 세 살 어린 새침데기 누이가 또 하나 있었다. 요것이 어여쁘고 소문난 계집애였다.

이들 틈에 가 있으면 적어도 하루 이틀은 행복될 것 같아서 나는 오르내리는 고개 많은 길로 자전거를 몰았다.

이모 집 동네는 잔잔한 산을 등지고 꽤 큰 강가에 앉은 기와집 많은 부요한 큰 동네다. 홍패장도 쌀섬도 아울러 있는 동네였다.

소리 없이 흐르는 강물이 보일 때에 나는 이종과 거기서 고기 잡고 놀던 것을 생각하고 유쾌한 이종형의 얼굴을 시각이 바쁘게 대하고 싶었다. 나들이나 안 갔을까.

이모 집 사랑문이 닫혀 있었다. 웬일일까. 나는 자전거를 밖에 세워놓고 안으로 들어갔다.

"이모님!"

마당이 쓸쓸하였다.

"아이, 돌고지댁 서방님!"

하고 형수가 하얀 옷을 입고 나왔다. 얼굴은 분을 바른 듯이 희어서 핏줄이 비칠 것 같았다.

"아주머니."

하고 나는 형수의 곁으로 가까이 갔다. 나이는 육칠 년 차이밖에 없건마는 내가 어렸을 적에 그는 벌써 어른이었었으므로 지금도 그가 나보다 훨씬 어른인 것 같았다.

"이모님이랑 형님이랑 어디 가셨어요?"

나는 형수의 소복의 뜻을 이리저리 해석해보면서 물었다.

"어머니는 금방 계셨는데. 인제 들어오시겠죠. 이리 들어오셔요."

하고 형수는 이모님이 거처하는 안방으로 앞서 들어가서 거듭거듭 방을 치우고 돗자리를 내려 깔았다. 나는 자전거를 안마당에 들여놓고 형수가 청하는 대로 안방으로 들어갔다.

서로 절을 한 뒤에야 형수는,

"아저씨께서 돌아가셨답니다, 구월 초하룻날."

이렇게 말하였다. 이제 나는 그가 소복을 입은 뜻을 알았다. 그러나 아저씨가 돌아가는 것쯤은 내게는 아무 상관이 없어서 나는 억지로 "네" 하고 놀라는 양을 보였다. 그러나 형수가,

"형님도 돌아갔답니다, 구월 초여드렛날."

할 때에는 정말로 숨이 막혔다. 세상에 이런 일도 있을 수 있나? 아마 내 낯빛이 갑자기 해쓱하게 변했던 모양이어서 형수는 눈을 크게 뜨고,

"서방님, 웬일이셔요?"

하고 내 팔을 잡아서 가엾게 흔들었다.

그제야 나는 숨을 내쉬었다. 내게는 사촌이라고 이름 부를 오직 한 사람, 내가 가장 좋아하는 그가 죽었다!

이모가 딸들과 함께 돌아왔다. 산소에 다녀오는 것이었다.

이모는 나를 보고 빙그레 웃기까지 하며,

"우리 집은 망했단다. 아저씨도 돌아가고 형도 죽었단다. 형이야 젊은

놈이 왜 죽겠니? 네 형이 먼저 앓다가 좀 나아갈 적에 아저씨가 돌아가니 깐 글쎄 이것이 머리를 풀고 상제 노릇을 했구나. 제 아버지 장사하고 사흘 만에 제 아버지를 따라갔단다, 어미는 버리고. 그래도 제 아버지께는 아들 노릇을 했지. 그래도 아버지 상여 뒤에 따라갔으니 아들 노릇 한 것 아니냐."

하고 형수를 쳐다보면서,

"제가 죽으니 나보다도 네 형수가 불쌍하지, 자식도 없는 게. 어떻게 한평생을 사니?"

나와 누이들의 눈도 이 젊은 과부에게로 쏠린다.

형수는 고개를 숙인다.

이모는 딸들을 돌아보며,

"이까짓 년들야 백 개 있음 무얼 하니? 제 서방들이나 알지 친정 생각이야 요만큼이나 하나."

하고 두 손가락을 합해서 손톱을 가리켜 보인다. 누이들은 픽 웃는다. 이모는 화두를 돌려서,

"그래, 네 처는 곧잘 살림을 하느냐, 열일곱 살이라지? 그게 무얼 할 줄 알겠니? 천둥벌거숭이지, 이따위로고나."

하고 작은누이를 손가락으로 찌를 듯이 가리킨다.

작은누이는 어머니 손가락에 눈이 찔릴까 보아서 고개를 흠칫하면서 내 곁으로 피해 온다.

이모는 전혀 아무 감정도 없어진 사람과 같이 마치 우스갯소리나 하는 것 모양으로 혼자 이야기를 하고 있었다.

"도경이, 너 이 애들 할아버지 보였니?"

하고 또 화제를 돌렸다.

"아직 못 뵈었어요."

하는 내 말이 끝나기도 전에 형수가,

"금방 오신걸요. 이모님 하고 부르시길래 제가 문을 열고 나갔더니 형님 어디 갔느냐 그러시겠죠."

하고 보고를 한다.

"흥, 우리 시아버님은 장가를 듭셨단다, 아들 보시겠다고. 칠십이 넘은 어른이 새신랑이 되셨어. 열일곱 살 된 마나님을 다려다 놓고 정신이 다 없으시단다. 미친 늙은이지 무에냐. 손주며느리 손주딸들이 부끄럽지도 않은지. 인제 아들을 한 죽이나 낳아놓으실 게다. 이 집이 본래 망할 놈의 집야. 삼대째나 양자를 하는 집이니 망할 놈의 집 아니냐. 양자에 진절머리가 나서 송장 바탕 다 된 늙은이가 처녀장가를 듭셨단다. 어머니는 화를 내서 영감님하고는 말도 아니 하시지. 칠십이 넘어도 샘이 나시는 거야."

하고 이모는 유쾌한 듯이 웃는다. 우리들도 어이가 없어서 웃었다. 형수도 웃음을 참느라 입을 꼭 다물었다. 작은누이는 참다못하여 끽끽끽 소리를 내고 내 어깨에다 입을 비볐다. 이런 집에도 웃음이 있는 것이 신통하였다. 죽은 사람은 죽어도 산 사람은 산다는 것이 이를 두고 이름이라고 나는 생각하였다.

"할아버지가 망령이 나셨지 그게 뭐요?"

하고 큰누이가 입을 삐쭉한다.

"어디서 여우 같은 계집애를 하나 다려다 놓고. 꼭 여우야."

작은누이가 입을 뾰족하게 내밀어서 여우의 주둥이를 그려본다.

누이들은 다 할아버지의 첩 얻은 것이 제 이해에 관계되는 일이기 때문이었다.

"자식이 없다 없다 하니 딸자식은 자식 아닌가, 머."

작은누이가 한마디 더 한다. 이모가 작은누이의 말을 받아서,

"딸년들이 쓸데 있니? 친정에를 오더라도 무엇이나 뜯어가러 오지 쌀 한 톨 보태는 딸 있디? 너의 년들도 그렇지, 어미 생각도 안 할 텐데 할아버지 할머니 생각할 테냐. 그러니깐 딸년들이란 죽으로 있어도 쓸데없다는 거야. 너의 년들도 백번 와보아라, 할아버지가 논 한 말지기나 줄 줄 알고. 인제 다 틀렸다. 마나님이 꾸역꾸역 아들을 쓸어 낳아도."

이런 소리를 하였다.

"어머니는 외갓집에 무얼 뜯으러만 댕기셨수?"

작은누이가 또 들이댄다.

이모는 누이의 말에는 대답도 아니 하고 날더러,

"참, 너, 외가에 가보았니? 다들 잘 있디? 유복이가 아들을 낳았다지?"

하고 친정 일을 물었다.

"네, 그저께 외가에 들러 왔어요. 다 무고들 해요. 유복이 아들은 벌써 너푼너푼 기던데요."

나는 이런 집에서 그런 말은 안 할 것이 아닌가 하였다.

"그 며느리도 인제는 공들인 값이 났다. 그래도 유복이가 하나 있어서 그것을 길러가지고 인제는 손자를 다 보았고나."

하고 길게 한숨을 한 번 쉬고 나서,

"그래, 유복이 어멈도 인제는 늙었겠고나, 사십이 넘었지? 내가 그

며느리 본 지도 십 년이 넘었을 게라. 어머니 대상에 댕겨오고는 못 갔으니."

하고 감개무량한 모양이다.

"머, 그렇게 늙지도 않았어요, 좀 뚱뚱해졌어요."

"뚱뚱해졌어? 응, 몸이 났고나. 여편네가 팔자가 좋아지면 몸이 나는 거야. 나는 팔자가 사나와서 이렇게 말라꽹이가 되었지만."

하고 무엇을 멀거니 생각하는 모양이더니 눈으로 며느리를 가리키며,

"우리 저 애도 유복동이라도 있으면 작히나 좋을까. 너 아무렇지도 않으냐?"

하고 진찰하는 눈으로 며느리의 몸을 훑어본다.

형수는 흰 얼굴에 약간 홍훈을 띠며 고개를 숙인다. 내 눈도 형수의 몸에 쏠렸다. 그는 암팡진 편은 아니나 몸에 부인 구석이 없고 삼십이라면 곧이 안 들을 만치 애티가 있었다. 생산을 못 한 까닭도 있거니와 몸이 풍후한 때문인 것 같았다. 문의 누님과 같이 모두 토실토실하였다. 저런 몸으로 어찌해서 생산을 못 할까 하고 나도 이상히 여기지 아니할 수 없었다.

"안 그러냐, 도경아? 네 형수가 금두꺼비 같은 유복동이를 하나 낳아 놓으면 우리 집이 고목생화가 아니냐. 지금 내게 남은 소망은 그것밖에 없어."

모두 남의 이야기를 하는 것처럼 감정을 아니 보이던 이모의 얼굴에는 이때에는 바람의 간절함이 나타났다. 그의 눈은 며느리의 배 속을 꿰뚫어 보려는 것 같았다. 누이들도 무시무시하리만큼 시치미를 떼고 있었다.

형수는 그런 듯이 소구둠하고 앉아 있었다. 그의 젖가슴이 불룩불룩 들먹거리는 것으로 보아 무슨 감정의 격동이 일어난 것이 분명하였다.

이모는 며느리에게서 결정적인 대답을 기대하는 모양으로 눈도 깜박 아니 하고 며느리를 보고 있었다. 죽은 외아들의 목숨이 손자로 태어나기를 기다리는 것이었다. 나도 이모와 같은 감정을 품고 형수의 입술이 벌어지기를 기다렸다.

얼마 동안 무거운 침묵이 있은 뒤에 형수는 손바닥으로 눈을 씻고 고개를 들었다.

"어머니 그런 것 믿지 마셔요. 저는 유복자를 못 낳습니다."

하고 또렷또렷이 대답하였다.

"왜? 아직 어떻게 아느냐?"

하고 이모는 유복자의 희망을 차마 버리지 못하는 모양이었다.

형수는 말하기 어려운 듯이, 그러나 결심한 듯이, 큰누이를 향하여,

"오라버니는 총각으로 돌아가셨답니다. 나는 처녀로 과부가 되고요."

이렇게 말하고는 시어머니를 향하여,

"이런 말씀은 영 아니 여쭈려고 했지마는 어머님께서 못 바라실 것을 바라고 계시는 것을 뵈옵기가 황송해서 바로 여쭙니다."

하고는 일어나 나가버린다.

이모는 화석이 된 듯하고 누이들과 나는 어리둥절하여 서로 바라보고만 있었다. 그러나 누이들도 다 시집간 사람들이라 형수의 말뜻을 못 알아들을 리는 없었다.

'옳지 그렇구나!'

하고 나는 속으로 끄덕끄덕하였다. 형이 공부도 일도 다 싫어하고 장난

만 좋아하던 것이 그 때문이었구나. 그에게는 저 자신에 대하여 또는 젊은 아내에 대하여 깊은 비관을 가지고 있었구나. 나는 이렇게 해석하였다. 또 여남은 살 적에 형수가 나를 쓸고 만지고 귀여워한 것이 성욕의 불만에서 오는 변태성욕이 아니었던가. 아무리 내가 나이가 어리더라도 도련님이라고 칭하는 시아주버니거든, 내 살을 만짐이 과도하였다고 어린 마음에도 생각하였었다.

'내 이종형은 임포텐츠였다.'

나는 이렇게 판단을 내리니 모든 것이 다 해결이 되었다. 그렇다 하면 남자 아닌 남편과 십여 년 동거한 형수의 신세는 생각할수록 가긍하였다. 그것을 참고 아무에게 발설도 아니 하고 오늘날까지 살아온 형수는 무섭게 높고 굳은 여성이었다.

이모는 한 번,

"응!"

하고 땅이 꺼지는 한숨을 쉬고는 어머니로서도 마음에 짚이는 점이 있는 듯 그 문제에 대하여서는 더 말을 아니 하였으나, 그의 눈과 얼굴이 갑자기 빛을 잃어버리는 것은 어찌할 수가 없었다. 그의 생명 속에 남았던 한 줄기 희망의 등잔불마저 꺼지고 말았으니, 인제는 그의 얼굴을 비출 빛이 없었다.

우리가 이렇게 서로 바라보고 앉았는 동안에 형수는 부엌에서 솥을 가시고 불을 때고 있었다. 나를 위하여 무엇을 만드는 모양이었다.

나는 이 집에 있는 것이 마음이 무거워서 한 시각이라도 일찍 떠나고 싶었다. 게다가 학교를 이틀이나 쉬었으니 오늘 안 가면 내일도 쉬게 될 것이다. 한 목사가 오고 학교가 교회의 소속이 된 이래로 학교 안에 무슨 음모가 움직이고 있고, 그 음모의 대상은 대개 나를 밀어내자는 것임도 안다. 백 선생도 자기가 교장이 되고 싶은 것을 내가 일러주지 아니한 탓인지 근래에는 가장 예수를 잘 믿는 모양을 보이고 있는 것이 역시 한 목사 편에 붙는 모양이요, 새로 온 오 선생은 이현령비현령이지마는 그도 예배당에서 강도하기를 좋아하는 것을 보니 역시 교회에 붙어서 학교에 한몫 중임을 맡으려는 뜻이 있음이 분명하였다. 가장 놀라운 것은 성 선생의 거취였다. 그는 본래 한학자요 나와는 세의도 있는 사람이건마는, 근래에는 성경을 들고 다니며 직원회에서도 내 의견에 찬성 아니 하는 일이 있게 되었다. 내라고 예수를 아니 믿는 것도 아니요 예배당에서 강도도 아니 하는 바가 아니지마는, 웬일인지 저 자칭 진실한 신자 패들은 나를 이단자로 몰기 시작하였다. 그 중요한 원인은 내가 톨스토이를 좋아한다는 것과, 학생들에게 생물 진화론을 말하여서 신앙심을 타락게 한다는 것이었다. 그러나 이것은 겉 핑계요, 나를 미워하는 가장 큰 이유는 그중 나이 어리고 나중에 온 것이 어느덧에 학교의 중심인물이 되어버린 것을 샘함이라고 나는 생각하였다. 이러한 형편이니 내가 없는 틈을 타서 이 진실한 예수교인들이 무슨 음모를 할는지 모르는 일이었다.

뒤곁 배나무 위에서 까치가 깍깍 짖었다. 저녁 까치는 걱정 까치라고, 그 걱정은 내 걱정인 것 같았다.

나는 작은누이더러,

"난 지금 갈 테야. 아주머니 무얼 만드시나 보라, 나 위해선 아무것도 마시라고. 난 간다고."

하고 일렀다.

"아이구 오빠도, 그렇게 왔다 가는 법이 어디 있수?"

하고 큰누이가 내 모자를 집어 들고 나간다. 갖다가 감춘다는 것이다.

작은누이는 일어나더니 문밖에 벗어놓은 내 구두를 집어 들고 어디로 가버렸다.

"감추지 말어!"

하고 짜증을 내면서도 속으로는 그러한 혈족의 애정이 지극히 반갑고 기뻤다. 다 사촌들이다. 어디를 가면 누가 나를 이렇게 정답게 만류해주랴 하고 누이들에게 절을 하고 싶도록 고마웠다.

이모는 빙글빙글 웃으면서,

"하루 묵어가려므나. 다들 저렇게 반가와하는데, 뿌리치고 가면 되나. 저의들도 너밖에 가까운 사람이 있니? 이 집에는 열촌이 쟤들게 제일 가까운 일가란다. 망할 놈의 집이지? 어서 두루마기 벗어라."

하였다. 이때에 구두를 감추고 들어온 작은누이가 제 손으로 내 웃옷 고름을 끄르고 막 잡아 벗겨다가 또 어디로 가지고 갔다. 버릇없는 일이나 그 버릇없는 것이 아름답고 기뻤다.

이 이야기를 쓰고 있는 오늘날에는 그 이모도 형수도 다 저세상 사람이 되고, 아들 한 죽을 낳겠다고 애첩을 얻었던 그 늙은이는 더 말할 것도 없이 벌써 이 세상에는 없는 사람들이다. 죽음은 고마울 때도 있다. 이모나 형수를 그 슬픔에서 구원할 자가 죽음밖에 또 무엇이 있는가. 지금은 돌아볼 이 없는 두 과부의 산소에 봄풀만 푸르렀을 것이다.

이튿날도 해가 저물어서야 나는 집에를 돌아왔다. 문의 누님이 반갑게 나를 맞아서 내 의관을 받아주었다. 그도 내 이종 형수와 꼭 같은 신세다. 세상에는 행복된 사람이 없나 보다. 혹은 박복한 내게 관계있는 사람들만이 그러한가. 소년 과수로 유복자를 길러서 손자를 본 내 종형수를 이모는 팔자 좋은 사람이라고 불렀다.

"아무 일 없었어요?"

내 밥상 곁에 앉아서 문의 누님은 이렇게 물었다.

나는 처가에서 일어난 일을 대충대충 말하고 처형이 음모를 하는 모양
이라고 말하였다. 문의 누님은 빙긋 웃을 뿐이었다.

설마 아내와 나와의 문의 누님에 관한 대화야 옮길 수가 있나. 나는 아
내와 문의 누님과의 심리를 한 번 더 촌탁하여보았다.

"무슨 일 없었어요?"

이번에는 내가 문의 누님께 물었다.

"닭이 또 싸왔어요."

하고 문의 누님이 웃었다.

"뉘 집 닭하고? 한 목사 집 닭하고?"

하고 나는 입으로 가져갔던 밥술을 밥그릇 위에 놓고 물었다.

"뉘 집 닭인지 제가 알아요?"

하고 그는 우리 닭과 싸운 수탉의 모양을 설명하였다. 그것은 분명한 목
사 집 수탉이었다.

"그래서? 그래서 어떻게 되었어요? 뉘가 이겼어요?"

"어서 진지 잡수서요."

하고 그는 닭이 싸우던 이야기를 시작하였다.

"바로 어제 아침야요. 우리 수탉이 어디로 나가더니 한참 있다가 무엇
에 쫓기는 소리를 하고 들어오겠지요. 하더니 그 뒤를 따라서 지금 말씀
한 수탉이 따라 들어온단 말씀야요. 하더니 우리 닭과 맞붙어 싸우겠죠.
지독히 싸우두군요. 처음에는 우리 닭이 밀리는 것 같더니 차차 기운을

내두군요. 아마 한 시간 턱은 싸왔을 거야요. 물고 뜯고 차고, 엎치락뒤치락, 어느 편이나 한편은 죽는 것 같아요."

"그래서, 누가 이겼어요? 우리 닭이 지지는 않았지요?"

하고 갑갑해서 결과를 물었다.

"지기는 왜요? 나중에는 그 닭이 우리 닭헌테 깔려서 죽도록 쪼였어요. 휘 하고 제가 쫓아도 몰라요. 남의 닭이 죽으면 안 되겠길래 제가 우리 닭을 쫓았더니 그 닭이 날 살려라 쭉지를 늘이고 달아나겠죠."

문의 누님의 설명 솜씨가 상당하였다. 전도부인이 될 수 있겠다고 나는 생각하였다.

나는 만족하여서 웃으며 다시 밥 먹기를 시작하였다.

"그러면 그렇지. 우리 닭이 원수 갚으러 한 목사 집에 가서 그 집 닭과 싸우는 것을 또 한 목사가 몽둥이를 들고 우리 닭을 쫓은 모양이로군. 그렇지 않으면 우리 닭이 충무공의 전술을 써서 한 목사네 닭을 쫓기는 체하고 후려서 다리고 왔거나."

하고 혼잣말 모양으로 중얼거렸다.

"아, 참."

하고 문의 누님은 장지를 열고 내려가서 웬 묵직한 자루를 방구석에 끌어내면서,

"바루 아까 다 저녁때에 웬 사람이 이걸 지고 왔어요. 곧은골서 보낸 거라면 아신다고요."

하고 나를 바라본다.

"곧은골?"

"네에, 곧은골이라고요."

"응, 알았어요. 그것도 불쌍한 사람헌테서 온 거야요."

하고 나는 한숨을 쉬었다. 곧은골이라면 실단의 시집이 있는 곳이요, 거기는 밤이 소산(所産)이었다.

"불쌍한 사람헌테서요? 어디 또 저 같은 사람이 있나요?"

하고 문의 누님은 쓴웃음을 친다.

나는 고개를 끄덕끄덕하였다.

문의 누님은 물끄러미 나를 바라보고 내 끄덕이는 뜻을 생각하는 모양이었다. 세상에 저보다 더 불쌍한 사람이 있을까 하는 것이다.

"맨 불쌍한 사람입디다. 내가 오늘까지 사흘을 돌아다녔는데 불쌍하지 아니한 사람이라고는 하나도 못 만났어요. 우선 외가댁으로 보더라도 누가 불쌍하지 아니한 사람이야요? 내가 그동안에,"

하고 손가락으로 꼽으면서,

"한 집, 두 집, 세 집, 네 집을 돌아왔는데 다 불쌍한 사람들뿐입디다. 남편이 있어서 불쌍한 사람, 없어서 불쌍한 사람, 있을 적에도 불쌍하다가 없어져도 불쌍한 사람, 모두 불쌍한 사람 천지야요. 이 밤을 보낸 사람도 마음에 없는 남편헌테 시집을 갔다가 일 년 만에 과부가 되었으니, 있어서도 불쌍, 없어서도 불쌍이 아녀요? 아마 없는 불쌍이 있는 불쌍보다 나을 거야요. 싫은 남편하고 한날 사느니보다는 남편이 없이 사는 게 안 좋아요? 난 그렇게 생각해요."

하고 한탄조로 말하였다.

"그야 그런 불쌍한 사람만 곱으시니깐 그렇죠. 마음에 맞는 남편허구 재미나게 사는 사람도 불쌍해요?"

문의 누님은 항의하였다.

"글쎄요. 그런 내외가 있다면 불쌍하지 않겠지마는 그런 내외를 보셨어요? 설사 지금은 의추가 서로 맞는 내외라 하더라도 내일 어떻게 될지 알아요? 한 사람이 마음이 변할 수도 있고, 죽을 수도 있고. 그러니 행복이란 풀잎에 이슬이 아녜요? 믿을 게 어디 있어요? 부러워할 건 어디 있구?"

내 말은 더욱 비관적이었다. 내 그때 기분이 진실로 그러하였다.

"그렇게 생각하면 그렇기도 하지마는 풀잎에 이슬 같은 기쁨이라도 있는 것이 없는 것보다 낫지 않아요? 저는 꿈속에라도 기쁜 일을 좀 보았으면 좋겠어요, 깨어나서는 더 괴롭더라도."

문의 누님의 말에는 인생철학이 있었다. 그것은 활자로 된 책을 읽어서 얻는 것이 아니요 제 생활이라는 원본에서 얻은 것이었다.

"있다가 없을 것이면 애초부터 없는 편이 안 좋아요? 세상에 변치 않는 것이 오직 하나가 있으니 그것이 무엇인지 아셔요?"
하고 나는 웃었다.

"몰라요, 그게 무어야요?"
하고 문의 누님도 웃는다. 그의 이가 불빛에 유난히 희게 빛난다.

"말씀할까요? 애초부터 없는 것하고, 있다가 없거든 잊어버리는 것하고. 어때요, 그렇지요?"

"그렇지만, 그렇지만, 그래도 있다가 없을 것이나마 있고 싶어요."
하고 부끄러운 듯이 웃는다.

"어디 밤 좀 주슈."
하고 나는 기분을 고치려 하였다.

문의 누님은 부엌에 내려가서 칼과 대접과 마른바가지를 갖다 놓고 밤을 한 줌 한 줌 손으로 집어서 한 바가지 퍼내었다. 밤은 굵고 좋았다. 검붉은 그 모양은 언제 보아도 소박하였다.

"여기 편지가 들었어요."

하고 문의 누님은 좁게 접어서 세모나게 맨 종이를 먼지를 떨어서 내게 준다. 내 가슴은 두근거렸으나 문의 누님 앞이라 태연한 태도를 꾸미고 그것을 펴서 읽었다.

"오라바님 전."

이라고 허두하고,

"이 밤은 실단이 새벽마다 집 뒤 밤나무 갓에서 한 톨 한 톨 아람 주워 모은 것이오니 겨울밤 화로에 구우시와 맛보시옵소서."

이뿐이었다. 그 글씨는 처음 보는 바거니와, 그 말들은 소리를 발하여 내 귀에 울리는 것 같았다. 남편이라고 속마음으로 수없이 부르던 사람을 오라비라고 글로 쓰는 그의 심정도 짐작할 수 있었다.

"실단이가 한 톨 한 톨 주워 모은."

이 얼마나 간절한 구절인고. 이 한 톨 한 톨의 밤에는 실단의 손이 닿았던 것이다. 거기는 그의 살냄새가 품겨 있는 것이다. 이것을 남더러 만지라서 될 것인가. 나는 형언할 수 없는 감격을 느꼈다.

"겨울밤 화로에 구워."

라는 것은 의미가 있다. 오 년 전 외가에서 윷놀이하던 이튿날 실단의 집에서 저녁 대접을 받던 밤, 실단은 말없이 화로에 밤을 구워서 나를 먹였다. 그것이 그가 손수 나를 공궤한 처음이요 마지막이었다. 사랑의 가장 드러난 표는 먹이는 것이다. 살이라도 베어서 먹이고 싶다는 말이 이 때문이었다. 사랑하는 사람을 무엇을 먹이는 것은 즐거운 일이다. 만물을 먹이는 것은 하느님의 사랑이요, 아들딸을 먹이는 것은 어머니의 사랑이다. 사랑하는 아내는 남편의 조석을 만드는 것으로 큰 낙을 삼는다. 그날 실단은 새침하고 화로 곁에 앉아서 내게 밤을 구워 먹였다. 말은 없었으나 사랑이었다. 사랑하는 이를 먹이는 것도 즐거움이지마는 사랑의 먹임을 받는 것도 즐거운 일이다. 실단의 밤을 입에 물고 고맙게 고맙게, 기쁘게 기쁘게 나는 씹었다. 실단의 가무스름한 살빛, 살이 비치는 손톱, 소리 없이 웃는 웃음, 이런 것이 모두 눈앞에 어른어른하였다.

이튿날 학교에 가 보니 과연 내가 없는 사흘 동안에 중대 사건이 있었다.

새 교주인 미국 선교사 오웬 목사가 교주가 된 후에 처음으로 학교에를 왔다. 그는 이 학교를 예수교회 학교로 개조할 임무를 가지고 온 것이었다. 백 선생과 내 족형의 말을 들으면, 오웬 목사는 토요일 오후 내가 처가로 간 뒤에 와서 지난 주일 예배를 주장(主掌)하고 그끄제 월요일부터는 교회 일과 학교 일을 의논하였다.

오웬 목사는 월요일 조회에 학교의 직원과 생도에게 대하여 일장의 훈시를 하고, 그 뒤에는 교주의 자격으로 직원회를 소집하여 공식 회견이 있고, 다음에 각 교직원을 개별적으로 불러서 의견을 청취하였다. 그동안에 한 목사가 풀 방구리에 쥐 드나들듯 오웬 목사의 방에 긴한 듯이 들락날락한 것은 말할 것도 없다. 백 선생이나 족형이나 오웬 목사에게 무슨 의견을 말하였다는 것은 내게 말하지 아니하였다.

그리고 어제는 오웬 목사가 아침 학생들 조회 시간에,

"교장은 설립자가 임명하는 것이나 학생들의 의향을 알고 싶으니 마음에 원하는 이의 이름을 투표하라."

고 하여서 즉석에 투표를 시키고, 그다음에는 직원회를 열고 또 그와 같은 투표를 시켰다. 직원회 석상에서 개표한 결과는, 학생의 투표는 한 목사 세 표, 백 선생 두 표를 제하고는 전부 내 이름이었고, 직원회 투표의 결과는, 성 선생, 백 선생이 각 한 표요 나머지 다섯 표는 내 것이었다. 그러고 보면, 투표의 결과대로 한다면 교장은 내가 되어야 할 것이었다. 한 목사의 세 표라는 것이 유, 김, 장, 세 녀석의 것임은 다시 말할 것도 없었다. 성 선생, 백 선생에게 한 표씩 넣은 것이 누굴까. 아마 성 선생에게 투표한 것은 박 선생일 것이요, 박 선생에게 한 이는 오 선생일 것이다. 오 선생은 나보다 나이가 십이삼 년이나 장이어서 내 밑에 있기를 원치 아니하였을 것이요, 또 내가 그의 소중한 자전거를 여러 날 끌고 다닌 것에 화증을 내었을 것이다.

또 듣건댄 오웬 교주는,

"이 학교, 이제 교회의 학교 되었으니, 교장과 교감, 학감 세례 받아야 할 것이오. 세례 아니 받은 사람 교회학교에 직원 될 수 도모지 없을 것이오."

하여 어제 오후부터 선생들의 세례 문답이 시작되어서 백 선생, 성 선생이 차례로 문답을 받았다 하고, 박 선생만은,

"나는 싫은걸. 선생네들 다 천당에 가면 나는 널찍한 지옥에 가서 술이나 먹을라네."

하였다 한다.

나는 이만한 예비지식을 가지고 오웬 목사를 그 방으로 찾았다. 그는 키가 육 척이나 되고 낯빛이 거무스레하고 입이 묵직해 보이는 사람이었다. 그가 교의를 타고 앉았다가 내가 들어오는 것을 보고 일어나는 것

이 방에 그뜩 차는 것 같았다. 방 한편 옆에는 콧(cot)이라는, 접을 수 있는 범포 침대에 하얀 홑이불을 씌운 담요가 덮여 있고, 또 한구석에는 트렁크 두 개가 세워 있었다. 이것은 그의 옷을 넣은 것이요, 툇마루에 쌓여 있는 나무 상자는 그의 요리 제구였다. 그는 음식 만드는 쿡(cook) 한 사람과, 비서라면 비서요 상노라면 상노라 할 젊은 사람 하나를 수원(隨員)으로 데리고 와서 그의 다음 방에 거처케 하고 있었다. 전장에 나가거나 감옥에 들어갈 때가 아니면 반드시 동부인해 다니는 미국 사람으로는 오웬 목사 혼자 이러한 시골구석으로 돌아다니는 것만 해도 큰 고생이거든, 게다가 우리네 모양으로 김치 깍두기로 밥만 먹으라기는 너무 심한 일일 것이다. 그러나 그가 예수의 사도요 내가 아직 철없는 젊은 사람이기 때문에, 우리네 집에 묵으며 우리네가 먹는 것을 먹고, 우리네가 자는 방에서 때 묻은 우리네의 이불을 함께 덮지 아니하는 것이 불만하여서 오웬 목사에 대하여 반감을 품고 나는 그를 대하였다.

나는 조선식으로 허리를 굽히지 아니하고 서양식으로 고개를 빳빳이 한 채 그와 악수하였다. 내가 동경서 다니던 학교에 미국 선교사 선생들이 여러 사람 있었기 때문에 나는 서양식 예절을 아노라 하였고, 영어도 중학생으로는 남보다 잘한다는 칭찬을 받았었다. 오웬 목사는 이 시골구석에서 꾀죄한 조선 옷을 입은 초라한 청년이 서양식으로 인사를 하고 영어로 지껄이는 것이 의외인 모양이어서 그가 도리어 조선식으로 허리를 굽히고 수줍어하는 것이 우스웠다. 나는,

"당신이 오셨는데 내가 여러 날 학교를 떠나 있어서 미안합니다. 궁벽한 산촌이라 불편하신 것이 많으실 줄 압니다."

이런 인사말을 미리 영작문 짓듯 준비하였던 것이라, 문법이나 발음이

나 크게 틀림은 없이 곧잘 지껄였다. 그러나 나는 속에도 없는 아첨의 말을 한 것 같아서 불쾌하였다. 왜 나는 담대하게,

'주께서 사도들에게 두 벌 옷도 견대도 지니지 말라 하시지 아니하였느냐, 그런데 네 이 많은 짐은 무엇이냐.'

하고 들이대지 못하였는가 하고 부아가 났다. 그러나 첫 기회를 놓치고 보니 큰 개 앞에 선 강아지와 같아서, 나는 그의 위엄에 눌리고 그의 친절한 접대에 휘둘려버려서 다시는 그를 내리누를 힘을 잃고 말았다.

오웬 목사는 자기가 침대에 옮아 앉고 의자를 내게 권하면서,

"처음 만나나 김 선생 말씀 많이 들었습니다. 또 이번에 와 보니 듣던 바 이상으로 직원이나 학생이나 모두 선생을 존경합니다. 투표해서 알았습니다. 김 선생이 학교의 지도자십니다. 책임 무거우십니다. 김 선생 학식 있고 능력 있어도 하느님의 은혜와 성신의 도우심 아니면 이 무거운 책임 다 잘하실 수 없다고 믿습니다. 김 선생 톨스토이 연구하신단 말씀 내 들었습니다. 나 톨스토이 많이 알지 못하나 사람 좋은 문사요 사상가인 줄 잘 압니다. 그러나 톨스토이는 사람이요 하느님이 아니니, 존경하는 것 가하나 믿는 것 불가합니다. 믿을 수 있는 이 세상에 오직 한 분 계시니, 그는 하느님의 외아들 우리 주 예수 그리스도이십니다. 그리스도 잘 믿는 사람 오직 좋은 교육자 될 것입니다."

하고 잠깐 말을 그치고 내 낯색을 바라본다. 나는 한 목사가 이런 소리를 일러바쳤구나, 속으로 불끈하였으나 '영국 사람은 결코 흥분 아니 한다.'는 영국 속담을 생각하고 천연스럽게 오웬의 말을 듣고 있었다.

오웬 교주는 내 얼굴이 태연한 것을 보고 안심한 듯이 다시 말을 이어,

"또 찰스 다윈의 생물 진화설로 말하면 단지 한 가설에 불과합니다. 결

코 증명된 진리가 아니요, 아마 그런가 보다는 생각에 불과합니다. 그러므로 이것을 어떤 학자의 한 의견으로 가르치는 것은 상관이 없지마는 그것을 진리라고 믿게 하는 것 죄라고 아니 할 수 없습니다. 사람의 이론 공교한 듯하나 매양 잘못되기 쉽고, 하느님 말씀 평범한 듯해도 영원히 변함없습니다. 세상에 안심하고 믿을 책 한 권 있으니 그것은 성경입니다. 나는 김 선생 성경 더 힘들여 연구하시기 바랍니다."

좀 길지마는 나는 오웬 목사의 말을 기억되는 대로 다 기록하였다. 그의 말은 논리에 맞게 꼭꼭 짜여 있기 때문에 잊을 수 없었다.

오웬 목사로 말하면 연배로도 내게는 존장이요 학식으로도 펜실베이니아대학 출신으로서 내게는 스승이라도 큰 스승의 자격이 있다. 그러하건마는 나는 그의 훈계적인 태도에 반감이 일어남을 금할 수가 없었다. 나이는 비록 어리고 학력도 중학 졸업밖에 없지마는 내게는 저까짓 선교사 따위의 하풍에 서랴 하는 자부와 교만이 있었던 까닭이다. 그러므로 오웬 목사의 말이 끝나기를 기다려서 나는 거만하게 가슴을 떡 벌리고 떨리도록 흥분한 목소리로,

"내가 예기하지 아니하였던 당신의 강의에 대하여는 감사할 의무를 느낍니다. 그러나 지금 내가 당신을 찾은 것은 한 친구를 발견하려 함이지 선생을 구함은 아니었습니다."

하였다. 나는 좀 지나쳐 흥분한 것이 부끄러웠으나 당연히 할 말을 당당하게 하였다고 자신하고 일어났다.

오웬 목사는 손을 내밀며,

"나는 김 선생을 불쾌하게 한 것이 미안합니다. 그러나 나는 당신을 모욕할 의사 조금도 없었습니다."

하고 내 손을 잡아 흔들었다. 그의 손은 따뜻하였으나 내 손은 찼다.

나는 이제는 이 학교 교장이 되기는커녕 이 학교에 있기도 다 틀렸다고 분개 비슷한 생각을 가지고 집으로 왔다. 애초에 학교를 선교사의 그늘에 두어서 일본 관헌의 압박을 면하자는 것부터 내 비위에는 맞지 아니하였다. 일본 그늘에 드는 것이 옳지 않다면 어느 외국의 그늘에 드는 것도 마찬가지가 아니냐고 나는 애초부터 주장하였던 것이다. 하물며 선교사의 비위를 맞추어가며 교장의 자리를 탐하는 것은 더러운 일 같았다.

나는 집에 돌아와서 실단의 밤을 화로에 구워 먹으며 무거운 짐을 벗어놓은 기분으로 있었다. 에그, 시원하다. 나는 훨훨 가고 싶은 데로 가리라, 하면 참으로 속이 시원하였다. 어디로 가느냐고 물으면 아무 데라고 대답할 수는 없어도 그저 이 자리를 떠나기만 하면 조롱에 갇혔던 새가 놓여난 것 모양으로 자유로울 것 같았다. 비록 다시 붙들려서 더 무서운 조롱에 갇히는 일이 있다 하더라도 놓여 있는 동안은 자유라고 생각하였다.

내 앞에는 압록강이 있었다.

내가 가는 날에 피눈물 난지 만지
압록강 나린 물에 푸른빛 전혀 없다.

하는 효종대왕의 노래가 생각했다. 그것은 왕자로서 청국에 포로로 붙들려 가는 애끓는 심사건마는 그 정경도 부러웠다. 나와 그와 같은 처지에서 그와 같은 노래를 짓고 싶었다.

청석령 지나것다 초하구 어디메뇨.

삭풍도 참도 찰사 궂은비는 무삼 일고.

뉘라서 내 행색 그려내어 임 계신 데 드리리.

하는 것도 그의 그때의 노래다. 삭풍 불고 궂은비 뿌리는 만주의 청석령, 거기서 임을 생각하는 정경, 그것도 부러웠다. 이 노래를 지은 이의 임은 아마 그 아버지 인조대왕이겠지마는, 그것은 고국도 될 수 있고 또 그리운 여성도 될 수 있다. 그러나 나는 누구를 그리워하여서 내 행색을 알리고 싶을꼬. 조국 삼천리강산이 내 그리운 임일 것은 물론이지마는 그 밖에, 아니, 그것을 대표하고 상징하는, 살 있고 피 있고 몸 따뜻한 아름다운 사람이 있고 싶었다. 압록강을 건널 적에, 청석령을 넘을 적에 그리워할 임이 있고 싶었다. 그것이 없고는 압록강 푸른 물이 싱겁고 청석령 궂은비가 멋쩍을 것 같았다. 그렇게 그립고 아름다운 임이 있어서 그가 천리 밖에서도 나를 생각하여준다면 열 압록강을 건너고 백 청석령을 넘어도 기쁠 것 같았다. 삭풍에 몸이 얼수록, 궂은비에 살이 젖을수록, 솟는 피눈물이 모두 기쁨일 것 같았다. 나는 중세기 구라파 기사들이 애인을 생각하고 모든 고초를 달게 받고 칼에 맞아 피를 흘리는 것도 기쁨으로 알고 영광으로 여기던 심리를 양해할 수가 있었다. 그때에 나는 아직 세르반테스의 『돈키호테』를 읽은 일이 없었거니와, 나의 심정은 돈키호테와 다름이 없었다. 돈키호테가 한 번 본 시골 어떤 계집애를 저 혼자 애인으로 정한 모양으로 나도 그러한 애인이 하나 있고 싶었다.

내 마음에 떠 나올 수 있는 애인은 실단뿐이었으나, 시집가서 과부 된 여자를 애인으로 여겨서 압록강, 청석령에서 피눈물을 생각하기에는 어던지 좀 부족하고 어색함이 있는 것 같았다. 그러면 누가 있나? 문의 누님? 그도 내 애정을 끄는 사람이어서 같이 살라면 살 수는 있는 여편네지마는 내 가장 깊고 높은 으뜸이요 오직 하나인 애인으로는 부족하였다. 그러면 누가 있나? 없었다! 나는 길게 한숨을 쉬었다.

나는 혹은 양자강 가에서 만날 수 있을 중국식 미인을 생각해보았다. 혹은 인도의 열대 민족적 열정을 가진 여성을 생각하고, 혹은 미인이 많다는 소아시아와, 클레오파트라가 났다는 나일강 가에서 우연히 알게 되고 사랑하게 되는 애급의 자주 옷 입은 처녀를 그려도 보았다. 영웅이 나면 용마가 난다고. 내가 났거든 내 애인이 아니 났으랴. 났건마는 아직 만나지 못함이다. 그렇다, 오직 못 만났을 뿐이다. 그도 어디서 누구인지 모르는 나를 기다리고 있을 것이다. 인연의 보이지 않는 줄이 내 발을 끌어서 그가 있는 곳으로 가게 할 것이다. 그렇다, 있기는 있다. 다만 만나는 것이 시간문제일 뿐이다.

이렇게 생각하면 내가 방랑의 길을 떠나는 것이 시각이 바쁜 것 같았다. 저녁상도 받지 아니하고 금시에 떠나고도 싶었다.

'가만있자.'

하고 나는 밤을 벗기던 손을 멈추고 잠깐 주저한다. 그렇게 대단히 잘난 여성을 내 애인을 삼으려면 먼저 내가 썩 잘난 사나이라야 할 것이다. 그런데 나는 그렇게 잘난 사람인가?

나는 어려서 어른들에게,

"그놈 잘났다."

하는 칭찬을 들었다. 동경 있을 때에는 어떤 신문에 홍안 미소년이라고 썼었다. 실단과 문의 누님이 나를 사랑하였다. 누이들에게도 나는 환영

받는 오라비였다. 그만하면 나는 잘난 사람이 아닌가.

또 나는 어려서 재동이니 신동이니 하는 칭찬을 들었고, 학교에서도 첫째는 못 해도 셋째까지는 하였다. 이 학교에 와서도 나는 잘 알고 잘 가르치는 선생이다. 나는 글도 잘 짓고 말도 잘한다. 나는 톨스토이도 알고, 셰익스피어, 바이런도 안다. 나는 일본말은 썩 잘하고 영어는 곧잘 한다. 그만하면 나는 잘난 사람이 아닌가. 더구나 내게는 닭의 싸움을 보고 천지의 비밀을 들여다보는 큰 직각력이 있다. 이것이야말로 공자, 석가, 예수로 하여금 공자, 석가, 예수가 되게 한 힘이 아닌가. 나는 이미 핀 꽃이 아니라, 장차 필 꽃의 봉오리다. 내게는 아직도 피어날 큰 꽃이 있다. 이야말로 나로 하여금 세계에 가장 빛나는 큰 인물이 되게 한 장본이다. 그렇다. 어디로 보든지 나는 대단히 잘난 사람이니, 지금 만난 내 아내나, 실단이나, 문의 누님이나, 이런 것들은 다 지나가는 한 티끌에 지나지 못한다. 내게 돌아올 큰 명예가 아직도 저편 미래의 구름 속에 감추어 있는 모양으로, 내 평생의 애인이 될 잘나고 덕 있고 재주 있는 여성도 어딘지 모르나 극히 깨끗한 곳에서 볕과 이슬을 받으며 향기를 담뿍 담은 봉오리를 짓고 숨어 있는 것이다. 보라, 가만히 눈을 감으면 그의 향기로운 숨결이 불려 오지 아니하는가.

그가 어디 있나? 아직은 모른다. 나도 모르고 다른 아무도 모른다. 하늘이 나를 위하여 곱게 곱게 그를 지키고 기르고 있는 것이다. 그도 내 숨소리를 들을 것이요, 내 체온을 살에 느낄 것이다. 나의 그윽한 마음속에 일어나는 한 생각 한 생각이 하나 빠짐없이 그의 맑은 마음에 비추일 것이다.

이렇게 생각하고 나는 옆에서 그가 나를 보고 있는 듯하여 밤 깎던 칼을 놓고 몸을 똑바로 하였다. 그리고 내 눈과 입과 모든 근육을 이리 움직이고 저리 움직여서 내 얼굴의 구김살을 펴고 점잖고 의젓한 표정을 지어보았다. 두 손을 마주 잡아 배 아래 읍하고 그린 듯이, 깎은 듯이 앉아보았다. 이렇게 하면 내가 무척 음전하고 위엄이 있는 것 같았다.

나는 아직 참선을 배운 사람이 아니었으매, 똑바로 앉으니 허리가 아프고 어깨가 쑤시고 팔다리가 저렸다. 나는 피곤한 것이었다. 흩어진 마음이 제가 노곤한 것도 잊었다가 마음이 가라앉으매 아픈 데가 알아진 것이었다. 나는 허리를 굽히고 다리를 뻗었다. 그래도 몸이 편안치 아니하여서 벌떡 뒤로 자빠져서 길게 기지개를 켰다.

'아아, 나는 몸이 약하다.'

하고 자탄하였다. 내가 본래 어려서도 잔병치레를 하여서 늙은 아버지를 괴롭게 하였지마는 이 학교에 온 후로 연해서 심한 과로와 영양부족으로 몸이 약해진 것이라고 나는 판단하였다. 그 원인이야 무엇이거나 몸이 건장치 못하여가지고는 큰사람이 될 수 없지 아니한가. 석가나 공자나 또는 톨스토이나 다 몸이 건장하셨던 모양이다. 그들은 모두 칠팔십 장수를 하시지 아니하였는가. 안자와 같이 조사(早死)하고도 이름난 사람도 있지마는 큰일을 하자면 우선 병 없이 오래 살아야 한다. 예수도 조사하셨지마는 그것은 십자가에 박히신 것이지 몸에 병이 나서 조사하신 것은 아니다. 베드로도 바울도 다 장수하셨다. 나도 꼭 오래 살아야만 하겠는데, 이렇게 몸이 쇠약하고 기침이 나다가는 큰일을 이루기 전에 죽을 것 같았다.

그러나 내게는 한 가지 신념이 있었다. 나는 큰사람으로 큰일을 하기 위하여서 세상에 태어난 사람이기 때문에 그 일을 이루기 전에는 결코 죽지 아니한다는 것이다. 나는 하늘이 아는 사람이다. 나는 늑대가 한창 날치던 계묘, 갑진년에도 열두 살 열세 살의 어린 몸으로 혼자 밤중 산길을 여러 번 걸었다. 비록 늑대나 호랑이를 만나더라도 그들이 감히 나를 범접하지 못한다고 나는 마음이 든든하였었다. 여름에 풀숲에 다녀도 긴짐승이 나를 상치 못한다고 믿었다. 짐승만 아니라 귀신도 감히 나를 건드리지 못한다. 내게 귀신이 범치 못한다는 신념을 준 데는 또 한 원인이 있다. 내가 이 학교에 온 뒤에 미친 사람 두 사람이 나를 보고 두려워한 사실이다. 이것을 보고 나는 귀신이 무서워하는 사람이라고 믿게 되었다.

이러한 것을 남들은 혹 돈키호테의 영신이 씌었다고 할는지 모르거니와, 그것은 내가 죽어서 이 세상을 떠날 때까지 두고 보아야 알 것이지마는, 나 자신은 은근히 그대로 믿고 왔던 것이다.

내가 칼라일의 『영웅숭배론』을 읽은 것도 훨씬 후의 일이어서 내가 이렇게 저를 크게 믿고 높이 본 것이 결코 마호메트 같은 광신자를 본받은 것이 아닌 것은 분명하니, 만일 이것이 미친 것이라면 나 혼자 내 멋대로 미친 것이지 누구한테서 옮은 것이 아닌 것만은 확실히 장담할 수가 있다.

이 이야기를 쓰고 있는 나는 벌써 오십이 넘어 육십 고개도 머지아니한 사람으로서 누가 보든지 신통치 아니한 인물이요, 앞으로도 별로 신기한 일이 있을 것 같지 아니하건마는, 그래도 나 자신은 아직도 옛날의 신념을 은근히 품고 있다. 나는 큰사람이라고. 나는 하늘이 아는 사람이라고. 나로 하여서 우리나라도 살고 이 인류도 바른길을 걷게 되느니라고. 후세 사람들이 내가 머물던 땅을 베나레스나 나사렛이나 메카나 곡부 모양으로 거룩한 순례의 처소를 만들고, 내가 걷던 길을 더듬어 내 발자국에 입을 맞추리라고. 사람만이 아니라 귀신도, 짐승도, 버러지도, 산도, 물도, 바위도 다 그러하리라고.

나는 누구를 보고 이런 말을 해본 적은 없다. 만일 한다 하면 듣는 이는 필시 고개를 돌리고 비웃을 것이다. 그러므로 나는 아무를 보고도 이런 말을 한 일이 없거니와, 이런 생각은 하루도 버린 적은 없었다. 스무 살의 시골 젊은 교사이던 시절이나 지금 센 터럭이 나부끼는 이때나 사람은 변하지 아니하는가 보다.

그러나 일이 뜻대로 되지 아니할 때, 믿었던 것이 팔팔결 틀어질 때에 내 믿음이 흔들리는 수는 가끔 있었다. 실단 일이 틀어질 때나, 내가 장가든 아내가 반드시 요조숙녀가 아닌 때나, 다 하늘이 아신다는 내 믿음이 흔들린 기회이지마는, 내가 ○○학교에서 받은 여러 가지 타격도 내 운명이 그다지 시원한 것이 아니라는 낙심하는 생각을 준 전례였다. 무슨 일이나 될 듯 될 듯하다가는 되기 한 걸음 앞에서 틀어지거나, 어찌어찌 바라던 대로 되더라도 신통치 않게 되고 마는 것이 내 운명인가 싶었다.

지금 교장의 지위가 내 목전에 있건마는 나는 그것 역시 될 듯하다가 말 것이라고 직각하였다. 이 변변치 아니한 시골 학교의 교장이라는 것도 이 고장에서는 최고의 지위였다. 한 지방의 어른이 되는 것은 한 나라의 어른이 되는 것과 다름없이 어려운 일이라고 나는 생각하였다. 나와 같이 무엇이나 마지막 한 걸음에 틀어지는 복력으로는 이만한 교장의 자리도 돌아올 것 같지 아니하였다. 그럴 바에는 내 편에서 미리 차버리는 것이 상책이다. 되고 싶은 마음이 있다는 내심의 약점을 남에게 보였다가 미끄러져서 비웃음거리가 되기보다는 애당초에 그까짓 것은 헌신짝

같이 돌보지도 않는다는 사내다움이나 보이자는 것이다. 이번 교장 일로 말하여도, 내가 교장이 되려고 이 사람 저 사람에게 운동을 하거나 교주에게 곱게 보이려고 아첨까지 할 마음은 본래부터 없지마는, 저절로 굴러 들어온다면 그래도 피이하고 박차버릴 소부의 생각까지는 없었다. 솔직하게 자백한다면 소년 명교장이라는 이름을 얻고 싶은 마음이 은근히 있었다. 그러기 때문에 나는 이 약점을 보이기가 싫어서 오웬 교주 앞에서 그처럼 괄게 군 것이었다. 그런데 그것이 너무 도를 지나쳐서 굴러 들어오는 교장의 자리를 아주 박차버렸을뿐더러 이 학교를 떠나지 아니하면 아니 되게까지 사태를 험악하게 만들어놓은 것이었다. 그러나 그것을 후회하기는 귀신이 부끄럽고 하늘이 부끄러우니, 어디까지든지 나는 학교를 떠난다는 것으로 버틸 수밖에 없었다.

"가자, 떠나자, 새 운명을 개척하자."

나는 벌떡 일어나며 소리를 질렀다.

내가 뜰에서 닭 모이를 주고 있을 때에 한 목사가,

"김 선생님!"

하고 우리 마당에 들어섰다. '김 선생'이면 고만이지 '님'을 왜 붙여, 하고 나는 그의 간지러운 웃음을 띤 얼굴을 보았다. 아니나 다를까, 우리 수탉이 모이를 먹다가 말고 고개를 길게 뽑아 들고 놀라는 소리로 "꺼더, 꺼더" 하였다. 몽둥이를 두르며 저를 후려갈기던 한 목사를 우리 수탉이 기억하는 것이다, 하고 나는 새로 분이 치밀었다.

"오웬 목사님께서 오십니다."

하고 한 목사는 또 '님'을 분명히 발음하면서 뒷걸음을 쳐서 오웬 목사를 안내한다.

"오, 김 선생, 닭 길우시오?"

하고 오웬 목사는 그 거무튀튀한 얼굴의 한구석에 웃음을 띤다.

"오, 훌륭한 수탉이오. 그가 싸움을 잘한다지요?"

하고 두어 걸음 우리 수탉의 곁으로 가까이 오니 평생에 이렇게 큰 사람을 처음 보는 우리 닭은 어안이 벙벙하여서 고개를 뒤룩뒤룩하였으나, 한 목사를 볼 때와 같이 놀라지는 아니하였다.

"어떻게 우리 수탉이 좋은 싸움꾼인 줄을 아시오?"

하고 힐끗 한 목사를 보면서 물었다. 속으로는 '요 좀된 한 목사가 대체 아니 일러바친 것이 없고나.' 하였다.

오웬은 대답하기 어려운 듯이 웃기만 하였다. 나는 더 묻는 것이 실례일뿐더러 또 그러할 필요도 없다고 생각하고,

"네, 잘 싸우지요. 우리 수탉은 누구와 싸울 것을 잘 알지요. 부정, 불의를 보고는 참지 못하지요. 옳지 아니한 자는 용서하지 않지요."

하고 한 목사를 돌아보았다. 한 목사는 입맛이 쓴 듯이 한 번 입을 움직였다. 오웬 목사의 얼굴에서는 웃음이 스러졌다. 그는 분명히 내 말 속에 품긴 독한 화살이 한 목사의 가슴을 맞힌 것을 본 듯하였다. 내 살촉의 독이 한 목사의 염통에 들어간 것은 그의 낯빛과 찌그러지는 얼굴로 보아서 알 수가 있었다. 그러나 나는 보복의 쾌미를 즐겨하기 전에 손에 대한 무례의 부끄러움을 느꼈다. 지금은 손님을 맞는 때요 독한 말로 한 목사에게 원수를 갚는 때는 아니었다. 나는 오웬 목사의 눈에 내가 어떻게 고약하게, 초라하게 비치었을 것을 생각하니 분하였다. 이로써 민족의 수치를 또 하나 보탠 것이라고 생각하였다.

"들어오시지요."

하고 얼굴에 화색을 지어 띠고, 내 방문을 열고 손님을 인도하였다. 오웬 목사도 내가 반감을 품는 이지마는, 그것은 그것이요, 나를 찾아온 손님은 손님이라고 구별할 만한 총명은 내게도 있었다.

오웬은 내 방의 찌그러지고 얕은 문을 살펴보았다. 이리로 족히 그의 큰 몸이 무사히 통과할 수 있을까 없을까를 재는 것같이 보였다. 그래도 그는 구두를 힘들게 벗고 허리를 굽히고 조심조심히 방에 들어섰으나, 다 들어와서도 그는 얼른 고개를 들지 못하고 눈을 치떠서 천장을 바라보아서 그것이 그의 키보다는 다만 한 치라도 더 높은 것을 안 뒤에야, 비로소 허리를 펴고 고개를 들고 저도 싱거운 모양이어서 싱긋 웃었다. 나도 싱그레 웃으면서,

"이 굴이 당신의 몸을 용납하기에는 너무 적소이다. 그러나 안심하시오, 이 지붕은 여간해서 내려앉지는 않습니다. 또 당신이 대각선이 되기만 하면 이 방에 누울 수도 있소이다."

하고 농담을 하였다.

"네, 네, 넉넉하오. 미국 방들은 너무 클는지 몰라."

하고 그도 농담 대꾸를 놓았다.

오웬 목사와 나와 영어로 지껄이는 것을 한 목사는 알아듣지도 못하면서도 우리 둘이 웃으면 그도 따라 웃고, 웃다가 그치면 그도 따라 그치고 있었다.

"앉으시오, 오웬 목사."

하고 내가 먼저 앉았다. 그는 선 대로 있을 것인지 앉을 것인지 미처 판단을 못 하는 모양이었다. 그는 내 말을 따라서 앉았으나 다리와 발을 둘 곳을 몰라서 쩔쩔매었다. 한 목사는 앉는 법을 강의를 하였다.

나는 문의 누님께 밤과 달걀을 찔 것을 부탁하였다. 수만 리 밖에서 우리 민족을 가르치기 위하여서 오신 손님이 내 집에 임하였으니 나는 개인 감정을 초월하여서 힘을 다하여 그를 우대하여야 할 것이라고 느꼈다.

"우리 조선 민족은 물질주의를 경멸하고 정신주의를 존중하여왔습니다. 우리는 화려한 큰 집에 사는 것을 선비의 수치로 알았습니다. 우리는 여러 고적에서 보는 바와 같이 그림과 조각만 아니라 희랍 건축에 비길 건축 예술도 가지고 있었건마는, 그것은 국가나 종교적인 건물에만 썼고 점잖은 개인의 주택은 항상 검소한 것을 숭상하였습니다. 맑은 가난이야 말로 우리 민족의 자랑이었습니다."

나는 이런 소리로 우리 집을 변호하였더니, 천만의외에 오웬 목사는 그것을 대단히 흥미 있게 듣는 모양이어서,

"오, 감사합니다. 김 선생 말씀으로 내가 알 수 없다고 생각하던 조선의 한 문제에 대한 설명을 얻었습니다."

하고 매우 정중하게 사의를 표하였다. 그러는 동안에도 그는 책장(기실 책장은 아니요 선반 비젓할 것이다)에 끼인 책을 둘러보고 있었다. 원래 몇 권 안 되는 책일뿐더러 그것도 계통 없이 주워 모은 문학 서적이었으나, 그중에 이채라고 할 만하게 눈에 띄는 것은 톨스토이 전집의 영문 역 열네 권 한 질이었다. 키는 작으나 남빛 껍데기에 금자로 제호를 박은 것이었다. 그다음에는, 전집은 아니나 투르게네프, 고리키의 소설이 각각 오륙 종씩 있었고, 위고의 『레 미제라블』과 졸라의 『파리』가 꽤 크고 두꺼운 책이요, 그다음에는 셰익스피어, 디킨스, 스콧의 소설과, 밀턴, 바이런, 워즈워스, 테니슨의 시집 등이 있었다. 이런 책들은 내가 그때의 영어 지식으로는 잘 읽지도 못하는 것이지마는 그래도 아는 체하는 것과 알

려는 욕심으로 끌고 다니는 것이요, 내가 미쳐서 읽던 모파상의 『한 여자의 일생』이 다홍 껍데기로 눈을 끌었다. 그 밖에는 일본 문학 등속이 있고, 한편 구석을 온통 차지한 것은 내각판 칠서와 기타 한문 서적이었다. 이만한 장서도 이 학교 학생들을 위협하기에는 족하였다. 그러나 나도 서양 사람의 가정을 여럿 보았거니와, 그들의 눈으로 보면 내 장서는 실로 문제도 아니 되는 것이었다. 그래도 오웬 목사는 상당히 경의를 표하는 표정을 하였다. 그는 나에게 롱펠로의 시를 읽었느냐고 물었다. 나는 그의 『에반젤린』을 읽었다고 대답하였다. 그는 미국 사람이기 때문에 롱펠로를 드는 것이라고 나는 그의 애국심에 대하여 동정하였다. 기실 그때에 내가 품었던 생각으로는(들은풍월이지마는) 미국에는 문학이라 할 만한 것이 없었다. 그러나 예절을 차리기 위하여서 나는 그런 소리는 아니 하고, 그의 비위를 맞추려는 생각으로,

"오웬 목사는 누구의 시를 가장 사랑하시오?"

하고 물었다.

"무론 롱펠로가 첫째지요. 나는 아메리카 사람이니까, 그가 가장 잘 아메리카를 아는 시인이니까."

그는 서슴지 않고 이렇게 대답하고는 마치 그 대답은 내 비위를 맞추려는 대답이었다 하는 듯이 대단히 느리게 싱그레 웃었다. 그리고 그는 또 자기의 싱그레하는 웃음을 잘못이라고 취소하는 듯이 엄숙한 얼굴을 지어서 이렇게 말하였다.

"나는 대학에 있을 때에는 브라우닝을 제일 좋아하였습니다. 그리고 밀턴의 『실락원』은 억지로 읽었습니다. 신학을 배울 때에는 래틴말 공부를 위하여 로마 시인의 것을 읽었으나 히브리말을 읽게 된 뒤로는 『구

약』 시편을 가장 애독하였습니다. 호머도 희랍말 공부로 읽었으나 나는 시인이 아닙니다."

오웬 목사의 말은 점잖고 진실하였다. 그는 나를 누르려고 이런 말을 한 것이 아님은 물론이지마는, 나는 그의 말에 납작하게 눌려버리고 말았다. 로마 시인, 희랍 시인, 이런 것은 말은 들었으나 한 구절도 나는 아직 읽어본 일이 없었다. 영어는 노루 꼬리만큼이라도 알지마는 희랍어, 라틴어는 내게는 쥐뿔이요 거북이 털이었다. 나는 그만 오웬 목사의 앞에 땅을 핥게 참패를 당하였다. 내 얼굴에서는 쥐가 일어날 것 같았다. 나는 왜 고등학교에를 아니 다니고 이 시골구석에 초학 훈장이 되었는고, 하고 분통이 터질 것 같았다.

이때에,

"밤하고 달걀하고 여기 가져왔어요."

하고 장지를 방싯 여는 문의 누님이 아니었던들 나는 내 몸을 둘 곳이 없었을 것이다.

"맛있는 밤과 신선한 달걀."

나는 이런 소리로 곤경에서 벗어날 수가 있었다.

문의 누님은 내가 시키지도 아니하였건마는 꿀물을 타서 내었다. 밤과 달걀과 꿀물로 서양 사람의 오후 차를 대신한 것이었다.

"오, 대단히 좋소, 훌륭하오."

하고 오웬 목사는 우리 가난한 정성의 대접을 진정으로 만족하게 받는 모양이었다. 나도 대단히 낯이 났다. 한 목사도 맛있게 먹고 있었다. 아니꼬운 한 목사, 나를 잡아먹으려는 한 목사이지마는 내 집을 찾은 손님이라면 밉지 아니하고 맛있는 것을 먹이고 싶었다.

이 모양으로 한 시간이나 앉아서 이야기하다가 오웬 목사는 영어로,

"아까는 김 선생을 불쾌하게 하여서 미안합니다. 나는 결코 악의를 가지고 한 것은 아니니 용서하시오."

하고는 조선말로,

"김 선생, 좋은 대접 받았습니다. 꿀물 나 처음 먹은 것이오. 대단히 맛있습니다."

하고 일어났다. 나올 때에 마당에서 문의 누님을 만나게 되어서 나는,

"내 아내의 자매요."

하고 소개하였다. 이런 소개를 처음 받는 문의 누님은 잠깐 고개를 숙이고는 반쯤 외면하고 섰다.

"한국 부인의 공손한 인사요."

하고 나는 오웬 목사에게 설명하였다. 실상 문의 누님이 손을 읍하고 고개를 숙이고 반쯤 외면하는 자세나 동작이나 다 아름다웠다. 나는 조선의 문화를 거기서 본 것 같았다.

'얌전하고 의젓하고 조용함.'

이것이 우리 도덕의 정신이라고 나는 느꼈다. 오웬 목사도 그것을 느끼는가 싶어서 자기도 심히 부드러운 태도로 문의 누님에게 답례하였다.

"밤, 달걀, 꿀물, 다 맛나게 먹었습니다. 고맙습니다. 예배당에 오십시오."

하였다. 문의 누님의 인사하는 법이 예배당에 아니 다니는 순 조선식이라고 본 모양이었다. 보기에 둘한 듯한 오웬 목사의 민감한 데 놀랐다.

"네에."

하고 문의 누님은 잠깐 눈을 치떠서 오웬 목사를 보면서 대답하였다. 그

가 하는 양이 모두 법도에 맞았다. 춤이나 노래가 꼭꼭 장단에 맞는 것과 같았다.

나는 조선 여성의 이 예법을 버릴 것이 아니요 지킬 것이라고 생각하였다. 한 목사 따위가 그런 것을 무엇을 알랴. 그는 섣불리 서양을 배우고 조선 것을 다 업수이여겨서 교인의, 그중에서도 여성의 아름다움을 깨트리는 지도를 하고 있다고 나는 보았다.

대문 밖에 나가서 한 목사가 내게로 한 걸음 다가오며,

"김 선생님, 내일 세례 문답 하십시다. 문답 요지 여기 있으니 한번 보시고 잘 생각하십시오."

하고 종이 절지에 쓴 것을 내게 주었다.

"네, 보겠습니다."

하고 나는 냉담하게 대답하고 그 종이도 대수롭지 않게 받아 쥐었다. 나는 한 목사가, 내가 이렇게 푸대접하는 태도를 알아보기를 바랐다. 한 목사는 의심스러운 듯, 또는 못마땅한 듯한 눈으로 나를 힐끗 보고 몇 걸음 앞선 오웬 목사를 따라서 빨리 걸었다.

방에 돌아오니 문의 누님이 손님 대접하던 것을 치우고 있다가 내가 방에 들어서는 것을 보고 몸을 한편으로 비킨다. 나는 그를 힘껏 껴안고 싶은 충동을 누르기가 어려웠다. 그가 오웬 목사와 인사할 때에 보인 태도와 행동의 말할 수 없는 아름다움에 새삼스럽게 반한 것이었다. 그러나 문의 누님은 내 몸이 제게 가까이 가는 것을 보기 좋게 피하였다.

'버릇없는 녀석 같으니. 나를 무얼로 알고?'

하는 소리가 들리는 것 같았다. 그러나 기실 그는 아무 말도 없이 치우던 것을 마저 치워서 상에 받쳐 들고 나가버렸다. 그의 치맛자락에서는 찬

바람이 휙휙 나와서 바늘같이 내 몸을 찌르는 것 같았다.

　나는 머쓱해서 책상 앞에 털썩 앉았다. 부끄러운 일이었다. 나는, 문의 누님은 내 사랑만을 바라고 있어서 무엇에나 기쁘게 내 말을 듣고 내 뜻에 순종할 줄만 알고 있었다. 그동안 내가 그에게 애정을 표시한 일이 없는 것을 그는 섭섭하게 알아서 내가 팔을 벌리기만 하면 내 품에 굴러 들어올 것으로만 알고 있었다. 그런데 지금 보니 그렇지 아니하다. 그는 분명히 야멸치게 내 애정의 표현을 거절하였다. 나는 그가 내 손이 아니 닿을 데로 요리조리, 부러 하는 것 같지 않게 비키던 것과 상을 들고 찬바람을 뿜고 나가던 양을 한 번 더 눈앞에 그려보았다. 그리고 그 순간에 그가 내게 대해서 얼마나 경멸하고 귀찮아하는 생각을 가졌을까 하고 상상해 보았다.

　'버릇없는 것 같으니. 나를 무얼로 알고!'

하는 소리가 또 쟁쟁하게 내 귀에 울리는 것 같았다.

　그때에 문의 누님의 눈에 비치었을 내 꼴이여! 음충맞은 눈웃음 띠고 두 팔을 벌리고 지척지척 그에게로 다가들던 내 꼬락서니! 내 눈에는 날갯죽지를 축 처뜨리고 모로 암탉의 곁으로 지척거리다가 노랑 암탉에게 핀잔을 맞고 물러서는 우리 집 못난 수탉이 보였다. 내가 그다!

　'에, 창피하다.'

하고 나는 주먹으로 아프도록 내 대가리를 두들겼다. 다시는 안 그러리라, 다시는 어느 여자를 보고도 그런 못난 꼴을 아니 하리라! 이번 한 번에 사람값이 천 길은 떨어지는 것 같았다.

　'안 하고말고. 다시 그러한 창피한 짓을 해? 안 한다, 안 해!'

하고 굳게 맹세를 하고 나니 좀 마음이 가뿐하였다.

여자에게 애정을 청하다가 거절을 당한다는 것이 나는 이번이 처음이었다. 처음인 만큼 그 부끄러움이 한량없이 컸다. 하늘도 부끄럽고 땅도 부끄러웠다. 다시 어떻게 문의 누님을 대하나. 다시 어떻게 사람을 대하나. 마치 내 이마에다가 '음란한 사나이'라고 화인을 찍힌 것 같았다. 책장에 꽂힌 책들도 나를 조롱하는 것 같았다. 마음에 음심을 품기만 하여도 간음이니라, 하신 예수의 말씀을 비로소 바로 깨달은 것 같았다.

이날 저녁상을 갖다주는 문의 누님을 정면으로 대하기가 부끄러워서 고개를 숙여버렸다. 그리고 밥을 먹는 동안 줄곧 시무룩하고 있었다. 나중에 생각하면 저도 우스울 만큼 점잔을 빼고 있었다.

나는 다른 때 같으면 문의 누님과 이야기도 하고 웃기도 하다가 내 방으로 가련마는 이날은 밥술을 놓는 대로 마치 싸움이나 하고 나가는 사람 모양으로 내 방으로 가버렸다. 내 마음의 저 깊은 속에는 내가 이렇게 부끄러워하고 괴로워하는 양을 문의 누님에게 알리고 싶은 생각이 있었다. 마치,

'나는 너 때문에 이렇게 괴로워한다.'

하고 퉁명이나 부리는 것 같았다.

나는 내 책상에 대하여서 무엇을 읽으면 이 찜찜한 생각을 벗어날까 하고 책을 눈으로 골랐다. 어느 것도 마음에 꼭 읽고 싶은 책이 없었다. 어느 책에 대하여서도 그까짓 것은, 하는 생각이 났다. 모두 신통치 아니한 것 같았다. 나도 라틴(Latin)이나 그릭(Greek)으로 쓴 책이 읽고 싶었다. 히브리말로『구약』시편을 읽고 싶었다. 영어로 쓴 책 같은 것은 그까짓 것이었다. 그러나 그릭, 라틴을 읽는 것은 감감한 일이었다. 앞으로 십년공부는 해야 오웬 목사가 아는 것을 알 것 같았다. 십년공부를 할 일은 더

욱 감감한 일이었다. 이제는 학비를 당해준다는 사람도 없지 아니하냐.

'에라, 빌어먹을 것!『주역』이나 읽자.'

하고 나는 누런 책껍데기를 한 커다란『주역』을 바라보았다.

'그렇다. 오웬 목사는『주역』을 읽을 줄 모를 것이다. 제가 한문을 모르거나 내가 라틴을 모르거나 마찬가지다.'

하니 속이 시원하였다. 그러나 내 한문의 힘도 영어의 힘보다 얼마 더 낫지는 못하였다. 게다가『주역』이란 원래 알 듯 모를 듯한 글이다. 공자님도 늦게야『주역』을 좋아하였다고 하지 않는가. 그러하거늘 나같이 단문하고 어린 사람이『주역』을 읽어서 안다는 것은 바라지 못할 일일 것 같았다. 그러나 나는『주역』을 읽었다. 날마다 한 패씩 소리를 내어서 읽고는 외웠다. 아는 것도 같고 모르는 것도 같으면서도 그저 좋았다. 우선 내가『주역』을 읽는다는 것이 좋고, 남들이 내가『주역』을 읽는다고 보는 것이 좋았다. 사실상『주역』을 모르기는 내나 남이나 다름이 없었다. 성 선생은 이 근방에서는 유명한 학자라 하지마는 내가 모르는 구절을 물으면 그도 몰랐고, 혹 아는 체하고 설명한대야 다 구리고 고리거나 그렇고 그렇고 한 소리였다. 내 삼종숙은 성 선생 이상의 학자이지마는『주역』에서 내가 의심나는 곳을 물으면 그는,

"『역』이란 남에게 배울 것이 아니라 제가 알 것이니라."

하였다. 나는 삼종숙의 말에 감복하였다.

그도 그럴 것이다.『주역』첫 대문인,

"乾元亨利貞."

만 해도 정자(程子)는,

"乾은 元코 亨코 利코 貞하니라."

하고 읽고 주자(朱子)는,

"乾은 크게 亨하니 貞흠이 利하니라."

하고 읽지 아니하였나. 그나 그뿐인가. 『주역』이란 글의 본지를, 정자는 이치를 논한 것이라 하고, 주자는 점을 주로 한 것이라고 하지 아니하였는가. 이렇게 서로 보는 바가 틀리면서도 정자는 정자대로 『주역』을 읽고 좋아하고, 주자는 주자대로 그러하여서 다 제가 잘 아노라고 주석까지 내었다. 그렇다면 나는 나대로 읽고 좋아할 수가 있을 것이다. 이러한 결론에 달한 나는 『주역』을 읽고 아는 체를 하여도 관계치 않다고 버틸 자신을 얻었다. 그뿐 아니라, 나는 정자와 주자가 다 방패의 한 옆만을 본 것이라 하여,

"『주역』이란 원래 점을 주로 한 글이지마는, 점이란 원래 천지의 이치로 되는 것이매 『주역』이란 이치를 논하는 것이니라."

하고 내 독자의 정의를 내리고, 내가 정자나 주자보다도 『주역』을 잘 안다고 으쓱하였다. 이 말을 할 때에 성 선생은 빙그레 웃는 양이,

'네가 어느새에.'

하는 듯해서 불쾌하였다. 나는,

'제야말로 무얼 알아.'

하고 성 선생은 『주역』을 모르는 사람으로 작정하니, 내가 더욱 높은 듯하였다. 삼종숙은 그래도 상당하여서, 내 주역관을 듣고,

"그렇게 생각할 수 있지, 아마 그 생각이 옳을 것이야."

하였다. 이로부터 나는 더욱 그 아저씨를 좋아하였다.

나는 『주역』을 한 권 꺼내려고 손을 내밀다가,

'가만있자. 이왕이면 점을 하나 쳐가지고 그것으로 얻는 괘를 읽자. 무

슨 점을 칠까. 내가 교장이 되겠는가, 그것을 물을까. 그것은 안됐다. 교장이 하고 싶은 것 같아서 부끄러운 일이다. 내가 ○○학교 교장쯤을 탐낸대서야 천지신명이 고개를 돌리지 아니하겠느냐. 나는 그렇게 작은 인물이 아니다. 그러면 무엇을 점할까. 앞날이 어떨까. 그것은 너무 광범하다. 교장을 하라면 받으리까, 말리까. 옳다, 그것이 좋다. 교장이 무론 소원은 아니지마는 나라를 위하여 할 것이면 굳이 마다고는 아니 하리라. 더구나 천지신명이 받으라시면 어찌 거역하여서 되겠는가.'

나는 이 뜻을 신명에게 묻기로 억새로 만든 시책(蓍策)을 들었다. 시책은 쉰 대다. 나는 향이 없으니 향은 못 피우고 의관도 아니 하고 꿇어만 앉아서 눈을 감고 '가이태서유상(假爾泰筮有常)'을 염하고 신명이 밝히 가르치시기를 빌었다. 점이란 길한 괘를 바라서는 못쓴다. 그렇다고 흉한 괘를 바랄 까닭도 없지마는 길커나 흉커나 간에 똑바로 나오기를 바라야 할 것이다. 그러나 내 속에 길한 것을 바라는 마음이 스러지지 아니하여서 한참 애를 썼다.

겨우 마음을 정돈하여서 시책을 높이 들어 정성으로 그 쉰 가지 중에서 하나를 집어 왼손 새끼손가락 새에 끼고 그 나머지를 두 손에 갈라 쥐었다. 어느 편에 몇 가지가 갔는지는 세어보아야 알 일이지마는 길흉회린(吉凶悔吝)은 벌써 이 갈라 쥐는 데서 갈린 것이다. 이것을 열여덟 번 반복하여서 한 괘를 얻는 것이거니와, 혹은 양효, 혹은 음효, 혹은 변효가 나올 때마다 내 가슴은 설레는 것이다. 두 효, 세 효 아래로부터 위로 올라갈수록 내 운명의 판단이 작정되어가는 것이다. 이미 얻은 다섯 획은 아래로부터, 양, 양, 음, 양, 음이었다. 마지막 한 획으로 화택규(火澤睽)나 뇌택귀매(雷澤歸妹)가 되는 것이다. 규도 그리 시원한 괘는 아니지마는 그래도 비뚤어진 세상을 바로잡는 영웅의 괘요 지사의 괘다. 그러나 귀매로 말하면 남녀가 자칫하면 정당한 인연을 찾기 전에, 또는 만날 시기를 늦추고 부정하게 만나기 쉽다는 것으로서, 육십사괘 중에 가장 흉한 괘다. 문왕은 '无有利(무유리)'라는 세 글자로 이 괘를 단(彖)하였다. 도무지 이가 없다는 것이다.

슬쩍 드러난 획을 본 나는 속이 매우 불안하였다. 제발 양획이 나옵소사 하는 사특한 잡념을 누를 길이 없었다. 나는 더욱 정성을 다하여서 시책을 갈라 쥐었다. 기수, 기수, 우수로 필경 음효다.

'아아, 귀매다!'

나는 내던지듯이 시책을 통에 꽂아버렸다.

'글쎄 왜 하필 귀매야.'

나는 내 운수가 비색한 것을 한탄하지 아니할 수 없었다. 귀매라 여섯 효에 길한 것은 다섯째 효뿐이다. 그러나 내 점에 동한 것은 구사, 즉 넷째 효였다. 제 정당한 배필이 따로 있건마는 가까이 있는 부정한 유혹에 끌려간다는 것이다. 내가 경거망동을 하는 것이다. 원체 이 괘 전체가 계집은 아양을 떨고 사내는 마음이 들먹거리는 모양이다. 이러고 일이 바로 될 리가 없다. 계집은 단정하고 사내는 진중해야만 옳은 부부가 될 것이 아닌가. 점괘로 논한다면, 교장의 자리는 아양 떠는 계집이요, 나는 마음이 들먹거리는 사내다. 이 사내와 이 계집이 만나면 처음 얼마 동안은 꿀같이 달는지 몰라도 머지아니하여서 계집은 다른 서방에게로 마음을 옮기고 사내는 오쟁이를 지고서 본 인연을 찾아가나, 그것은 이미 시기가 늦은 모양이다. 이에 헛물을 켠 것은 사내다.

'허, 그 점이 맞기는 맞는데.'

하고 나는 어이가 없어서 웃었다. 가만히 생각하니, 내가 교장이 되더라
도 한 목사 기타의 등쌀에 며칠을 못 배길 것이요, 한번 교장이라는 감투
를 쓰고 나면 다른 학교에 교원으로 불려가기도 어려울 것이다. 점은 꼭
맞은 것이었다.

나는 더 좋은 괘를 얻어보려고 애를 썼으나 웬일인지 모두 흉한 괘만
나왔다. 아마 사오 차나 반복한 뒤에야 신명도 화를 내셨는지, 소양 육획
이 그려졌다.

'건괘다. 건은 크게 좋으니 곧아야 하나니라. 아, 됐다!'
하고 나는 이때에야 비로소 책을 꺼내서 왱왱 소리를 내어서 읽었다.
모든 액이 다 지나가도 대통운이 터진 것같이 기뻤다.

'건괘가 나오다니. 평생에 한 번도 이 괘를 얻기는 어려운 것이다. 원
형이정! 그렇다, 그것이 내 평생의 괘다. 다시 점을 칠 필요가 없다.'

君子體仁 足以長人.
庸言之信 庸行之謹.
終日乾乾 夕惕若.
與天地合其德 與日月合其明 與鬼神合其吉凶 先天而天不違 後
天而奉天時.
知進退存亡而不失其正者 其唯聖人乎.

공자의 건괘에 대한 이 말씀들은 다 나를 가리키심인 것 같았다.
'성인! 나는 성인이 된다!'
이렇게 하느라고 벌써 밤이 깊었다.

나는 아주 기분이 상쾌하여서 책을 접어 제자리에 두고 밖에 나왔다. 초겨울 밤하늘에는 구름 한 점 없고 별들이 떨고 있는데, 하순 달이 올라 오느라고 동편 하늘이 훤하였다. 건괘를 얻었기 때문에 나는 별도 기쁘고, 달이 있는 것도 기쁘고, 없는 것도 기쁘고, 무엇이나 다 기뻤다. 바람이 추운 것도 좋았다.

방에 들어오니 문의 누님이 내 자리를 까느라고 몸으로 여러 가지 리듬의 동작을 하고 있다. 그가 나를 아주 미워하는 것은 아니라고 안심하면서 나는 그의 몸의 움직임을 아니 보기 위하여서 책상 앞에 벽을 향하고 가만히 앉아 있었다. 아까 결심을 이행하는 것이었다. 문의 누님을 돌아보고 싶은 마음이 나면 속으로, '이놈!' 하고 저를 꾸짖었다.

문의 누님은 자리를 깔고 나갔다. 그래도 나는 돌아보지 아니하였다.

'됐다.'

하고 나는 자리를 깐 쪽으로 돌아앉았다. 초록 명주 이불의 붉은 깃이 유난히 내 눈을 자극하였다.

'자자.'

내가 한쪽 대님을 끌렀을 때에 또 문의 누님이 내 방문으로 오는 소리가 들렸다. 나는 대님을 다시 졸라매고 책상으로 돌아앉았다. 문이 열려도 모른 체, 나는 읽지도 아니하면서 책을 읽는 체하였다. 문의 누님이 내 옆에 와 앉는 모양이나, 그래도 모른 체하였다. 무척 쑥스러우나 그렇게밖에 할 도리가 없는 것 같았다.

"약주 잡수서요. 접때 소주가 남았어요. 너무 오래 두면 김이 다 빠질 것 같아서."

하고 잔에 따르는 꼴꼴 하는 소리가 들렸다. 소주의 향기가 코에 들어온다. 나는 진퇴유곡이었다. 돌아앉자니 아까 결심을 어기는 것 같고, 안 돌아앉자니 인사가 아니었다. 게다가 살냄새는 내 눈을 끌고 술 냄새는 입을 끌었다. 그래서 부득이 부득이 새 철학을 발명하였다.

'이렇게까지 하는 것도 못난 짓이다. 평심서기로 태연하게, 대인답게 가자.'

이렇게 생각하고 책에 미쳤다가 정신이 드는 사람 모양으로 소리를 내어서 책을 닫치고 돌아앉았다. 그러나 점잖은 얼굴만은 변치 아니하리라고 작정하였다.

"잡수셔요."

하고 문의 누님은 술잔을 내 앞으로 밀어놓는다.

나는 눈도 거들떠보지 아니하고 술잔을 들이마셨다. 마음을 못 펴고 먹는 술이라 맛이 없었다. 안주로는 생률이 있었다.

내가 잔을 내는 대로 문의 누님은 술을 따랐다. 옛날 사기병이라 병이 기울어질 때마다 꼴꼴꼴꼴 하는 소리가 났다. 이것은 주객들이 못 잊히도록 사랑하는 소리였다.

술 잘 먹는 아버지의 딸이요 오라비의 누이인 문의 누님은 술을 참 알맞추 데웠다. 좋은 술 구하지 말고 데우기를 잘하라는 말까지 있다. 좋은 술을 알맞추 데운 것은 술 중에도 상미일 것이다. 촌집 소주잔이라면 의례히 탕기 뚜껑이나 주발 뚜껑이다. 이것을 한 잔만 먹어도 웬만한 주량으로는 얼근한 법이다. 나는 연거푸 석 잔을 마셨다. 따뜻한 소주는 마시는 대로 피로 들어갔다. 손끝이 후끈후끈하고 얼었던 마음도 훈훈하게 풀렸다.

문의 누님은 시름없이 내 낯을 바라보고 있었다. 그 모양이 마치 말 일리는 어린 동생을 반은 귀애하고 반은 걱정하는 것 같았다.

"조곰 남았어요."

하고 문의 누님은 병을 흔들어보고 잔에 마저 따랐다. 술은 꼴록꼴록 소리도 없이 반 잔이나 채워졌다.

"자, 마자 잡수시고 주무서요."

하고 문의 누님은 술에 뜬 티를 왼손 무명지로 찍어내었다.

나는 술이 취해 올라오는 것을 깨달았다. 전신에 근육이 후줄근하게 풀리고 마음이 방탕하여지는 것 같았다.

'안 된다. 지난봄에도 술 때문에 문의 누님에게 죄를 지었다.'

하고 나는 정신을 가다듬었다. 귓가에는 악마의 속삭임이 들렸다.

"고만 먹어요, 과해요."

하고 나는 처음으로 입을 열었다.

"잡수서요. 요것만인걸. 곧 주무실걸."

하고 문의 누님은 술잔을 내 앞으로 조금 더 밀어놓았다.

나는 마귀가 이번에는 문의 누님을 유혹하여서 나를 항복받으렴이나 아닌가 하였다. 그렇게 생각하고 보면 문의 누님의 눈이 차차 이상하게 빛났다. 여자의 눈에서 젖은 빛이 나거든 조심하라는 말을 나는 어느 책에서 본 일이 있었다.

그때에 악마는 내 귀에 속삭였다.

'그 잔을 들어서 네 입에 대었다가 문의 누님에게 권하여보아라. 그러면 문의 누님의 마음을 시험할 수가 있을 것이다. 그런 뒤에도 네가 네 점잔을 유지하고 네 결심을 지킬 수가 있지 아니하냐. 저편에서 정열을 발하여 매어달리더라도 까딱없는 것이야말로 대인이 아니냐.'

나는 이 말이 무서운 유혹인 줄은 알면서 그대로 해볼 생각이 났다. 거기는 일종의 쾌미가 있을 것 같았다.

나는 잔을 들어서 한 모금 마시고는 낯을 찡기며,

"나는 더 못 먹어요. 처형이 잡수셔요."

하고 잔을 문의 누님의 앞에 놓았다.

"아이, 제가 술을 먹어요?"

입으로는 그러면서도 문의 누님은 그 잔을 들어서 고개를 돌리고 마셨다.

그러고는, 그는,

"어서 주무셔요."

하고 상을 들고 나가버렸다. 그야말로 평심서기요 태연자약이었다. 내 것은 어디로 갔나?

나는 또 한 번 개망신을 하였다. 그가 내게 술을 먹이고 또 저도 먹는 것을 나는 그가 내게 마음이 있는 것으로 알았다. 내 사랑을 구하는 것으로 여겼다. 그러나 그가 일어나 나가는 양을 보면 그는 진실로 광풍제월이 아니냐. 부질없는 번뇌를 하는 것은 오직 나뿐이다. 못난 것! 네까짓 것을 뉘라 탐내랴. 지난봄의 일도 문의 누님이 거지에게 물건을 던져주는 모양으로 나를 한번 안아준 것임에 틀림없다. 아니다! 가만있자. 그 것이 취중에 나 혼자만이 꾼 꿈이 아니던가. 그렇게 생각하면 그런 것도 같다. 그러면 그렇지, 그가 내게 반할 리가 없다. 아까 하던 모양을 보라, 지금 한 모양을 보라!

에익, 못난 것! 저를 모르고 쬔 듯싶어 하는 바보! 나는 쥐구멍에라도 들어가고 싶었다. 아니, 가만있자. 그러면 실단은?

실단도 어린 마음에 나를 그리워하다가 그날 나를 대해보고는 낙망한 것이다. 그러길래 다른 데로 시집을 간 것이 아니냐.

흥, 나를 사랑하는 이는 오직 아내뿐이다. 그도 혼인을 하였으니 할 수 없어 사랑하는 것이다. 사랑이거나 말거나 팔자로 알고 나를 남편으로 아는 것이다.

'흥! 난잡했다, 난잡했어. 에라, 잠이나 자자.'

하고 나는 훌훌 옷을 벗고 자리에 들었다. 모든 욕심을 다 떼고 제가 못난 인 줄을 알고 보니 마음이 편안하였다. 뺄 것도 없고 꾸밀 것도 없다. 배가 고프면 먹고, 졸리면 자고 살아가자. 제가 잘났다고만 생각지 아니하면 만사태평이요, 두루 춘풍이다. 나는 불을 홱 불어서 꺼버리고 잠이 들었다.

이튿날 방과 후에 나는 예정대로 오웬 목사에게 세례 문답을 받았다. 그는 내가 대답하기 싫어할 것은 아니 묻는 모양이요, 순전히 『신약전서』 예수의 말씀에 대하여서만 묻고 주기도문을 외우라 하였다. 이것은 내가 매우 썩 좋아하여서 썩 잘 외우는 것이었다. 그리고 주기도문의 뜻에 대한 내 대답도 오웬 목사를 만족시킨 모양이었다. 아마 그는 내가 거짓말은 아니 하는 사람으로 믿은 모양이어서 그 점을 크게 본 듯하였다. 옆에서 한 목사가 몇 마디 물을 때에는 괘씸한 생각이 났지마는, 원수를 사랑하라 하신 예수의 말씀을 실행할 때가 이때로구나, 하고 나는 극히 겸손하게 정중하게 대답하였다. 한 목사는 대단히 만족한 모양이어서 더 묻지 아니하였다. 만일 한 목사가 심사를 부려서 내가 대답하기 싫은 문제로 훼사를 놓았더면 나는 낙제할 수밖에 없었던 것이다. 아아, 사랑의 힘이다! 하고 나는 곧 감격하였다.

나는 세례 교인이 되었다. 세례라야 물 몇 방울을 머리에 떨어트리는 것에 불과하지마는, 그래도 원래 감격성인 나는 몸이 찌르르하였다. 수백 명 교인의 앞에서, 커다란 오웬 목사가 그 배 속에서 나오는 웅숭깊은 소리로 내 이름을 부르고,

"성부와 성자와 성신의 이름으로 세례를 주노라."

하고 머리에 물을 떨어트릴 때에는 숙인 내 얼굴로 흘러내리는 세례 물과 함께 내 눈물이 흘렀다.

세례를 받고 예배당 문을 나서니 몸이 한결 가볍고 깨끗해진 것 같았다. 나는 세례를 받기 위하여 그날 새벽에 문의 누님더러 물을 데워달라고 하여서 머리와 손발을 깨끗이 씻고 젖은 수건으로 전신을 닦고, 그리고 내 몸이 범하는 모든 더러움을 씻는다는 뜻으로 정성껏 뒷물을 하였다. 나는 뒷물이란 것이 평생에 이때가 처음이었다. 그리고 문의 누님도 이날은 예배당에 오라고 하여서 내가 세례받는 것을 보게 하였다.

나는 이에 교회학교에서 무슨 직원도 못 될 것이 없는 '양반'이 된 것이었다. 인제는 한 목사가 나를 이방인이라고 천대할 수는 없다. 다 같이 성도가 아니냐. 나는 성찬을 받지 아니하였느냐. 나는 인제는 예배당에서 당당하게 기도도 하고 설교도 할 수 있는 양반이 된 것이었다. 박 선생, 기타 세례를 못 받은 직원들과는 다르다. 그들은 상놈이요, 나는 양반이다. 동회에서도 내가 회장이건마는 세례 교인이 아니라 하여 회원 중에 나를 낮추보는 사람도 있었다. 이 집사는 그 대표자였다. 그러나 인제는 나도 세례 교인이다.

나는 세례란 참으로 좋은 것이라고 의기양양하여서 집으로 돌아왔다. 집에는 동네 부인이 사오 인 와 있었다. 그들은 예배당에서 오는 길이라

모두 새 옷들을 입고 성경과 찬송가 보퉁이를 가지고 있었다. 그들은 문의 누님이 예배당에 온 것이 반가워서 찾아온 것이었다.

내가 이 동네 동회장이건마는 아내가 예배당에를 아니 다니고 또 교제성이 없기 때문에, 이사해 온 처음에는 더러 왔으나 차차 발이 멀어지고 말았던 것이었다. 우리 집에 와 있는 문의 누님이 동네 여편네들의 화제에 아니 올랐을 리가 없건마는, 서로 가까이할 기회가 없어서 소 닭 보듯 지내오다가 오늘 그가 예배당에 온 것을 기회로 이렇게 찾아온 것이었다.

내가 오는 것을 보고 그들은 다 일어나서 대단히 공손히 경례를 하고 내가 오늘 세례를 받은 것을 치하하였다. 나는 그들과 지난 일 년 동안 부엌에서도 만나고 안방에서도 만나서 부뚜막을 깨끗이 하라, 옷깃을 빨아라 하도록 친숙한 처지이지마는, 오늘처럼 그들이 나를 반가워하고 공경하는 것은 처음이었다. 내가 세례를 받았다는 것이 이스라엘 족속인 그들에게 더욱 친근한 생각을 더한 것이었다. 나도 오늘부터는 이방 사람이 아니고 이스라엘 족속이, 그들의 눈에는, 된 것이었다.

그날 저녁상을 받고 있을 때에 문의 누님은 돌연히,

"저도 예배당에 댕겨요?"

하고 마치 내 허락을 구하는 듯이 물었다.

"댕기시지. 왜 예배당이 마음에 들어요?"

하고 나도 호의를 가지고 대답하였다.

"어째 댕기고 싶어요. 세례도 받고 싶고요. 저 같은 것도 세례를 받을 수 있을까요?"

하고 문의 누님은 한숨을 지으며 물끄러미 나를 바라보았다. 실로 죄 없

286

는 사람의 눈이었다.

"그럼 세례받을 수 있지요. 왜요, 무슨 못 받을 까닭이 있어요?"

하고 나는 그가 지난봄 나 때문에 생긴 일을 생각하고 그러는 것이 아닌가 하고 면목 없이 고개를 숙여서 그의 시선을 피하였다.

"그래두."

하고 문의 누님은 잠깐 주저하다가,

"다들 좋은 사람이 세례를 받는 게 아니요? 나 같은 것이야."

하고 진실로 저를 면목 없는 사람으로 생각하는 듯이 시무룩해한다.

나는 내가 그를 괴롭게 하는 원인이나 아닌가 하여서 마음이 괴로웠다. 그래서,

"예수께서는 죄인을 부르신답니다. 세상 사람에 누구는 죄가 없겠어요마는, 다들 제 죄를 모르고 저는 죄가 없다고 생각들 하고 있지요. 아! 나는 죄인이다, 하고 가슴 아프게 뉘우치는 사람이야말로 예수의 제자라고 하셨지요. 세례라는 것이 무엇인고 하니, 지금까지는 죄를 많이 지었습니다, 예수의 피로 이 죄를 다 씻어주시고 다시는 죄를 짓지 말게 해줍시오, 하는 것이어든요."

하고 그의 마음에 위로가 되기를 바라면서 이렇게 말하였다.

"네에."

하고 문의 누님은 고개를 끄덕끄덕하였으나, 그다지 감복하는 것 같지는 아니하였다. 내 말을 못 알아들음인가, 그렇지 아니하면 딴 주견이 있음인가.

몇 숟가락 말없이 밥을 먹다가 숭늉을 마시고 나서, 문의 누님은, 자기가 먹은 빈 그릇(나는 상에 받쳐주고 자기는 방바닥에 놓고 먹었다. '손에 먹는

다'는 것이다)을 들고 나가기 좋게 포개놓고 나서,

"예수 믿으면 천당 간다지요?"

하고 부끄러운 듯이 물었다.

"그렇다고 그러지요."

하고 나는 자신 없이 대답하였다. 나는 천당이 있는지 없는지도 분명치 아니하거니와, 또 있다손 치더라도 없다손 치더라도 거기 대하여서는 별 흥미가 없었다.

"천당이 정말 있어요?"

문의 누님은 무척 알고 싶은 눈이었다.

나는 내 성경 지식을 기울여서 생각해보았다. 그리고 예수께서 하늘나라, 아버지의 나라라는 말씀을 하신 것이며, 하늘나라에는 너희가 있을 자리가 많다 하신 것이며, 내가 가서 너희를 위하여 있을 자리를 준비하리라 하신 것이며, 하늘나라에서는 시집가고 장가드는 일이 없나니라 하신 것이며, 예수께서 천사를 시켜서 나팔을 불리시고 다시 오실 때에는 산 자는 산 채로, 죽은 자는 무덤에서 다시 일어나서 예수의 심판을 받고, 예수를 믿은 자는 하늘나라로 끌려 오르고 예수를 아니 믿고 죄를 지은 자는 어두움 속에 떨어져 이를 갈고 울리라고 하신 것 등을 말하고, 끝으로는 내 의견으로,

"아무려나 좋은 일 한 사람이 죽어서 가는 데가 천당이요, 죄지은 자가 가는 데가 지옥일 것 아니야요? 난 그렇게 생각해요."

이 말에도 그는 아는 듯 모르는 듯 고개를 끄덕끄덕하더니,

"천당에서는 왜 시집도 안 가고 장가도 안 가나요? 그럼 다들 처녀 총각으로 늙나요? 그러면 무슨 재미야요?"

하고 빙긋 웃는다.

"시집가서 과부 되고, 장가가서 마음에 없는 여편네 만나는 것보다 낫지 않아요? 숫제 시집 장가 안 가는 것이."

하고 나도 웃었다.

"시집가면 과부도 안 되고 장가들면 마음에 드는 아내를 만나야 천당이지, 무어야요?"

하고 문의 누님은 또 한 번 쓴웃음을 웃는다. 소년 과수인 문의 누님의 천당은 과부 안 되고 남편하고 재미나게 사는 나라였다.

아무려나 문의 누님은 빠지지 아니하고 예배당에 다니고 내가 준 『신약전서』를 읽기 시작하였다. 「마태복음」 첫 장부터 모조리 읽는 모양이어서, 아브라함의 성이 아가냐 아브가냐라는 둥, 아브라함이 이삭을 낳고 이삭이 야곱을 낳았다고 하였으니 아브라함이나 이삭이나 다 과부였더냐 왜 남편의 이름이 없느냐라는 둥, 예수의 성에 관하여는 그 아버지의 성은 요가인데 왜 아들의 성은 예가가 되었느냐라는 둥 포복절도할 질문이 있었으나 매우 열심으로 읽는 모양이었고, 아내가 친정에서 돌아온 뒤로는 하루라도 선배인 문의 누님은 아내에게 아브라함의 성은 아가도 아니요 아브가도 아닌 것과, 그가 과부가 아니요 남자라는 것과 이러한 것을 가르치고 있었다.

내가 세례를 받은 지 이틀 후 학교에서는 오후 학과를 쉬이고 새 교장 취임식이 있었다. 수선쟁이 백 선생은 얌전한 내 족형과 함께 취임식장의 장식과 행사 절차를 마련하였다. 당시에 대유행이던 만국기가 장내에 엑스 자로 늘여지고, 정면에는 태극기는 걸 수 없고 일장기는 걸기가 싫어서 ○○학교 교기를 달았다. 나는 초례청에 나갈 신랑 모양으로 설레는 가슴과 나타나는 흥분을 억지로 감추면서 어제까지 내 처소이던 방에 가만히 앉아 있었다.

이날은 천기가 청명하여야 상서로울 터인데, 처음에 바람에 불려서 비가 오다가 나중에는 눈으로 변하였다. 이왕이면 비보다는 눈이 내 취임식에 합당할 것 같았다.

교주는 날더러 모닝을 입으라 하였으나 모닝은커녕 내게는 보통 양복도 없었다. 아무렇기로 고등학교 단추를 단 제복을 입고 교장 취임식에 임할 수도 없어서 나는 조선 옷으로 나설 수밖에 없었다. 그동안 문의 누님이 다듬어서 지어준 상목 바지저고리에 흰 명주 두루마기였다. 내가 아직도 조부의 승중상을 벗지 못한 것은 독자에게 알리기도 부끄러운 일이다. 상제 녀석이 못 할 짓 없이 다 했기 때문이다.

'교장! 나는 오늘 교장이 된다. 아니 사실로는 벌써 교장이 되었다.'
하면 기뻐하지 아니할 양으로 아무리 애를 써도 기뻐서 견딜 수가 없었다. 혼자 앉아 있어도 자꾸만 입이 벙싯거려서 담벼락이 부끄러웠다.

'허? 대인답지 못한 일이로군.'
하고 스스로 책망하고 억제해보아도 효력이 없었다.

'아직 시간이 안 됐나?'
하고 나는 수없이 시계를 빼어 보았다. 가난한 내가 은시계를 차게 된 것은 이 학교 덕이었다. 교주가 신임과 신혼 축하로 이 시계를 사다 준 것이었다. 그것이 작년 봄인데, 나는 벌써 교장으로 취임할 시간을 이 시계로 보게 된 것이다.

'교장이 되면 교장답게 언행을 해야 할 텐데.'
하고 나는 취임식 시간을 기다리는 동안에 이런 생각을 해본다.

교장다우려면 첫째로 점잖아야 할 것인데, 이 점잔이란 것이 내게는 딱 질색이다. 남의 집에 손님으로 가거나 스스러운 사람을 만나거나 할 때면 나도 곧잘 점잔을 빼지마는, 그것도 잠시 동안이지 한 시간을 참기가 어렵다. 그놈의 점잔만 아니면 교장 노릇은 힘들지 아니할 것 같았다. 만일 점잔이란 것이 교장의 자격이라면 아마 성 선생이 우리 중에서는 고작일 것이다. 오웬 교주도 점잖다. 그는 빙그레 웃기도 하고 농담도 하면서도 틀지고 무겁고 점잖았다. 그러나 나는 언제나 늘 몸을 움직이고 싶었다. 마음이 늘 움직이기 때문이다. 내가 점잖고 싶은 것은 벌써부터지마는, 그것이 하늘에 오르기처럼 어려웠다. 나는 얼마나 내 처육촌을 부러워하였는가. 그는 젊은 사람이지마는 참 점잖았다. 나는 장난꾼까지는 아니지마는 어째 무게가 없었다. 그러나 인제는 교장이다. 설마 두 시 취임식을 십여 분 앞에 두고 그동안에 무슨 변화가 생겨서 내 교장이 틀어질 리야 있으랴. 그러면 나는 벌써 이 학교 교장이다. 교장이라면 이 학교의 어른이다. 아무리 성 선생이 아버지 나이가 되고 박 선생이 노형뻘이 넘더라도, 그들은 오늘부터 내 부하다. 한 목사도 성경 교원이라는 자격으로는 내 부하다. 목사로는 내가 그의 부하라 하겠지마는. 그렇다 하면 나는 성 선생보다도 점잖아야 한다. 이것이 딱 질색이었다. 한 목사의 점잔은 조금도 무섭지 아니하였다. 그것은 '하느님 은혜로'라는 말을 많이 쓰고 선교사의 조선말 조로 말을 느리게만 하면 된다. 그러나 성 선생의 점잖음은 그의, 바위와 같이 움직이지 아니하고 죽은 듯이 고요함에 있다. 이것을 따라가기는 나로서는 대단히 어려운 일이다.

　도대체 점잔을 빼려면 내 마음이 부동심이 되면 몰라도 그렇게 되기 전에는 점잔을 꾸며야 할 텐데, 이것이 내게는 딱 질색이란 말이다. 대문

열면 안방이란 말로 꾸밀 줄 모르는 사람을 형용하거니와, 나는 대문 없는 안방이요, 좀 기쁘거나 성나거나 한 때면 사벽 없는 안방이었다. 슬프고 기쁜 체, 있고도 없는 체, 소위 일흔두 가지 체 중에 내가 가진 것은 단 두 가지밖에 없었으니, 그것은 모르고도 아는 체, 못나고도 잘난 체였다. 이따금 나는 잘하고도 못한 체하는 변덕이 있었다. 이 체들을 잘 발달시키면 일흔두 가지 체가 다 나오겠지마는, 체를 꾸미자면 힘이 들고 숨이 차서 딱 질색이었다. 그래서 내가 발명해낸 말이 있다. '아이는 아이답게'라는 것이다. 나는 나대로, 내가 생긴 대로 가자는 것이었다. 그러나 교장으로는 그럴 수는 없었다. 점잖아야 하겠다. 이것을 생각하면 교장이 된다는 기쁨이 갑자기 반은 감해지고 한숨이 나왔다.

종이 울었다. 학교의 종이 아니라 예배당으로 모이라는 종이다. 교장 취임식은 ○○학교의 일만이 아니요, 교회 전체의 일이기 때문이다. 나는 내 교장 취임식에 아무쪼록 손님이 많이 모여서 내 영광을 돕기를 바랐으나, 갑자기 하는 일이라 웬걸 많이 모이랴 하였다.

"교장 선생, 식장으로 들어갑시다."

하고 백 선생이 내 방 문을 열고 빙글빙글하였다. 나는 급작스레 태연무심한 점잔을 꾸몄다.

"벌써 시간이오?"

하고 아주 대수롭지 아니한 듯이 먹던 담배를 다 태우고, 대님을 고쳐 매고, 귀찮은 청이나 받은 것처럼 한 번 길게 한숨을 쉬고 일어나서 두루마기를 떼어 입었다. 교장이 되기도 전에 벌써 꾸미는 재주가 놀랍게 진보한 것을 나 스스로 놀라지 아니할 수 없었다.

"아이구, 어서 나오우. 웬 거드름이오?"

허! 백 선생은 벌써 내 속을 들여다본 것이었다. 들켰다! 내 얕은꾀로는 꾸미기는 어림도 없다, 하고 나는 분주히 신발을 신고 따라나섰다. 성 선생, 박 선생, 족형, 그리고 맨 뒤에 오 선생이 제가 교장이 못 되어서 섭섭한 얼굴로 되지못하게 시치미를 떼고 따랐다.

식장인 예배당은, 그만하면 신문 기자가 있더면 인산인해에 입추의 여지도 없다고 할 만큼 모였다. 문의 누님도 보였다. 무척 반가웠다. 곧 그 곁으로 뛰어가고 싶은 것을 꾹 참고 잠깐 그를 바라보고는 점잔을 꾸몄다.

나는 백 선생이 앉으라는 자리에 앉았다. 학생들은 모두 새 교장인 나를 우러러보는 것 같고, 부인네 교인들까지도 오늘은 특별히 나를 우러러보는 것이 분명하다고 생각하면서도, 나는 그런 것은 염두에도 아니 두노라 하고 눈을 반쯤 감고 잔뜩 점잔을 빼었다.

이윽고 교주가 군수와 헌병 분대장을 이끌고 착석하였다. 장난꾼 군수는 점잖은 내 손을 잡아 흔들며 일본말로,

"요오, 오메데도오(よお, おめでとう)."

하였다.

찬미, 기도, 성경 낭독이 순서대로 지나가고,

"직원, 생도 일동 기립."

하는 체조 우 선생의 구령에 늙은 성 선생, 변덕 백 선생, 익살 박 선생, 얌전 족형 할 것 없이 모두 일어나고, 아마 성경 교사요 학교 이사의 자격을 인식함인지 한 목사도 일어났다.

오웬 교주는 황제의 대관식을 감(鑑)하는 대승정의 위엄으로 나를 단 앞에 불러 세워놓고 떨리도록 엄숙한 음성으로,

"김도경 선생, 학교 직원회에서 선거되고 본 교회 당회에 승인하였으니, 나 설립자의 이름으로 ○○학교 교장으로 임명하는 것이오."
하고 선언한 후에 내게 교장의 사령장을 준다. 나는 약간 고개를 숙여서 그것을 두 손으로 받았다.

오웬 교주는 다시,

"김도경 선생, 이제부터 이 학교 교장 되셨으니, 직원, 생도, 다 그 지도 받고 명령 복종할 것이오. 권위! 나라에나 학교에나 집에나 권위 필요한 것이오. 권위, 오소리티(authority) 서지 아니하면 단체 생활 도모지 할 수 없습니다. 권위 서는 법 어떠한고 하면, 그 단체에 있는 모든 사람 권위 가진 자 존경하고, 복종하고, 사랑하는 데서 섭니다. 조선 동포 권위 관념 많이 가질 필요 있습니다. 민주주의 투표로 한번 선거하면 선거 받은 자 나와 평등될 수 없습니다. 그는 내 지도자, 나는 그에게 복종하는 자 되어야만 나라 될 수 있고 학교 될 수 있습니다. 권위 복종 아니 하는 사람 애국자 될 수 없고, 학교 사랑하는 사람 될 수 도모지 없습니다.

나, 김도경 교장 좋은 교장 되실 줄 믿고, 학교 직원, 생도 여러분 김 교장 지도 잘 순종할 줄 믿고, 바랍니다. 우리 다 같이 김 교장 선생 하느님 은혜와 성신의 도우심 받으시기 위하여 기도하십시다. 한 목사님 기도 인도하실 것이오."
하고 한 목사를 돌아본다.

한 목사는 일어나서 교주가 섰던 자리에 나와 축복기도 하는 모양으로 두 손을 앞으로 높이 들면서,

"사랑하는 부형모매님, 우리 김 교장님 위하여 다 같이 기도 올립시다."

하고 긴 기도를 올린다. 그중에 나를 교훈하는 듯한 구절도 있었으나 대체로 오웬 교주의 말의 주지와 같은 기도를 올렸다. 나를 미워하는 구절은 무론 하나도 없고,

"우우리가 사아랑하고 고옹경하는 교오장 김도경 선생께 푸웅성한 으은혜 베에프시와."

이 모양으로 내게 호의를 가진 기도를 하여서 나도 만족하였다.

다음에 내가 교장으로서의 간단한 취임사가 있게 되었다. 나는 대연설을 하고 싶었으나 군수와 분대장의 축사도 있을 것 같고, 또 신랑이나 신부가 첫날에 말 많은 것이 흉이 되는 모양으로 새 교장도 침묵하는 것이 좋을 것 같아서, 그러나 한마디도 아니할 수는 없어서 이렇게 말하였다.

"오웬 교주는 내게 감당키 어려운 무거운 짐을 지우셨습니다. 그러나 하느님의 은혜와 오웬 교주의 지도와 직원 여러분의 협력으로 맡은 직책을 다하려 합니다. 손님 여러분과 교회 여러분도 이 어린 교장을 잘 도와 주시기 바랍니다."

이것뿐이었다. 나중에 알고 보니 내 이 인사말이 매우 여러 사람에게 호감을 주었다 한다. 백 선생은 직원실에서 여러 직원 앞에서,

"교장 취임사는 참 명연설이야. 간단한 중에도 할 말은 다 들었거든."

하고 칭찬하였다. 내 생각에도 그런 것 같았다. 전 같으면 한마디 우스개 대꾸를 놓을 것이지마는 교장의 체면을 지키느라고 들을막하고 말았다.

식이 끝난 뒤에는 간단한 축하회가 있었다. 그것은 떡국과 차였다.

교주가 나를 존경하는 뜻을 보이고, 군수가 나와 '절친하'고 분대장이 굉장히 나를 칭찬하는 축사를 하여서 나는 하늘에 닿을 듯이 높이 올랐다. 나는 정말 잘난 사람인 것 같았다.

좋은 일이 생길 때에는 좋은 일만 생기는 것 같았다. 집에 돌아와 보니 아내가 큰 배를 안고 돌아와 있었다. 처형도 집으로 가는 길이라 하여서 들르고, 쌀이랑 콩이랑 녹두랑 참깨랑 참기름이랑 섬으로, 자루로 오고, 떡과 술과 닭 삶은 것도 와 있었다. 아내가 친정에서 모두 얻어 온 것이었다. 아내는 싱글벙글 기뻐하였다. 그것은 내가 잘난 사람이어서 교장이 된 때문은 아니었고, 먹을 것을 이렇게 숱하게 얻어 온 것이 자랑이 되고 기쁨이 된 것이었다.

"이거 어디 둘 데가 있어야지, 고양이 있나 무엇이 있나?"

하고 잘사는 친정에 오래 있다가 이 오막살이에 오니 쌀섬, 콩섬을 들여 놓을 데도 없는 것이 속상하는 모양이었다. 나는 듣기에 좀 거북하였으나 내가 교장이 되었다는 것으로 뻣뻣하게 버틸 수가 있었다. 나는,

"집이란 좁은 때가 좋은 게야. 큰 집에 둘 것이 없는 것이 걱정이지."

하고 웃고, 낯 좋은 말로 점잔을 빼었다. 그러고 나니 내가 정말 높은 어른이 된 것 같았다. 그러나 내심에는 불쾌한 것이 있었다. 아내가 친정에서 물건을 얻어 오는 것도 창피스럽거니와, 교장의 주택이 이렇게 초라한 것도 부끄러운 일이었다. 처형의 집도 기와집이란 말을 들었다. 그가 우리 집을 보고 입을 삐쭉할 것을 생각하니 화가 났다. 그가 만일 내가 교장인 것과, 기실은 교장보다도 더 큰, 대단히 큰 인물인 줄을 알아준다면 조그만 이 집도 수치될 것이 없지마는, 처형의 눈에는 기와집과 노적가리가 보일 뿐이요 인격이나 식견을 알아볼 까닭이 없을 것 같았다. 그렇지마는 나중에 아내의 입으로 처가에서 대단히 나를 큰 인물로 안다는 말을 듣고는 마음이 좀 든든하였다. 처가 족속들이 나를 크게 보는 까닭은 내가 군수와 분대장과 친하다는 것이니, 그 군수와 분대장이 가버리면

나는 끈 떨어진 망석중이가 되는 것이었다. 처형이 나를 존경한다면 그것도 군수와 분대장 때문일 것이다.

아내도 처형도 오니 우리 집은 전에 없이 북적북적하였다. 그들은 내 생일을 차린다 칭하고 처가에서 얻어 온 물건으로 여러 가지 음식을 만들었다. 여편네가 셋이나 모이니 별것을 다 만들었다. 거만한 처형은 시어머니나 된 듯이 모든 것을 지휘만 하고 저는 영 부엌에는 안 내려갔다. 문의 누님과 아내만이 며느리 모양으로 종 모양으로 들락날락하였다. 아내는 무엇을 제 마음대로 해보려고 앙탈도 하였으나 번번이 처형에게 눌려서 뾰로통하였다. 그는 문의 누님을 좋아하지마는 친형과는 아니 맞는 모양이었다. 아내가 무엇을 주장하면 처형은,

"네가 무얼 안다고 그러니? 미련퉁이 소리 말아!"

하고 쏘아주었다. 나는 이모가 어머니를 미련퉁이라고 부르던 것을 생각하고 여자 형제란 다 저런가 하였다. 아마 처형이 친정에 와서 모든 것을 주장하려 들고 좋은 것은 집어 가려 드는 것을 아내는 평소에 눈꼴틀리게 보아온 것이 맞지 않는 원인인 것 같았다. 처형은 아내를 책망하고 나서는 나를 보고,

"저게 무얼 알아요? 천둥벌거숭이죠. 게다가 심술은 있답니다. 아재도 속이 상하실 게야요."

하고 나를 위로하는 것인지 빈정대는 것인지 모를 소리를 하였다. 마치 제게다가 살림을 맡기면 잘하겠건마는 하는 것 같았다. 그렇지마는 잘하거나 못하거나 내 집 살림은 내 아내가 할 도리밖에 없다. 아무리 처형에게는 친동기라 하더라도 그가 내 아내가 된 바에는 그를 바보니 미련퉁이니 하는 것은 실례라고 나는 불쾌하게 생각하였다.

불쾌하기로 말하면 처형이 하는 것은 모든 것이 다 불쾌하였다. 되지 못하게 건방지고 남을 제 밑에 내리누르려 하였다. 나까지도 제 어린 철 없는 동생인 듯이 어려워함이 없었다. 나이로 말하면 나보다 칠팔 년이나 장이지마는, 그래도 나는 대장부요 제게 비기면 큰 인물이요 큰 어른이거든 나를 휘두르려는 것은 괘씸한 일이었다. 하기는 접때에도 내가 처가에 갔을 때에도 닭을 잡고 술을 받아다 주었고, 이번에도 닭 두 마리와 소주 한 병과 꿀 한 항아리를 갖다가 준 것은 처형이라, 그만하면 내게 호의를 가졌다고도 할 만하지마는, 그래도 나는 처형이 싫었다. 어디가 싫은가. 다 싫지마는 더구나 그 눈이 싫었다. 그의 눈은 얼른 보면 사람의 마음을 끄는 눈이었다. 검고 큰 눈이지마는 웃을 때에는 어여뻤다. 그래도 그 눈은 항상 무엇을 찾는 눈이요 무심한 눈이 아니었다. 내 방에를 들어오더라도 무슨 비밀을 찾는 모양으로 그 눈은 잠시도 가만히 있지를 아니하였다. 고개도 가만히 있고 눈알도 굴리지 아니하면서도 끊임없이 무엇을 찾는 것 같아서 대해 앉으면 안심이 아니 되고 꺼림칙하였다.

'스파이의 눈이다!'

나는 여러 번 이렇게 속으로 뇌었다. 문의 누님의 눈은 호수 모양으로 고요하였다. 구름이나 새나 작은 버러지까지도 다 분명히 비추지마는, 그것을 탐내지도 아니하고 싫어도 아니 하고 더구나 찾는 일이 없는 눈이었다. 그러한 눈과 마주 앉으면 내 마음이 고요하고 편안하고 따뜻하였다. 그런데 처형의 눈은 사람을 안절부절을 못하게 하는 눈이었다. 게다가 그 눈 속에는 거만이 있고 빈정거림이 있고 욕심이 있고 독이 있었다.

'응, 고약한 눈이다. 그의 서방이 밤낮으로 저 눈 앞에 있었으니 아니 죽을 수가 없다.'

고 나는 생각하였다.

　나는 그의 눈과 아내의 눈을 비교하지 아니할 수 없었다. 아내의 눈은 무엇에 놀랐거나 무엇을 잊어버린 눈이었다. 사람의 마음을 자극하는 아무것도 못 가진 눈, 비긴다면 송아지 눈과 같은 눈이어서 둔할는지 몰라도 독하거나 욕심 사나운 눈은 아니었다. 그의 성질도 그 눈과 같았다. 어째서 동복형제가 이처럼 다를까. 혹은 아내도 낫살 먹어가면 독이 나오고 욕심이 나와서 처형의 눈과 같아질까. 두 사람의 눈에는 다 장인의 모습이 있기는 있었다.

　처형은 대단히 뻔뻔스러웠다. 내가 학교에서 돌아오면 곧잘 내 자리를 깔고 내 방에 누워 있었다. 이것이 예에 어그러지고 버릇없는 일인 것은 말할 것도 없다. 그는 내 옷을 받아 걸고 감히 내 손을 만졌다.

　"주무시오?"

　이런 소리를 하였다.

　"괜찮아요."

하고 나는 책상 앞에 앉는다. 아랫방에서는 문의 누님과 아내가 무엇을 하고 있다.

　"얘, 아재 돌아오셨다. 약주라도 한잔 데어드리려므나. 점잖으신 남편 섬기는 법이 그렇지 않다."

하고 또 시어미 노릇을 한다.

　내 눈에는 장지를 격하여 아내의 삐쭉하는 입이 보인다. 그러나 그는 이 귀찮은 형의 명령에 아니 복종할 수는 없다.

　처형이 와 있는 동안에는 문의 누님은 말할 것도 없고 아내도 내 곁에 올 기회가 없었다. 처형은 나를 제 소유물로 아는 모양이어서 내가 졸려서 짜증을 낼 때까지도 내 방에 있었다. 그는 나를 한가한 사람으로 아는 모양이었다. 나는 한 주일에 사십여 시간 고된 일을 하는 사람인 줄을 모르는 모양이었다.

어떤 밤에는 나는 처형이야 있거나 말거나 잊고 자리에 누워버린다. 어서 아랫방으로 내려가란 말이다. 그러나 그런다고 곧 일어나 나갈 염치 있는 처형은 아니었다. 그는 내 다리를 주무르고 이불 속으로 손을 넣어서 내 발을 주무르기까지 하였다. 그러면서 씩둑꺽둑 수다를 늘어놓는다. 저는 어린 동생을 만지는 체하나, 내가 어린 동생의 남편이 될지언정 그의 어린 동생이 될 리는 없다. 그와 나와는 당연히 내외를 하여야 옳다.

'응, 상것 같으니!'

하고 나는 그를 멸시하여 그가 무슨 소리를 하여도 못 들은 체한다. 그런 집과 혼인할 내가 아니라던 말이 생각해서 불쾌하였다.

'원, 이럴 수가 있나, 고약한 것!'

나는 발길로 그를 탁 차버리고도 싶었다. 그러나 그럴 수도 없었다. 그는 소위 행세한다는 집 젊은 과부다. 과부가 된 지 삼사 년이라니 마음대로 이성의 살에 접촉할 수 없는 그는, 동생의 집에 와서 동생의 눈총을 맞으면서 동생의 남편 발이라도 좀 만져서 그의 이성에 대한 굶주림을 만족고자 하는 것이다. 그렇게 생각하면 불쌍한 생각도 난다. 버선만이라도 벗고 그의 떨리는 손이 직접 내 발의 살이라도 만지게 해주고도 싶다.

이렇게 생각하고 눈을 떠서 그를 바라보면, 그의 눈에는 젖은 빛이 있어 술 취한 사람의 눈과 같았다. 나는 이불 속에 감추었던 손 하나를 내어서 그의 앞에 던졌다. 그는 두 손으로 덥석 내 손을 잡고 내 손등 위에 그

300

의 이마를 대고 비비다가 차차 눈을 비비고 코를 비비고 나중에 입을 비볐다. 손등에 닿는 그의 입김이 불과 같았다.

"언니 안 자우?"

하는 아내의 소리가 들렸다. 어서 내 남편의 곁을 떠나서 아랫방으로 내려오란 말이다.

"응, 잘 테야, 아재 다리 좀 밟아드리노라고."

하고는 처형은 머쓱해서 내 손을 이불 밑으로 밀어 넣고 일어나 나가버렸다. 이때만은 그의 눈에 스파이와 같은 무엇을 찾는 야릇한 빛은 없고 그는 잠시 한 여성에 돌아와 있었다.

어서 갔으면, 하는 처형은 좀체로 갈 생각을 아니 하고, 문의 누님이 집에를 가보고 오는 주일에 온다고 하고 가고 말았다.

처형이 우리 집에 온 일이란 것은, 그 시집 재산의 일부를 내가 샀다는 형식으로 내 이름으로 돌리게 해달라는 것이었다. 그가 낳은 아들이 그 집의 상속자니 그럴 필요가 없지 아니하냐고 내가 말하였더니, 그는 그래도 제 마음대로 할 수 있는 재산이 없으면, 만일 아들이 죽기라도 한 뒤에는 제가 어떻게 사느냐 하였다. 외아들이 죽기를 바랄 어미는 세상에 없겠지마는, 그것이 죽은 뒤에 혼자 살 준비를 한다는 어미의 마음이란 것도 나로서는 상상할 수가 없었다. 줄리엣도 열다섯 살에 벌써 후일 걱정을 하고 후일 마련을 하였다 하거니와, 여자란 타산적이라고 생각하였다. 처형은 요모조모로 생각한 끝에 내라는 위인이 그중에 욕심이 없어서 믿고 재산을 맡길 만하다고 생각한 모양이었다. 또 내가 군수와 헌병 분대장과 친하니 내게 의탁하여두면 후일 도움이 될 일도 있으리라고 생각하는 모양이었다. 오기는 내게 이런 청을 하는 것을 목적으로 하고 왔다가, 나와 가까이하는 데서 만일이라도 남성에 접촉하는 쾌감을 맛보자는 것이었다.

"아이, 언니가 왜 안 가?"

나하고 단둘이 된 경우에 아내는 이렇게 짜증을 내었다.

"인제 가실 테지, 언제까지나 계시겠소?"

내가 이렇게 말하면 아내는,

"난 언니더러 가라고 할 테요. 언니가 집에 있으면 무슨 좋지 못한 일이 생길 것만 같아요. 아이, 난 언니 싫어."

하고 눈물까지 떨군다.

"아서, 형제 아니야? 여러 형제도 아니고 단 두 형젠데. 그렇게 생각해 쓰나. 어서 가시는 날까지는 좋은 낯으로 대하시오. 만일 언니가 내 방에는 와 있는 것이 싫거든 내 며칠 동안 학교에 가 있고 집에는 밥 먹으러만 오리다. 그래서 그러는 게면."

하였더니,

"누가 그래서 그런대요? 언니는 제 생각만 하고 남의 생각은 안 하니깐 그러지요. 저, 언니 오우."

하고 아내는 눈물을 씻고 일어난다. 아무리 둔하고 못난 아내라도 여자가 되기에 필요한 총명과 감수성은 다 갖추어 있다고 생각하였다. 그러나 형제간에, 한편에서는 멸시하고, 다른 편에서는 미워하지 아니하면 아니 되는 일이 있는 것이 슬펐다. 친정 재산에 관한 샘이 없고 처형이 과부만 아니런들 이런 불화는 없을 것이라고 생각했다.

처형은 그 후도 사흘이나 동생이 주는 미운 밥을 먹고 하루에 이삼 분씩 내 다리와 발을 만지고 손을 입으로 비비다가 떠나버렸다. 처형이 떠날 때에는 아내는 섭섭하다고 울고 날더러 데려다주고 오라고 졸랐다. 나는 이 불길한 처형이 집을 떠나는 것이 기뻤으나 그를 데려다주기는 싫었다. 그의 집에 가면 또 무슨 불길한 일이 있을지 모르기 때문이다. 그러나 아내의 말과 같이 젊은 부인네를 사오십 리 길을 혼자 보낸다는 것도 인사가 아니었다. 그렇다 하더라도 아내가 꼭 내가 형을 데려다주어야 한다고 우기는 심리를 알 수가 없었다. 어차피 당일에는 못 돌아올 길이니 처형의 집에서 자고 온다는 것이, 그동안의 아내의 심리로 보아서는 의심쩍고 불쾌할 듯하기 때문이다.

나는 문의 누님을 청해다 놓고 처형을 데리고 집을 떠났다. 처형은 남편의 거상은 벗었건마는 여전하게 소복이었다. 머리에도 흰 수건을 쓰고 진솔 버선에 고운 짚신을 신었다.

길은 반 이상은 산길이었다. 입동 추위를 하느라고 바람이 대단히 매웠다. 처형의 흰 얼굴은 까무스름하게 얼었다. 배오개라는 주막거리가 우리가 낮참을 할 곳이어서, 여기를 지나면 술을 파는 집은 한두 곳 있지마는, 떡이나 국수나 더운 점심이나를 사 먹을 데는 없었다.

우리는 마치 처가에 가는 내외 모양으로 둘이서 주막집을 골라 들었다. 안손님이 오고 또 의복이 정한 것을 보고 주인은 우리를 안방으로 안내하였다. 침침하고 냄새나는 방이나 구들은 더웠다. 그러고는 치마도 아니 입은 주인마누라가 들어와서 방에 늘어놓은 것을 주섬주섬 치우고, 까맣게 때 묻고 군데군데 헝겊으로 기운 돗자리를 내어 앉았다.

"어디로들 가시우? 이 추운데."

하고 주인마누라는 벽에 걸렸던 치마를 떼어서 입는다.

"여울모루 가요. 친정에 갔다가 오는 길이외다."

하고 처형은 위에 입었던 양피 덧저고리를 벗어놓는다.

"아이마나나, 여울모루문 이제도 삼십 리나 되는데 저무시겠네. 서방님도 아씨도 잘들도 나셨소. 정말 그림 속에 신랑 신부 같구먼. 애기는 아직 없으시우?"

이 마누라가 꼭 우리를 부부로 보는 모양이었다.

"하나 있어요. 할머니 모시고 집에 있어요."

처형은 굳이 부부가 아니라고 발명을 아니 할뿐더러, 과부라고 보이기보다는 젊은 남편의 아내라고 남이 보아주는 것을 기뻐하는 것 같았다.

"애기도 엄마 아빠 닮아서 잘나셨겠지. 나도 아들놈이 살았으문 꼭 서방님만 할 텐데."

하고 마누라는 추연해진다.

"꿩 없어요?"

처형은 마누라의 추연한 기색을 깨트리기나 하려는 듯이 새 말을 꺼낸다.

"꿩 없어요. 아까까지는 한 마리 있었는데. 거, 안됐구만. 닭은 있지요. 암놈도 있고 수놈도 있고. 잘 처먹어서 통통하게 살이 쪘다우. 닭을 한 놈 잡을까요? 돼지고기도 좀 남았어."

마누라는 죽은 아들 생각을 잊어버린 모양이었다.

"그럼 닭을 한 마리 잡아주세요. 국수허구, 소주 한 병허구."

처형은 이렇게 서슴지 않고 명하였다. 그는 뜻하지 아니하는 동안에 과부의 태를 드러낸 줄을 모르고 있었다. 정말로 젊은 아씨면 남편 앞에서 이렇게 나대지를 못할 것이다.

더운 방에서 몸이 녹으니 방이 좀 훤해졌다. 담벼락에 해묵은 빈대피도 눈에 뜨이고 파리똥으로 장식을 한 듯한 장롱도 보였다. 방 윗목에는 커다란 독 둘이 누더기에 싸여 있으니, 이것은 술독이 분명하였고 꼭 봉해놓은 항아리 옆에는 소주잔이 나란히 놓인 술상이 있었다. 점잖다고 보는 손님이 오면 이 방에 들여앉히고 술을 파는 모양이었다. 요강, 타구, 재떨이, 장죽이 놓여 있는 것을 보면 이 집 주인은 아마 개화하기 전 읍내에서 꽤 들날리던 관속이었던 모양이다. 그렇다면 주인마누라는 한창 시절에는 금 먹고 은 먹던 기생으로서 허우대 좋고 돈냥 있는 아전과 함께 되어서 갖은 호강을 다 하다가 세월이 뒤집히니 주막쟁이가 된 모양이었다. 주인 영감이 무엇을 가지러 들어오는 것을 보고 나는 내 생각이 맞은 것을 깨달았다. 그는 백발동안에 아직도 풍류남아이던 자취가 있었다.

처형은 벼르고 벼르던 이런 기회를 십분 이용하려는 듯하였다. 그의 눈에는 스파이 같은 빛이 아주 사라지고 오라비 앞에 있는 어린 누이의 눈과 같은, 아무 거리낌도 없는 눈으로 마음 놓고 나를 바라보았다. 나와 그와에 관하여서는 이렇게 단둘이 있을 기회는 아마 영원히 다시 돌아오지는 아니할 것이다.

그의 눈에서 그 무엇을 찾는 빛만 떼어놓으면 그는 아름답고 다정한 여성이었다. 더구나 오래 남편의 정에 굶주린 그가 누르고 참았던 애정을 마음 놓고 탁 터놓으면 그 힘이 어떠한 것인가는 오직 본 사람만이 알 것이다.

무론 그는 야비한 모양은 안 보였다. 그는 외면으로는 어디까지나 아우의 남편에게 대한 처형의 태도를 잃지 아니하였다. 그의 말하는 말은 애정에 관한 것은 하나도 없었고, 자기의 재산에 관한 사정, 친정 어린 오라비에 대한 염려, 또 문의 누님이 불쌍하다는 이야기, 시집 사정과 자기를 넘보는 일가들 이야기 이런 것뿐이었다. 그러나 그 결론은 언제나 모든 것을 나만 믿는다는 것이었다. 만일 그의 말에 남녀의 애정을 암시한 것이 있다고 하면 그것은,

"내 동생은 참 팔자가 좋아요. 아재 같으신 남편이 계시니. 아재께는 동생이 부족하시겠지마는. 그래도 잘 귀애해주셔요."

하는 것이었다.

그러나 나는 그의 입으로 하는 말과 마음속에 일어나는 소리와는 아무 관계도 없는 것을 아니 보려도 아니 볼 수가 없었다. 그의 마음속의 소리를 전하는 것은 그의 혀가 아니요 눈이었다. 그리고 그의 숨소리였다. 나는 그가 애써서 감추는 불길이 그의 살과 옷을 뚫고 나와서 내 몸에 닿는 것을 아니 느낄 수가 없었다.

이때에 그의 기갈을 채울 것은 오직 남편을 주는 것이었다. 남편만 준다면 아마 그가 그렇게도 탐내는 재물도 아낌없이 내어던질 것이다. 그러나 그가 남편을 가지기는 심히 어려운 일이었다. 그것을 단순히 우리 사회의 인습에 얽매이는 것이라면 그만이거니와, 그렇게만 말할 수도 없는 것이다. 인습이 오래 묵으면 양심이 되는 것이다. 마치 우리의 쿵쿵 냄새를 맡는 습관이 코를 이룸과 마찬가지다. 남편이 죽어도 재가를 못한다는 것은 우리 민족에게 이미 양심이 되고 말아서 이것을 반항한다는 것은 양심의 세계에서 뛰어나간다는 것과 같다. 그래 재가한 여자는 지위가 뚝 떨어져서 그 자신만이 행세를 못 하는 것이 아니라 그 자손까지도 양첩의 몸에서 난 서자 이하로 천하여진다. 지금은 과거는 없지마는, 옛날에는 재가한 계집이 난 자식은 과거를 보기를 허하지 아니하였으니,

오늘날 말로 하면 공민권을 잃는 것이다. 처형이 재가하기가 이래서 어려운 것이었다. 재가할 수 없는 경우에 우리 여성들이 취하는 길이 몇 가지 있었다. 하나는 남편을 따라서 죽는 것이요, 둘째는 이성에 대한 욕망을 죽여버리고 수절하는 것이요, 또 하나는 승이 되는 것이었다. 요새 같으면 세상을 위하는 사업에 몸을 바치는 일도 있다. 그런데 처형은 남편을 따라서 죽을 기회도 놓쳤다. 그것은 남편의 대상 날이다. 그가 남편의 혈육인 아들이 있으니, 남편을 따라서 죽는 것보다도 아들을 길러서 남편의 뒤를 잇게 하는 것이 더 옳은 길이었다. 처형은 그 길을 취한 것이었다. 그러나 그는 남달리 건강한 육체와 치열한 애욕을 타고났고, 이것을 누르는 공부가 없었다. 그렇지 아니하면 이 정열을 다른 데로 돌려야 할 텐데 재산을 탐내는 것이 그 하나이지마는, 재산은 그에게 애욕의 대신이 못 될뿐더러, 재산으로 인하여 그가 부요하고 한가한 생활이 가능하기 때문에 도리어 그의 정욕을 왕성하게 하는 근본이 되어버렸다. 그러므로 그에게 남편을 못 줄 바에는 종교적 신앙 같은 정신생활을 주거나, 온종일 몸이 피곤하여서 누우면 잠이 들 노역을 주거나, 그렇지 아니하면 악의악식으로 몸을 쇠하게 하거나 할 수밖에 없었다.

나는 처형에게 남편이 되어줄 수는 없었다. 그가 그렇게 괴로워하고 목말라하는 양을 보면,

"자, 마음대로 하시오."

하고 내 몸을 그에게 내어던져주고도 싶었다. 그러나 그것은 그를 건지는 길이 못 될뿐더러, 목말라하는 사람에게 소금물을 먹이는 것과 같아서, 먹을 때에는 시원할지 몰라도 그 뒤에는 전보다도 더욱 목이 탈 것이었다.

나는 그에게 성경을 읽어서 모든 것을 하느님께 맡기고 편안한 마음을 얻으라고 권하여보았다. 그러나 그것은 아무 효과도 없었다. 왜 그런고 하면, 첫째로 처형은 그런 정신적인 것을 느끼기에는 너무나 육체적이었다. 이 점으로는 문의 누님과 달랐다. 문의 누님은 남만 못지아니한 육체와 거기 속한 정열을 가지면서도 또 남만 한 정신적인 욕망도 갖춰 타고난 사람이다. 그러나 처형은 이 점으로는 불구자였다. 그에게는 오직 현실이 있고, 육체가 있고, 물질이 있을 뿐이었다.

술이 들어오고 국수가 들어왔다. 그러나 나는 술을 마셔도 술이 취하지 아니하고 국수를 먹어도 그 맛을 몰랐다. 제 머리 꽁지로 제 머리를 동여맨 수염 난 총각이 김이 무럭무럭 나는 국수물을 가져다 놓고 음충맞게 씩 웃고 나가며 수심가 가락을 휘파람으로 불었다. 이것을 보고 나도 웃고 처형도 웃었다. 그렇게 웃고 나니 꿈에서 깬 것처럼 한결 마음이 가뿐하였다.

"자, 인제 갑시다."

하고 내가 먼저 일어났다.

"네."

하고 처형은 일어나서 벽을 향하고 돌아서서 매무시를 고칠 겸 은전 일원박이 두 푼을 꺼내어서 나를 주었다. 음식값을 물라는 것이었다. 나는 그의 덧저고리를 처들고 그에게 입혀줄 자세를 취하였다. 그는 상긋 웃고 내가 입히는 것을 받았다. 그러고는 내 두루마기 깃을 바로 세워주고 고름을 고쳐주었다.

"자, 가서요."

이번에는 처형이 재촉하였다.

우리는 국숫집 문을 나섰다. 그 총각의 소리가 우리의 뒤를 따랐다.

　　어떤 사람은, 야

　　팔자가 좋아서 어, 어

　　장독 같은 색시를, 을

　　껴안고 자는데에, 야

　　이놈의 팔자는, 은, 요

　　무르팍을 안고서, 야

　　새우잠만 자누나아랑,

　　차마 진정, 네 모양 그리워서, 엉

　　나 못 살리로다.

　나는 킥킥 소리를 내어 웃었다. 처형도 내 어깨에 잠깐 이마를 대고 웃었다.

　이로부터 앞길은 가벼운 맘으로 유쾌하게 걸었다. 마치 폭풍우가 지나간 뒤와 같았다. 나는 앞서고 그는 한 걸음 뒤에서 나를 따랐다. 길이 넓으면 나와 가지런히 서서 걸었다. 이제는 어린 동생을 내려 보는 듯한 처형이 아니요 손윗사람을 우러러보는 듯한 그였다. 무슨 말이나 묻고는 내가 하는 대답을 그대로 순종하였다. 나는 거기서 모든 잡념(욕심, 의심, 교만 같은)을 떠난 순수한 여성을 보았다. 칠팔 년이나 위인 그가 서너 살 손아래인 것 같았다. 주막집에 들 때까지는 그가 나를 데리고 왔으나, 거기서 나와서부터는 내가 그를 데리고 가는 것이었다.

　살얼음 지핀 강을 내가 그를 업어서 건널 때에도 아무 거드름이나 꾸밈

없이 가장 천연스러웠다. 내가 빨갛게 언 다리와 발을 닦고 말리는 동안에 내 버선을 자기의 품에 품어서 녹이는 것도 부자연하지 아니하고, 내가 대님을 다 치기도 전에 내가 졌던 그의 짐을 제 머리에 이고 훨훨 앞서서 가는 것도 도리어 믿고 사랑함을 표하는 것 같아서 나로 하여금 빙그레 웃게 하였다.

그의 집에 가서는 그는 수줍고 내외성 있는 며느리였다. 내게 대해서도 고개를 소곳하거나 외면하고 말하였다. 이튿날 내가 떠날 때에 그는 대문 밖에서 낮은 목소리로 인사할 뿐이었다. 그는 그가 친정에서 보이던 말괄량이도 아니요, 장사꾼같이 욕심이 그득 찬 여편네도 아니었다. 또 그는 눈으로 입으로 불같은 정열을 뿜던 정욕에 주린 젊은 과부도 아니었다. 그는 예절다운 며느리였다.

나는 어제 둘이 오던 길을 혼자 돌아오면서 생각하였다.

'아아, 사람은 배우라.'

명암(아홉째 이야기)

스무 살 적 이야기가 너무 길어졌다. 그러나 내가 인생 바다에 나뜨는 시작이기 때문에 신통치 아니한 일 같으면서도 다 내 일생에는 요긴한 원인이 되고 영향을 주는 것이어서 내 일생의 이야기를 말하는 데는 떼어놓기가 어렵기도 하고 아깝기도 하다.

아홉째 이야기는 내 싹트는 애욕의 번뇌의 계속인 동시에 개인으로서 또는 민족의 한 사람으로서 저를 완성해보려는 어린 노력의, 오히려 어린 노력의 실패의 기록일 것이다. 아직 청춘기의 폭풍우 철에 들어선 것은 아니지마는 무서운 저기압의 앞발이 내 눈앞에 번뜩이기 시작하는 때였다.

내가 세례를 받고 교장이 되었다는 것은 내게는 큰일이었다. 세례라는 것이 머리 위에 물 몇 방울 떨어트린 것에 지나지 못하지마는 그것은 대단히 큰 맹세였다. 천지의 주재자인 하느님 앞에, 여러 사람들의 앞에,

나는 이러한 일은 아니 하오리다, 저러한 일만 하오리다, 하는 단단한 약속이었다. 나는 이것을 지켜서 고대로 실행하여보리라는 엄청난 결심을 새로 하였다. 술도 담배도 입에 아니 대리라. 마음에 음란한 생각을 품지 아니하리라. 남을 미워하지 아니하리라. 남을 어리석다 아니 하리라. 예수께서 "나는 섬기러 세상에 왔고 섬김을 받으러 온 것이 아니로라." 하신 것을 나도 그대로 실행하기로 결심하였다. 더구나 내가 톨스토이에게서 받은 무저항주의의 정신은 그것이 내 소년 시대의 일이니만큼 상당히 깊이 내 인격에 뿌리를 박았다.

'악을 악으로 갚지 말라.'

'달라거든 주고 주고도 받으려 말라.'

이런 것은 비록 아직 고대로 실행은 못 하여도 내게는 거의 의문 없는 진리였다.

혹은 내가 원체 못난 사람이기 때문에 이러한 무저항주의를 좋아하는지도 모른다. 또 우리 민족의 역사가 너무도 개인 싸움, 당파 싸움에 찬것이 지긋지긋하여서 내가 무저항주의를 좋아하는지도 모른다. 그러나 내가 닭싸움에 흥미를 가지고 내 닭이 지는 것을 성화하는 것을 보면 내 피 속에도 싸우는 본능이 노상 없는 것도 아닌 것 같다. 나도 하려고만 하면, 칼을 들고 전장에 나아가서 죽이고 죽고 할 용기가 있는 것도 같다. 그러고 보면 나는 역시 사랑의 원리의 진리성을 사모하여서 무저항주의를 좋아하는 것이라고 뽐낼 수도 있는 것 같다.

"네 왜 한 목사를 미워하느냐."

하고 여러분이 내게 묻는다면, 나는 무안하여 붉은 낯을 못 들고,

"아직 수양이 부족하여서 그렇소. 그러나 두고 보시오!"

할 수밖에 없을 것이다.

그러하기 때문에 나는 세례를 받고 교장이 되어서부터는 사랑의 사도라 하기에 한 점의 허물도 없게 하리라 하고 굳게굳게 작정한 것이었다.

나는 교장이 되면서 기숙사의 한 방을 내 방으로 정하고 자는 것까지도 거기서 하는 때가 많게 되었다. 내 책상뿐 아니라 이부자리도 그 방에 차려놓았다. 나는 학교를 위하여서 전 생명을 바칠 결심이었다.

나는 무엇을 하기로 작정하면 앞뒤를 잴 줄을 모르고 부리나케 하는 성미였다. 게다가 신앙에 뿌리를 박은 생활을 하게 되니 좌고우면할 것이 없었다. 나는 예수께서 하신 말씀과 같이, 무엇을 먹을까, 무엇을 입을까 하는 생각도 버렸다. 내 집 살림만 아니라 학교의 경비 같은 것도 나는 참견하지 아니하였다. 그것은 서무와 회계를 맡은 이에게 맡겨버리고 통아랑곳을 아니 하였다. 내가 보기에는 교장은 학생을 지도하는 것이 본무였다. 관청에 교섭하는 것이 그때의 사립학교로는 크기도 하고 번잡도 한 일이지마는, 그것은 그런 일을 즐겨 하는 백 선생께 맡기고, 학부형이나 일반 사회에 대하여 학교를 대표하는 일은 늙수그레한 성 선생께 맡기고, 나는 다만 학생을 지도하는 일만을 맡아 하였다. 그러므로 세상에서 보면 성 선생이 교장이요, 관청에서 보면 백 선생이 교장이요, 오직 학생들에게만 내가 교장이었다. 나는 의식적으로 이 학교의 두 장로 격인 성, 백, 두 분 선생의 비위를 맞추느라고 이렇게 한 것은 아니요, 다만 내가 해보지 아니한 일, 관청 교섭이라든지 학부형이나 기타 일반 사회에 대한 교제라든지는 귀찮아서 두 분께 맡긴 것이건마는, 의외에도 그 결과가 처음에는 매우 좋았다. 첫째로는 성, 백, 두 분이 매우 만족하였고, 둘째로는 젊은 교장의 처사가 대단히 솜씨가 있다고 모두들 칭찬하였다.

이것이 비록 정말 내가 수완이 있어서 한 것이 아니라 도로 내가 못나서 한 일이건마는 솜씨가 있다는 칭찬은 듣기가 싫지 아니하였다. 내가 과연 솜씨 있는 사람인지도 모른다고까지 생각하고 다소 우쭐하였다. 그러나 까닭 없는 헛칭찬이 오래갈 리가 없어서 자칫 이것이 내가 무능하다는 공격의 자료가 되었다는 것은 훨씬 뒤에야 알았다.

아무려나 교장으로 취임한 시초에는 내가 환영을 받았다는 것만은 사실이었다. 더구나 나날이 열도를 가하여가는, 교육에 대한 내 헌신적인 정성과 활동은 장난꾼 아이 녀석들에게까지 인식을 받았다.

나는 궂은 날이나 마른 날이나 새벽 기상 종을 쳤다. 이것은 기숙사에 있는 학생들을 깨우는 종이다. 이것은 사감인 체조 우 선생이 할 일이지마는 원체 몸이 건장한 그는 늦잠의 버릇이 있었다. 나는 그의 직무를 대신하는 것이었다. 기상 종을 치는 것이 교장이란 것을 아는 이는, 처음에는 오직 우 선생뿐이었다. 새벽 단잠에 취한 학생들은 아직 이불 속에서 꿈을 꿀 때이기 때문이다. 높은 외기둥 종각에 달린 종은 내가 줄을 잡아당기는 대로 뗑뗑 울었다. 아직 먼 데 사람도 아니 보이는 새벽 고요한 산촌에 울리는 종소리는 처량하였다. 나는 젊은 시인의 감정을 품고, 삼천리 이천만의 모든 동포들을 염하면서 처음에는 하나를 치고, 다음에는 열셋을 연하여 치고, 다음에는 스물을 연하여 치고, 맨 나중에 하나를 쳐서 끊었다. 한 민족, 십삼도, 이천만이 다 잠을 깨고 일어나란 것이다.

나는 종을 칠 때에는 벌써 찬물에 소세를 하고 아침 기도와 성경 읽기를 끝낸 뒤였었다.

종 치기가 끝나면 기숙사 방문들이 열리고 아이들의 기운차게 떠드는 소리가 들렸다. 그 소리를 듣고 그 얼굴을 보는 것이 내게는 참으로 반갑고 기뻤다.

나는, 다음에는, 책상 앞에 단정히 앉아서 이날 아침 모임에 학생에게 줄 말을 생각하였다. 그것을 거기 합당한 성경 한 절과 아울러서 강당 칠판에 똑똑히 써놓았다. 이 짧은 글은 학생들이 베꼈다. '하루 한 가지'라는 것이었다.

그리고 나는 다른 선생들과 꼭 같이 교수 시간을 맡았다. 그리고 밤에는 여전히 야학하고, 동회하고, 그리고 밤늦게 학교에 돌아오면, 겨울이면 기숙사의 아궁이 보살피고, 여름밤이면 어린 학생들 배 내는 것 덮어 주고, 그러고 나서야 내 방에 돌아왔다.

방에 돌아와서는 등불을 대하여 그날 일기를 쓰고, 내일 학과 가르칠 것을 준비하고, 그러고는 반성하는 명상을 하고 저녁 기도를 올리고, 그리고 자정이 넘어서야 자리에 누웠다.

자리에 누우면 팔다리가 쑤시고 잠이 들지를 아니하였다. 과로한 것이다. 그러나 나는 이 과로를 자랑으로 알았다. 나는 민족을 위하여 내 생명을 바치는 것이라고 저를 대견하게 생각하였다. 이것이 교만한 마음이어서 마땅히 깨어버려야 할 것이라고는 아직 생각할 줄을 몰랐고, 또 이렇게 과로할 정도로 여러 가지 일을 휘뚜루 하는 것이 몸을 위해서나 일을 위해서 옳지 못한 줄도 몰랐다.

한 겨울을 이 모양으로 났다. 내 몸은 퍽 수척하였으나 내 명성은 많이 올랐다. 항상 빈정대는 농담을 하는 백 선생도 눈에 뜨이도록 내게 경의를 표하였고, 평소에 빙그레 웃기만 하고 말이 없는 족형도 나를 보고 학교가 잘되어가고 학생들도 지나간 반년 동안에 딴사람들이 되었다고 말하고, 몸을 아끼라고도 말하였다. 동회 남녀 회원들도 참으로 극진히 나를 사랑하고 공경하였다. 한 목사도 근래에는 나를 이단자로 대우하는 빛이 없어지고, 삼일예배에만 아니라 주일날 강도까지도 가끔 부탁하게 되었다. 이리하여 내 정성스러운 노력은 십이분으로 갚아짐이 되었다.

나는 참으로 성자가 되는 것같이 생각하였다. 이 모양으로 내 생명이 있는 날까지 계속하리라고 결심하고 기도하였다. 내게 자만심이 생기는 것은 큰 병이거니와, 지금 생각하여도 분명히 그때의 내 생활은 하느님의 은혜를 풍성하게 받은 생활이었다. 오늘의 내 인격에 조금이라도 취할 점이 있다고 하면 그 기초는 분명히 이때에 생긴 것이었다. 나는 그때에는 완전히 '나'라는 생각을 버릴 상태에 들어가는 시간이 있었다. 나는 집안 살림을 잊고 내 몸을 잊었다. 항상 나를 괴롭게 하던 애욕도 거의 잊어버리게 되었다. 나는 하루 몇 번씩 집에 들러서 문의 누님을 대하였거니와, 평심서기도 할 수가 있었다. 문의 누님은 거의 내 의복, 음식 전부를 맡아 하고 있었거니와, 혈속의 남매와 같이 서로 다정하면서도 서로 맑은 마음으로 존경할 수가 있었다. 그는 진실한 예수교인이 되었다. 재주 있는 그는 곧 성경 지식이 풍부하게 되어서 『구약』까지도 읽었다. 그는 교회에서도 칭찬을 받았다.

나는 다시는 그러한 부끄러운 마음을 가질 사람이 아닌 것 같았다. 과연 내 신앙의 힘으로 그리하였던가, 내 몸이 바쁘고 피곤한 것이 원인이었던가, 또는 세상에서 성자와 같은 대우를 받으려는 허영심으로 그리하였던가, 아무러나 만일 이러한 생활을 오래 두고 계속만 한다면 나는 필경은 그러한 사람이 되고야 말았을 것이다.

겨울 방학이 되어서 학생들은 집으로들 돌아갔다. 나는 먼 지방에서 온 굵직굵직한 학생 이삼 인을 데리고 전도 여행을 떠났다. 방학 동안을 그냥 보내기가 황송하였던 것이다. 이 동네 저 동네로 다니며 예수 믿기를 권하고 동회를 세울 것과 청결을 시행할 것과 또 자녀들을 학교에 보낼 것을 권하는 것이다. 그때에는 한 고을에 학교가 한두 곳밖에 없었고, 따라서 자녀들을 학교에 보낸다는 것은 큰일이요 드문 일이었다. 이렇게 새 문화를 모르는 동네로 돌아다니면서 새 정신을 고취하는 일은 결코 쉬운 일은 아니었다. 첫째로 머리를 깎고 샤뽀(모자)를 쓰고 검은 옷을 입었다는 것이 농촌 백성들에게 외국 사람과 같은 생각을 주었다. 머리를 깎고 검은 옷을 입은 사람이라면 일본 사람이었기 때문에 아이들까지도 싫어하고 무서워하였다. 그래서 우리 전도대가 처음으로 어떤 모르는 동네에 들어가면 어른들은 슬슬 피하고 아이들은 힐끗힐끗 뒤를 돌아보며 까치걸음으로 달아났다. 그러다가 우리가 누구인 줄을 안 뒤에야 호기심을 가지고 우리 곁으로 모여들었다.

머리를 깎았다는 것은, 일본 사람이면 무섭고 조선 사람이면 믿거나 천하였다. 그건 왜 그런고 하니, 머리를 깎은 조선 사람이라면 중이거나 천주학쟁이요, 그렇지 아니하면 동학쟁이, 곧 일진회원이기 때문이었다.

"중 중 까까중."

이라면 아이들이 볼기짝 장구를 치면서 놀려먹는 소리였다.

이러한 동네에서 사람들을 모아놓고(기실은 까까중이 구경으로 모여 오는 것이다),

"머리들을 깎읍시다. 개명한 나라 사람들은 다 머리를 깎았고 또 머리를 깎으면 위생에 좋습니다."

하고 머리를 깎기를 권하면, 그들의 빈정대는 대답은 대개 일치하였으니,

"우리네야 명색 없는 사람이 머리는 깎아서 무엇 해."

하는 것쯤은 점잖은 편이요,

"아, 우리네같이 개구리 꽁무니나 따라다니는 녀석이 대가리를 깎으면 개구리가 몰라보지 않느냐 말야."

하는 것은 익살꾼의 말이요,

"우리는 머리를 깎고도 싶지만 부모가 계시니 할 수 있나. 그래도 부모님이 돌아가시면 머리나 풀어드려야 아니 하겠나."

하는 것은 우스갯소리가 아니라 얌전한 사람의 진정이었다. 머리를 깎고는 풀 머리가 없다는 것이었다.

떠꺼머리총각더러 머리를 깎으라면, 상투도 한번 못 틀어보고 어떻게 깎느냐고 한탄하였다.

이 모양으로 머리를 못 깎을 이유가 많아서 좀체로 우리의 권유에 응하지 아니하였다.

예수를 믿으라고 권하기는 더욱 힘이 들었다. 예수를 믿어서 병이 낫는다거나 돈이 생긴다면 다들 믿을 모양이었다.

"그건 믿어서 무엇 하누?"

하는 그들의 생각을 깨트리기는 심히 어려웠다. 목숨이나 재물이 는다기 전에는 아무 요구도 그들에게는 없는 것 같았다. 하느님이라는 귀신은 천상천하에 가장 힘 있는 신장님이어서 이 어른을 모시면 다른 귀신이 범접을 못 하고, 이 어른께 정성으로 빌면 무슨 소원이나 다 이루어질뿐더러 죽어서는 천당이라고 하는 아주 편안한 곳에 태어난다고 하는 설명에 가장 그들은 솔깃하는 모양이었으나, 한문 공부를 한 사람들은 좀처럼 이 말을 믿지 아니하였고, 또 천생 신앙심이 없고 꾀가 발달된 사람들은,

"그래, 하느님이 어떻게 생기셨나? 누구 본 사람이 있나?"

하거나, 또는 좀 더 놀리는 어조로,

"당신 외아들이 찔려 죽는 것도 어떻게 할 힘이 없는 하나님이 무슨 힘으로 우리를 돕겠나? 하나님은 하나님 일 하시라고 가만두고 우리는 우리 일이나 하세."

하면 좌중은 모두 갈채하였다.

이 모양으로 우리의 전도는 효과를 거두기가 어려웠다. 우리의 전도를 듣는 그들은 마치 모두 만족하여서 아무것도 더 구하는 것이 없는 것 같았다. 구하는 것이 없는 자에게는 아무것도 줄 수가 없었다.

이에 나는 전도의 방침을 고쳤다. 나는 예수께서 천한 사람들을 고르신 것을 기억하였다. 천하고 슬퍼하는 자야말로 우리의 전도의 대상이 되리라고 생각하였다. 그래서 나는 우리 고을에서 가장 천한 촌락 둘을 골랐다. 하나는 광대골이요, 하나는 개무덤이었다. 광대골이란 것은 그 이름과 같이 광대들이 사는 동네였다. 우리는 먼저 광대골로 향하였다.

광대골은 앞고개라는 고개 밑 좁은 골짜기에 소복이 모여 있는 이십 호 가량 되는 동네였다. 앞고개라는 것은 옛날 고려 적 고을의 앞 고개라는 뜻이었다. 그들은 최씨 한 성으로서 아마 고려 적부터 오백 년 이상 이곳에 사는 모양이었다. 본래는 번성한 읍내를 일터로 삼고 광대들이 여기 자리를 잡았던 것이었을 것이다. 그들은 줄타기와 재주넘기와 이러한 재주로 관가나 사가의 연회에 불렸고, 그 아낙네들은 바디, 참빗, 황화 등속을 이고 지고 동네로 돌아다니면서 팔았다. 이러한 아낙네들을 사람들은 '자인이'라고 불렀다. 아마 장인(匠人)이란 뜻인가 한다. 그들은 어디를 가나 하대를 받았다. 물건은 현금으로 파는 일은 드물고 외상으로 놓왔다가 가을에 쌀, 콩, 팥, 깨 같은 것을 받아 가는 것이었다. 광대나 재인이나 의복에 특별히 다름은 없으나 그 얼굴은 도시인같이 말쑥하고, 옷맵시도 바느질 솜씨도 좋았다. 어머니들은 그것을 '천태가 있다'고 하면서도 부러워하였다.

이러한 재인네 중에는 특별히 말솜씨가 있고 교제가 능한 사람도 있어서 중매도 하는 모양이었다. 동네마다 집집마다 안 가는 데가 없으므로 어느 집에는 아들이 몇, 딸이 몇, 그 나이는 얼마, 얼굴은 어떻고, 침선 방적의 솜씨는 어떠하며, 그 집 인품이 좋고 나쁜 것, 안방이 어떻고 사랑이 어떻다는 것까지 모르는 것이 없었다. 나도 어려서 어머니와 재인네가 이러한 이야기를 주고받는 것을 수없이 보았다.

이 모양으로 나는 광대골에 사는 사람들이 어떠한 사람인 것을 어려서부터도 알았건마는 한 번도 그 동네에 들어가 본 일은 없었다. 이 사람들은 호적도 없고 구실도 안 내는 극히 천한 사람들이라고 알았을 뿐이었다. 내가 다니던 글방에 싱민이라는 광대골 아이 하나가 들어오게 되었다. 이것은 큰 사건이었다. 선생이 돈을 많이 받아먹고 들인 것이라고 일시 비난이 자자하였으나 쫓아버리는 일은 없었다. 그는 나보다도 나이가 많고 얼굴도 깨끗하고 옷도 우리들보다 좋은 것을 입었었으나 우리들과는 따로 저 맨 윗목에 혼자 앉히어 있었다. 선생이 나가시고 없으면 우리들은 싱민을 못 견디게 굴었다. 재주를 넘으라는 둥, 거꾸로 서라는 둥, 바지를 벗어보라는 둥, 이렇게 우리들이 명령을 하면 그는 울면서도 하라는 대로 하였다. 우리들 중에는 능백이라는 떠꺼머리총각 녀석이 있어서 이 군이 그중 싱민을 못 견디게 굴었다. 싱민은 선생님께 이른다고 하면서도 한 번도 이르는 일은 없었다.

싱민이 장가를 들어서 상투를 틀고 오게 되었다. 관을 못 쓰기 때문에 상제 모양으로 가는 베로 두건 같은 것을 쓰고 왔다. 그러나 싱민이 장가 들 때에 음식을 많이 가져와서 우리가 다 잘 얻어먹었기 때문에 우리는 싱민을 놀려먹는 것을 적이 완화하였다.

싱민 아버지는 참 허우대가 좋았다. 그는 재주도 잘하거니와 소리 잘 하고 춤 잘 추고 순범이라면 소문난 광대였다. 그는 가끔 글방에 찾아왔 다. 올 때면 선생님과 우리들이 먹을 것을 가지고 왔으나 방에 들어오는 일은 별로 없었다. 그는 의관이 화려하였으나 뜰에서 허리를 굽혀서 인 사를 하였고, 혹시 추운 날 방에 들어앉으라고 강권하여서 들어오는 일 이 있으면 윗목에 잠깐 쭈그리고 앉을 뿐이었다.

나는 광대골에 싱민을 찾기로 하였다. 음력 정초 지독히 추운 날이었 다. 나는 혼자서 앞고개를 넘어서 광대골 동네 앞에 섰다. 나는,

"하나님, 이 동네 천대받는 무리에게 복을 주소서. 그들의 마음을 열 어 주의 빛을 받게 하시옵소서. 여러 백 년 불쌍하던 이 무리가 하나님의 빛으로 높이 들리게 하시옵소서. 이것이 주의 뜻에 합당한가 하나이다. 어리석은 이 몸에 성신의 권능을 부어주시와 이 불쌍한 형제와 자매들께 진리를 전하는 큰일을 이루게 하시옵소서."

이렇게 기도를 올리고 얼어붙은 개울을 건넜다. 울긋불긋 설빔한 아이 들이 서넛 파랗게 얼어서 핑구를 치고 있었다.

나는 어느 집이 싱민 집인지 몰라서 두리번거리고 있었다. 누구 물어 볼 어른이 나오기를 기다렸다.

겉으로 보아서는 이 사람들은 부지런도 하고 넉넉도 한 모양이었다. 집들은 다 크지 아니한 초가일망정 지붕이나 울타리나 모두 가뜬하게 손

질이 되어 있었다. 지나간 십 년간에 변한 것은 이 동네가 농촌으로 변한 것이었다. 세상이 변하여서 인제는 줄타기나 춤추는 것으로 벌어먹을 수가 없어진 것이다. 양반 계급의 몰락은 곧 광대의 몰락도 되었다. 옛날 같으면 뉘가 대과를 하여서 도문을 한다거나 양반집에 환갑연이 있다거나 할 때가 광대들이 수 나는 때이지마는 지금은 그런 것이 없다. 지금은 벼 한 말, 깨 한 되라도 제 손으로 벌어야 하게 된 것이다. 그래서 여러 백 년 붓끝 같은 손을 가지고 살아오던 그들도 손에 굳은살이 박이게 된 것이라고 나는 생각하였다. 그것은 기생충적 존재로부터 당당하게 독립한 생활을 하게 된 것이지마는, 그래도 생활 방식의 급격한 변화는 그들에게 상당한 불안을 주었을 것이다. 몸에 가벼운 옷을 입고 비교적 안한한 생활에 멋들어지게 사는 습관을 가진 계급으로서 갑자기 지게를 지고 김을 매는 것은 결코 만만한 일은 아니었을 것이다. 양반 계급이 농민과 노동자로 떨어진 것과 다름이 없는 혁명적인 고초를 그들도 당하였을 것이었다.

머리를 깎고 검은 옷을 입은 사람이 동네에 들어왔다는 것이 알려진 모양이어서, 코 흘리는 아이 녀석들이 모여들고 팔짱 낀 젊은 패들도 먼발치서 나를 바라보았다. 이상하게 내 눈에 비추인 것은 관을 쓴 어린 신랑이 이삼 인 보이는 것이었다. 그들은 무서운 것이나 보는 듯이 주춤주춤 내게로 가까이 왔다. 나는 그들이 모두 예수를 믿고 학교와 예배당에 오게 되기를 속으로 빌면서,

'사랑하는 형제들이여, 동포여.'

하고 소리 없이 불렀다.

개들이 짖었다.

담대한 아이 녀석 하나가 까치걸음으로 내가 섰는 곳에 오더니 우뚝 서서 고개를 번쩍 들고 내 얼굴을 쳐다보았다. 멀끔하게 잘생긴 아이였다. 그는 긴 머리를 기름까지 발라서 댕기를 드려서 땋아 늘이고 초록 저고리에 다홍 돌띠를 둘렀다. 일곱 살이나 되었을까.

"네 성이 무에냐?"

나는 빙그레 웃으며 그 아이에게 물었다.

"최가."

하고 그 아이는 여전히 물끄러미 나를 바라보고 있었다.

"너 뉘 아들이냐?"

하는 내 말에 그는 고개를 흔들었다. 아버지의 이름은 모른다는 뜻인지, 그런 부질없는 소리는 왜 묻느냐는 말인지 알 수 없었다.

"너의 집이 어디?"

하고 그의 어깨에 내 손을 얹었더니 그는 무엇이 무서웠는지 쏜살같이 달아나고 말았다. 그 녀석은 다른 아이들이 모여 섰는 곳까지 가서는 우습다는 듯이 하하하하 하고 나를 향하고 웃었다. 나도 부끄러운 듯 픽 웃었다. 내 호의가 그들에게 통하지 아니하고 그의 눈에 나는 우스운 괴물이었던 모양이다.

이 사건에 흥미가 생긴 양하여 어떤 키 큰, 관 쓴 사람이 내게로 가까이 왔다. 나도 그의 얼굴을 들여다보고 그도 내 얼굴을 바라보았다. 싱민이었다(나는 싱민이라고 무슨 글자를 쓰는지 몰랐다. 아마 승민이거나 식민인지도 모른다).

"이거 얼마 만이오?"

하고 나는 그의 팔을 잡으면서,

"나를 모르시겠소? 내가 도경이야."

하고 나는 발음이 확실치 아니한 그의 이름을 부르기를 꺼려서 내 이름만을 불렀다.

"아, 이거 웬일이시오?"

하고 성민도 내 팔을 붙들며,

"김 선생이 학교에 와 계시단 말씀은 들었지마는 찾아가 뵙지도 못하고. 그런데 웬일이서?"

하고 그는 옛날 계급을 아주 파탈하기가 어려운 모양이어서 극존칭의 경어를 쓴다. 나는 그것이 미안하였다.

"형을 찾아온 길야. 우리가 동문수학한 죽마고우가 아니오? 그래 춘부장 안녕하시오?"

나는 아무쪼록 그와 평교로서의 우정을 보였다. 글방에 같이 다닐 적에도 성민과 나와 이렇게 정답게 이야기한 일은 없었던 것이다.

그는 나를 그의 집으로 인도하였다. 그의 집이 이 동네에서 제일 잘사는 집인 것은 전부터 알았었지마는 이렇게까지 잘사는 줄은 상상도 못 하였다. 사랑에는 툇마루까지 있고 주련까지 붙어 있었다. 방에 들어가니 도배나 장판이나 다 깨끗한 품이 근래에 점점 재산이 느는 모양이었다. 그렇지 아니하면 전에는 돈을 두고도 남을 꺼려서 집치레를 못 하다가 이제 양반의 세력이 없어지니 마음 놓고 잘살아보는 것인지도 모른다. 얼었던 내 눈이 녹는 대로 나는 이 집 사랑이 화려한 것을 더욱더욱 발견하였다. 아랫목에 산수병을 두르고 이런 시골서는 볼 수 없는 모본단 보료까지 깔았다. 문갑이며, 연상이며, 놋재떨이, 요강이며, 마상에서 썼다는 가죽으로 손잡이 한 연합까지도 있었다. 하릴없이 옛날 들날리는 양반집 사랑이었다.

"자, 이리 앉으시오."

관을 쓴 싱민 군이 손님을 접대하는 방법도 퍽 자리가 잡혀서 마치 대대로 이런 생활에는 익숙한 것 같았다.

나는 주인석을 피하여서 푸근한 보료 위에 앉았다. 나는 실로 이러한 좋은 자리에 앉아본 일이 흔치 못하였다.

"춘부장 안녕하시오?"

하는 내 인사에 그는,

"잠깐 기다리시오."

하고 안으로 들어갔다. 그 아버지를 청해 올 생각인가 하였다. 나는 싱민 군의 아버지가 오면 일어나서 절하리라고 마음을 먹었다. 어찌해서 절을 아니 할 것이냐. 그는 나보다 수십 년이나 연장자가 아니냐. 사람에 높낮이가 있을 리가 없다. 다 같이 하느님의 자녀요, 다 같이 단군의 자손이 아니냐. 나 많은 자는 형이요, 어린 자는 아우다. 덕이 높거나 공이 큰 이는 특별히 존경할 법하되, 양반이니 상놈이니 하는 것은 일체 타파할 것이다, 하는 것이 그때의 새 사상이었다. 지금 보면 우스운 일이지마는, 그 시절에는 이런 사상은 극히 희한하고 위험한 혁명적인 사상이었다. 혹 신풍조를 받았다는 사람들이 입으로 이러한 사상을 말은 하여도, 그것을 몸소 실행하는 사람은 극히 드물어서 미친 사람 소리를 들을 지경이었다.

나는 싱민 군 아버지에게 절할 것을 생각하고 무슨 크게 좋은 일을 예기하는 사람 모양으로 가슴이 두근거렸다.

이윽고 안으로 통한 문이 열리며 싱민의 아버지 순범이 나타났다. 나는 자리에서 일어났다. 그는 탕건을 쓰고 있었다. 순범은 방에 들어와 주인 자리를 피하고 나와 대면하면서 옛날 버릇으로 허리를 굽히는 것을 나는 민망히 여겨서,

"이리 앉으시지요."

하고 주인의 자리로 그의 소매를 끌었으나 그는 굳이 사양하고 섰던 자리에 앉았다. 싱민도 들어와서 그 아버지보다 한 자리 뒤에 떨어져서 앉았다. 나는 그제야 순범을 향하여 절하였다. 순범은 황망히 일어나 답배하였다. 그는 분명히 내 절을 의외로 알았던 것이었다. 그는 절을 하고 앉으며,

"이거, 원, 무슨 망발이십니까. 어디 절이 당하오니까. 소인네가 대대로 서방님 댁을 상전으로 섬겨왔사온데 아무리 세상이 바뀌었기로니 어디 그럴 수가 있습니까. 이런 황송한 일이 없습니다."

하고, 그는 그 좋은 구변으로 우리 집 조상 적 이야기를 털어놓고 우리 선인들이 남달리 인후하였다고 칭찬하였다. 승지 영감께서 어떠하고, 사간 나리께서 어떠하고, 생원님이 어떠하고, 이 모양으로 그는 우리 대소가의 일을 말하였다. 나도 모르는 말도 있었거니와, 듣기에 일변 거북하나 일변 기쁘기도 하였다. 더구나 싱민 하나를 유일한 인연으로 알고 찾아왔던 나에게는 이 집과 내 집과 그처럼 인연이 깊다는 것이 다행하기도 하였다.

이윽고 술상이 나왔다. 술도 먹음직스럽고 안주도 좋았으나 나는 사양하였다. 떡국은 먹었다. 설음식이 아직도 남은 모양이었다.

순범은 여러 집에 기별을 한 모양이어서 늙은 사람 젊은 사람들이 많이 찾아왔다. 내가 어른들을 보고 일어 절을 하면 젊은 사람들은 모두 내게

절을 하였다. 아이 녀석들까지도 와서 내게 절을 하였다. 나를 대단히 반가운 큰손님으로 대우하는 빛이 분명하였다.

그들의 화제의 중심은 우리 집 칭찬이었다. 더구나 창흡이라는 노인은 순범보다도 우리 집 일을 잘 알았고, 우리 집만 아니라 이 고을에 과거 장이나 한 집안 일은 모르는 것이 없었다. 창흡 노인도 풍신이 좋았다. 더구나 그 말하는 솜씨는 유창하고도 점잖았다. 그들은 광대라는 천한 계급에만 태어나지 않았다면 정승 판서라도 하였을 것 같았다. 얼굴이 번뜻하고, 눈이 어글어글하고, 콧마루가 우뚝 서고, 창흡이나 순범은 참으로 잘난 얼굴을 가지고 있었다. 오늘날 말로 하면 그들은 예술가가 아니냐. 무슨 까닭으로 그들은 천하였느냐.

나는 젊은 정열에, 그들이 대대로 받아온 천대와 학대에 대하여 격렬한 분격을 느꼈다. 아무리 하여서라도 이들에게 새 문화의 빛을 주어서 수백 년 눌려온 그들의 능력을 충분히 발휘하게 하고 싶었다. 그들의 슬픔은 내 슬픔이었다. 더구나 그들이 전에 못 하던 것을 이제 와서 하느라고, 남들이 이미 쓰다 버린 관을 쓰는 것이 가엾기도 하고 어리석기도 하였다.

나는 순범 부자의 친절한 만류를 받아서 그 집에서 묵기로 하였다. 방도 뜨뜻하고 금침도 정결하였지마는 나는 좀체로 잠이 들지 못하였다. 어떤 모양으로 내 전도의 목적을 달할 수 있을까 하고 궁리한 것이었다. 그들 역시 현재의 생활에 매우 만족한 모양이었다. 못 쓰던 관을 쓰는 것으로 마치 그들의 불행 날이 다 지나간 것같이 생각하는 것 같았다. 만족한 사람에게는 도가 들어갈 수 없다. 불만이야말로 도에 드는 첫 자격이다. 내가 전도의 목적을 달하자면 먼저 그들의 잘못된 만족을 지적하여 이것을 깨트리는 것이 필요하였다. 우리 학교의 이 교주가 그러하였던 모양으로, 다만 천한 것을 면하는 것만으로 만족할 것이 크게 귀하게 되는 것으로 목표를 삼도록 그들의 자존심을 자극하여야 할 것이었다. 나는 밤중에 일어나서 무릎을 꿇고 하늘을 우러러 정성스러운 기도를 올렸다. 이 동네 사람들의 마음을 부드럽게 하여서 진리를 받아들일 준비를 하게 하고, 내게 하느님의 권능을 내려 이 동네 형제와 자매의 영혼을 깨우치게 하여달라는 기도였다.

이튿날 아침에 나는 그 집 안방에서 상을 받았다. 이것은 친족 대우였다. 방에는 병풍을 치고 돗자리를 깔았다. 밥상도 큰손님의 상으로 차린 것이었다.

대문간에나 방에나 여러 가지 귀신을 위하는 형적이 보였다. 구가에는 어디서나 보는 일이지마는, 지극히 천한 대우를 받는 그들이 더욱 귀신에 의지할 수밖에 없는 것도 용이히 상상할 수가 있었다. 나도 어려서 재인이 손금을 보고 또 신비한 예언을 하는 것을 보았다. 무당도 그들의 직업 중에 하나인 것같이 나는 생각하였다. 그뿐 아니라, 글공부하는 계급이 아닌 그들은 한문 문화의 영향을 받음이 적어서 우리나라 옛날의 법을 가장 많이 지켜오는 것이었다. 쇠니, 돌이니, 바위니 하는 이름부터도 한문 냄새 아니 나는 우리나라 법이 아닌가. 무엇보다도 광대라는 그 직업부터가 옛날옛날의 우리 민족적 종교이던 해 숭배의 신관이 아니냐. 광대의 모든 재주, 풍류, 춤, 재주넘기는 무당의 푸넘, 굿거리와 아울러 신께 바치는 제물이었다. 기생도 마찬가지다. 한족의 문물제도를 숭상하고 우리 것을 천하게 여기게 됨을 따라서 고신도의 행사가 없어지면서 광대, 무당, 기생의 일이 천하게 된 것이었다. 세월은 흐르는 물과 같다. 높던 언덕을 흘어 낮추기도 하고, 낮던 곳에 흙을 모아 높게 하기도 한다. 역사의 흐름은 끊임없이 새로운 높은 계급을 만들었다가는 어느덧에 그 것을 가장 천한 계급으로 떨어트려놓는 장난꾼이다. 한 나라 한 민족에 도 성쇠와 부침이 있는 것과 같이, 한 사람, 한 집에도 그러하다. 어제 가 장 높은 지위를 누리던 자가 오늘 벌써 사형대에 이슬이 되지 아니하는 가. 광대골 최씨네도 그럴 것이다. 그들이 고려 적에 한때 가장 세력이 있던 최충헌(崔忠獻)의 자손일는지도 모른다. 또는 고구려나 신라에서 더욱 들날리던 집이었을는지도 모른다. 나는 순범이나 창흡의 헐헐한 풍 신을 볼 때에 더욱 그들의 비범한 혈통을 생각하지 아니할 수 없었다. 그 들이 무슨 인연으로 비록 수십 대 수백 년간 하천한 고초를 겪었다 하더 라도, 그들의 피에는 어떤 위대한 것이 숨어 있는지도 모르는 것이다. 그 들의 자손 중에서 어떠한 큰 인물이 쏟아져 나올지도 모르는 것이다. 그 렇다 하면, 내가 그들에게 새 문화와 새 진리를 전하려는 것이 더욱더욱 뜻깊은 일이라고 아니 할 수 없다.

정성으로 주는 조반 대접을 받고 사랑에 나오니 벌써 사람들이 가뜩 모 여 있었다. 정초의 한가한 때도 때거니와, 서울도 보고 일본도 보았다는 내라는 손님에게서 무슨 새 소리를 들어보려는 호기심도 있는 것이었다. 그들이 내게 묻는 말은 대개 유치한 말이었다. 일본에도 해와 달이 있느 냐, 하나씩이냐 둘씩이냐, 하여서 우리나라와 같다고 하면 그들은 신통 한 듯이 웃었다. 날더러 일본 가서 무슨 공부를 하였느냐고 묻기에 중학 교를 졸업하고 고등학교에 다니다가 다 못 마치고 왔다고 대답하였더니, 거기서 배운 것이 무슨 재주냐고 잽쳐 물을 때에는 나는 말이 막혔다. 생 각하면 아무 재주도 배운 것이 없기 때문이었다. 그래서 하릴없이, 영어랑 수학이랑 지리랑 역사랑, 이러한 학과의 이름을 주워대었다. 무론 그들은 그러한 공부가 다 무엇에 쓰는 것인지 몰랐다.

"생원님은 일본말은 잘하시겠군요?"

하는 어떤 젊은 사람이 묻는 말에 싱민이,

"아, 일본말이야 일본 사람보다도 잘하시지. 양국말도 잘하시는데."

하고 나를 대신하여 대답해주었다.

그렇게 내가 공부가 용하면 왜 벼슬을 아니 하고 이 시골에 묻혔느냐 하는 것은 어디를 가도 받는 질문이거니와, 여기서도 받았다. 우리 동포가 원하는 것이 첫째로 벼슬이요, 둘째로 벼슬이요, 셋째로도 벼슬이었다. 그도 그런 것이, 옛날로 말하면 벼슬만 하면 돈은 저절로 있었다. 원이나 두어 고을 다니면 탐관오리 소리는 아니 듣고라도, 만인산을 받으면서라도 기와집 칸, 볏섬 거리는 생겼었다. 이러니깐 아들을 낳으면 소원이 벼슬이었다. 돈을 모아도 벼슬을 하여서 지은 기와집과 모은 재산은 대접을 받아도, 농, 상, 공으로 된 것은 천대를 받았다.

이렇게 벼슬을 좋아하는 기풍에서 벼슬을 사고팔고 하는 일이 생겼고, 이것이 한층 더 발달(?)하여서도 차함이라 하여서 벼슬 이름만을 사고파는 일까지 생겼다. 이조 말엽에 막 싸구려로 팔리던 진사, 주사, 참봉, 의관 같은 것은 그중에도 유명한 것이었다. 처음에는 한 장(한 자리라고 아니 하고 한 장이라고 하였다. 사실상 돈 주고 사 오는 것은 인 찍힌 종이 한 장이기 때문이었다)에 백 원, 이백 원 하던 것이 나중에는 생산 과다의 법칙에 의하여 이 원, 삼 원에 폭락하였다. 그중에는 무론 위조도 있을 것이다. 싱민아버지의 탕건도 아마 그렇게 산 것인 모양이었다. 이렇게 산 벼슬도 나 으리니 영감이니 남들이 불러주었고, 탕건도 쓰고 옥관자도 달 수가 있었다. 죽으면 명정이나 신주에 통정대부행중추원의관(通政大夫行中樞院議官) 운운의 직함을 고일 수가 있었고, 택호까지도 무슨 참봉댁, 아무 의관댁이라고 부를 수가 있었다. 싱민 집도 인제는 적어도 최 참봉댁쯤은 되리라고 나는 생각하였으나, 이 지방에서는 그렇게 불러주는 사람이 없을 것이 가여웠다. 그러나 타관에 여행을 하면 뻐젓하게 최 참봉 나으리나 혹은 최 의관 영감일 것이라고 또 불러졌을 것이다.

이때에는 벌써 우리나라 벼슬은 없어지고 일본 사람이 와서 만들어놓은 도장관이니, 군수, 군서기, 경부 같은 새 벼슬이 행세를 하였다. 그 누구라는 자는 헌병 보조원을 하였다고 해서 일가문중에서 소를 잡고 도문연을 하였다. 군서기도 소학교 선생도 관리면 모자에 금줄을 두르고 허리에 칼을 찼다. 이 벼슬이 하고 싶어서들 모두 침을 흘렸다. 나도 사립학교 교장이 아니었더면 모자에 금줄을 둘이나 두르고 금장식한 멋들어진 칼을 찼을 것이요, 그러기만 했으면 사람들이 내 말을 잘 들어서 예수도 잘 믿고 아이들을 학교에도 잘 보내었을 것이건마는 불행히도 나는 벼슬을 못 하였다. 나는 제 간에는 당당한 중학교 교장이건마는 관청에서는 말할 것도 없고 민간에서는 나를 공립 보통학교 훈도보다도 낮게 알아주었다. 나는 속으로 섭섭도 하고 분개하기도 하였으나 어찌할 수가 없었다. 오직 애국지사라 하여 헌병대와 경찰에게 미움을 받는 한 계급과 예수교인들만이 사립학교 직원을 존경하였다. 이 계급에서는 관리 되는 것을 수치로 알고, 나와 같은 사립학교 직원을 지사라고 존경하였다. 그러나 그러한 계급은 나날이 줄어들었다. 나 같은 사람은 제가 대접받기를 위하여서라도 애국자와 예수교인을 많이 늘릴 필요가 있었다.

그러나 이번 전도 여행에서 나는 이 일이 용이한 일이 아님을 절실하게 깨달았다. 민중이란 추세하는 동물이었다. 먹을 것 있고 세력 있는 데로 따라가는 것이 민중의 본능이었다.

나는 광대골서 이틀이나 묵었건마는 예수를 믿는다는 자도, 아들을 학교에 보낸다는 자도, 하나도 얻지 못하였다. 예수를 믿는 데 대하여서는,

"글쎄 부모 제사를 못 한다니까."

하고, 학교에 보내는 일에 대하여서는,

"글이나 좀 더 읽혀가지고."

하는 것으로 방패막이를 하였다. 모처럼 쓰게 된 관을 벗기가 아까운 것이었다.

나는 그 동네를 떠날 때쯤 해서 싱민을 보고,

"글쎄, 남들이 다 내버린 관을 이제 와서 살 것이 무엇인가. 오는 세상에는 신학문을 공부한 사람이 양반일세."

하고 박절한 말까지 하였다.

"그래, 나도 그런 줄은 알지만, 어른들이 완고하시니까."

싱민은 이런 듣기 좋은 말로 어물어물하여버렸다.

"일본말을 가르쳐준다면 사람들이 모일 거야."

싱민은 이런 말을 하였다. 나는 내가 아는 일본말을 뱉어버리고 싶도록 동포의 무기력하고 비굴한 소갈머리를 원망하였다. 그러나 돌이켜 생각하면 칠백 년(김부식이 『삼국사기』를 쓴 이래)래로 깊이 뿌리를 박은 사대 근성은 용이하게 빠지기가 어려웠다.

내가 이 동네를 떠날 때에 싱민은 앞고개 턱까지 배웅해주었다. 어렸을 적 동창의 정의는 역시 깊은 것이었다.

"한번 학교로 찾아오게. 그리고 내가 이틀 동안 한 말을 다시 생각해

보게."

나는 이렇게 말하고 그의 손을 잡았다.

이날은 날이 음산하고 마른눈이 서릿발 모양으로 풀풀 날리고 있었다. 위대한 영웅이나 사도의 결심을 가지고 광대골을 찾았던 나는 패군장과 같이 후줄근하게 풀이 죽어서 거기서 쫓겨 나온 것 같았다. 나는 기도를 해볼 양으로 마루턱에 서서 하늘을 우러러보았으나 기도할 기운이 나지 아니하였다.

어리석은 나는 내가 가는 곳마다 교회가 일어나고 학교가 생길 것 같은 자신을 가지고 전도 여행을 떠났었던 것이었다. 그러나 지난 이십 일간의 나의 소득은 몸에 오른 보리알 같은 이뿐이었다. 나는 무슨 면목으로 학교로 돌아가나, 무슨 말로 한 목사나 다른 교인들이 묻는 말에 대답하나, 이렇게 생각하면 탁 맥이 풀려서 걸음을 옮겨놓을 생각이 없었다.

나는 민중을 교화한다는 것이 어떻게 어려운 일인가를 깨닫고 이 교주의 고심과 능력이 어떻게 위대하였던가를 탄복하였다. 세상일이란 그렇게 만만한 것이 아니다, 하고 나는 몸에 소름이 끼침을 느꼈다.

나는 오웬 교주며 기타 선교사들을 생각하였다. 그들은 만리타국에 와서 그 나라의 말을 배우고 그 민족의 풍속을 배워가면서 머리가 허옇게 되도록 전도와 의료와 교육 사업을 하고 있는 것이다. 그들과 피가 같은 동포도 아니요 문화가 같은 이웃도 아닌 나라, 그들이 보기에는 야만 미개한 백성들 중에서 말 잘 아니 듣고 빈정대는 자들에게 도를 전하면서 일생을 보내는 그들의 심사, 그들의 신앙, 그들의 정열, 그들의 인내력을 생각하면 그야말로 저절로 고개가 숙지 아니할 수가 없었다.

이런 것을 생각하니 적이 마음이 놓였다. 한 이십 일 수고를 가지고 무슨 효과를 바라랴. 이 모양으로 내가 늙어 죽도록 계속할 것이다. 또 지난 이십 일에 내가 애쓴 것도 결코 헛되지는 아니할 것이다. 내가 뿌린 씨는 사람들의 마음에 떨어졌기는 하였을 것이다. 그중에는 돌짝밭에 떨어진 것도 있겠지마는 좋은 땅에 떨어진 것도 있을 것이다. 그런 씨들은 볕을 받고 누기를 채워서 싹이 트고 잎이 나고 꽃이 피어서 백 갑절 이백 갑절의 열매를 맺는 나무도 있을 것이다.

이렇게 생각하매 나는 새 기운을 얻어서 눈 오는 산속에 홀로 감사한 기도를 올릴 수가 있었다.

나는 이상하게도 극히 정갈하고 고요한 자리를 찾아서 거기서 실컷 내 죄를 참회하고 하느님께 정성된 기도를 올리고 싶은 충동을 받았다. 이십여 일 전도 여행에 마음에 사욕이 줄고 거기 비례하여 동포에 대한 사랑이 느는 동시에 그들을 건져낼 힘이 부족함을 통절하게 느낀 까닭인 듯하였다.

나는 서벅서벅 소리 나는 눈을 밟고 한 걸음 한 걸음 산골짜기를 더듬어 올라갔다. 앞고개라는 것은 그리 높은 고개는 아니나, 거기서 서쪽으로 올라가면 벼락바위라고 부르는 십여 길이나 되는 큰 바위가 있고, 또 거기서 좀 더 올라가면 바다가 바라보이는 미륵바위라는 높은 바위가 있었다. 벼락바위에는 동네 사람들이 무서워하는 굴이 있어서, 거기는 호랑이가 산다고도 하고 귀신이 있다고도 하여 장난꾼 아이들도 그 옆에 가기를 싫어하고, 미륵바위는 날이 가물 때면 기우제를 지내는 곳이어서 대단히 거룩한 곳으로 여겨서 사람들이 노구메정성을 드리는 곳이었다. 나는 이 미륵바위를 내 큰 기도의 처소로 택하려는 것이었다.

눈은 가루눈이던 것이 차차 함박눈으로 변하고 있었다. 뽀얗게 안개가 가리어서 천지가 온통 황혼빛으로 변하였다. 나는 약간 무시무시한 생각이 났으나 기어이 이것을 이기고 초지를 관철하려 하였다. 눈이 소복하게 덮인 잔솔포기 밑에서 장끼 한 마리가 소리를 치고 날아났다. 내가 어릴 적에도 이 산에는 나무가 무성하여 있었건마는, 일아전쟁 이후에 다 작벌이 되어서 지금은 골짜기에 오리나무, 자작나무, 참나무 같은 것이 있을 뿐이요, 높은 데는 애솔 포기, 떡갈, 가얌 떨기가 있을 뿐이었다.

미륵바위 밑에서 조금 떨어져서는 성공우물이라는 샘이 있었다. 바위 틈에서 솟는 샘이건마는 그 밑에 작은 시내를 이룰 만큼 물이 많았다. 이 샘은 물 고이는 데가 이억이억 셋으로 되어 있어서 정성 드리러 오는 사람은 맨 밑의 물에 몸을 씻고, 가운데 물에는 제물을 씻고, 윗물은 밥물을 두거나 정안수를 바치는 것이었다. 물은 얼지 아니하여서 하얀 눈 속에 까만 눈동자 모양으로 고여 있었다. 옛날에는 미륵암이라는 암자가 있었다 하나, 지금 집터도 분명치 않았고 오직 무너진 돌탑 바탕이 있을 뿐이었다.

나는 목욕을 하고 싶었으나 물을 풀 그릇이 없다는 핑계로 고만두고 세수와 양치만을 하였다. 귀와 손끝이 끊어질 듯하고 이마와 뺨이 칼로 에이는 듯하였으나, 그것이 도리어 몸과 마음의 모든 부정을 다 씻은 듯하여서 기뻤다. 나는 지성소에 들어가는 제사장의 마음으로 아무쪼록 고요하고 깨끗한 마음이 흔들리지 말도록 조심하면서 한 걸음 한 걸음 미륵바위를 향하여 올라갔다. 산마루터기가 가까워짐을 따라서 바람이 차차 세어졌다. 등성이에 눈이 안개와 같이 날려서 내 낯을 때리기도 하였다.

"눈보다 더욱 희어지게."

하는 찬미가 구절이 생각나는 것도 잡념이라 하여서 나는 그것을 물리

쳤다.

마침내 나는 미륵바위가 솟아 있는 미륵봉 마루턱에 올라섰다. 문득 새 세계였다. 바람은 내 두루마기 자락을 끊어져라 하고 날리고 훅훅 숨이 막히도록 공기는 찼다. 이따금 욱 하고 내 몸을 통으로 집어 던질 듯한 바람이 소리를 지르며 눈을 불어서 지나갔다. 바다 있는 방향은 약간 훤할 뿐이요, 산인지 평지인지 분간할 수가 없었다. 한문 문자로 한다면 홍몽(鴻濛)이요 혼돈(混沌)이었다. 나는 나 자신이 눈가루 하나에 지나지 못함을 느꼈다. 어떻게나 작은 나인고? 어떻게나 하잘것없는 존재인고. 죄도 공도 붙을 나위 없는 미미한 나인 것을 이때처럼 절실하게 느낀 적은 없었다.

나는 미륵바위가 강한 바람을 막아주는 곳을 찾아서 솔가지를 꺾어 눈을 쓸고 무릎을 꿇었다. 그러고는 나는 기도를 시작하였다.

"하나님!"

하고 불러놓고는 나는 더 할 말이 없는 것 같았다. 나는 몇 번이고 "하나님!" 하고 부른 말을 반복하였다. 나는 모처럼 기도를 올린다고 여기까지 올라와서 왜 기도하는 말이 나오지를 아니할까. 하느님은 죄로 더러운 내 입을 막으신 것인가. 나는 머리만 쭈뼛쭈뼛하였다.

가까스로 나는,

"하나님! 이 죄인의 덮은 죄를 용사하시옵소서."

하고 외쳤다. 내 소리는 떨렸다. 이렇게 외치매 하느님은 나에게 제 죄를 보는 눈을 열어주신 것 같았다.

"하나님, 이 몸은 교만하옵고, 그러하옵나이다. 아무것도 모르고 아무 공도 없으면서 형제를 어리석다 하고 제가 가장 잘난 체하는 교만한 죄인이옵나이다. 그러면서도 가장 겸손한 체를 꾸미고 온유한 가면을 쓰는 죄인이옵나이다."

이 모양으로 내 첫 참회는 나의 교만에 관하여서였다. 왜 그랬을까. 나도 모른다. 나는 저를 잘났다고는 생각하고 있었으나 제가 교만하다고는 생각한 일이 없었다. 그런데 어찌하여 내 첫 참회가 교만이었을까. 이것은 하느님이 내 가리어졌던 눈을 열어주신 것이라고 나는 생각하였다. 과연 나는 교만함을 깨달았다. 한 목사는 우습게 천하게 보았고, 성 선생, 백 선생, 박 선생 같은 이에 대하여서도 나는 나 많은 이에 대한 존경을 겉으로 깍듯이 하면서도 속으로는 그들을 어리석게 생각하였던 것을 깨달았다. 참 의외였다. 이렇게 큰 제 허물을 어찌하면 지금까지 못 보고 지냈을까. 마귀가 내 눈을 가리었던 것이라고밖에는 해석할 길이 없었다.

광대골 이틀에도 내 마음을 차지한 것은 교만이 아니었던가.

'이 어리석은 무리, 이 천한 무리.'

하는 생각으로 나는 그들을 대하였던 것이 아닌가. 내가 순범이나 창흡에게 공손하게 절을 한 것도 교만이었다. 내가 너희들에게 절을 하니 황감하게 알아라 하는 생각이 있지 아니하였던가. 더구나 그들이 내 말을 듣지 아니하여서 예수도 아니 믿고 아이들을 학교에도 아니 보내려 할 때에, 나는 속으로, 괘씸한 것들, 내가 저희들께 절까지 하였거든, 하는 생각으로 반감을 품지 아니하였던가. 그렇다. 그것은 늙은이를 부모로 알고 젊은이를 형제로 여기는 도리는 아니었던 것이다. 내 마음이 그렇고야 어떻게 저들을 감동시킬 수가 있으랴.

나는 부끄러웠다. '내가 무엇이길래' 하고 저를 돌아보았다. 내가 과거에 한 일과 현재에 마음속에 먹은 생각을 돌아볼 때에 나 자신의 작고 더럽고 건방지고 한 모양이 분명히 눈앞에 드러났다.

얼마나 시간이 지났는지 모르거니와, 내 눈에서는 끊임없이 눈물이 흘렀다. 그것은 심히 뜨거운 눈물이었다. 돌아가신 부모도 생각이 나고 조부도 생각이 났다. 나는 그들에게 다 큰 죄를 지은 것 같아서 한량없이 슬프고 걷잡을 수 없이 느껴웠다.

"하나님, 이 죄인을 건져주시옵소서."

하는 말을 반복하는 나는 마침내 소리를 내어서 엉엉 울었다. 하늘을 우러러보던 고개는 수그러져서 내 이마는 눈 덮인 바위 위에 닿았다. 나는 왜 우는지도 잊어버리고 몸을 들먹거리며 울었다. 나라를 잃은 설움인 것도 같고, 제가 몹시 외로운 설움인 것도 같고, 동포를 건지려는 뜻은 있으나 힘은 없는 설움인 것도 같았으나, 결국은 형언할 수 없는 설움이다.

나는 그로부터 십여 년을 지나서 금강산 영원동 개울 가운데 있는 바윗등에 앉아서 이와 같은 설움을 경험한 일이 있었으나, 어떤 중이 보고, 이것은 나의 전생 다생의 묵은 설움이라고 가르쳐주었다. 전생 다생에 죄도 많고 원통한 일도 많을 것이다. 그것이 마음이 맑고 고요한 틈을 타서 쏟아져 나온다는 것이다. 미륵바위의 설움도 그것일지 모른다.

나는 하느님께 무엇을 빌 것도 잊어버렸다. 내 혼이 온통 슬픔으로 녹아버린 것이었다.

내가 울음을 끊고 고개를 들었을 때에는 천지가 온통 눈이 되어 있어서 지척을 분별할 수가 없었다. 그동안 시간이 얼마나 흘러갔는지 모른다.

나는 몸이 추운 것을 깨달았다. 나는 걸음을 옮기려 하였으나 다리가 잘 말을 듣지 아니하고 발에는 감각이 없었다. 머리가 쭈뼛하고 무서움이 생겼다. 내 몸은 언 것이었다.

나는 주먹으로 다리를 두들기고 발을 쳐서 겨우 감각을 회복하였다. 나는 어디 가장 가까운 인가를 찾아가야 할 것 같았다.

나는 어디로 가나, 하고 생각한 끝에 이 등성이를 타고 올라가서 망우리고개를 조금 내려가면 관음굴이라는 조그마한 암자가 있던 것을 생각하였다. 어렸을 적에 몇 번 가본 일이 있는 곳인데, 거기를 가는 것이 가장 가까울 것 같았다. 내게는 지금 더운 방이 필요하였다. 관음굴에를 가면 정갈하고 따뜻한 구들이 있을 것만 같았다. 또 눈물로 씻은 몸이 갑자기 속된 곳으로 가기가 싫기도 하였다.

나는 어려서 가보던 기억을 더듬어서 산마루를 타고 서북쪽으로 눈보라를 거슬러서 걸었다. 눈은 쉬지 않고 퍼부었다. 방향을 알기가 어려울뿐더러 높고 낮은 데를 가리기도 어려웠다. 땅과 허공을 분변하는 것도 때때로 불가능하여서 나는 우두커니 서서 정신을 가다듬을 필요가 있었다. 나는 눈에 홀린다는 말을 생각하고 무서웠다. 인적은 말할 것도 없거니와 새 한 마리 보이지 아니하였다. 천지는 오직 고요하였다. 눈 덮인 지구 위에 생명이 있는 것이라고는 나 하나뿐인 것 같았다. 이 추운 천지간에 따뜻한 것은 내 피뿐인 것 같았다. 이러한 속에 똑똑 뛰는 내 심장만이 무엇을 찾아서 헤매는 것 같았다. 그러나 이 약하디약한, 조막만 한 심장은 얼어 들어오는 추위에 못 이기어서 몇 걸음 안에 움직이기를 그치는 것이 아닌가 하고 나는 걸음을 멈추고 가만히 눈을 감았다. 내 왼편 젖가슴은 발락발락하였다. 그것이 내 심장이 아니요 무슨 다른 것인 것 같았다.

나는 소리를 질러보려 하였으나 입이 얼어서 소리가 나오지를 아니하였다. 나는 당성냥을 켜보고 싶은 생각이 났다. 성냥불만 보아도 몸이 녹고 또 정신이 반짝 들 것 같았다. 나는 곱은 손으로 조끼 주머니를 더듬어서 성냥곽을 꺼낼 수가 있었다. 나는 바람을 등지고 돌아서서 성냥을 그었다. 불그스레한 작은 불길이 일어났으나 바람에 단박 꺼지고 말았다. 불도 얼어 죽었다고 생각하고 나는 성냥곽을 도로 조끼 주머니에 넣었다. 반짝하고 순식간에 꺼진 성냥개비 불은 그 가냘픔이 내 생명의 상징인 것 같았으나, 그래도 내 얼어붙으려는 생명에 무슨 자극을 주기는 주었다. 나는 한층 기운을 내어서 또 눈보라를 거슬러서 걸었다.

'원, 잠깐만 눈이 그쳐주었으면 안 좋은가. 방향을 잠깐만 보았으면.'

나는 이렇게 속으로 중얼거렸다.

'이러다가 졸리게만 되면 죽는다는데.'

이러한 생각도 났다. 내 정신 작용도 분명히 얼어서 둔하게 되었다. 나는 몸이 활발하게 움직이는 것이 얼어 죽는 것을 막는 유일한 길이라고 생각하였으나 몸이 말을 듣지 아니하였다.

나는 바람을 피하느라고 산마루터기에서 낮은 데로 내려가기를 시작하였다. 이것은 분명히 내 잘못이었다. 나는 들쭉날쭉한 골짜기와 잡목 수풀 속에 들었다. 방향은 더욱 알 수 없고 걷기는 더욱 힘이 들었다. 거의 절망 상태에 빠진 나는 마침내 방향을 찾을 생각을 버리고 발이 가는 대로 갈 작정을 하였다. 자꾸 내려가노라면 어디나 인가 있는 데를 가리라고 생각하였다. 오직 걱정되는 것은 내가 내려가는 길이 병풍바위라는 절벽으로 행하는 것이었다. 병풍바위라는 것은 기다란 절벽이어서 거기는 솔개미와 독수리가 집을 짓고 밑에는 살망아가 수없이 산다고 하여서 나무꾼 어른들도 곁에 가기를 무서워하는 험한 곳이었다. 나는 어려서 그 산 밑으로 수없이 지나다녔으나 병풍바위는 보기만 해도 무시무시하여서 거기는 올라가볼 생각을 낸 일도 없었다. 이 병풍바위에서 한 등성이를 넘은 골짜기가 관음굴인데, 관음봉이라는 봉 가슴패기에 앉아 있어서 외딸기는 병풍바위 골짜기 이상이지마는 그렇게 험하지는 아니하였다. 양명한 맛이 있었다. 나는 한 걸음 방향을 그르치면 병풍바위 골로 떨어질 수 있는 자리에서 헤매는 것이었으나 원체 눈 때문에 방향을 분변할 길이 없고, 또 어려서 다녀본 길이라 어림도 하기가 어려웠다. 나는 무턱대고 잡목 숲속으로 더듬을 수밖에 없었다. 힘드는 걸음이라 추위는 아까보다는 나았다.

나는, 어차피 길을 모를 바에는 어름어름할 것이 아니라 담대하게 발 가는 데로 가리라 하고 뱃심을 내었다. 아무 데로 가기로 해전에 인가 있는 데야 못 가랴, 하느님이 계시거니 나를 버리시랴, 하고 무턱대고 걸었다. 걸었다기보다는 미끄러지고 굴러 내렸다. 골짜기에 내려갈수록 눈은 더욱 깊었다.

이 모양으로 얼마를 가노라니 "깍깍" 하는 까치 소리가 울렸다. 까치 소리가 나면 인가가 가까울 것이다. 인가면 관음굴일 것이다, 하고 나는 새 기운을 얻었다. 나는 가만히 서서 사방을 휘 둘러보고, 또 무슨 소리나 나는가, 하고 귀를 기울였다. 어디서 딸랑딸랑하는 소리가 나는 것도 같았으나, 다시 들으려고 좀 더 귀를 기울이면 아무 소리도 없었다. 까치도 다시는 짖지 아니하였다. 그러면 까치 소리도 헛것이었던가. 사뿐사뿐 눈 내리는 소리와 이따금 마른 가랑잎이 바람에 포르르 떨리는 소리밖에 없었다. 참 고요하다.

나는 까치 소리가 나던 방향으로 가리라 하고 발을 옮기기 시작하였다. 그러나 얼결에 들은 소리라, 그 방향이 좌편인 것도 같고 우편인 것도 같아서 확신이 없었다. 나는 그런 소리를 안 들었을 때보다도 더욱 마음이 불안하였다. 이것이 눈에 홀렸다는 것인가 하고 나는 소리를 쳐보려 하였으나 입이 얼어서 소리가 나오지를 아니하였다. 두 손으로 입을 싸서 입을 녹여가지고 한번 소리를 쳐보았다. 이것이 내 소린가 할 만한 소리가 들렸다. 나는 "우어!" 하노라고 불렀는데 내 귀에는 "우웅" 하는 소리로 들렸다. 이렇게 두 번을 불러도 아무 반응도 없더니 세 번 만에 딸랑딸랑하는 소리가 들렸다. 그것은 저절로 흔들리는 풍경 소리는 아니요, 분명히 사람이 흔드는 요령 소리인 것 같았다. 나는 기운을 얻어서 더 힘 있게,

"한 번 더 울려주오. 길 잃은 사람이오. 여기가 관음굴이오?"

하고 외쳤다. 그러나 내 어음이 분명치 아니하여서 내가 들어도 무슨 말인지 알 수가 없었다. 그러나,

"딸랑딸랑, 딸랑딸랑, 딸랑딸랑."

하고 요령 소리가 여러 번 연속하여서 울었다.

인제는 되었다. 나는 소리의 방향도 알았고 거리까지도 짐작할 수가 있었다. 나는 관음굴 바로 맞은편 언덕에 있는 것이었다. 나는 기억에 남은 관음굴의 지형을 생각하면서 골짜기를 건너갔다. 그것이 수월한 일은 아니었으나 나는 마침내 관음굴 돌층층대 밑에 도달할 수가 있었다. 우러러보면 무겁게 지붕에 눈을 인 절이 보이고 돌각담에 야트막한 일각문이 보였다. 나는 층층대를 올라가서 지친 대문을 밀었다. 안으로 걸려 있었다.

"노장님, 문 좀 열어주시우."

하고 나는 언 주먹으로 대문을 두들겼다. 내가 무턱대고 노장님이라고 부른 것은, 십 년 전에 보던, 머리가 하얗게 센 중을 생각한 까닭이었다. 그이가 아직도 살아 있는지 없는지 모르면서도 달리는 부를 말이 없었고, 또 이런 유벽한 작은 암자에 중이 있다고 하면, 그것은 늙은이리라고 생각한 것이었다.

웬일인지 한참이나 대답이 없었다.

'거 이상하다.'

하고 나는 고개를 기울이었다. 금방 내 외침에 응하여서 요령을 흔들어 준 것은 그러면 누구였던가.

"노장님 문 좀 열어주시오. 나, 저, 오릿골 학교에 있는 사람인데 눈 속에 길을 잃고 헤매다가 온 사람이니, 몸 좀 녹혀 가게 해주시오."

나는 이렇게, 안에 있는 사람(만일 사람이 있다면)의 의심을 풀기 위하여 잘 돌아가지 않는 혀로 상당히 자세하게 나를 소개하였다.

그제야 방문 열리는 소리가 나고, 뜨락으로 걷는 소리가 나더니, 누가 대문 빗장을 덜걱덜걱한다.

대문이 열렸다. 나는 깜짝 놀랐다. 대문 안에 선 사람도 놀랐다. 나도 말이 없고 그도 말이 없었다. 피차에 가슴만 들먹거렸다. 나는 내 눈을 의심하여서 내 앞에 마주 선 사람을 뚫어지게 바라보았다. 그는 한 걸음 뒤로 물러서면서,

"아머나나!"

하고 어안이 벙벙하다가, 눈에 고이는 눈물을 고개를 숙여서 떨구고 있었다. 나도 고개를 숙이고 한숨을 지었다.

"추우시겠어요, 들어오셔요."

그는 치마 고름으로 눈물을 씻고 웃음을 지으며 앞을 섰다.

나는 우선 모자와 두루마기의 눈을 털고 퇴에 걸터앉아서 말 잘 안 듣는 손가락으로 얼어붙은 구두끈을 끌렀다. 내 바짓가랑이도 무르팍까지 눈투성이였다.

나는 모자와 두루마기를 툇마루에 벗어놓고 그가 문을 열고 서서 기다리는 방으로 들어갔다. 후끈하는 더운 김은 깨달을 수가 있었으나, 눈이 얼어서 방 안이 보이지를 아니하였다. 그는 내 소매를 잡아끌어서 나를 따뜻한 방바닥에 앉혔다. 그러고는 다시 밖으로 나가서 내 두루마기의 눈을 털어서 팔에 걸고 모자를 들고 들어왔다. 그러고는 어쩔까나 하는 모양으로 잠깐 서성서성하다가 내 앞에 두어 자쯤 떨어져서 앉았다. 그제야 내 눈도 좀 녹아서 그의 얼굴과 눈을 볼 수가 있었다. 그의 옷이 소복인 것도 단정할 수가 있었다. 또 그의 얹은머리에는 댕기가 없는 것도 보였다.

그는 실단이다.

"근데 웬일이셔요? 어떻게 여기를 오셨어요?"

실단이 반가운 웃음을 머금고 먼저 입을 열었다. 그의 부드럽고도 밑에는 금속성을 품은 어성이 참으로 반갑고도 내 언 마음을 녹였다. 나도 평상스러운 마음이 될 수가 있었다.

"미륵바위에 올라갔다가 눈을 만나서, 관음굴로 오는 것이 제일 가까울 것 같아서 이리로 향했죠. 했더니 눈 따메 길을 잃고 두루 헤매다가 처음에는 까치 소리를 듣고 다음에는 요령 소리를 듣고 가까스로 찾아왔어요. 그 요령 소리가 없었더면 나는 아직도 눈 속에 헤맸을 거야요. 어디

지척을 가릴 수가 있어야지요. 그런데 실단 씨야말로 어째 여기 와 계시오? 나는 아까 대문이 열리고 실단 씨가 나타날 때에, 이게 웬일인가 했어요. 내가 눈에 홀린 것이나 아닌가 했어요."

하고 나는 아까 놀라던 감정을 또 한 번 경험하였다.

"나도, 나도 그랬어요. 음성이 그런 것도 같았지마는 설마 웬걸 오시랴 했거든요. 아이 참, 어떻게나 놀랐는지."

하고 실단도 그때에 놀람을 한 번 더 경험하는 모양이어서 가슴이 들먹하고 긴 한숨을 쉬었다.

"글쎄 실단 씨가 여기 와 계실 줄을 뉘라 알겠어요? 다시 만날 생각도 못 했었는데. 대관절 어째서 여기 와 계시오? 이렇게 외딴 데 혼자."

하고 나는 좀 밝아진 눈으로 방 안을 휘 둘러보았다. 서쪽 벽 불탑에는 까맣게 그은 불상이 희미한 빛을 발하고 있었다. 이 절의 본존 관세음보살이시다.

"금강산 가는 길야요."

하고 실단은 잠깐 수삽한 빛을 보이고 나서,

"혼자는 아니랍니다. 이 절 노장님이 계셔요. 어머니가 나하고 같이 오셨다가 집으로 가시는데 노장님도 같이 갔어요. 인제는 돌아올 때가 되었는데 아직 안 오는군요. 이렇게 눈이 와서는 오기가 어려울 거야요. 그래서 어떡허나 하고 혼자서 걱정을 하고 있었는데 김 선생이 오셨군요. 참, 무얼 좀 끓여드려야지. 지금 어느 때나 됐을까요?"

하고 자리에서 일어난다. 나는 조끼 옷 주머니에서 시계를 꺼내 보고,

"네 시 반인데요. 거진 해가 넘어가겠는데요."

하고 나는 시계를 도로 넣으며 혼잣말로,

"하, 이거 어쩌나. 이제 학교에를 가려면 저물겠는데. 여기서 이십 리가 넘을 텐데."

하고 걱정을 하였다.

"가시긴 어떻게 가서요? 이렇게 눈이 오시는데. 거기 가만히 누우셔서 몸이나 녹히셔요. 나가서 무얼 좀 끓이겠어요."

하고 실단은 밖으로 나간다.

나는 실단이 부엌에서 움직이는 소리를 들으며 생각하였다.

참말 이상한 일이다. 내가 어찌하여 오늘 여기 오게 되었을까. 그래서 꿈에도 예상 못 하였던 실단을 만나게 되었을까. 이렇게 짜놓은 이가 하느님이실까, 불교에서 말하는 인연이라는 것일까, 그렇지 아니하면 한목사나 윤 장로 같은 이들이 말하는 모양으로 내 신앙을 흔들어보려는 마귀의 시험일까, 또는 단순한 우연일까.

때도 때다. 이것은 칠 년 전 내가 동경에서 돌아와서 실단을 외가에서 만나던 정월 보름께(모레가 보름이다), 실단은 나의 첫사랑을 끈 여성이요, 아마 나는 실단에게 첫 애인이었을 것이다. 열다섯 살 먹은 소년과 소녀의 꿈같고도 애틋한 사랑이었다. 달빛 아래 밤나무 그늘에서 그가 내 가슴에 낯을 파묻은 것은 그의 가슴에 타오르는, 저도 모르는 사랑의 정열이었다. 나는 이 신비한 감촉을 안고 만 사 년간 만리타국에서 그를 그리워하였다.

재작년 내가 일본서 돌아와서 나는 초례청에 들어가는 한 시각 전에 돌모루 할머니 집에서 그를 만났다. 그것은 그가 처녀로서의 마지막 순간이었다. 그는 아직 단장을 아니 하고 있었다. 내가 앉았던 방에는 그의 신의와 단장할 제구가 놓여 있었다. 그가 몸을 씻을 대야가 놓여 있었다.

그러나 내게는 그렇게도 사랑하고 그리워하던 그를 목전에 놓고도 내 짝을 만들 만한 복도 없고 용기도 없었다. 그래서 나를 생각하고 지어 쌓았다는 옷을 엉뚱한 사내에게 입혀 보내었다. 나는 사랑하는 그를 못나게도 다른 남자의 초례청으로 들여보내었고, 그는 사랑하는 나를 두고 울면서 사랑이 없는 남자의 방으로 울면서 들어갔다. 나는 얼마나 내가 로빈 후드가 못 된 것을 한하였던고? 이것은 또 뉘가 만들어놓은 각본이었던고? 나와 그와의 인연이 엷었음인가. 하느님의 뜻이라면 하느님에게 그런 각박한 뜻이 있을 수가 있는가. 그도 깨끗한 처녀, 나도 깨끗한 총각, 둘의 마음에 꼭 같은 사랑을 심어놓고, 그것이 일각의 차로 팔팔결 틀리는 엉뚱한 길로 엇나가게 한 것이 착하신 하느님의 뜻일 수는 없었고, 그야말로 조물의 시기거나 마귀의 작희였다.

이리하여서 그는 과부가 되고 나는 사랑 없는 아내의 남편이 되어서 둘이 다 불행한 사람이 되고 말았다. 이것이 무슨 보복일까.

인생의 빛을 잃은 그는 금강산으로 가는 길이라고 하니, 머리를 깎고 중이 되어서 평생을 산간에서 마치려는 것이다. 나도 방랑의 길을 떠나려는 생각을 하루에도 몇 번씩 하고 있지 아니한가. 망국의 비애를 품고 해외에 망명한다는 로맨틱한 감정도 있거니와, 꼬치꼬치 파보면 실단을 잃은 허전함이 그 참 원인이 아닐까.

이렇게 실단과 나와의 사랑이 모래 위에 엎지른 물이 되었거든, 서로 잊어버리는 것이 가장 좋은 일이거든, 무엇 하러 다시 이렇게 서로 만나게 하였는고? 이제 우리 둘이 합한다 하더라도 벌써 지난날의 그와 나는 아니다. 그는 이미 남의 아내였고 나는 남의 남편이다. 그와 나는 이 세상에서는 뻐젓한 애인도 될 수 없고 부부는 더욱 될 수 없는 것이다. 다만 도덕과 사회제도가 이를 금할 뿐이 아니라 우리의 감정이 그것을 허하지 아니하는 것이다. 하늘 닿은 끝까지 달아나서 세인의 이목을 피할 수는 있다손 치더라도 제 마음의 밝음을 속일 수는 없는 것이다. 죽었다가 오는 생에 다시 태어나기 전에는 이미 묻은 때는 씻을 수가 없는 것이다. 실단은 과부요 나는 아내 있는 남자다. 안타깝게도 회복할 수 없는 일 저지름이다. 과거로 하여금 과거를 장사하게 하라 함은 남녀 관계에서만은 될 수 없는 말이다.

그러하거늘 우리 둘은 왜 다시 만났는고? 만나니 반가웠다. 그러나 기뻐할 수 없는 반가움이다. 도리어 더 애가 타고 기가 막히게 하는 반가움이다.

'조물의 작희다! 과연 조물의 작희다! 두 사람의 생채기를 더 아프게 하려고 짜놓은 악마의 흉계다!'
하고 나는 이를 악물었다.

실단이 때는 불에 내가 앉은 자리가 점점 더워 올라왔다. 나의 실단에게 대한 여러 가지 공상은 끝이 없었으나, 얼었다 녹은 몸은 꼬박꼬박 졸리기 시작하였다. 이것이 또한 내가 실단에 대한 흥미가 식은 표일는지도 몰랐다. 나는 앉은 대로 졸고 있다가 문을 여는 소리에 번쩍 정신을 차렸다. 실단은 불기에 밥을 담아서 다홍 행주를 덮어 들고 들어와서 불탑에 놓았다. 그러고는 불탑 옆에 달린 경쇠를 땅땅땅 쳤다. 곡조는 맞지 아니하였다. 그러고는 내가 있는 것도 모르는 듯이 합장을 하고 수없이 절을 하였다. 절도 아직 어울리지는 아니하였으나, 그 속에서 그의 불도에 향한 결심과 정성을 엿볼 수는 있었다. 꽃 같은 청춘으로서 남편의 거상을 입는 소복만 하여도 청승맞으려든 세상의 영화를 모두 끊고 평생을 산간에 보내려는 그 결심은 더욱 애끊는 일같이 보였다. 나는 새파랗게 머리를 깎고 남복을 입고 가사와 장삼을 걸친 실단을 눈앞에 그리면서, 그가 절할 때마다 너푼거리는 하얀 자락을 보고 있었다. 어둑어둑한 방바닥에 움직이는 실단의 하얀 버선발이 이상한 감촉을 주었다.

나는 밥을 먹고, 간다고 일어났다. 이것은 내 이면치레였다. 정말 갈 생각도 없거니와 다 어두운 이때에 눈 깊은 산길을 갈 수도 없는 일이었다. 그러나 외딴 산골 단칸방에서 젊은 남녀가 단둘이 잔다는 것은 괴변이 아닐 수 없었다.

"아이, 지금 어떻게 가시우, 눈 깊은 산길을?"

하고 실단은 내 손에 들린 두루마기를 붙들었다.

"그러기로 여기서 어떻게 자오? 노장이나 계시면 몰라도."

하고 나는 두루마기를 빼앗기지 아니하려고 지그시 잡아당기면서 실단의 얼굴을 들여다보았다. 등잔불 빛을 받은 그의 반면이 해쓱한 빛을 발하였다. 그것은 싸늘한 빛이었다.

"그래도 못 가시우."

하고 실단은 담대하게도 제 손으로 내 손을 잡아서 두루마기에서 떼어버리고 그것을 횃대에 가져다가 걸어놓고 다시 내 곁으로 와서,

"오늘은 여기서 묵어가셔요. 이 세상에서는 다시 만날 기약도 없을 것을. 우리 이 밤이 새이도록 실컷 이야기나 해요. 나도 김 선생께 하고 싶은 말이 태산 같고 김 선생헌테 듣고 싶은 말도 수수만만이야요. 자, 저기 아랫목에 가 앉으셔요."

하고 살짝 내 어깨를 떠민다.

나를 아랫목에 붙들어다 앉혀놓고 자기도 목 꺾어 내 옆에 와 앉는다.

한 무릎을 세우고 치맛자락으로 발과 무릎을 가리는 양이 외가에서 윷놀이할 때의 그의 자세 고대로다. 오직 달라진 것은 그의 머리와 옷이다. 그때에는 땋아 늘였던 머리가 지금은 해 없었고, 그때에는 분홍 치마 노랑 저고리던 것이 지금은 눈가루가 날릴 듯한 소복이다. 얼굴은 처녀 적 까무스름하던 빛이 벗겨져서 창백하게 되었으나 그의 특색 있는 눈과 입모습은 여전하였다.

"벌써 칠 년이 되었죠, 우리가 윷을 놀던 그때가?"

나는 이런 말을 아니 할 수가 없었다. 실상 이것은 나도 모르게 저절로 흘러나온 말이었다.

"그럼요. 그날은 달이 밝았지."

하고 실단은 멍하니 옛일을 생각하는 모양이었다. 그의 얼굴 근육이 복잡하게 움직이고 있었다. 기쁨과 슬픔이 섞바꾸어 일어나는 모양이었다. 나도 말없이 그때 일을 회상하고 있었다.

"그날은 다시는 못 돌아오죠?"

하고 실단은 울음을 삼키는 듯이 입을 꼭 다물었다. 그날에는 슬픔도 울음도 모르는 실단이었다.

나는 대답할 말이 없었다.

"그날이 한 번만 더 돌아왔으면. 한 번만, 단 하루만."

하고 실단은 눈을 크게 떠서 나를 똑바로 보고 있었다. 그의 왼편 눈이 바른편 눈보다 작은 것을 나는 발견하였다.

"자고 나면 새날, 자고 나면 새날, 늘 새날이 오는 게 좋지 않아요?"

나는 이런 말을 하였다. 하고 나니 이런 소리는 실단이 기다리는 말도 아니요 내가 할 말도 아니라고 깨달았다. 좀 더 실단의 정열에 가락을 맞추는 말이었어야 할 것이었다. 나의 교원 생활이 이러한 교훈적인 말을 하게 한 것이었다.

실단은 과연 내 말이 불쾌한 듯,

"흥, 새날이요? 나 같은 사람헌테 무슨 좋은 새날이 와요? 자고 나면 더 슬픈 날, 더 괴로운 날이지요. 하루하루 세월 거꾸로 흐른다면 좋은 날도 있겠지마는, 거꾸로 간다면 그날, 외가댁에서 우리들이 윷놀이하던 날도 돌아오겠지마는. 인제는 다 틀렸어요."

하고 하염없이 한번 웃고 나서, 그는 물끄러미 나를 쳐다보면서,

"그래도, 오늘은 김 선생을 만나 뵈었으니 좋아요. 김 선생도 인제는 그때 도경 씨는 아니시지마는, 그래도 반가와요. 오늘 하루만이라도 윷놀이하던 날이 되었으면 얼마나 좋을까? 그러나 안 되죠? 다 틀렸죠? 김 선생은 다른 이의 남편, 나는 다른 사내의 과부! 안 돼! 안 돼! 그날은 다시는 못 돌아와!"

하고 혼잣말로 중얼거리면서 고개를 설레설레 흔든다. 이것은 다 슬픈 일을 겪어보고 절망하는 마음을 가져본 사람만이 하는 재주였다.

실단의 이런 몸짓을 보는 것이 무척 가여웠다. 그가 벌써 산전수전 다 겪은 늙은이와 같이 보였다. 아직도 응석을 부리고 무엇을 보나 우습고 재미있어서 깨득거릴 나이가 아닌가. 그런데 어느새에 슬픈 표정과 절망의 제스처가 자리가 잡힌 것이다.

나는 또 교사의 버릇을 내지 아니할 수 없었다.

"그렇게 너무 비감하지 마시오. 아직도 인생이 시작이 아니오? 책으로 말하면 인제 겨우 두어 장밖에 안 넘긴걸. 앞으로 어떤 재미있는 대목이 있을지 알아요? 하느님께서 다 마련이 있으시겠지. 실단 씨같이 아름

답고 착한 사람을 내실 때에는 하느님의 뜻이 다 있으실 게요. 지금 같아서는 실단 씨 신세가 참 딱하지만 내일 일을 어떻게 알아요? 무슨 좋은 일이 올지 어떻게 알아요?"

"좋은 일?"

하고 실단은 못 들을 말을 들은 사람 모양으로 새침해지며,

"내게 무슨 좋은 일이 있어요? 세상을 다 버리고 머리를 깎고 중이 되어서 산속으로 들어가는 년에게 무슨 좋은 일이 있어요? 응, 좋은 일이 하나 있겠지요, 죽는 일이. 인제 내게 남은 좋은 일은 죽는 일밖에 없을 게야요."

하는 그의 몸에서는 찬바람이 훅훅 뿜는 것 같았다. 이것도 내가 처음 보는 실단이었다. 그는 벌써 여성을 초월한 사람인 것 같았다.

나는 그와 대립하여서 그의 신념을 깨트리는 입장에 서지 아니할 수 없었다.

"왜 그래요? 당신 생각은 너무나 구식이오."

하고 승벽을 내어서,

"지금 세상에야 다시 시집가는 것도 흠이 아니오. 앞으로 몇 해 동안 공부나 하다가 학교를 졸업하고 나서 또 혼인할 수도 있지 않아요? 또 혼인을 아니 하더라도……."

하는 내 말을 중동을 꺾어서, 실단은,

"아니, 날더러 또 개가를 하란 말씀야요?"

하는 소리는 날카롭고 샐쭉한다.

나는 '아차' 하고 내가 한 말을 후회하였다. 아직 초상 과부더러 재가를 권한 것은 과연 실례였다. 실단의 눈에 노염이 보이는 것도 당연한 일

이었다. 그러나 실단의 노염이 여기 있는 것도 아닌 것을 발견하였을 때에 나는 또 한 번 놀라지 아니할 수가 없었다. 실단의 말은 이러하였다.

"너 같은 헌 년은 열 스무 번 훼절을 해도 좋단 말씀이죠? 그 말씀 들을 만도 해요. 내가 정말 단정한 계집이면야 언제까지라도, 평생이라도 당신을 기다리지 왜 시집을 가요? 그날 당신이 우리 집에 찾아오시기까지 한걸 왜 내가 초례청엘 들어가요? 왜 내가 그날 당신께 매어달려서, 난 다른 데로 시집은 안 가요, 날 데려가요, 하지를 못하였어요? 그러고는 마음은 당신한테 두고 몸만이 다른 데로 시집을 갔어요. 그랬다가 과부가 됐어요. 그러니깐 어차피 훼절한 헌 계집이지요. 그러니깐 당신이 나를 업수이여겨서 개가해라 하시는 게죠? 당신헌테 그런 말 들어 싸요, 싸고말고요. 그렇지만 나도 원통한 것이 있어요. 당신을 원망할 것이 있어요. 그날 왜 날더러 다른 데 시집가지 마라, 하고 한마디 못 해주셨던가요. 나는 당신의 입에서 그 말이 나오기를 기다렸어요. 암만 기다려도 당신은 그 말 한마디를 안 해주셨습니다. 그 집 할머니도 나가시고 우리 어머니도 가시고 당신하고 나하고 단둘이 있을 때가 있었죠? 한참 동안이나 단둘이만 있었죠. 그런데도 당신은 암말도 없지 않았어요? 만일 정말 나를 사랑하셨다면 한마디 무슨 말씀이 있을 것 아냐요? 나는 그때에 당신이 나를 껴안아주기를 기다렸어요. 그랬더면 내가 왜 가기 싫은 시집을 가요? 신랑은 온다고 그러고, 하늘같이 믿는 당신의 입에서는 암말도 없고, 그래서 나는 에라 될 대로 돼라, 하고 시집을 간 게야요. 내가 세상을 버린 것은 그날얘요. 생각하면 분하고 원통하고 절통해요. 나는 아마도 제명에는 못 죽을 거야요. 나는 첫날밤에도 물에 빠져 죽을 양으로 뛰어나왔었어요. 어머니헌테 들켰지요. 시집이라고 가서도 목을 매어 죽을 생각도 해보았어요. 뒤껼 밤나무 가지에 목매달아 죽을 생각도 했지마는 이대로 죽는 것이 원통한 것 같아서 아직도 살아 있었어요. 은근히 이런 생각도 하여보았어요. 한번 당신을 만나면 실컨 내 속엣말이라도 해보았으면 시원하겠다고, 죽어도 한이 없겠다고. 그랬더니 부처님이 도우심인지 오늘 천만 염외에 당신을 만나 뵈었어요. 그런데 당신은 날더러 또 시집을 가거라 그러셨습니다. 무에라고 하셔도 좋아요. 무에라고 하셔도 모르는 체하시는 것보다는 고맙지마는, 왜 내 머리채를 거머쥐시고, 이년, 이 배반한 년, 하고 때려주지를 아니하셔요? 그러셨더면 내가 얼마나 기뻤겠어요. 그렇지만 마음에 없으신 사랑을 어떻게 억지로 보입니까?"

하고 한동안 말을 끊었다가,

"그래, 내가 그날 당신께 매달렸더면 당신께서 나를 뿌리치시기는 아니 하셨을 거야요. 내가 가여워서도 나와 혼인을 하셨을 거야요. 그랬더면 지금 이 꼴이 안 되었을 거야요. 생각하면 다 제 잘못이지, 다 제 팔자구요. 그런 줄 알건만도 이렇게 설어요."

하고는 무릎 위에 얼굴을 대고 흑흑 느껴 울기를 시작한다.

나는 들먹거리는 실단의 어깨와 등을 물끄러미 바라보고 하염없이 앉아 있었다. 무한히 가엾건마는 어찌할 수가 없었다. 한 사람은 독립한 한 세계다. 슬픔도 그 혼자의 것이요 기쁨도 그러하다. 옆의 사람이 어찌할 수는 없는 것이었다. 실컷 한대야 같이 울어주고 같이 웃어주는 일이 있을 뿐이다.

실단이 슬피 우는 양을 보면 나도 슬펐다. 더구나 그의 슬픔의 원인이 내게도 있다 하면 더할 수 없이 미안하였다. 그러면 어쩌하나? 더 할 길이 없지 아니하냐.

"울지 마오."

하고 나는 가볍게 그의 어깨를 흔들었다.

"울면 무엇 하오? 지난 일은 지난 일이고, 앞날 일이나 생각하는 것이
좋지 않소? 자, 그만 울고 이야기나 합시다. 내가 수절하는 당신더러 구
태 개가하라는 말이 아니오. 하려면 할 수도 있단 말이지. 나도 딱해서
하는 말 아니오? 서울이라도 가서 이화학당 같은 데서 공부나 하고, 그
러고……."

하는 내 말을 다 듣지도 아니하고 실단은 고개를 번쩍 들면서,

"싫어요, 싫어요! 공부도 다 싫어요. 땅에 떨어졌던 밥을 다시 주워 먹
을 생각은 없어요. 그만큼 말을 해도 내 속을 몰라주셔요? 내 속을 알아
주는 사람은 이 세상에는 하나도 없어요. 아버지도 몰라주시고 어머니도
몰라주시고 당신도 몰라주시고, 그러니깐 나는 머리를 깎고 금강산으로
가는 거야요. 구름과 물소리와 벗을 삼아서 죽는 날까지 살아가자는 거
야요."

하고는 두 손바닥으로 눈물을 닦고 일어나 나가버린다. 그가 다시 들어
올 때에는 언제 내가 울었느냐 하다시피 방글방글 웃는 낯이었다. 그는
세수를 한 모양이었다.

"눈이 그쳤어요. 바람이 나오고."

그는 이런 소리를 하였다.

나는 그의 속을 알 수 없었으나 방 안을 내리누르던 무거운 기운이 없
어진 것만은 좋았다. 나는 비로소 자유로 숨을 쉴 수가 있었다. 동시에
그는 내게서 천리만리 먼 곳으로 떠나간 것 같았다.

"인젠 주무셔야지."

하고 실단은 어찌할까나 하는 모양으로 방을 둘러보더니 불탑 밑에서 이불 보퉁이를 꺼내었다. 산까치와 같은 무늬 있는 이불보였다. 그것이 새로운 것이, 새색시 것이 분명하였다. 나는 그에게 잠자리를 정하는 자유를 줄 겸 밖으로 나왔다. 과연 눈은 그쳤으나 아직 푸른 하늘은 보이지 아니하였다. 그래도 하얀 산의 윤곽도 보이고 나무들의 모양도 알아볼 수가 있었다.

찬바람이 내 화끈화끈한 이마를 스쳐 불었다. 가슴속까지 서늘하여짐을 깨달았다. 나는 옛 기억을 더듬어서 약물이라는 샘 있는 곳을 찾아 내려갔다. 그것은 키 작은 관목들이 다닥다닥 거꾸로 달린 댓 길이나 되는 바위 밑이었다. 하얀 눈 속에 까만 샘이 보였다. 돌 위에 엎어놓은 바가지에 눈이 아니 덮인 것은 금방 실단이 쓴 표였다. 나는 물 한 바가지를 떠서 양치하고 벌껑벌껑 마셨다. 창자 속이 찌르르하도록 차다. 나는 그 물로 씻고 낯을 닦았다. 새 정신이 번쩍 들었다.

그러고는 나는 샘 가에서 잠깐 비켜서서 기도를 올렸다. 나는 '오 거룩하신 하나님 아버지'라든가, '전지전능하시고 무소부재하신 여호와 하나님' 어쩌고 어쩌고 하는 판에 박힌 기도의 문자를 쓰기도 싫어하고 또 쓸 줄도 모른다. 그것은 한 목사에 대한 반감 때문인지도 모르거니와, 그것이 다 형식이요 허위인 것 같아서 들으면 반감까지도 났다. 이것은 내가 아직 예수교인으로 자리가 잡히지 아니한 탓인 것 같기도 하였으나, 나는 그것을 배울 마음은 없었다. 나의 기도는 오직 참회의 기도였다. 그러고는 주의 기도문을 외우는 것이었다. 그중에도 '당신의 뜻이 이루어지이다.' 하는 것과, '다만 악에서 구하옵소서.' 하는 것이 내가 빌 유일한 것으로 생각하였다. 더구나 평생에 두 번 있기도 어려운 이 이상한 하룻밤을 지내려는 내가 빌 것이 이것밖에 또 있는가. '내 뜻이 이루어지지 말고 당신의 뜻이 이루어지이다. 그러함으로 실단이라는 한 사람이 나로 말미암아 하느님의 길에 들어오게 하시옵소서.' 하는 것이 내 기도였다.

그러나 이것은 내게는 감당키 어려운 짐이었다. 그야말로 성신의 도움만이 이룰 수 있는 일이었다.

아무려나 나는 내 힘을 다하여 옳은 일을 하리라고 결심하였다. 미륵봉의 기도는 분명히 내 약한 마음에 새로운 힘을 준 것 같아서 든든하였다. 어떠한 유혹이 있더라도 이기어낼 만한 준비가 되어 있는 것 같았다.

"여보셔요, 여보셔요."

하고 부르는 소리가 들렸다. 실단의 소리다.

"네에."

하고 나는 대답하고 층층대를 오르기 시작하였다.

"어디 계셔요?"

"여기야요. 약물 먹으러 왔어요."

하고 뜰에 올라섰다. 실단은 팔짱을 끼고 마당에 나와 있었다.

"추운데 무얼 하고 그렇게 오래 계셔요? 난 한참 찾았어요."

나는 기도를 올렸다고는 아니 하였다. 기도란 비밀이기 때문이다. 으슥한 곳에서 하느님과 단둘이서만 할 일이기 때문이었다.

"달이 저만큼 왔을 거야요. 오늘이 열사흘 아냐요?"

실단은 아까 울던 것도 다 잊어버리고 마음이 상쾌한 모양이었다.

내가 실단이 손으로 가리키는 방향을 바라보는 것을 내버려두고 실단은 층계를 올라가며,

"어서 들어와 주무셔요."

하고 방으로 들어간다.

가만히 바라보고 있으면 하늘에 구름이 동북쪽으로 물결을 지으며 상당히 빠른 속도로 흘러가는 것이 보였다. 높은 곳에는 꽤 힘찬 바람이 부는 모양이었다. 조금만 더 있으면 푸른 하늘과 밝은 달이 나올 것 같았으나 그것이 용이한 일은 아니었다. 나는 구름 틈으로 번쩍 보이는 푸른 하늘과 밝은 달이 보고 싶었다. 그것을 보았으면 가슴에 뭉킨 것이 탁 터질 것 같았다. 바람이 눈보라를 날려 오며 풍경이 스르릉 울었다.

나는 방에 들어갔다. 실단은 등잔에 기름을 치고 있었다. 밤 동안에 꺼지지 않게 하려면 밤중에 한 번 기름을 쳐야 하는 것이다.

아랫목에는 다홍 깃을 단 남빛인가 싶은 명주 이불이 깔려 있었다. 그리고 거기서 두어 자쯤 떨어져서 자주인지 야청인지 분간할 수 없는, 보매 때가 많이 묻은 성싶은 처네 하나가 놓여 있었다. 그것은 아마 이 절 노장의 것인가 싶었다.

"저 아랫목에서 주무셔요."

하고 실단은 내게 벨 베개를 바로 놓으면서,

"이것이 김 선생을 생각하고 만들었던 것야요, 사랑 이불로. 그래서 이렇게 요도 좁고 이불도 좁답니다. 오늘 한번 주인이 써보셔요. 난 여기서 자요."

하고 그 더러운 처네를 들어서 아랫도리를 가리고 앉는다.

"아니, 이전에는 이 절에 남자 노장이 있었는데."

하고 나는 자리 옆에 앉으며 뚱딴지 말을 하였다. 실단의 애끊는 추억을 끊어버리려는 것이다.

"아냐요. 보살인데."

하고 실단은 의심스러운 표정을 한다.

"아냐, 내가 어려서 왔을 적에는 여기 머리와 수염이 하얗게 세고 얼굴이 불쾌한 노장님이 계셨어. 아마 팔십은 되었을 게야."

나는 이런 소리를 중얼거렸다.

실단은 고개를 끄덕끄덕하며,

"옳아, 이 노장님이 심원 절에서 왔대. 도솔암인가 하는 데 있다 오셨대요."

하고 멀거니 무엇을 생각하는 모양을 보인다. 나는 그가, 자기도 몇십 년 후면 쪼그라진 보살이 되어서 혼자 이 절에서 저 절로 굴러다닐 것을 생각하는 것이라고 해석하였다. 그러면 나는? 나는 늙어 꼬부라져서 무엇이 될 것인고? 하니 우스운 일이었다.

내가 우두커니 무슨 생각을 하고 있는 것을 보고 실단은,

"어서 누우세요. 먼저 누우셔야 나도 누워요."

하고 이불보를 접어서 제 베개를 만든다.

"요도 안 깔고?"

"중은 깔개 없이 잔다면서요?"

"중은 그렇겠지마는."

"세상에 요 못 깔고 자는 사람이 더 많지요."

하고 실단은 웃는다.

"정말 중은 누더기 하나로만 살아야 한대요. 누더기 하나가 낮에는 옷이 되고 밤에는 이불이 되고, 그래야 한대요. 중은 일절 중생의 수고로 만든 것을 받아서는 안 된대요. 중생이 먹고 내버리는 것을 얻어먹고 중

생이 내버리는 헝겊으로 쪽모이를 해서 누더기를 만들어서 입고 살아야 정말 중이래요. 말을 들어보면 그게 참 옳은 일야요. 커단 집에 배불리 먹고, 뜨뜻이 불 땐 방에다가 포근한 요 깔고, 가뿐한 이불 덮고, 그리고 남편이니 아내니 하고 호강스럽게 살자니깐 모두 걱정이지, 그 욕심만 버리면야 무슨 걱정야요? 아미타불님이 그러셨다나요, 중생 중에 단 한 중생이라도 배고프고 헐벗고 고생하는 자가 있으면 당신은 성불 아니 하시겠노라고. 노장님헌테 들은 소리니깐 자세힌 몰라요. 그래도 아무러나 그런 뜻이야요. 거 좋은 말씀 아냐요? 그러니깐 나도 그 도를 닦아보려는 거야요. 누더기 하나만으로 살아보려는 거야요. 그러니깐 나 자는 걱정 마셔요. 자, 어서 주무셔요. 어서!"

나는 말없이 자리에 누웠다. 실단의 말에 저항할 수 없어서 순순히 복종한 것이었다. 어떻게 그 말에 거역할 수가 있으랴. 그의 말이야말로 성인의 말이요 하늘의 말이었다. 그 단순한 표현 속에 인생의 모든 진리가 품겨 있는 것 같았다. 중이 과연 그런 것이라 하면 나도 실단의 뒤를 따라서 중이 되고 싶었다. 나는 인생에 대한 모든 의문이 환하게 풀린 것같이 속이 후련함을 느꼈다.

나는 대체 무슨 전도를 하였는고? 내가 무엇을 알았다고 남에게 무엇을 가르쳤는고? 나는 내 집이 오막살이인 것을 부끄러워하고 내 월급이 적은 것을 불행하게 생각지 아니하였는가. 누가 나를 조금만 덜 대접해도 노하지 아니하였는가. 세상 사람들이 좋다는 것, 재물, 지위, 명예, 호강을 다 탐내지 아니하는가. 중생에게 일절 폐를 끼치지 아니하는 생활, 아아, 그것만이 오직 사랑의 생활이다. 두 벌 옷을 가지지 말라, 견대를 지니지 말라, 주라, 받을 생각을 말라, 때리거든 맞으라, 일곱 번씩 일흔 번이라도 용서하라, 섬기라, 섬김을 받지 말라 하신 예수의 말씀이 새로운 빛과 힘을 가지고 기억에 떠올라왔다.

"여우도 굴이 있고 공중에 나는 새도 집이 있으되 인자는 베개 둘 곳이 없노라."

하신 예수의 생활은 실단이 말한 누더기 한 벌의 생활이었다.

잠이 들었다가 깨었을 때에 벌써 실단은 방에 없고 부엌에서 땔나무 타는 소리가 들렸다. 시계를 보니 네 시. 그러면 실단은 잠이 못 들고 있었던가. 실단이 누웠던 자리를 만져보니 얼음장과 같이 찼다. 오랫동안 방을 아니 고친 탓인가, 아랫목만이 더운 모양이었다. 늙은 중이 혼자 꼬부리고 자는 방이라, 방석만큼만 더우면 고만일는지도 모른다. 나만 따뜻한 자리에서 단숨에 내처 잔 것이 부끄럽기도 하고 미안하기도 하였다. 나는 실단이 아궁이 앞에서 타는 불을 바라보면서 앉았을 모양을 생각하면서 일어나 문을 열고 밖으로 나왔다. 하늘에는 구름이 한 점도 없고 별이 총총하게 반짝거렸다. 날이 새려면 아직도 두 시간은 있어야 할 것이었다. 나는 세수를 할 생각으로 부엌 앞을 멀찍이 지나서 샘으로 내려갔다. 새벽바람은 마치 천인지 만인지 모를 바늘이 일시에 살을 찌르듯이 찼다.

나는 날이 새면 마당의 눈이나 치워놓고 가리라 하면서 문소리 안 나게 방에 돌아와서 도로 자리에 드러누웠다. 모처럼 나를 위하여 불을 때어주는 실단의 호의를 깨트리기가 싫었던 것이다.

'실단이와 나와 부부가 되었더면.'

나는 이런 생각을 하였다. 뒤를 이어 나오는,

'그랬더면 얼마나 좋았을까.'

하는 생각을 나는 무서워서 비벼버렸다. 그것은 무서운 생각이 분명하였다.

그러나 나는 생각은 어찌할 수가 없었다. 실단은 내게는 가장 아름답고 가장 마음에 드는 사람이었다. 오륙 년을 두고 그리워하면서도 실단과 가까이하고 말을 많이 하여본 것은 이번이 처음이거니와, 지내볼수록 그는 얌전하고 맑고, 무엇이라고 형언할 수 없이 마음에 드는 여자였다. 그와 나와 부부가 되었더면 반드시 행복되었을 것 같았다.

그러나 때는 이미 늦었다. 실단의 말과 같이 그의 초례 날이 마지막 기회였다. 그날에 내가 용기를 발하지 못한 것이 영원한 실패였다. 다시는 그와 나와 부부가 될 기회는 없는 것이다. 엎질러진 물이다. 그야, 그와 나와 몸으로 한데 모여서 살 수는 있다. 이미 동정을 잃어버린 그와 나와는 하나로 합하여질 수는 없는 것이다. 그의 곁에는 다른 남자의 그림자가 따르고, 내 옆에는 다른 여자의 그림자가 쫓는 것이다. 더구나 여자는 한번 남자를 접하면 그 혈액에까지 그 남자의 피엣것이 들어가 온몸의 조직에 변화를 일으킨다고 한다. 옛날 사람들이 꾀꼬리 피를 처녀의 피부 밑에 넣어 붉은 점이 남게 하였단 말이 인생의 이 미묘한 심리 때문이다. 혼인 첫 밤을 지나면 이 앵혈이 스러진다는 것이다. 다른 동물은 몰라도 사람은, 그중에도 여자는 평생에 한 번만 이성을 사랑하게 마련된 것 같다. 진정한 사랑은 오직 처녀와 총각의 사이에만 있을 것이다. 두 번, 세 번째 사랑은 암만해도 김이 빠진, 어딘지 모르나 꺼림칙한 구석이 있는 사랑이다.

'사랑은 한 번만 할 것이다.'

이것이 진리인 것 같다. 내가 실단을 그리워하는 생각이 여전히 간절하기는 하면서도 이제 와서는 그와 몸으로 합할 생각은 없었다.

내가 관음굴을 떠날 때에 실단은 일어서 나가려는 내 품에 와서 안겼다. 칠 년 전 한보름 날 밤 외갓집 밤나무 수풀에서 하던 고대로의 자세로 그는 두 손을 내 젖가슴에 대고 얼굴을 내 가슴에 묻었다. 나는 두 손을 그의 어깨 위에 얹어 사랑하는 정을 표하였거니와, 그때 모양으로 가슴도 두근거리지 아니하고 숨도 차지 아니하였다. 귀엽고 반가웠으나, 그 것은 형제의 정일지언정 애인의 정은 아니었다.

아마 그도 나와 같은 감정을 경험하였는지 내 가슴에서 고개를 들고 길게 한숨을 지었다.

이것이 실단과 나와의 마지막 작별이었다. 그로부터 사오 년 후에 나는 그가 자살하였다는 소식을 들었다. 아마 그의 도력이 번뇌를 이기지 못하였음인가. 나는 아직도 그가 어떻게 죽었는지를 알지 못하거니와, 그렇게도 이쁘고, 얌전하고 재주 덩어리, 열정 덩어리이던 한 여성이 무엇 하러 세상에 와서 그런 불행한 생활을 하고 간 것일까, 하고 근 사십 년이 지난 오늘날까지도 가끔 그를 생각하고는 슬퍼한다.

"정말 중은 누더기 하나로만 살아야 한대요. ⋯⋯커단 집에 배불리 먹고, 뜨뜻이 불 땐 방에 포근한 요 깔고 가뿐한 이불 덮고, 그리고 남편이니 아내니 하고 호강스럽게 살자니간 모두 걱정이지, 그 욕심만 버리면야 무슨 걱정야요?"
하던 그 복음을 내게 전하러 이 세상에 나왔던 것인가. 그리고 저는 "그 욕심만 버리면야" 하던 그 욕심을 버리려고 애를 쓰다 쓰다 못하여 죽어 버린 것일까.

그러나 내 소년 시대의 마지막을 더럽힌 문의 누님 사건을 반복하지 아니하고 실단과의 깨끗한 작별로 내 청년 시대의 허두를 삼은 것을 다행으로 여길까.

'나'의 이야기로서의 춘원 문학

정홍섭

춘원 문학의 자전적 성격을 집약하는 『나』

한 작가의 작품 세계 전반을, 그것도 춘원 이광수처럼 한국 근대소설의 개척자로서 평생 동안 다양한 형식과 방대한 양의 글을 거의 쉴 새 없이 써낸 작가의 작품 세계 전체를 한두 가지 핵심어로 포괄하려 하는 것은 섣부른 시도일 수 있다. 그러나 그 작가의 특별한 자질과 성장사, 그것을 둘러싼 역사적 상황 및 인물들, 그리고 그 속에서의 그의 의식적·무의식적 지향성이 그 핵심어(keyword)의 본질을 낳는 데 기여하거나 강화하는 데 집중되어 있었다면, 그 핵심어의 본질에 주목하는 것이 그의 문학(과 삶)을 이해하는 정확한 열쇠일 수 있다. 춘원 문학 전반을 작가의 '나'의 이야기로 일관되게 보는 것은, 한국 근대문학 전체 속에서의 그의 문학의 특질뿐만 아니라 한국 근대사의 문제 상황과의 연관성 속에서 그의 문학을 보는 한 가지 적절한 방법이 될 수 있다.

이광수 문학 전반이 다른 누구도 아닌 그 자신의 이야기의 변주라는 지적은 일반적이다. "이광수는 한국의 근대 문학인 가운데 자전적인 기록을 가장 많이 남긴 작가 가운데 한 사람"으로서 그의 다양한 양식의 글쓰기 가운데에서도 "자전적인 문학은 매우 다양하면서도 많은 분량을 차지한다"(방민호, 「이광수의 자전적 문학에 나타난 작가의식 연구」, 『어문학논총』 제22집, 국민대학교 어문학연구소, 2003. 2, 113쪽)든지, "자전적 성격은 이광수 문학을 뚜렷하게 변별하는 특징"으로서 "이광수의 어느 특정 작품에 국한되지 않고 사십 년 가까이 전개된 그의 문필활동 전반에 다양하게 나타난다"(강헌국, 「기억의 연금술 ─ 이광수 문학의 자전적 성격 연구」, 『한국학연구』 33, 고려대학교 한국학연구소, 2010. 6, 210쪽)는 현상 분석에 우선 주목하게 된다. 나아가 춘원은 소설이라는 허구의 글쓰기 전반에서도 이미 상호 연관된 '암시된 저자'를 의도적으로 심어놓음으로써 독자가 그의 소설 전체를 자전적인 것으로 읽도록 만들었다는 분석(서은혜, 「이광수 소설의 '암시된 저자' 연구」, 서울대학교 대학원 박사학위논문, 2017. 2 참조)을 통해, 소설과 비소설을 막론하고 그의 글쓰기 전체가 다양한 형식의 '나'의 이야기라는 것을 더욱 분명히 확인할 수 있다.

그렇지만 전체적으로 자전적 성격이 편만해 있는 춘원 문학 가운데에서도 특별히 자전적 성격이 분명한 작품이 나타나기 시작하는 것은 1930년대 후반이다. 춘원 문학 가운데 자전적 성격이 분명하게 드러나는 작품을 판별하는 기준은, 그 형식이 소설이 되었든 비소설이 되었든 작가가 독자에게 자신의 이야기를 쓰고자 한다는 의도를 얼마나 분명히 드러내느냐 여부이다. 춘원 문학에서 이러한 분명한 성격의 자(서)전적 글쓰기는 시기로 볼 때 해방 이전의 『그의 자서전』(『조선일보』, 1936. 12. 21~1937. 5. 1) 이후에 나타나 「무명」(『문장』, 1939. 1)과 「육장기」(『문장』, 1939. 9) 등을 거쳐서, 『나』(『소년편』, 생활사, 1947. 12 / 『스무 살 고개』, 생활사, 1948. 10)와 『돌베개』(생활사, 1948. 6), 『나의 고백』(춘추사, 1948. 12. 1) 등 해방 이후의 자전적 글쓰기에 이르기까지 계속된다.

춘원 문학의 이러한 자전적 성격이 분명하게 나타나는 작품 가운데에서도 『나』는 허구적 성격과 작가 자신의 자전적 성격을 모두 뚜렷이 담고 있으면서 양자의 균형을 잘 잡고 있는 특징적 작품이다. 『나』는 유년기부터 스무 살 때까지, 즉 아직은 본격적으로 세파에 침윤되기 이전 시기 '나'의 모습을 가족 이야기와 사랑 이야기를 중심으로 그리고 있다. 그리는 대상 시기가 이런 만큼 이 작품에서는 『그의 자서전』처럼 중요한 자전적 사실들을 작가의 의도에 따라 과도하게 '편집'하지 않는 한편, 『그의 자서전』과는 대조적으로 어린 시절 부모의 기억을 되살리는 데에서도 특별히 상상력의 공을 들이는데, 그 시선과 분위기가 매우 애틋하다. 『돌베개』나 『나의 고백』과 달리 이 작품에서 '정치적' 발언이 별로 없는 것 역시 이 작품에서 그리는 '나'의 인생 시기의 성격에 주로 기인한다.

『나』와 여타 자전적 글쓰기의 연속성과 차이점

『그의 자서전』은 그 안에서 다루고 있는 춘원의 인생 시기 면에서 보자면 『나』 전체와 『나의 고백』의 전반부 내용을 합친 것으로 되어 있는데, 허구적 성격을 배제하는 『나의 고백』을 일단 제쳐놓고 『나』와 대비해서 보면 몇 가지 특징이 나타난다. 우선 『나』와 마찬가지로 소설의 형식을 취하고 있지만 그 허구적 성격은 『나』보다도 강하다. 둘째는, 앞서 말한 것처럼 『나』에서는 어머니와 아버지에 대한 '나'의 추억담이 비극적이면서도 매우 애틋하게 서사·묘사되는 반면에, 이 글에서는 상대적으로 소략하게 다루어질뿐더러 부모에 대해, 특히 어머니에 대해서는 자신의 경멸의 기억을 아무렇지도 않게 서술한다는 점이다.

어머니는 장손부요 이 집 주인이건마는 나이 젊고 또 원래 칠칠치도
못할뿐더러, 그렇게 예절 숭상하지 못하는 집에서 자라났기 때문에 제
수 여투는 것을 모두 돌머릇집 숙모에게 맡기고 내 누이동생인 젖먹이
를 안고 오락가락하기만 하였다. 나는 내 어머니가 그렇게 칠칠치 못한
것이 애가 키이고 가여웠다. 왜 아버지는 저렇게 마르고 두 볼이 옴쑥
들어가서 궁상이 끼고, 어머니는 저렇게 못났을까 하였다. 이러한 생각
이 오랫동안 나를 괴롭게 하였다.

그것은 아버지가 혹은 농담으로 혹은 싸울 때에 어머니를 어리석은
사람으로 말씀하는 것을 들은 때문인 것같이 생각된다. 실상 아버지 나
이보다 이십 년이나 아래요, 게다가 칠칠하다고는 할 수 없는 어머니를
항상 경멸하고 있는 것이 어린 내 눈에 분명히 보였다. 그래서 나도 어
머니는 대수롭지 아니한 존재로 알고 있었다. 기억은 없으나 어머니의
훈계나 꾸지람은 내가 귓등으로 들었을 것같이 생각한다. 그러나 이날
에 젖먹이를 업고 아버지의 뒤를 따른다고 그 시체를 타고 넘는 모양을
보고는 나는 어머니가 무서운 사람 같았고, 또 끔찍이 소중한 존재도 되
었다. (『그의 자서전』)

일제강점기에 쓴 춘원의 '자서전'이 『그의 자서전』인 데 비해 해방 이
후의 것은 『나』와 『나의 고백』이라는 사실을 주목해야 한다. 이때는 그
가 평생을 절대적으로 의지하면서 자신과 동일시하기도 한 도산 안창호

가 이미 여러 해 전에 세상을 떠난(1938년 3월 10일) 이후이기 때문에, 자신의 글쓰기에서 '그'라는 3인칭의 허구 속으로 숨지 않은 채 '나'를 그대로 드러내면서 자신의 일생을 더욱 솔직하게 되돌아보아야겠다고 생각했을 것으로 추론할 수 있다. 흥사단의 의뢰에 의한 것이었으나 춘원은 1947년 초부터 5월까지 『도산 안창호』를 집필하여 출간한(1947. 5) 뒤에야 『나』와 『나의 고백』을 썼고, 그 중간에 『돌베개』를 출간했다는 사실이 이에 관한 방증이 될 수 있다.

특히 『나』는 작품 제목에서 이미 작가가 있는 그대로의 '나'의 모습을 드러내겠다는 의도를 독자에게 비친다. 그런데 이 작품에서 오히려 더 특별히 보아야 할 대목은 앞서 인용한 『그의 자서전』의 해당 대목과 선명하게 대조되는 '나'의 어머니 묘사다. '나'를 낳아서 열한 살 때까지 길러준, 어린 시절 '나'의 어머니의 모습을 매우 섬세하면서도 애틋하게 그리는 간접적 방법을 통해 '나'는 현재의 '나'의 모습을 성찰하고자 하는 것으로 볼 수 있다.

> 어머니는 젖먹이 누이를 업고 일어나서 띠를 매더니, 아버지의 시체 가까이 다가서며, 산 사람에게 말하듯,
> "나허구 언년이허구 다려가시우. 그리구 도경이허구 간난이허구 오래오래 잘살게 해주시우."
> 하고 한 발을 번쩍 들어서 아버지의 시체의 허리를 타고 넘었다. 그러고는 크고 어려운 일을 치른 듯이 한숨을 쉬고 빙그레 웃으면서 날더러,
> "이렇게 하면 다려간대."
> 하였다. 이때에는 어머니의 눈은 예사롭게 되어서 무섭지도 이상하지

도 아니하였다. 그러나 그때에 받은 내 정신의 감동은 형언할 수가 없었다. 더구나 어머니는 그 말대로 소원대로 된 것을 생각하면, 세상에 이에서 더한 비창하고 비장한 일이 없을 것 같았다.(『나』)

『그의 자서전』과는 아주 대조적으로, 『나』에서는 '나'를 위해 막내 여동생과 함께 자신을 희생하는 비극적이면서도 지극히 아름다운 어머니의 모습을 '나'의 또 다른 기억의 장면으로 재구성해낸다. 『나』에서는 '나'의 아버지의 모습 또한 『그의 자서전』과 대조적이어서, 부정적인 면보다 별말 없이도 자식을 위하고 사랑하는 아버지의 이미지가 더 강렬한 인상을 남긴다. 이러한 변화는, 도산은 물론 종교적 허무주의에도 완전히 기댈 수 없는 상황에서 그가 어린 시절 기억의 재구성을 통해 어머니와 아버지의 이미지를 다시 만들어냄으로써, 어린 시절에 실제로 경험하지 못한 '자기대상(=거울)'의 '공감'을 상상으로 느끼면서 비로소 건강한 나르시시즘을 누려보고자 한 것으로 해석할 수 있다.

작가가 자신의 어린 시절을 소설로 재구성하면서 실단이라는 소녀와의 아련하고도 비극적인 사랑 이야기를 주요하게 다루고 있다는 점도 주목할 대목이다. 실단이라는 이름은 작가가 소설의 인물에게 부여한 것이지만, 이 소녀와의 만남이 실제였다는 것은 『나』를 발표하기 20여 년 전에 쓴 「인생의 향기 (4)―연분」(『영대』, 1924. 12)이라는 글을 통해 분명히 알 수 있다. 춘원은 열다섯 살 적에 일본으로 유학을 갔다가 사정이 있어 잠깐 돌아왔을 때 고모님 댁에서 만난, 실단이 아닌 '그 색시'라는 익명의 소녀를 향한 아련한 첫사랑의 추억을 꽤나 자세하게 소개하면서 "지금 이야기하려는 것은 내가 당한 인연 중에도 가장 신비한 인연"(이광수, 「인생의 향기 (4)—연분」, 『영대』, 1924. 12, 50쪽)이라고 말한다. 그리고 이 글의 마지막 부분에서 "나는 이제 그를 만나기를 원치 아니합니다 — 나는 어렸던 어떤 해 한보름 달빛 아래의 그를 영원히 잃어버리고 싶지 않습니다."(이광수, 「인생의 향기 (4)—연분」, 『영대』, 1924. 12, 57쪽)라고 했다. 그러나 『나—스무 살 고개』에서는 '그 색시'를 우연히 다시 만나고, '그 색시' 실단이 결국 스스로 목숨을 끊는다. 이 차이를 보면, 춘원은 어린 시절 '그 색시'와의 추억을 허구적인 비극적 사랑 이야기의 소재로 만들고 싶은 유혹을 이길 수 없었던 것으로 보인다.

기존 『나』 텍스트의 문제점과 본 전집의 개선 사항

『나』의 실상을 제대로 볼 수 있는 텍스트는 이제까지 없었다고 해도 과언이 아니다. 우선 춘원의 다른 유명 작품들과 달리 『나』의 텍스트 자체가 몇 종류 되지 않았다. 이 전집의 『나』를 만들면서 참고한 텍스트의 목록을 열거해보면 다음과 같다.

> 이광수, 『나—소년편』(재판), 생활사, 1948. 7. 5(초판은 1947. 12. 24).
> _____, 『나—스무 살 고개』, 생활사, 1948. 10. 15.
> _____, 박종화 외 편, 『이광수 전집 6』, 삼중당, 1972(초판은 1962).
> _____, 최종고 편, 『나의 일생』, 푸른사상, 2014.

이처럼 『나』는 1947~48년에 처음 출간되었다가 이후 『이광수 전집』에 포함되고, 근래에 『나의 고백』과 만년의 여타 글 등과 함께 『나의 일생』이라는 책의 일부로 출간된 것이 전부였다. 따라서 일반 독자 대중이

접하기도 힘든 작품이었다.

그 몇 안 되는 텍스트 자체에도 문제가 많았다. 사실은 무엇보다도 작가가 출간한 원본에도 사소하지 않은 문제가 있었다. 그것은 『나』에서 '작가적 진실'을 훼손하는 허구성 때문에 나타나는 일종의 부산물로 지적할 수 있는 상징적 사실이라 할 수 있는데, 바로 작가 스스로 주인공인 '나'의 작중 이름을 헷갈리고 있다는 점이다. 즉, 『나 — 소년편』에서는 '나'의 이름이 '박도경'으로 되어 있는데, 이 이름은 '나'의 아버지가 "새 봉 자 일 호 박도경이."〔『나 — 소년편』(재판), 생활사, 1948. 7, 48쪽〕라고 '나'의 이름을 불러주는 장면에서 딱 한 번 나온다. 또한 "박 아모라는 아버지의 이름"(삼중당 전집과 최종고 편 『나의 일생』에서는 '박 아모'를 '박아 보'와 '박아보' 등으로 잘못 쓰고 있음)이라는 구절도 나오기 때문에 『나 — 소년편』에서 '나'의 성이 박씨인 것이 분명하다. 그런데 『나 — 소년편』의 뒷부분에서 "김 선생이 우리 일가가 되시면 어떻게나 든든한 의지가 되겠어요, 우리 남매에게도."라는 문의 누님의 발언이 한 차례 나오고, 『나 — 스무 살 고개』에서는 '박도경'이 '김도경'으로 완전히 바뀐다. 연구자들도 이 문제를 의식하지 못하여 어떤 연구자는 '나'의 이름을 '박도경'으로, 또 다른 연구자들은 '김도경'으로 소개한다. 본 전집에서도 이러한 '혼란'을 그대로 두었다. 뒤에서 바뀐 이름인 '김도경'을 앞에 나온 '박도경'으로 바꾸어버리면 일관성은 있으나 또 다른 혼란이 야기되고, 무엇보다도 애초의 혼란을 만든 것조차 작가 스스로 책임져야 한다고 생각했기 때문이다(여덟째 이야기인 마지막 장을 '아홉째 이야기'라고 한 것도 마찬가지이다). 다만 이러한 사실을 독자께서 이해하고 읽어주었으면 한다.

삼중당 전집과 『나의 일생』에도 크고 작은 오류가 많이 있다. 원본과 더불어 이 두 텍스트에 있는 오류를 어떻게 고쳐서 본 전집의『나』텍스트를 만들었는지 몇 가지 대표적 예를 들어보겠다.

① "여비 남복 두고들 날리는 집에서 자라난 아버지"(삼중당 전집 /『나의 일생』)

→ "여비 남복 두고 들날리는 집에서 자라난 아버지"[『나ー소년편』(이하 '원본'이라고 칭함) / 본 전집]

: '들날리다'는 '드날리다'의 예스러운 표현으로서『표준국어대사전』에서는 홍명희의『임꺽정』에서 예문을 취하고 있다.

② "전례모신"(원본 / 삼중당 전집 /『나의 일생』)

→ "전내(殿內) 모신"(본 전집)

: '전내(殿內)'는 '신위(神位)를 모시고 기도를 올리고 길흉을 점치는 여자. 또는 그 신위'를 뜻하는 말로서 이 말이 문맥에 맞다.

③ "학도들이란 것은 나보다 십 장이나 되는 자가 있고"(삼중당 전집)
　 "학도들이란 것은 나보다 십장이나 되는 자가 있고"(『나의 일생』)

→ "학도들이란 것은 나보다 십 년 장이나 되는 자가 있고"(본 전집)

: '장(長)'이란 '(수량을 나타내는 말 뒤에 쓰여) 나이를 따져 손위임을 나타내는 말'로서 이 뜻이 문맥에 맞다.『표준국어대사전』에서는 역시 홍명희의『임꺽정』에서 예문을 취하고 있다.

④ "내 낯은 환환하였다."(원본)

"내 낯은 활활하였다."(삼중당 전집 /『나의 일생』)

→ "내 낯은 홧홧하였다."(본 전집)

: '활활하다'라는 말은 없고, '환환하다'는 현행 맞춤법에 맞지 않는
다. '홧홧하다'는 '달듯이 뜨겁다'라는 뜻이다.

⑤ "협막"(원본)

"협간"(삼중당 전집 /『나의 일생』)

→ "협막(夾幕)"(본 전집)

: 원본을 따르면서 이해를 돕기 위해 한자를 병기했다.

⑥ "오웬 교주는 황제의 대관식을 가암하는 대승정의 위엄으로"(원본 /
삼중당 전집 /『나의 일생』)

→ "오웬 교주는 황제의 대관식을 감(鑑)하는 대승정의 위엄으로"(본
전집)

: '가암하다'라는 말은 없고, '(높이는 뜻으로) 어른이 살펴보다'라는
뜻의 '감하다(鑑--)'가 문맥에 맞다.

⑦ "한문 문자로 한다면 鴻濛이요 混沌이었다."(원본 / 삼중당 전집)

"한문 문자로 한다면 홍호(鴻濛)이요 혼돈(混沌)이었다."(『나의
일생』)

→ "한문 문자로 한다면 홍몽(鴻濛)이요 혼돈(混沌)이었다."(본 전집)

: '하늘과 땅이 아직 갈리지 아니한 혼돈 상태'라는 뜻의 '홍몽(鴻濛)'
이 문맥에 맞다.

이 밖에도 기존 텍스트의 크고 작은 여러 오류를 바로잡아 본 전집의 『나』를 만들었다. 이렇게 해서 얻은 새로운 정본 『나』는, 한편으로 작가 생존 당시의 본래의 작품 분위기를 최대한 복원하여 살리면서도 동시에 오늘날 독자들이 쉽고 흥미롭게 읽을 수 있도록 했다. 즉, 기존 텍스트의 오류는 정확히 고치되 시대 분위기와 작가의 의도를 최대한 살리면서, 원본의 수정과 한자 병기는 최대한 자제하면서도 오늘날 독자가 쉽게 읽는 데 도움이 될 만한 정도로 했다. 특히 한자어를 비롯한 어려운 어휘는 『표준국어대사전』을 찾아보는 것만으로도 대부분 이해할 수 있도록 했다.

한편 한국 근대문학사의 다른 주요 작가들의 작품과 마찬가지로 춘원의 이 작품에도 사전에 올라 있지 않은 어휘들이 눈에 띄어 이 점 또한 주목을 요한다. 그런데 예컨대 '깃것'이라는 말은 『표준국어대사전』에는 올라 있지 않지만 『박완서 소설어 사전』(민충기 편)에는 '잿물에 삶아서 희게 바래지 않고 짜놓은 그대로 있는 무명이나 광목 또는 그것으로 지은 옷' 또는 '마전[漂白]하기 전의 광목이나 무명을 이르는 말' 등의 뜻으로 풀이되어 있다. 그러나 '무르츠개질', '설작', '새잴래비', '깡깡 갑는', '들을막하고' 등등은 그 뜻을 완전하게는 알 수 없는 말들이다. 이러한 말들은 앞으로 다른 작가의 작품을 비교 검토함으로써 그 뜻을 더욱 분명히 밝혀내야 한다. 춘원의 『나』를 읽으면서도 한국 근대문학의 감상은 한국어 어휘의 공부이기도 하다는 사실을 재확인하게 된다.

70주년을 넘긴 『나』와 새로운 정본 『나』의 의의

2018년에 춘원 이광수의 두 번째 장편소설 『개척자』는 100주년을 맞이했고, 그의 자서전소설 『나』는 70주년을 맞이했다. 소설의 제목과는 달리, 최초 출간 이후 흐른 세월로 보자면 이 작품은 원숙한 노년기에 접어들었다. 이러한 때에 『나』의 진면목을 알 수 있게 해주는 텍스트를 독자와 공유할 수 있게 된 것이 무엇보다 뜻깊은 점이 아닐 수 없다.

앞서 말했듯이 이 작품은 해방 이전의 『그의 자서전』과 달리 작품 제목부터 작가가 '나'의 이야기임을 분명히 밝히고 있는 명실상부한 자서전소설이다. 그리고 있는 대상 시기도 유년기에서 스무 살 적까지, 즉 '나'의 순수함이 빛나던 시절의 이야기이다. 작품 전체의 서문에 해당하는 부분에서 작가 스스로 말하듯이, 이 작품은 '나'의 이야기를 적어도 가장 솔직하게 하겠다는 다짐과 의도를 어느 정도 이행하고 실현한 작품이라고 할 수 있다.

또한 이 작품은 춘원 특유의 유려한 문체가 그의 다른 어떤 작품 못지 않게 유감없이 발휘된 작품이다. 작가로서의 춘원의 능력은 다른 무엇보다도 자신이 하고자 하는 이야기를 풀어내는 문장 구사의 탁월함이다. 그의 글이 대중적 인기를 얻은 것은, 물론 그의 작품에서 흔히 볼 수 있는 이야기 구조의 대중성 또는 통속성에 힘입은 바 크겠으나, 그 역시 그의 문장력의 뒷받침 없이는 가능하지 않은 것이었다. 춘원의 초기작이자 대표작인 『무정』과 『개척자』에서 재미와 감동을 얻은 독자는, 이 두 작품을 쓴 이래로 춘원이 평생 동안 갈고닦은 문장력이 그의 스무 살 적까지의 이야기인 『나』에서 어떤 매력을 발하는지 감상할 수 있을 것이다.